热血在燃烧

大三线峥嵘岁月

鹤蜚 著

北京出版集团
北京十月文艺出版社

图书在版编目（CIP）数据

热血在燃烧 ：大三线峥嵘岁月 / 鹤蜚著. — 北京 :
北京十月文艺出版社，2021. 5
ISBN 978-7-5302-2101-3

Ⅰ. ①热… Ⅱ. ①鹤… Ⅲ. ①纪实文学—中国—当代
Ⅳ. ①I25

中国版本图书馆 CIP 数据核字 (2020) 第 224877 号

热血在燃烧
大三线峥嵘岁月
REXUE ZAI RANSHAO
鹤蜚 著

出　版　北京出版集团
　　　　北京十月文艺出版社
地　址　北京北三环中路 6 号
邮　编　100120
网　址　www.bph.com.cn
发　行　新经典发行有限公司
　　　　电话（010）68423599
经　销　新华书店
印　刷　北京盛通印刷股份有限公司
版　次　2021 年 5 月第 1 版
　　　　2021 年 5 月第 1 次印刷
开　本　880 毫米 ×1230 毫米 1/32
印　张　12.75
字　数　329 千字
书　号　ISBN 978-7-5302-2101-3
定　价　48.00 元
质量监督电话　010-58572393
如有印装质量问题，由本社负责调换。

目 录 Contents

引子　磅礴征程

贵州西部，乌蒙山南麓，长江水系三岔河和珠江水系乌江与北盘江河源分水岭地带，东与安顺、南与黔西南、北与毕节相连，紧邻云南曲靖，六盘水如同展翅于云贵高原之上的雄鹰，俯瞰着苍茫大地。那隐匿于深山峡谷中的静谧村庄，缭绕在崇山峻岭的缥缈白云，仰首可见高远辽阔的深邃苍穹，三池三湖融会贯通，千岩万壑纵横交错，六盘水又仿若一颗镶嵌在群山之巅的璀璨明珠，闪耀在磅礴乌蒙的千秋画卷之中，明亮着时光，光艳着岁月。

六盘水地处云南高原向黔中高原过渡的斜坡地带，地势由西北向东南倾斜，93%的土地面积为山地和丘陵，大自然的鬼斧神工造就了这里独特的喀斯特地貌，这里苍山如海，碧水如镜，青山似黛，碧空如洗，层峦叠嶂，山河如屏，溶岩飞瀑，河道纵横。这里有神秘悠远的夜郎故地牂牁江，巍峨雄壮的“贵州屋脊”韭菜坪；有千株千年的石桥妥乐古银杏，如梦如幻的野玉海；有壮美如画的哒啦仙谷，似千帆争流般雄壮的百车河……

六盘水市历史悠久，今六盘水所辖地域春秋时期属牂牁国地，战国时期属夜郎国地。秦统一中国后，属马郡汉阳县地。汉代分属牂牁郡夜郎县、宛温县、平夷县、犍为郡汉阳县、鄨县；三国时分属“南中”的牂牁郡平夷县、兴古郡宛温县，魏仍分属平夷县、宛温县；晋为平夷县、宛温县地；隋为爨氏所有，未入职方；唐隶汤望州、盘州；宋为罗殿国、罗氏鬼国、于矢部地；元分属普安路、普定路、八番顺元宣慰司；明分属普安府（州、卫）、西堡长官司、贵州（水西）宣慰司；清置水城厅、普安州（厅）、郎岱厅；民国时期置水城县、盘县、郎岱县。解放初期，建制未变。

六盘水曾发掘出距今10多万年的“水城硝灰洞人”古人类化石，旧石器时期的“桃花洞人”人类化石，距今26万年的、与北京周口店古人类遗址齐名的盘县大洞古人类遗址。六盘水拥有众多的夜郎文化遗迹和民间美丽传说，境内毛口乡被有关专家认为是中国古夜郎都邑中心所在地，30多个少数民族灿烂的文化在这里交融共生……

六盘水在中国革命历史上留下了浓墨重彩的一笔，为六盘水注入了红色基因。红军长征期间，由罗炳辉、何长工等率领的红九军团，由毛泽东、朱德、周恩来等率领的中央红军一军团、五军团一部和中央军委纵队，由彭德怀、杨尚昆率领的红三军团，由贺龙、任弼时等率领的红二、红六军团，分别以不同的路线进入六盘水境内，红九军团在盘县打出了“红星纵队”的旗号，红二、红六军团更是在盘县城关九间楼，召开了具有历史意义的“盘县会议”，做出了北上抗日的重要决定，顺应了当时抗日救国的民族革命斗争新形势，维护了党和红军的团结，粉碎了张国焘的分裂主义，推动了红军三大主力的胜利会师。毛泽东在《七律·长征》中曾经写下了“五岭逶迤腾细浪，乌蒙磅礴走泥丸”的磅礴诗句。

六盘水位于贵州西部，历史上由于远离中原王朝，处于国家地域的边缘地区，一直被遗忘。解放前的六盘水极其落后，境内没有一家现代工厂。解放初期，由于种种原因，境内几乎没有安排工业项目，六盘水一直处于经济发展的弱势边缘。

轰轰烈烈的三线建设，把原本鲜为人知、偏僻落后的六盘水一下子推到了中国西部建设的最前沿。几乎是一夜之间，成千上万的热血青年和英雄儿女，怀着国家强盛、民族兴旺、人民幸福的美好愿望，离开故土，告别亲人，从大江南北来到六盘水，开始了一段改天换地、影响深远的磅礴征程。

第一章　共和国的艰难抉择

1964年，年轻而又多难的共和国终于摆脱了“大跃进”和连续三年的自然灾害等因素造成的经济困难局面，从动荡和饥荒的煎熬中挺了过来。

只有亲身经历过饥饿的人，才能体会到什么是痛彻心扉。自1957年到1962年，连年的自然灾害，全国人均主要生活资料年消费量大幅度下降，市场上商品匮乏，物资奇缺，就连日常生活必需的锅、碗、瓢、盆等都少得可怜。

面对全国上下缺吃少穿的紧张状态，党和国家领导人下决心改变这种困难局面。随着经济形势的渐渐好转，国民经济也逐渐从低谷中走出，国家提前开始编制长远国民经济和“三五计划”，并达成共识：决定按照农、轻、重的安排原则，大力发展农业和轻工业，重点解决人民的“吃穿用”问题。适当加强国防建设，努力突破尖端技术。与支援农业和加强国防相适应，加强基础工业。

然而，前进的道路从来都不会平坦。历史在发展中，也总会经历痉挛般痛苦的挣扎。正当共和国领导人踌躇满志地大步行进时，这支朝气蓬勃渐已成熟的方阵，突然遭遇巨大的挑战。

备战催生大三线

《孙子兵法》曰："兵者，国之大事，死生之地，存亡之道，不可不察也。"

战争与国家命运和人民的生死紧密相连。战争的政治目的在于确保国家的生存和发展。

重战，慎战，备战，才是确保安国全军之道。

1964年，经过十几年的建设发展，年轻的共和国和年轻的执政党，取得了世人瞩目的成就，然而，前进之路却走得异常艰难。不得不承认，中国虽然是大国，但又是弱国，经济实力较弱，国防力量较弱，甚至可以用一穷二白来形容，而国际形势的大环境和周边的小环境都非常不利。刚刚从贫困饥饿的磨难中走出来的年轻的共和国，似乎进入了"四面楚歌""四面受敌"的境地。自近代以来中国遭受过无数次的外敌入侵，以弱抵强，饱受屈辱。自中华人民共和国成立以来，国际势力从没有停止过对中国的觊觎，新兴的中国共产党所取得的胜利成果并不稳定踏实，尤其是我国最发达富庶的经济区域和政治文化中心城市，大多集中在东部沿海，是最容易被打击的目标。

1964年4月25日，军委总参谋部作战部提出了一份报告，对经济建设如何防备敌人突然袭击的问题进行分析，认为有些情况相当严重：一是工业过于集中。全国14个百万人口以上的大城市，就集中了约60%的主要民用机械工业和52%的国防工业；二是大城市人口多。全国有14个百万人口以上和25个50万至百万人口的大城市，大都在沿海地区，防空问题尚无有效措施；三是主要铁路枢纽、桥梁和港口码头多在大城市附近，还缺乏应付敌人突然袭击的措施；四是所有水库的紧急泄水能力都很小，一旦遭到破坏，将酿成巨大灾害。报告建议由国务院组织一个专案小组，根据国家经济的可能情况，研究采取一些可行的措施。

总参作战部的这份报告，引起了毛泽东主席和党中央的高度重视。面对严峻的形势，在经济工作中加大备战的比重问题，提到了党中央的重要议事日程中。

1964年5月11日，在中央召开工作会议的前夕，毛主席听取了计划领导小组关于“三五”计划的汇报，指出：国民经济有两个拳头、一个屁股，农业是一个拳头，国防工业是一个拳头，基础工业是屁股。工业要为农业服务。建设要按客观规律办事，只能是有多少钱办多少事，不能搞多了，要少而精，集中力量打歼灭战，留有余地。

1964年5月15日至6月17日，中共中央工作会议在北京召开。会议提出了建设大三线的战略方针，提出国民经济经过几年调整，形势虽然有所好转，各方面仍有不少困难，加强国防建设的重点和规模以及同解决吃穿用的关系，必须安排得当。在逐步解决吃穿用问题的同时，加强三线建设。

调整一线，建设三线，改善工业布局，加强国防，进行备战，这是毛主席和党中央富有远见的一项重大战略部署。

三线，是按我国地理区域划分的。三线地区，是由中国大陆的国境线依其战略地位的重要性（即受外敌侵袭的可能性），由当时经济相对发达且处于国防前线的沿边沿海地区向内地收缩，画三道线形成的地区。一线地区主要包括位于沿海和边疆的省区。二线是指介于一、三线之间的中间地带的中部地区，包括安徽、江西及河北、河南、湖北、湖南四省的东半部；后方地区即为三线地区。三线地区分为两大片：一是包括云、贵、川三省的全部或大部分及湘西、鄂西地区的西南三线；二是包括陕、甘、宁、青四省区的全部或大部分及豫西、晋西地区的西北三线。

从行政区划看，一线地区包括北京、上海、天津、黑龙江、吉林、辽宁、内蒙古、山东、江苏、浙江、福建、广东、新疆、西藏。三线地区包括四川（含重庆）、贵州、云南、陕西、甘肃、宁夏、青海7个省区及山西、河北、河南、湖南、湖北、广西等省区的腹地部分，共涉及13个省区。

介于一、三线地区之间的地区，就是二线地区。

三线还有大小之分。西南、西北为“大三线”，中部及沿海地区省区靠近内地的腹地为“小三线”。

在1964年7月召开的西昌会议上，中央确立了以建设攀枝花钢铁基地为中心的西南三线建设规划，而为了达到三线建设“靠山、分散、隐蔽”的选址原则，会议也明确了贵州和四川两省作为西南三线建设的重点，主抓国防工业。

根据中央的决定，各有关部门迅速展开西南、西北三线建设的具体部署。部署从三个方面进行：一是在三线建设新的工厂，扩建部分工厂，由国家计委负责组织；二是把一线的“独生子”（即全国仅此一家的重要工厂）和配合后方建设所必需的工厂搬迁到三线，由国家建委负责组织；三是组织好全国的工业生产，为三线建设提供设备和材料，由国家经委负责。随后，又分别成立了西南、西北三线建设指挥部，负责组织中央有关部门在三线地区新建、扩建、迁建项目的计划协调和物资供应工作。

毛泽东依据他对于三线建设的总构想，确定了三线建设的方针，这就是：三线建设要“大分散、小集中”，要“依山傍水扎大营”。要根据当地的地形、地貌条件确定建设项目，要使三线建设的企业适应现代战争的需要，要远离大中城市，分散布点，做到即使在打核战争的情况下，这些工厂和科研单位也打不烂、炸不垮，能继续坚持生产和科研，支援前线。

党中央决定：首先集中力量建设三线，在人力、物力、财力上给予保证。新建项目都要摆在内地，并立即着手搞勘探设计，尽量争取时间，沿海能搬迁的项目要搬迁；两年内不能见效的续建项目，一律要缩小建设规模；沿海地区要求投资一律“顶住”，把资金投向三线建设。

党中央决定从1964年起，转而加紧进行战备工作，在云、贵、川、陕、甘、宁、青等西部省区的三线后方地区，开展大规模的工业、交通、国防基础设施建设。这些地区，距西面国土边界上千公里，离东南海岸线七百公里以上，加之四面分别有青藏高原、云贵高原、太行山、大别山、贺兰山、吕梁山等连绵起伏的山脉做天然屏障，在准备打仗的特定形势下，成为理想的战略后方。

钉子就钉在攀枝花！

> 1964年6月6日，毛泽东在中央工作会议上指出，攀枝花钢铁工业基地的建设要快，但不要潦草。建设攀枝花要有紧迫感，这是和帝国主义争时间的问题。建不建攀枝花，不是钢铁厂问题，是战略问题。

攀枝花位于四川、云南两省交界处的金沙江畔，原名上、下坝村，形成于清同治八年（1869年）前后，因村口有一株古老而高大的攀枝花树，遂称“攀枝花村”。据记载，1942年，原设在成都的川康铜业管理处地质勘测队的地质学家汤克成，在盐边县攀枝花村附近调查后，提交了一份《西康省盐边县攀枝花及倒马坎铁矿地质报告》，首次提出了发现攀枝花及倒马坎铁矿。

20世纪50年代，经地质专家进一步勘探，找到康滇地轴中段钒钛磁铁矿呈带状分布的规律，确认攀枝花及其周围地区有一个巨型铁矿，具有很高的综合利用价值。

1956年2月27日下午，地质部党组书记、常务副部长何长工代表地质部，就全国地质普查情况向毛主席汇报了攀枝花铁矿等情况。同年3月，地质部部长李四光向毛主席汇报工作时提出，在金沙江江畔攀枝花找到了大型铁矿。攀枝花由此进入毛主席和党中央的战略视野。

1958年3月21日，毛主席在成都会议上签发冶金工业部部长王鹤寿关于《钢铁工业的发展速度能否设想更快一些》的报告，批准了开发攀枝花的设想。

建设攀枝花基地的设想一经提出，国家计委立即组织80多人的工作组，由程子华、王光伟两位副主任带领，到成都同西南局和四川省委商定建厂事宜。西南局和四川省委的部分同志建议另选厂址，理由是攀枝花交通不便、人烟稀少、农业生产基础差。他们认为，钢厂应建在交通方便、有大城市做依托的地区，并提出了18个地点供选择。工作组用一个多月的时间普查了这些选址，绝大多数地点既无铁又无煤炭资源，有的还要占用大量耕地，被否定了。只有乐山的九里、西昌的牛郎坝和攀枝花的弄弄坪可供选择。大家都倾向于攀枝花的弄弄坪，因为攀枝花地区不仅有丰富的铁资源、较多的煤炭资源和取之不尽的金沙江水资源，并且近林区，距离成昆铁路和贵州六枝、盘县、水城大型煤炭基地较近，地点也较隐蔽，又不占农田，是建钢厂的理想地区。而西昌的牛郎坝虽距攀枝花较近，但历史上曾发生过10级地震，还有与农业争水的问题；乐山的九里虽然地势平坦，扩展余地大，又靠近工业城市，但距铁矿和煤矿太远，也有占耕地的问题，都不是建大型钢厂的理想地区。各方由于意见不一，无法达成一致意见。相关人员向毛主席做了汇报。毛主席听后表示：乐山无铁无煤，如何搞钢铁？攀枝花有铁有煤，为什么不在那里建厂？

钉子要钉在攀枝花！毛主席指示。

1964年6月18日至26日，煤炭工业部党组召开扩大会议，认为煤炭工业的三线建设，要在国家统一安排下，积极主动地进行，以满足三线生产建设的需要。煤炭部党组确定由钟子云负责，组织力量，总结经验，提出一个切合我国情况，体现总路线精神的建设方案；煤炭部派两名司长随国家计委程子华去西南地区进行研究，提出三线建设规划，并决定，三线建设要一气呵成，一、二线要积极支援三线建设。

按照毛主席的指示，开始了攀枝花建厂的规划设计等一系列工作。出于战略考虑，当时的大三线建设规划都是国家机密，也就是都是在严格保密下进行的。为了保密，国务院下发《关于攀枝花特区更名问题的批复》，意将攀枝花特区改名为渡口市。

经研究，确定了三线建设总体规划中，攀枝花钢铁工业基地第一期工程设计规模为年产矿石1350万吨，生铁160万至170万吨，钢150万吨，钢材110万吨。

攀枝花钢铁基地要完成这么重的钢铁生产任务，少不了一样重要的东西，那就是炼钢所需要的煤。

1965年9月14日，国家计委向中共中央和毛主席报送《关于第三个五年计划安排情况的汇报提纲（草稿）》，关于三线建设，特别指出：三线建设“是关系着第三个五年计划的全局、关系国家安危、关系世界人民革命运动的一个大问题，也是解决长远和当前战略任务的一个根本问题。我们在第三个五年计划期间，一定要把建设重点放在三线，在这个问题上如果不采取坚定的态度，那么，就会犯方针性的错误”。

国家计委对“三五”计划进行了修改和调整，其中三线地区基本建设的安排是这个计划的核心内容：投资分配按地区分，用在三线地区的投资占全国的比例约为40%，西南地区为208.3亿元，占24.5%；西北地区约为105.3亿元，占12.4%；湘鄂西地区约为19.5亿元，占2.3%。按部门分，用在三线地区的投资占该部门的比例，国防工业占74%，冶金工业占58%，铁道占45%，电力工业占40%，煤炭工业占35%，石油工业占30%，化学工业占48%。

建设项目：三线地区大中型项目共823个，西南435个，其中四川247个；西北268个，湘鄂西120个。

主要由五个方面组成。

1.国防工业共320个项目，主要是氢弹、导弹等尖端武器及歼击机、潜艇、坦克和地面常规兵器生产试验基地。另外还有半自动步枪、机枪、手榴弹、炸药等小三线项目17个。

2.原材料工业共2个项目，包括攀枝花、酒泉两大钢铁基地和重庆、昆明等9个钢铁厂，白银、金川、个旧、陇西等3个铜铝加工厂、7个稀有金属材料厂、3个铜矿、3个铝厂，泸州、自贡、开远、都匀、长寿等13个国防化工厂、14个化肥厂、7个有机化工原料厂，金沙江林区等14个森林工业局、7个水泥厂。

3.燃料动力共66个项目，包括六枝、盘县、水城、芙蓉山、宝顶山、石明山、石炭井等15个煤炭矿区和8个煤矿，以及11个水电站、28个火电站、4个天然气和石油项目。

4.机械制造共175个项目，包括德阳重机、第二汽车厂、西南汽车厂、东风电机厂、西南发电设备厂等2个重机厂、2个汽车总厂、8个机床总厂、5个仪器仪表总厂、7个电工总厂等。

5. 铁道共45个项目，主要有成昆、云数、川汉、阳平关、京原、北京地下铁道等4条铁路干线、13条支线、3个枢纽、8个机车修造厂等。新线铺轨共3376千米。

6. 其他部门，包括轻工、建工、地质、交通、民航等共75个项目。

规划明确，到1970年底，三线地区将要实现的生产能力是：钢（不包括攀枝花、酒泉）150万吨，占全国的9%；有色金属32万吨，占全国的32%；主要机械产品占全国的20%～35%；发电设备装机578万千瓦，占全国的23%；煤炭5081万吨，占全国的17%；合成氨114万吨，占全国的28%。

聚集西部煤海

三线建设，是在特定的历史时期和特定的国际形势背景下，中共中央做出的重大战略决策和国家行为。地处西南内陆腹地的贵州，因其特殊的地理位置、独特的自然环境和丰富的能源矿藏，成为三线建设的重要地区。

根据党中央和毛泽东关于加快三线建设的指示，国家计委组织了西南工作组，会同西南局和川、云、贵三省，对成昆线和攀枝花地区进行了实地考察，写出了关于建设攀枝花钢铁基地的报告。同时，国家计委、煤炭部派人对西南三省十几个矿区做了调查研究，认为贵州西部的六枝、盘县、水城三县蕴藏着丰富的炼焦煤和动力煤，确定六盘水为三线建设的重点配套项目。

煤，人们形象地称它为黑色的金子，也有人把煤比喻为工业的粮食，更有人把煤比喻为钢铁伴侣。一直以来，在我国能源产业的大舞台上，煤炭是不争的主角，要发展工业，尤其是发展钢铁工业，离不开煤炭工业的建设。

攀枝花钢铁基地的建设，煤是不可缺少的重要能源，攀枝花的发展离不开煤。

煤，一度成为大三线攀枝花钢铁基地建设的重中之重。

而离攀枝花最近的贵州有煤，尤其是贵州西部的六枝、盘县、水城三个地区，有着丰富的煤炭资源储备。

要把攀枝花钢铁基地建设好，首先要想办法把离攀枝花最近的贵州的煤弄到攀枝花。

邓小平在研究攀枝花钢铁基地建设时，明确提出了“煤钢联盟”，即从六盘水向攀枝花运进煤炭，同时在六盘水建立钢铁厂，利用向攀枝花运煤返回的空车，运回铁矿石，形成“钟摆式”对流关系。邓小平还建议要在水城、盘县多搞点火电，可以就地消耗煤。

“钢铁联盟”非常科学。以攀枝花为圆点，通过成昆铁路向两翼摆动，一翼摆动到成都，把钢铁产品运到成都，再从成都把机器设备运到攀枝花。另一翼通过贵州的六枝、盘县、水城等地向攀枝花摆动，把攀枝花的钢铁、铁矿石运到六盘水，再把六枝、盘县、水城的煤炭运到攀枝花，这样形成的“钟摆式”对流关系，不仅节约运输成本，又可以满足生产需要，更有利于加快三线建设。

于是，地处贵州西部腹地储煤丰富的六枝、盘县、水城进入了国家视野，成为大三线的重要地区。

大三线催生“六盘水”

1964年11月30日，经国家经委同意，煤炭工业部批准成立“西南煤矿建设指挥部”，这一决策改变了郎岱、盘县、水城三个县的行政区划及其隶属关系。

根据中共中央工作会议精神，按照大三线规划建设要求，国家计委和煤炭工业部经过调查对比，决定把贵州西部煤藏丰富的六枝、盘县、水城三县列为大三线建设的重点地区，建立煤炭基地。原属于安顺地区管辖的六枝，原属于兴义地区管辖的盘县，原属于毕节地区管辖的水城，即，将六枝、盘县、水城三个地名中的第一个字抽出来，用“六、盘、水”三个字，组合成一个新名称——“六盘水”。并在这个基础上发展成现在的六盘水市。

“六盘水”这个崭新的名字，第一次以整体形象，出现在世人面前。

三线建设的布局是“在纵深地区，即西南和西北地区（包括湘西、鄂西、豫西）建立一个比较完整的工业体系”。重点是在西南的四川、贵州、云南和西北的陕西、甘肃，以后逐步扩展到河南、湖北、湖南的西部地区。三线建设的总目标是：用10年至15年的时间，在纵深地区建立起一个工农结合、为国防和农业服务的比较完整的战略后方工业基地。

根据中共中央工作会议精神，国家计委和煤炭工业部经过调查对比，决定在贵州西部煤藏丰富的六枝、盘县、水城三县境内建立煤炭基地，使其成为与攀枝花钢铁工业基地建设相配套的煤炭工业基地。

为了适应六盘水三线建设的需要，根据矿区建设规模，结合矿井的分布情况，本着有利于生产，方便职工生活的原则，贵州省人民委员会开始建立六枝、盘县、水城三个矿区人民政府，后改为矿区委员会。

1964年，根据中共中央工作会议精神，国家计委和煤炭工业部经过调查对比，决定在贵州西部煤藏丰富的六枝、盘县、水城三县境内建立煤炭基地，六盘水这个组合性的专名应运而生。

1964年7月底至8月初，中共中央西南局在四川西昌，召开了三线建设规划会议，研究了以攀枝花钢铁基地建设为中心的长远规划，确定以六盘水为中心的煤炭基地建设，包括云南的宝鼎山、四川的芙蓉山、松藻等煤炭基地；建设攀枝花（渡口）钢铁基地和相应的供电设施；建设以重庆为中心，包括重庆周围二十几个县的项目；修建三条铁路，形成西南的环线，即成昆线（成都至昆明）、川黔线（重庆至贵阳）和滇黔线（昆明至贵阳）。

会议明确西南三线建设四川、贵州是重点，并对一些重大项目的建设做了初步安排。要求贵州把铁路、电力建设放在首位。决定西南铁路指挥部设在安顺，由铁道部部长吕正操和铁道兵副司令员郭维城分任正、副指挥。电力工业建设，要求抓紧猫跳河流域的梯级开发；积极做好马江渡水电站的勘察设计，争取及早开工；并建设大、中型火电厂，以与攀枝花钢铁基地建设相互配套并满足西南二线建设的需要。

会议强调要加快六盘水煤炭基地建设，并决定成立由丁丹、刘辉等同志任正、副指挥的会战指挥部，组建以煤炭部党组副书记、副部长钟子云兼党委书记、陈璞如兼任第二书记的会战指挥部党委。

这次会议是大三线建设史上具有划时代意义的会议，此次会议，确立了贵州六盘水在大西南三线建设史上不可替代的重要地位和作用，打开了贵州地区以及六盘水地区通往富裕的大门。

工业是文明的基因，更是通往富裕生活的坦途。一直以来，解放前以及解放初期的贵州地区，特别是六盘水地区，因为缺乏工业基础，长期处于贫穷落后的状态，与其毗邻的云南和四川资源相对丰厚，较早步入工业文明，生活富庶，历史文化悠久，两相对比，贵州更加贫穷落后，缺乏大规模现代工业基础。

直到清王朝灭亡前的1911年，贵州全省只有工厂120家，雇工1578人，平均每厂13人，只能算是一些小作坊，并没有形成规模工业。

抗战时，国民党政府的工业内迁使贵州工业小有红火，随着胜利后的东迁和解放前夕国民党军队溃退，官僚资产阶级携资外逃，工业经济也随之崩溃，贵州经济重陷混乱和落后，全省没有一条能通往外界的铁路线，基本没有真正意义上的现代工业。

新中国成立前，六盘水生产技术和经济发展十分落后，主要产业仅有木匠、泥水匠、石匠、篾匠、铁匠和磨坊、粉坊、油坊、豆腐坊，俗称“五匠”“四坊”，还有一些手工业。

新中国成立后，有造土纸、酿酒、制造小农具、开石青、开办小煤窑、烧制砖瓦、烧石灰等工业性生产活动。资料显示，1949年全省工农总产值仅11.25亿元，人均79元，是中国最贫穷落后的省份之一。而六盘水地区又处于贵州省的边远贫穷地区，远离省会等中心城市，其社会经济状况及人民生活水平可想而知。

1949年12月，六盘水解放。随后完成了清匪、反霸、征粮、减租、退押“五大任务”，又经过两年时间，完成了土地改革，社会局面百废俱兴，政通人和。到1956年，各县基本完成对农业、手工业、资本主义工商业的社会主义改造。但经济仍然处于缓慢发展的状态。

20世纪60年代初期，以水城镇为中心区的六盘水，城镇人口仅有不足1万人，1964年，六枝、盘县、水城三个县的财政收入仅为800万元，城区面积仅0.14平方千米。

从新中国成立到三线建设前，国家和贵州省对六枝（当时隶属安顺）、盘县（当时隶属兴义）、水城（当时隶属毕节）实施了初步的开发与建设，但由于投资有限，加上交通不便，地域相对封闭，六盘水仍然处于非常贫穷落后的状态，基本上没有成形的城镇。六枝、盘县和水城的机关所在地，也只能勉强称之为镇，其镇机关的办公条件十分落后，连像样的桌椅都没有，桌子是用稍微平整的木板铺上，坐的都是长条木板凳。

六盘水经济落后，城市基础设施极差，没有电力、自来水和煤气，没有通往贵阳的公路，山区没有交通，对外闭塞。境内的道路基本上是土路、小路，道路狭窄，坑洼不平，由于雨天多，晴天少，路上泥泞不堪。

几个世纪以来，这里丰富的自然资源养在深闺人未识，正如有人形容的那样，老百姓守着金山银山却过着食不果腹、衣不蔽体的穷困生活。

大三线建设的全面启动，使六盘水这个边远封闭的穷乡僻壤，以其丰富的煤炭等能源资源，进入国家视野，在中国经济战略布局中占有了一席之地，成为国家大三线建设的重镇。

不断丰满的六盘水工业蓝图

然而，随着六盘水煤炭基地建设的全面展开，原有的规划已经无法满足建设的需要，六盘水的规划建设蓝图不断地升级，内涵不断地丰富，质地不断地丰满。按照毛泽东三线建设要综合利用的思想，邓小平提出在铁路之外，再增加建设六盘水钢铁、电力的意见，最终奠定了六盘水煤炭、钢铁、电力、建材四大支柱产业并存的大工业格局。

六盘水大山蕴藏着的乌黑的煤，带着火热的温度，走出千百年封闭的岩层，闪着明亮的光泽，在云贵高原燃起了希望之火。

1965年5月，煤炭部部长张霖之指出："煤炭工业以西南为重点，西南又以贵州为重点，贵州又以六盘水为重点。集中力量在最短的时间内搞好六盘水煤炭基地的建设，满足西南建设的需要，是全体煤矿职工的头等大事。"

张霖之的讲话被称作"一个战役、四个战场"的会战：即六枝矿区续建六枝煤矿，修建六枝矿至地宗矿的轻便铁路，修建六枝火车站至地宗矿的准轨铁路隧道，新建地宗筛分厂项目，这些项目要在国庆节前夕，按计划如期完成。

最初，以煤炭基地建设为主的早期六盘水三线建设规划，在三线总体发展规划中，还只是围绕煤炭做文章，贵昆铁路等铁路建设，也只是为煤运服务而进行规划，其在1965年9月经过中央批准的《三五计划汇报提纲》中已经很明确：六盘水就是以煤炭工业为主，为攀枝花钢铁基地建设做好配套服务。

然而，随着大三线建设的全面展开，六盘水的三线建设内涵逐渐发生了变化，一幅幅新的建设蓝图开始描绘。

1965年12月7日，西南钢铁工业发展会议在昆明召开。会议提出了在西南形成300万吨钢铁综合能力的第三个方案：增加建设六盘水地区的钢铁厂，就是再增加一二十亿投资，也要下这个决心。会议指出，"煤钢联盟"，煤钢托拉斯，电也是从煤出来的；将来可以考虑在盘县、水城多搞点火电。

昆明会议的意见，使六盘水在煤矿、铁路之外，增加了工业、电力两大部类，为六盘水的三线建设规划定了盘子，这份蓝图为确定六盘水在西南三线建设中的地位起到一锤定音的作用，也为后来六盘水的建市奠定坚实的基础。

12月19日，煤炭部批准《水城矿区总体设计意见》。矿区新井建设规模为480万吨，洗煤厂设计能力为240万吨。

六盘水的三线建设规划内涵不断丰富，项目愈加科学合理，为将六盘水建设成为新兴工业城市打下了扎实的基础。

第二章　山上的钻塔——最迷人的岁月坐标

大三线建设的决策，得益于20世纪50年代开始的中国地质大勘探。

1953年，我国开始了第一次大规模地质普查工作，攀枝花矿区成为普查勘探重点，普查找到了康滇地轴中段钒钛磁铁矿呈带状分布的规律，确认攀枝花及其周围地区是一个巨型铁矿，具有很高的综合利用价值。

正是起步于50年代的中国地质大勘探，为国家确定大三线建设伟大决策，提前做好了科学研判和理论依据，也正是以中国地质大勘探形成的科学而有力的报告为依据，使党中央在大三线建设上有了足够的底气和勇气。

中国的地质勘探一直伴随着三线建设展开，在三线建设的前期和整个三线建设的过程中，地质勘探起着非常重要的作用。

中国地质大勘探

众所周知，在人类历史的长河里，矿业与人类结下了不解之缘。世界上许多发达国家的经济腾飞都与矿产资源的开发利用有着密不可分的关系。一个国家的矿产资源占有量，是一个国家潜在财富的象征，也是一个国家未来经济与社会发展的重要物质保障。而对矿产资源科学合理开发，更是一个国家迈向现代化、跨入世界强国之列的重要基础。

纵观历史发展，几乎每一种矿产物质的发现和利用，都极大地推动了社会历史的发展和人类文明的进步。铜与铁的发现和冶炼，铀和硅的开发利用，有色金属资源和石油资源的勘探开采，各种矿产资源的科学研究，凡此种种，都带来了科学技术的迅猛发展和经济社会的腾飞。

2019年7月31日下午，位于贵阳市中心区的贵州省煤田地区142队4楼的会议室里格外热闹，屏幕上播放着《勘探队员之歌》的视频短片，十几位老地质队员欢聚在一起，他们有早于20世纪50年代就到贵州工作的老地质勘探工作者，有参加三线建设的勘探队队员，有闻名全国的“三八钻”女钻工代表，有从美国赶来的老钻工的后代，有三线建设者的二代三代的代表，他们聚在一起，共同回忆起那段难忘的岁月。

在采访大三线之前，我从来不知道，最早的大三线建设者是了不起的地质勘探队员，他们是最早走进三线建设现场的开荒人，他们不仅给大三线建设提供了强有力的科学依据，也给了我对大三线文学创作最早的启迪和最踏实的牵引。

1964年5月，中央工作会议做出了三线建设的战略决策，国家计委、煤炭部派出人员到西南地区进行调查后，认定开发六盘水地区丰富的优质炼焦煤资源，建设六枝、盘县、水城三个矿区，作为西南三线建设的重点配套项目。7月，煤炭工业部与贵州省委、省政府研究六盘水矿区建设规划并取得共识。其后，煤炭工业部迅速从北京、吉林、湖南、广东、河北、云南抽调勘探队伍，从东北、华北、华东地区各省煤田地质勘探公司调出干部和工程技术人员入黔支援，加快六盘水矿区的勘查工作。

六盘水三线建设拉开序幕之后，煤炭工业部内地建设领导小组迅速从全国抽调煤田地质勘探队伍，开展煤田地质勘探会战。从1964年到1972年，煤炭地质勘探专家在艰苦的环境下，用极为简易的勘探工具，历时8年多完成了40多处勘探任务，查明了六盘水133.78亿吨的煤炭资源储量，满足了开发建设六盘水煤炭基地的需要。

曾经担任142队队长的雷宇明告诉我，新中国成立之初，在优先发展重工业的背景下，以煤炭资源勘查为代表的地质勘查工作，就摆在了基础性、先行性的地位。国家一边组建与发展煤炭地质勘查队伍，一边积极地开展煤田地质勘探，提供可靠的煤炭资源储量，为新中国煤炭工业的发展做了开创性的工作。1959年3月，贵州省煤田地质局成立后，拉开了贵州煤炭资源大规模勘查的序幕。

回望历史，新中国成立以来第一次大规模的地质大勘探，离不开毛主席和党中央对地质工作的高度重视，离不开地质科学家李四光。作为新中国成立后第一批杰出的科学家，也是中国首任地质部部长，李四光对中国地质事业的发展做出了卓越贡献。

李四光（1889年10月26日—1971年4月29日），字仲拱，原名李仲揆，湖北黄冈人，蒙古族，地质学家、教育家、音乐家和社会活动家，是中国地质力学的创立者，中国现代地球科学和地质工作的主要领导人和奠基人之一。1920年，李四光接受北京大学校长蔡元培先生的聘书回国，在北京大学地质系任教授、系主任；1928年以后，长期担任民国中央研究院地质研究所所长；1950年5月6日，李四光冲破重重障碍辗转回国。到北京的第三天，周恩来总理到住地看望他，同他谈起了国际国内形势、地质工作和地质队伍组建等问题。

新中国成立初期，新生的共和国满目疮痍，百废待兴，开发矿业就成了毛主席和党中央最关心的头等大事，毛主席多次与李四光商谈，面对新中国刚成立时“一穷二白”的国情，毛主席曾经寓意深刻地提出，“要大打矿山之仗”。他把地质部形象地比喻为“地下情况侦察部”，指出，“普查是战术，勘探是战役，区域调查是战略”。毛主席说，“在经济建设中，地质工作必须先行”，“地质工作搞不好，一马挡路，万马不能前行”。

李四光回国后，出任中国科学院副院长、中国地质工作计划指导委员会主任。按照毛主席开发矿业的批示，根据新中国成立初期国家的情况和需求，李四光在全国范围内征求了当时从事地质工作人员的意见，建议成立统一规划全国地质工作的机构——地质工作计划指导委员会。1950年8月，中国地质工作计划指导委员会成立。1952年地质部成立，李四光担任部长。至此，我国形成了“一会、一局、两所”的工作机构体制，即中国地质工作计划指导委员会、中国地质工作计划指导委员会矿产地质勘探局、中国科学院古生物研究所和中国科学院地质研究所，统一安排并组织实施全国地质工作。

1952年12月，全国地质工作召开，国务院副总理兼财政经济委员会主任陈云提出：地质工作要进行一个大转变，今后绝大部分地质人员“都要参加探矿、普查及其他野外地质工作”。1954年，中央人民政府地质部更名为“中华人民共和国地质部”，并在六大行政区设立地质局，进一步建立了完备的组织体系。

新中国成立初期，国家经济建设处于十分困难的时期，矿产资源紧缺，国务院要求地质部要走我国自己的找矿道路，按照“地质工作集中力量支持国民经济建设”的要求，中国开始了历史上第一次大规模寻找矿藏的地质大勘探。

随着“一五”计划的实施，全国开始了热火朝天的国家建设，根据煤炭工业建设和发展的需要，我国开始组建煤炭地质勘查队伍。

毛主席提出“开发矿业”这一高瞻远瞩的决策，在全国人民心中激发了强烈的爱国热情，全国上下掀起了地质热、勘探热，为了迅速壮大地质勘查力量，地质队还吸纳了大批大学及专科院校的毕业生，并从社会上招收初高中毕业、具备基础理化知识的社会青年加入，并对他们进行短期培训。一时间，老一代地质工作者以为国家寻找宝藏而自豪，年轻人以能做地质人而骄傲，全国几乎所有从事地质工作的地质学家、专业地质工作者、科研人员都来到野外勘探考察工作的一线，投入矿产资源的勘探中。他们走进高山，走进荒山，走进草原，走进荒漠，走向祖国的山山水水，到祖国最需要的地方去，哪里艰苦哪里扎根。

地质勘探队员们把天当房，地当床，野菜野果当干粮，在荒山野岭，在大漠深处，在高原，在湖海，带着对祖国对人民忠诚的初心，去寻找让中国人摆脱贫困的宝藏。他们周而复始，年复一年，奋战在最艰苦的地方，把青春和热血留给了无尽的岁月……

唱着《勘探队员之歌》寻找宝藏

是那山谷的风，吹动了我们的红旗；
是那狂暴的雨，洗刷了我们的帐篷。

是那天上的星，为我们点燃了明灯；
是那林中的鸟，向我们报告了黎明。
是那条条的河，汇成了波涛的大海；
把我们无穷的智慧，献给祖国人民。
我们有火焰般的热情，战胜了一切疲劳和寒冷。
背起了我们的行装，攀上了层层的山峰。
我们满怀无限的希望，为祖国寻找出富饶的矿藏。

60多年前，年仅20岁的向正生，作为中南矿学院的一名勘探系的大学生，正是唱着这首歌，走出校门，走向了大西南，开始了为国家找矿的艰难征程，也开始了他向往的地质勘探事业，并参加了三线建设全过程。如今，已经87岁的向正生，听着这首无数次激励他、感动他、跟随他、陪伴他的歌曲，看着画面上地质队员走在深山峡谷中的身影，不由得想起自己年轻时唱着这首歌的情景，想到年轻时走进大山里的那种豪迈，禁不住热泪盈眶。那回荡在他苦涩而又壮美生命中的青春之歌，是那么刻骨铭心，仿佛又带着他，重新登上了那高高的乌蒙山脉；那激昂向上、铿锵有力、优美豪迈的歌声，仿佛又带着他，走进了贵州六盘水的山山水水；那些为国家强大、为民族振兴无悔追求的日日夜夜，仿佛又把他带回到那段激情燃烧的岁月……

1954年1月18日清晨，中南矿学院地质勘探系的大学生向正生，从学校广播喇叭里听到了一首熟悉而又动听的歌曲《勘探队员之歌》，这首创作于1952年，后来又刊发在《中国青年报》上的歌曲，早已为向正生和他的同学们耳熟能详，几乎每个人都能脱口而出。向正生非常喜欢这首歌，他们整个地质勘探系的同学们也都非常喜欢这首歌。让他和同学们惊喜的是，从这一天起，在一周的时间里，中央人民广播电台要在广播里，教全国人民学唱这首歌曲。

整整一周，每天早晚两次，每次五分钟，中央人民广播电台都在教唱这首《勘探队员之歌》，这首歌曲调强劲，充满激情，又有着乐观和不畏险阻的气概。几乎每个清晨，他都会和同学们准时跟着电台，收听和学唱这首他们百听不厌、百唱不厌的歌曲，而每一次听到这首歌，唱起这首歌，向正生都禁不住热泪盈眶。

这首激情澎湃、脍炙人口的《勘探队员之歌》，不仅学地质的向正生和他的同学们喜欢唱，当时中国的年轻人几乎人人会唱。新中国诞生之初，经过多年战乱洗礼的中国百废待兴，毛泽东就提出了“建设强大的社会主义工业国”的宏伟蓝图。而要把一个传统的农业国，建设成为一个强大的社会主义工业国，急需坚实的矿产资源基础，迫切需要地质工作提供经济社会发展最基础的工业原料。

1950年2月17日，毛泽东同志在中国驻苏联大使馆接见留学生代表时，为青年留学生任湘亲笔题写了“开发矿业”四个字，极大地鼓舞了新中国地质人对地质事业的热情，也鼓舞了无数热血青年投身到地质勘探事业当中。

1950年2月，国家计划在东北、华北、华东、中南、西北、西南等地区组队进行野外地质工作。这是新中国成立后地质工作第一次大规模有组织的行动。同年11月，中国地质工作计划指导委员会召开扩大会议，明确提出应集中人力物力重点解决煤、铁、石油和有色金属的资源问题。1951年，在中国地质工作计划指导委员会的领导下，300多名地质工作者组成84个地质队，分赴全国各地区调查。

1952年8月7日，中央人民政府地质部成立，任命李四光为部长，开始在组建机构、建立制度、规划任务、调集队伍、培训人才、生产装备等方面实施大量开创性的工作。1952年11月，党中央和国务院提出“地质工作要大发展”的方针，开始了新矿山的地质勘探、地质普查及全国地质矿产资料的汇交和地质工作登记等工作。

新中国第一个五年计划明确地质工作的主要任务是：保证五年内开始新建企业的设计所必需的矿产储量；加强对重要矿产资源的普查和勘探；有计划地展开全国矿产的普查工作，进行部分的区域地质调查等工作，保证第二个“五年计划”所需的矿产储量，并为第三个“五年计划”所需的矿产储量准备资源条件；加强水利资源和综合流域开发的地质勘查工作，保证第一个五年计划期间重要水利工程和水力发电工程所需的地质资料，并为第二个五年计划所需的水利资源开发做好地质准备。

随着国民经济恢复建设，根据煤炭工业建设和发展的需要，我国开始组建煤炭地质勘查队伍。1953年6月15日，成立了煤矿管理总局地质勘探局，即中国煤炭地质总局前身，开辟了煤炭地质事业新纪元。

《勘探队员之歌》在地质工作者和青年学生中广为流行，这首具有强烈时代感召力的歌曲，如同时代的火种，播种在中华大地上，也点燃了中华儿女的激情，点燃了二十岁出头的勘探系大学生向正生的激情，他感到浑身热血沸腾。在毛主席“开发矿业”号召的指引下，为了完成如此艰巨的任务，无数像向正生这样的热血青年，把为祖国寻找宝藏作为人生的理想，为了探索地下宝藏，寻找矿藏，向正生和他的同学们，和千千万万个地质队员们一起唱着这《勘探队员之歌》，走向了祖国的山山水水，走向了崇山峻岭之中。

向正生是个天性浪漫的人，他在学校一边专心学业，丰富自己的知识；一边又急切地盼望早日走出校园，成为一名真正的地质队员。他对地质队员的生活充满了浪漫的向往。

1956年夏天，向正生以优异的成绩从中南矿学院地质勘探系毕业，他说，我是唱着《勘探队员之歌》离开学校的，也是唱着《勘探队员之歌》来到贵州。

向正生和他的同学们，怀着对地质勘探工作的激情与梦想，来到了当时在郎岱的贵州煤田142队。刚刚走出校门的他，来到了大山深处，他住进的第一个地方，是一座四面透风的破庙。向正生清楚地记得他刚到142队工作时的情景，他在日记中写道：

> 142队于1958年3月9日在六枝下云盘组建完成，陈学彪任书记、何永会任队长、赵其瑄任队工程师（技术负责），队部临时设在下云盘乡政府（莫家住宅），地质科设在乡政府西侧的喀斯特漏斗洼地边上的寺庙里。寺庙破烂不堪，阴冷潮湿，由于没有房子，只能住在里面。我和李腾章等人在楼柱之间架了几块木板当床，悬空而睡，好似森林中的瞭望棚。蚊虫猖獗，让人难以入眠。一天夜里，蛇从庙顶沿柱嗖嗖地爬到身边，软软的、凉凉的，吓得我们一身冷汗，所幸有惊无险。一次，庙里发生大火，火势迅猛袭来，又无水源，无奈只好在粪池里用脸盆挖粪扑灭。每个人身上粘的大粪，臭不可闻，但当时大家顾不了这些，一心奋力救火。等火扑灭后，飞奔到离寺庙很远很远的河里去洗，由于慌忙中没带肥皂，只好把臭粪在河里用力搓擦洗掉，然后穿上湿衣服上岸。
>
> 尽管工作、生活异常艰苦，条件恶劣，但工作是第一位的。在1：5000地质测量及勘探设计尚未编制的情况下，我们收集资料在纸厂实测剖面布置的孔，于1958年4月9日首钻开工，从此，正式开启六盘水的煤田地质勘探。

向正生回忆起20世纪50年代在六枝从事地勘时的工作和生活情况，直言无法用语言形容，那时的六枝可以说是满目荒凉，四处都是一片片荒野。仅有六枝镇、云盘镇两个小镇。镇上也只有打铁铺、榨油坊等小手工业作坊。不通铁路，交通十分不便，只有一条安顺至水城的简易公路，没有电力，照明都用煤油灯。当时，整个六盘水地区也没有农业机械，生产方式十分落后，直到60年代初，整个六盘水才有了两台拖拉机，而且是示范展示用的，所有的货物运输主要靠人扛马背，整个六盘水区域内只有一条滇黔公路在盘县境内过境，且只有区区88千米，物资严重缺乏，当地老百姓的生活十分贫困。

从校园里走出的向正生，唱着《勘探队员之歌》出发的向正生，带着浪漫想法的向正生，虽然无数次地听说过贵州生活的困难，听说过地质队员所处的艰苦环境，想象过地质队的艰苦，也想象过贵州生活贫困，他已经做好了艰苦奋斗的准备，但他到达贵州，到达六枝，当他亲眼见到这里的一切，还是有些震惊，这里的贫穷落后超乎了他的想象，他从来没有想到，他来到的地方是这样的贫困落后，没有想到，他的地质队员生活会在这样艰苦的环境下开始。用现在流行的话来说就是“想象很丰满，现实很骨感”。向正生更没有想到，作为新中国早期参与大三线建设的地质勘探工作者，自从他走进大山深处那天起，便与贵州、与六盘水结下了不解之缘。

从大都市到大山深处

50年代，国家即发现了普郎煤田。煤炭部贵州省煤炭工业管理局煤田地质勘探公司所属一四二队、一五九队、地测大队以及地质系统的五五七队、五九队等地质大队先后对六盘水的煤田进行了勘查。经过几年的普查、详查、精查，又经过煤炭部重庆设计院、贵州设计院的精心设计，50年代后期，煤炭部贵州省煤炭工业管理局郎岱建井处（后与建安公司合并成立贵州省煤炭工业管理局第二基本建设公司）在六枝矿区揭开了建设矿井的序幕。

1957年12月30日，煤炭部地质司批准在普郎煤田（普定—郎岱）的郎岱县（当时六枝只是个区，属郎岱县管辖）成立煤田地勘142队，也是这一天，贵州煤田142队于六枝挂牌成立。向正生听从祖国召唤，服从国家调动，来到了142队，开始了他向往的地质勘探生涯。

也许很多人不知道，中华人民共和国成立初期，由于国家需要大量的地质专业人才，国家对地质人才培养格外重视。在整个50年代，学习地质勘探相关专业的大学生人数可以说是达到了空前的规模，各大高校对地质专业的重视也是前所未有。1950年，南京地质学校和东北地质专科学校建立，全国各大高校地质系也开始扩大招生，当年全国地质专业招生达600多人。到1952年秋，原北京大学、清华大学、天津北洋大学、唐山工学院地质系和西北大学地质系二年级学生合并成立北京地质学院。在长春，在原东北地质专科学校的基础上，合并山东大学地质矿物学系及东北工学院地质系和物理系的一部分，组成了东北地质学院。在南京，以原华东军事测绘学校为基础，创办了南京地质学校，办学规模空前扩大。在地质部1953年的预算中，投入学校的建设资金，比地质勘探费还多了将近30%。

1955年，北京大学也恢复了地质系。1956年，以重庆大学为基础，在北京和长春地质学院的支援下，又创立了成都地质勘探学院。除此之外，北京石油学校、北京矿业学院、昆明工学院等也相继建立地质系。1956年，仅地质部属地质学院和中等地质学校在校生达26842人。

当时国家对地质勘探非常重视，贵州煤田142队的郑德祥，就是在大学三年级的时候来到贵州的，当时他正在北京工业学院读书，学校有三个专业从北京搬到贵州，一个是钻探专业，一个是地质专业，一个是水文专业，他跟着学校一起搬到贵州以后，在贵州又读了一年，才分到了勘探队，成了向正生的队友。

据记载，1949年中华人民共和国成立之时，全国拥有专业地质勘探人员仅300多人，全国的钻机不过才数十台。像向正生和郑德祥这些50年代的大学毕业生，他们以国家为荣，他们为能成为一名国家的地质勘探队员，能够为国家从事找矿、寻矿的勘探工作，感到无比的骄傲和自豪，在当时，能成为地质队员是一种荣耀，一种光荣。

1956年，煤炭工业部根据中央政治局北京会议精神决定开发贵州西部煤田。根据地质勘查，初步确认六盘水地区蕴藏着丰富的煤炭资源。1958年2月，煤炭工业部副部长钟子云来到贵州，与贵州省委商定开发贵州煤炭资源，重点是开发六盘水。同年3月，经煤炭部地质总局决定，组建了贵州省煤田地质勘探142队。根据原来仅有的煤炭资源地质勘查资料和地理交通情况，队部设在郎岱县六枝区下云盘，担负六枝矿区煤矿地质勘探工作。

郑德祥就是从北京到达贵州的，加入了142队。他回忆，自50年代初开始，在“开发矿业”的号召下，一时间，有数十支地质勘探队陆陆续续来到贵州，对贵州山区进行不同程度的地质勘探。

1956年2月，煤炭部地质总局确定以贵州为重点开展煤田地质调查，次年通过对煤质资料综合整理分析，初步证实威宁、水城、盘县、郎岱等地区的晚二叠世煤田是优良的炼焦煤产地。接着继续在省内多地开展测量与普查找煤，提交的若干报告进一步确认郎岱、盘县、水城地区蕴藏有丰富的优质炼焦煤资源，可供大规模开发利用。

从1958年起，煤炭工业部先后从东北、华北、华东地区，陆续抽调一批又一批的建设者来到六枝矿区。由于当时铁路只通到贵阳，支援来此的职工及部分家属乘坐列车再转乘解放牌货车到六枝。郑德祥清楚地记得当年的情景，当时来六枝最早的开拓者有好几支队伍，有西南煤田地质勘探局十一队、采样大队三分队、113队和他所在的煤田地质勘探142队。

到1960年时，仅仅几年的时间里，这一数字发生了翻天覆地的变化，仅在贵州六枝、水城、盘县、安顺等地的高山峡谷中，在崇山峻岭中，在茂密森林中，一下子就拥进了4万多名地质勘探队员。

六盘水，因煤炭而诞生，作为江南煤都、西南煤海的六盘水，到底有多少煤储量呢？

明清时期的六盘水境内，矿产资源得到初步开发。嘉靖三十年重修刊行的《普安州志》录有易纮的《过普安》诗，其中“窗映松脂火，炉飞石炭煤”，是贵州用煤的最早记载。

从20世纪二三十年代起，六盘水丰富的矿藏就已引起众多地质学家的关注。一些地质学家来到六枝、水城、盘县等地进行地质考察，逐渐发现这里煤储量丰富，且煤炭质量优秀。

1929年，乐森璕等地质学家对郎岱、水城及周边县城进行矿产调查，在其编著的《贵州西部地质矿产》等书中记载：“此地含煤地层东西延长20余里，可采煤层有三四层，煤质颇佳，为上等烟煤。”

1941年，地质学家柴登榜、李用平等两次来水城踏查，估算出22270万吨煤储量。

1942年，矿物学家郭宗山在盘县马场沟、黑冲、孔官河、马坡、鸡场坪等地进行了为期3个月的煤炭调查，并著《贵州盘县普安等县地质矿产》一书，计算出煤储量5149万吨。

三线建设开始后，六盘水因为丰富的煤炭资源和复杂多山的地形地貌，十分有利于备战，从而进入中央的视野，并逐步确立为西南三线建设的第二个重点。

据记载，六盘水土地开发从秦始皇开五尺道、汉武帝修岸道时就开始了。后经朝代更迭，虽然明清时期的六盘水市境矿产资源得到初步开发，先后兴建了水城的铅锌矿采冶业、郎岱厅凉水井煤矿，但规模不大。民国十八年（1929年），水城建观音山铁厂，郎岱建青山铁厂。解放前夕，郎岱黑那拱年产生铁5万千克。

然而几百年间，对矿产资源的开发一直沿用镐、锤、钻、手拉风箱等传统工具，运输仍停留在人背马驮的状况。这种开发方式只能划入手工业的范畴，在郎岱、盘县、水城三县产业结构中充其量不过是农业的附庸和补充。

直至解放初期，这种状况并没有发生根本性的改变。三县生产的原煤产量到1953年仅3万吨。

深夜大山里的惊恐叫声

1958年2月，国家煤炭部与中共贵州省委商定开发贵州煤炭资源事宜，决定由煤炭部抽调技术业务干部和技术工人来黔开发郎岱、水城煤田。

地质勘探是现代工业的尖兵。他们跋山涉水，不畏艰辛困苦，以开创性的踏勘调查，让人们初识六盘水这块宝地的“庐山真面目”。

其实，在大三线建设之前，国家已经开始了对六盘水的第一次开发建设，即从1958年至1963年的开发建设时期。

早于20世纪50年代全面启动的西南地区地质大勘探，为大三线建设提供了科学的依据，广大地质勘探人员实际上已经提前进入大三线的早期建设中，而许多参加地质大勘探的地质队队员，最后都加入了大三线建设队伍当中。

实际上，他们是最早参加大三线的建设者。

郑德祥1960年从学校毕业后，来到了地质队，来到了贵州大山深处的六枝。郑德祥记得，当时他到贵州，接到的任务就是“支黔”。当时，142队有1000多人，分布在不同的勘探区。他是跟着142队到达六枝的。那时六枝没有通火车，火车只通到安顺，他们是从贵阳坐火车到安顺，再坐汽车到六枝的。

进了地质队，就是进了苦窝窝。在地质队，不管是大雪封门，还是狂风暴雨，必须有人值夜班，钻机只要开钻了，24小时不能停，只有一直打下去，打完了以后才能停，必须有人看着。郑德祥记得，曾经有两个同事半夜12点下夜班往驻地走，因为又困又累，又遇雨天，两个人不小心从山上滚下来，一直滚到山脚下。

郑德祥的地质勘探生涯刚刚开始不久，差一点丢掉性命，而他在多年的勘探工作中，有过多次与死神擦肩而过的经历。记得刚到142队不久，郑德祥参加四角田矿的钻探任务。有一天他值夜班，已是深夜，当时钻机正在工作，突然钻机上的变速箱坏了，钻机停摆了。变速箱坏了，钻机就无法工作，影响进度，必须立即进行维修，但是半夜三更，他们又在大山里，四处黑咕隆咚，伸手不见五指，当时正赶上下大雨。但是，下再大的雨也得把变速箱送下山维修。当时他和同班的三个同事，两个人一组，轮流抬着六七十千克的变速箱下山，去维修机器。

大雨如注，四个人为了赶近路，就从四角田的山后翻过来，他们感觉翻过山就能到平台，就是现在的六枝火车站附近，但是由于天黑，对周围环境不熟，路又陡又滑，他们抬着沉重的变速箱，在山上转来转去地迷路了。大雨不停地下，四个人拿着两把电筒，在山上四处转着找出路，转来转去，也不知道往哪里去，整整在山上转了一宿也找不着下山的路。

山高林密，也没有路，他们下不了山，最后手电筒没电了，四个人只好坐在山上，在黑暗和大雨中等着天亮。第二天早上天亮了，他们往远处一看，山脚下就是火车站，而他们所在的地方，不远处就是陡直的山崖，一不小心，就会跌下山崖，如果再往前一步，就会跌入万劫不复之中。

地质队员最常做也是最苦的一件事，就是搬家。郑德祥说，他最不喜欢搬家，但是又不得不搬家，搬家是地质队的常态。

有一次在郎岱县，他们从白矮脚水库的作业点往另一个地方搬家，那个地方在一处高山上，空手爬到山上，需要用40分钟，扛着东西就得一个多小时。当时，动员了全体机关干部帮忙，和勘探队员一起搬家。但是帮忙的机关干部，往山上跑个三五趟，就天黑了，到了晚上六七点钟，他们就要赶回城里，剩下的活都是钻机队的勘探队员干，他们每个人扛着机器设备山上山下的至少要走五六趟，一直到夜里12点多才把东西搬完，当最后一件工具设备搬完的时候，郑德祥已经累得瘫倒在地上，甚至连喝口水喘口气的力气都没有了，他连衣服都没有脱，就睡在还没有搭好的帐篷外。

地质测绘并不能完全了解测区的地质条件，也不可能就此掌握主要工程地质问题。因此，还需要钻探，结合坑槽探、物探、洞探、井探，以及水文试验、岩土试验等工作，才能掌握存在的主要工程地质问题，提出意见。

勘探队员把钻探称为重型武器，将槽探、洞探、井探称为山地工作，将物理、地震探测称为现代手段。一条坝线，至少要在左右岸和河中打十几个孔，一个坝址要打几条坝线做比较，从中选优。当然，也还有各个不同的勘测阶段，这样算来，从看上一个坝址，到选定坝址、坝线、坝型就要打不少钻孔。打完一个钻孔，就要钻孔移位、钻机搬家。这是第二种搬家。

钻机搬家，旧的钻孔平台，要搬得不剩一个零件；新的钻孔平台，要搬至机件全部齐全，缺一样都无法开钻生产。这种钻孔搬家实际上是十分艰苦的笨重体力劳动。钻孔搬家有四个步骤：分卸钻机的零部件，搬运机器及零部件，在新的孔位平台组装起钻机，竖井架立钻塔。

地质队像这样的搬家是经常性的，每换一个勘探地，就要往山上搬钻探用的钻机、工具和机器设备，那时没有汽车，也没有马车，再重再大的设备，都是靠人背肩扛地搬运，走的是羊肠小道。郑德祥说，贵州的地势不像北方那么平整，可以赶马车，贵州都是崇山峻岭，上山下山搬东西，全靠人背，跌倒、扭伤、闪腰都是常见的事。好一点会有马驮。当时，142队有20多匹骡马，但是这些骡马是专门运送材料用的，搬家时不能用，只好靠人工搬，还不像现在，你可以雇民工，那时候不行，不允许，只能靠职工自己干。钻探用的管子有七八米长，很粗，女同志也和男同志一样扛着管子上山，实在扛不动，就两个人抬一根。年轻的小伙子和男队员，有力气的身体好的，一个人要扛两根。有时搬家的地方远，山上山下来回扛着东西走一趟就是两个小时，一天搬不完，第二天再接着搬。我们扛着管子，踩着泥泞的黄土，夏天里，大家顶着火辣辣的太阳，肩膀上的皮肤晒得黝黑锃亮，被烈日晒爆的皮褪了一层又一层。冬天里，大家迎着漫天的风雪，蜷缩着身体，背着沉重的仪器配件，眯缝着双眼，双脚踩入厚厚的积雪，拖着疲惫的双腿，步履维艰，艰难向前挪动。

为了减轻搬家时的负担，勘探队员的行李都非常简单，甚至连个枕头都没有，就只背床被子。队员们都是把衣服叠起来和书放一起，当枕头用。

贵州夏天雨多，冬天阴冷，地质队员又长期在山野工作，吃住都在野外，因此，在勘探队得风湿病的人非常多，一到下雨天，许多人就腰腿疼。那时候的地质队员都是搭着帐篷，睡的是帆布做的行军床，行军床两头绑绳的地方都有眼儿，由于经常下雨，非常潮湿，时间长了，地上的草会顺着行军床的缝眼儿长到被子里。

勘探队员去的地方大多是山里，山里人迹罕至，崎岖的山路，车上不去的地方布满了人的脚印。本来是没有路的，地质队员去的地方才有路，许多路是地质队员走出来的，地质队员把鲁迅先生所说的话改成了“山上本没有路，走的地质队员多了便有了路”。地质队员许多时候是边修路边勘探，勘探到哪，就把路修到哪，到目前为止，贵州大山里的很多乡村土路，都是当年地质勘探队员们修的。

地质队员既是大山里的开路人、探险者，也是大山里的遇险者。有一次，女勘探队员胡莉半夜三更被什么东西碰醒了，蒙眬中，她看到床上什么东西在晃动，用手电一照，原来是一条又粗又长的巨蛇，不知道什么时候钻进了她的蚊帐里，就在她的身旁，她吓得半死，几乎是丢了魂地号叫起来……那叫声真是太恐怖了！至今回想起来，郑德祥都有种不寒而栗的感觉。

真正的苦是说不出来的！

煤炭作为重要的能源，在国民经济发展中，有着重要的地位。

新中国成立之初，在优先发展重工业的背景下，以煤炭资源勘查为代表的地质勘查工作，被摆在了基础性、先行性的地位。但是哪里有煤炭，煤炭资源的储量是多少，煤的质量怎样，是否具备开采的价值，这些，都需要靠煤田地质工作者的工作来完成。

郑德祥记得，电影《创业》中有这样的镜头：数九寒天，滴水成冰，铁人王进喜纵身一跃，跳进了冰冷的泥浆池里搅拌泥浆。这样的镜头感动了无数中国人。郑德祥说，我们煤田地质的泥浆池，要比石油的小得多，用不着像王铁人那样跳下去用身体搅和，但是我们清理泥浆也非常艰苦，不管是寒冬腊月，还是酷暑炎炎，你都要下池里清理沙子，用人工搅拌清理，这个工作又脏又累，苦不堪言。

郑德祥说，干上了地质这一行，就与节日无缘了。在他记忆里，老勘探工人和技术人员，尤其是负责看钻机的，几乎没人在家过春节，也很少享受其他节日，地质队的工作是越到节日越忙，越不能休息。

贵州的天气，夏天阴雨绵绵，冬天雨雪交加，就是一个“冷”字。雨衣和水靴几乎从不离身。郑德祥说，冬天不仅要穿棉衣，也要穿雨衣，那时候出行如果有车，也只有敞篷车，没有车篷，四面透风，要穿雨衣，不穿雨衣的话，被风吹打，浑身就湿透了，那真是透心的冷，透心的凉，冷得人受不了，穿着雨衣可以挡风挡雨。冬天天气寒冷，有时下车后脱下雨衣，雨衣已经冻得又硬又脆，轻轻一掰一拍，雨衣就折断了。

新中国成立之初，由于从事地质勘查的专业人员少，数量极为有限的科技人才与大规模经济建设的迫切需要之间形成了矛盾。按部就班地通过学校教育培养科研人员及各类工程技术人才的方法，已经无法适应新的建设形势，一些非常规的人才培养方式出现在许多领域，由此形成了在当时特殊的历史条件下人才成长的独特路径。

郑德祥从北京来到贵州，他在北京的学校有三个系搬到了贵州，他跟着学校一起到了贵州，当时，他正读大三。一年后，他分到了142队。

他从来没有想到，地质队里的日子会那么苦，那么难熬。

他到地质队，印象深刻的第一件事是爬山和走路。在地质队，爬山、走路是日常工作和生活的常态，每天山上山下要走几个小时，一天走几十里路是常事。

那时候他还年轻，虽然每天爬山、走路很累，但是不觉得苦。142队队部在六枝，他记得在郎岱施工期间，有的同事遇到家里有急事，没有别的办法，只得走路回家，要走多长时间呢，从郎岱走小路走到六枝，都是羊肠小道，有的根本算不上路，这样的路要走12个小时。贵州比较落后，交通不便，山多，且山路崎岖不平。如果碰着车，不管什么车都得坐，但更多的时候是没有车的，也没有公交车，也没有敞篷车，出行都靠走。

“即使有车，钻工也坐不起。”郑德祥说，他当钻机机长时，工资每个月仅有42元钱，贵州当时很穷，但当地老百姓形容地质干部是“老母鸡”干部，就是说一个月的工资只能买几只老母鸡。“虽然有些夸张，但从中能看出当时地质干部艰难困苦的情景。”郑德祥说。

贵州山多且山形复杂，又高又陡，郑德祥说，地质队员长年累月地在大山里行走，在野外作业，要攀爬陡峭的高山，要穿过茂密的丛林，要跨越湍急的河流，翻山越岭，与大山为伴，与岩石为伍，与树木为友，与风雪比邻。都说蜀道难，在郑德祥看来，贵州的山比蜀道更难、更险。

地质队员脚上的鞋子都是特别定制的，厚底高帮的登山鞋，粗皮，又笨又硬，还特别沉，但这种鞋子抓地，耐扎，防滑，登山时轻易不会滑倒和跌跤。走长路、远路、碎石路时，鞋底的刚性和硬度可以减少弯曲，保护脚掌，走路不会过度疲劳。高帮能让脚踝减少左右摇摆，不至于崴脚。靴子面大包头能保护脚趾，不至于被踢伤。登山鞋抓地，身背沉重的地质包爬山行走，有种脚踏实地的感觉。穿行在南方的崇山峻岭、密林草丛中，特别怕遇到毒蛇。穿着登山鞋，可以预防各种毒蛇的攻击。

“上山下山的路几乎不能称为路，最宽的不过一尺。丝毫不夸张，我那会儿还年轻，我从山上下来，走到一半路时，看到脚下的陡坡，不敢走，坡太陡了，人下不去，腿一软，就得秃噜下去，滚到山坳底下。”

煤田勘探的目的有两个，一是看煤层埋藏的情况，二是根据勘探情况，计算出地区储量。郑德祥所在的勘探队，在建队之初的几年时间里，重点开展野外地质填图、观察各类地质现象、采集样品、提出问题、编制报告等工作，为六盘水的矿山开采设计与开发提供了科学依据和技术支持。贵州地质情况复杂，地层复杂，山高路陡，勘探难度大。地质勘探经常要爬到山顶最高处，工程技术人员爬山最多。地表的煤是不能用的，它是被风化的，要测煤炭的储藏量，就要勘探和开采地底下的煤，起码勘探到七八米以下，我们的勘探机最深能勘探1000多米深。经过勘探，确定煤层可采煤层的基本情况。有的煤层分30多层，可采煤层是多少，煤层是否稳定，这些都得经过勘探勘测，提出科学数据，才能确定是否可以列入可开采的矿藏。

勘探队员对于吃，从来不敢有奢望。郑德祥记得，他曾经煮出的白米饭是黑的，因为山里没有水，都是用从煤洞里流出的黑水煮饭，饭是黑的也得吃，不吃就得饿着。没办法，有钻机的地方，就是立钻的地方，钻机和立钻的地方，是按照勘探线确定的，不能随便说我在这打不行，换个地方打，或者换个有水的地方打，要按勘探线打钻，勘探现场那些孔都是有坐标的，定在哪就是哪，不是你自己想到哪就到哪，所以打钻的地方不一定是有水的地方。喝水是最困难的，有时候喝水，要到三千米以外的供水水房去拉水。冬天里冰天雪地，菜运不到山上去。大多数时候吃咸菜，经常是十天半个月吃不到青菜。

勘探队实在太苦了，有许多人都想方设法往外调，有人说哪怕到煤矿下井也不愿意去勘探队，起码不用再受风吹雨打，不用生活在野外。

翻山越岭，跋山涉水，野外作业，风餐露宿，迎雨冒雪，因工程变动而不停地搬迁和四处流动，这些是地质队员日常工作的常态。长年累月的野外地质生活，长时间处在人烟稀少、远离村落的荒山野岭，需要怎样的意志和毅力才能坚守，要克服一般人难以想象的孤独和隐忍。夜深人静的大山深处，长夜漫漫，孤独难耐，物质生活匮乏，文化生活更是贫乏，精神世界的孤单，实在是一种更加难以排解的困苦。

我问郑德祥，你在北京有那么好的生活，却从首都那样的大城市，到了贵州这么偏僻落后的山区，当时来了什么也没有，从事的又是这么艰苦的工作，反差特别大，再看到别人调走了，你有没有后悔过？

从不后悔！郑德祥坚定地说。勘探工作就是意味着长年累月在野外，对不对？这是我自己的选择，我不后悔。那时候年轻人，听党的号召，听毛主席的话，哪里需要哪里去。而且把地质勘探想象得很美好，自己学的是地质勘探。学地质的不一样，有的是搞地质情报，有的是搞地质科技，我们是搞地质勘探，你勘探专业毕业就得跑野外。当时年轻，有理想，身体好，也很想在山上跑，感觉非常光荣。那时候没有任何自私的想法，就是一心想着国家，想着工作，凭着一种责任心去完成组织上交给的工作，年复一年就一直认真地干下去，感觉党交给你的任务，你就应当干好。

只是太苦了，真的太苦了，苦得厉害！

真正的苦是说不出来的！郑德祥说。

一口气吃下95个小柿子

为有牺牲多壮志，
敢教日月换新天。
喜看稻菽千重浪，
遍地英雄下夕烟。

——毛泽东

唱着《勘探队员之歌》，从学校来到地质队当上了一名勘探队员，向正生踌躇满志，意气风发，他全身心地投入自己热爱和向往的钻探工作中，虽然又苦又累，但他从不觉得苦，也不觉得累。

1958年，国家“二五”计划实施，按照“鼓足干劲，力争上游，多快好省地建设社会主义”总路线要求，为尽快为国家提供煤炭开发资源，开启了大煤山勘探。

向正生和他所在的142队，开始了一段激情燃烧的岁月，全部参与了大煤山勘探。

大煤山位于六枝境内，1959年底大煤山背斜勘探，勘探面积达250平方千米。

不怕否定，坚持科学，为了实现地质工作“大跃进”快速评价和提交地质报告，向正生和他的同伴们，解放思想、破除迷信，采取边施工边收集资料、边整理边分析研究、边修改设计边指导施工的方法，发扬敢想敢干的精神，千方百计地创造条件，积极推广钻探高压大水快速钻井经验、焦作的无岩芯钻井经验、电测解释法经验，满腔热情、争分夺秒地投入为国家开发煤炭资源的工作中。

1960年7月，贵州煤田142队成立了大战万米指挥部，提出更高目标：以钻探为龙头，月进2000米，千方百计创造条件实现年上1万米。为实现目标，组建红旗号万米机，48人交叉作业，设备物资交替使用，人歇机不停。指挥部每天晚上定时召开的调度作战会议要开到深夜才结束，第二天一早又开工。钻机遇到地质问题不论白天黑夜立即上山赴现场指导，那时的向正生，浑身似乎有使不完的劲，有爆发不完的激情与干劲。

由于目标定得高，但技术设备又较落后，大家感觉压力大，地质勘探技术人员担心高指标快速钻进影响勘探质量。为了确保质量，向正生不惧困难，他坚持在放宽无芯钻探时，有重点地选择性钻孔取芯钻进或分段取芯，在构造孔、基准孔、煤层对比、标志层重点取芯。特别是在推广“三无”（无机电测、无机抽水、无机封孔）经验之前，进行先试验后推广，要求在路边的一个孔进行试验。经电测、抽水、封孔，效果差，向正生认为，不宜推广，但却遭到了有些人的否定。

后来，向正生要求记录员在无芯钻孔中坚持捞岩粉，试着通过岩粉鉴定来指挥施工，但因岩粉成分混杂，受钻头刻取颗粒粗细、泥浆浓度、水压大小、岩粉物理等多种不稳定因素影响，较大岩粉分选性差，难以确定层位，他认为仅能做大致参考。后来，通过夜以继日，不睡觉不吃饭连续测井，了解野外煤层覆层情况和地质构造，狠抓电测对比，钻探煤层对比，提高地质综合研究程度，及时调整、修改钻孔设计，指导勘探施工，确保了准确定位层位。

1960年大战万米结束，无芯钻孔比例为76.5%，达到了大战万米高产目标。红旗号钻机台最大月效率2800米，为1958年的19.18倍，全年完成14647米，创历史最高水平。

而在这一年，机长刘跃东获得全国标兵，142队获金字红旗一面和省流动红旗一面。在“大跃进”中，完成勘探储量83300万吨，进尺8万多米。

向正生说，大战大煤山的那段日子，是我一生中最难忘的时光。我们每天睡眠不足4个小时，有时甚至通宵达旦，没有怨言，不讲条件，一心只想着出色地完成任务，让上级放心，让领导满意，为国家建设多做贡献，以满腔的热情忘我地工作着。

当时生活物资奇缺，粮食定量低，吃不饱饭，甚至一整天不吃饭都在干工作是常事。有一次，在下耳贡时，向正生和同事在山里跑了一整天也没吃东西。好不容易找到一个老乡家，想买点东西吃，老乡家也没有任何食物，只有柿子。两个人只好把老乡家里仅有的柿子全部买来充饥。那天，向正生与黄家荣两个人一口气吃下了95个柿子，才挣扎着回到工区。

还有一次，向正生和他的同伴在马鞍山以东麻尾村西山里跑了一整天，到了傍晚，浓雾迷漫，天色已晚，四处开始暗淡下来，山野似乎变得诡异，甚至有些可怖，两个人已经一天都没有进食了，他们又饿又累，几乎虚脱了，终于在山里找到了一户人家，他俩想买点东西吃，但老乡家里只有一个大南瓜，这个南瓜足足有8斤重，两个人狼吞虎咽，一顿吃光了这个大南瓜，用以充饥。

地质队里得胃病的人很多，由于劳累过度，营养不良，加上饥一顿饱一顿的，向正生一度手脚浮肿无力，患上严重的神经衰弱症，多年以后才慢慢有所好转，慢慢恢复。

你是我的牵挂

地质勘探队员带着对祖国的热情，怀着对建设强大国家的美好憧憬，满怀激情，一路唱着《勘探队员之歌》，开进了荒山，开进了茂密的森林，开进了荒无人烟的深山之中，他们支起帐篷，在荒山野岭中，开始了地质生活。

在中国的版图上，六盘水真是无足轻重的一个小城市，但是它在大三线建设中的意义，却非同寻常，六盘水地质勘探，某种意义上，对整个大三线建设来说，具有举足轻重的地位。

对于大三线的建设，向正生可能会说个几天几夜，在他心中，勘探事业是他的生命，而对于他的女儿向蕴蔚来说，父亲，似乎从来都不属于他们做儿女的。

向蕴蔚是向正生的小女儿，上有一个姐姐，下有一个弟弟。她告诉我，在她小时候的记忆里，是没有父亲这个概念的，他们姐弟三人感觉都是自己长大的。

"小时候对父亲完全没有印象，因为常常见不到，就算是过年过节了，也常常见不到，父亲几个月才能回家一次。"向蕴蔚说。很小的时候，她就是知道有父亲这个"东西"在，但是就是见不到父亲的样子。甚至母亲的概念也非常模糊，她的母亲蒋美毅也是142队的工程师，夫妻俩长期在生产一线，很少有时间顾及家里。

"我印象最深刻的一次，有天深夜，天很冷，外面下着雨，这时门开了，就感觉眼前有一团黑乎乎的身影进来了，我好长时间没有反应过来，是父亲回家了。进门以后，父亲就站在那里发抖，浑身上下一直抖个不停，一直抖，一直抖。那天，父亲是坐着敞篷车回来的，天气寒冷，又下雨，一路上他就在敞篷车上坐着，被雨淋着，被风吹打着，挨着冻……”

天这么冷，还下着雨，为什么还回来？姐姐问父亲，父亲哆嗦着身子，颤抖着声音说，我牵挂你们啊！对于向蕴蔚来说，父亲是他们心底最温暖的依靠，对于父亲来说，儿女们是他心里的牵挂，无时无刻的牵挂。

在地质勘探行业，有一首打油诗，“有女不嫁勘探郎，一年四季守空房，有年有月回家短，带回一身油衣裳。”这是地质勘探队员最形象又最真实的写照。

向蕴蔚说，小时候，他们姐弟三人都是自己长大的，经常好几个月见不到父母，他们很小就学会了独立生活，自己学着做饭，自己学着补衣裳、做家务，一切都自己解决。有一次，三个人买来肉煮着吃，不知道肉已经坏了，结果三个小孩全部拉肚子，姐姐带着她和弟弟半夜去医院，路上遇到了一群野狗，三个人吓得又跑回家了，然后姐姐一家一家地挨家敲门找药……

父辈的旗帜

从小和向蕴蔚一起长大的余丽娜，有着和她相同的经历，说到在勘探队工作的父亲余隆生，余丽娜更是百感交集——

余隆生1933年8月13日在重庆市荣昌县出生，1951年参加工作，在重庆市永川区税务局，1956年调重庆市地勘137队工作，搞地质勘探。1958年支援三线（前期筹备）调贵州省煤田地质局六枝特区地勘142队工作，先后在北京地矿部、成都矿院学习进修物探专业知识。生前系贵州煤田六枝特区地勘142队地质科物探（也叫电测）工程师，物探组组长。

“我父亲的一生，平凡而光荣，他们这一代人，为了六盘水市的繁荣，献了青春献终身，献了终身献子孙。”余丽娜说。

那时生活、工作条件极端艰苦。当时六盘水市没有铁路，没有公路，所有生活工作设备都靠人拉肩扛，五十载风雨兼程，半个世纪春华秋实，他们用战天斗地的豪情，为了六盘水市几十年的开发建设，为国家大三线建设，不仅创造了六盘水市从无到有、迅速崛起的巨大物质成果，还给我们留下了宝贵的精神财富。

那年月，抓革命促生产，每年的元旦要上班，为了迎接开门红。记得有一年大雪封山，那时只有解放牌的没有篷的敞车，元旦全部正常上班，车子到了山里，打滑上不去山，我父亲及车上的全体人员，把身上穿的大衣及被子等铺在路上，让车子过去。

余丽娜目睹了父亲及老一代三线人的奉献精神和艰苦生活。他们从工区到钻机上班，走时，带几个馒头，一个军用水壶里装满水，带一点腌菜，一点辣椒面，一点盐，有时几天也回不来，就在当地老百姓家买几个土豆，添把柴，把土豆烧熟了，蘸点盐和辣椒面，喝点水，就是一顿饭。有时带的水喝完了，就在河里装点水，甚至在老百姓的田里装点水，一样喝。

“80年代后期，分到我单位的大学生、中专生，搞勘探专业的，好多都是我父亲带出来的优秀勘探队员。现在都还在岗位上。都是贵州煤田地质局的骨干。”

余丽娜清楚地记得一件事。有一年冬天，余隆生生病发烧病倒住院了，但有一口井打完了，须马上进行电测（物探），因钻孔深，技术含量高，一般人完成不了这项工作，那些年，每遇到深孔和断层多的孔，必经过余隆生亲临现场进行电测，余隆生的技术水平，在勘探队非常有名。

“记得当时地质科科长到医院，问我父亲怎么办，因为此孔深，断层多，如果不及时电测，容易井内抱钻，垮塌，不仅钻工们辛苦几个月的工作报废，而且会给单位造成几十万元的损失。我父亲说，马上上钻机电测，不能耽误，当时单位领导安排，医生用担架把我父亲抬到钻机现场，在现场整整测了一天一夜，才回到机关住院。由于在寒风中带病工作，后来留下哮喘的病根，一直没有治好，1993年8月6日因肺衰竭离我们而去，那时，离父亲60岁生日还差7天！”

余丽娜说，父亲是一个积极、乐观向上的人，他没有上过大学，之所以在技术上有过人之处，全都是自学成才。从技术员到助理工程师到工程师，都是一次次学习、考试硬考取的，一直到他离开我们，都还在自学俄语、英语。

平时我父亲喜欢唱歌，唱得特别好，特别是《勘探队员之歌》，还有五六十年代的苏联歌曲，他都喜欢唱。

小时候，每到年底，我父亲肯定会拿着“先进工作者”的奖状回家，那时候，一家人不知要高兴多少天。

我们家的奖状贴满了墙，无论老的小的，一到我家都要多看几眼，特别是同学和朋友来家，我就会骄傲地说，看，我爸又被评上先进了。那种光荣和自豪感，是语言无法形容的。

我从六盘水回到大连后，又收到余丽娜从贵州发来的微信，和我讲起她母亲：

“我的母亲郭祚华是重庆市永川区人，1952年与父亲相识，自由恋爱结婚，随父亲一同到重庆137队，又从重庆调到贵州煤田地勘142队。当时母亲在142队机关食堂工作，因为我们家孩子多，兄妹4人，父亲长年在野外工作，一年也难得在家待上几天，根本照顾不了家里，为了让我父亲安心工作，母亲辞职回家，专职做家庭主妇，照顾我们。我母亲特别善良，我们几个从小到大，她从来没有骂过我们一句，也没有打过一下，我们单位，谁家有事，她都会去帮忙。母亲几十年辛苦付出，没有工作，也没有退休工资，但她从来没有半点怨言。有时我也问她，辞去工职，纯做一名家庭主妇，你不后悔吗？她总是笑着说，有什么后悔的！如果当时不辞职带你们几个，能有你们的今天？你们4个都读了好学校，有了稳定的工作，生活有了保障，我知足了！”

她说，之所以要特别提到她的母亲，是因为在三线建设中，有许许多多像她母亲一样的普通妇女，她们舍小家顾大家，放弃了青春年华，做出了许多牺牲，她们和三线建设者一样，同样为国家、为民族奉献出了自己的一切，祖国和人民不应当忘记她们。

“父母这一代人，为了三线建设真是鞠躬尽瘁，无怨无悔。”余丽娜含着眼泪对我说。

打到地球中心去

勘探队员是开拓者，他们在崇山峻岭中竖起高高的尖尖的钻塔，他们高喊着“打到地球中心去”，那豪情万丈的吼声，把沉睡的群山唤醒了；他们在深山峡谷中穿行，披荆斩棘，所向披靡，寻找大地丰饶而奇妙的宝藏；他们立于高山之巅，仰望星空，心向祖国，虽苦无惧。他们从一个阵地转移到另一个阵地，年复一年，周而复始，艰苦奋斗，他们几乎踏遍了六盘水的山山水水，提供了普查和精查的重要资料，为矿井的开采打头阵，为六盘水的建设做出了巨大贡献。

郑德祥当时的工资每个月只有42元钱，但他很知足，他说，我的工资比当时的乡长工资还高。那时候的乡政府不像现在有楼，有车，那时候只有七八个人，办公室就两三间旧房子，设施几乎谈不上，办公桌就用钉子钉两块木板，长板凳也是用木板钉上木桩做成的。

居住条件简陋，建设者们还要克服和战胜气候、水土不适应等困难，尤其是吃饭的困难。

“越是穷乡僻壤越重感情，就像你看小说也好，电影、电视剧也好，越是偏僻少数民族地区，越是重感情。

“贵州少数民族多，苗族、布依族、仡佬族、彝族等，日常生活中都有接触，我们在苗族寨住过好久。苗族人待人热情，他对你好到什么程度？他切腊肉片，有你充电宝这么大一块块的。

“我们的钻工当中有很多就是布依族，在三线建设照片里，有的男的不是戴着帽子吗，他们就是布依族。布依族、仡佬族、回族、彝族，142队就有七八个民族的职工。

“有时候我们牛肉吃得多，为什么呢？一到冬天，牛一滚坡，就失去使用能力了，老乡就把牛卖给我们。因为当地老乡不吃牛肉，很便宜卖给我们。你们相信牛肉白吃？卖牛骨头和卖牛皮的钱就够买那头牛。所以我们就冬天牛肉吃得多。吃肉要连续吃一个星期，因为没有冰箱，无法存放，不吃就烂了，只能一直吃，抓紧时间吃，把肉吃光了为止。吃过肉以后，可能就两三个月再没肉吃了。”

由于20世纪50年代地质勘探工作者艰苦奋斗，他们拼了命工作，创造了一个又一个奇迹，仅贵州煤田地勘工程量就表明，整个50年代和60年代的地质大勘探，已经提前30年完成了六盘水区域的地质勘探，也就是说获得的地质资料足够支撑区域矿区开采30年。

中国地质大勘探，地质队员们是用生命在奔跑，用生命在寻宝，经过勘探，国家发现了普郎煤田、西部煤海，煤炭部贵州省煤炭工业管理局煤田地质勘探公司所属142队、159队、地测大队以及地质系统的557队等地质大队，先后对六盘水的煤田进行了勘查。经过几年的普查、详查、精查，获得了普郎煤田、水城北部煤田、水城南部煤田（格目底向斜）、盘县煤田等煤田的详细报告，又经过煤炭部重庆设计院、贵州设计院的精心设计，50年代后期，煤炭部贵州省煤炭工业管理局郎岱建井处（后与建安公司合并成立贵州省煤炭工业管理局第二基本建设公司）在六枝矿区揭开了建设矿井的序幕。

1958年“大跃进”时期到处大炼钢铁，急需燃料，经煤炭工业部决定，从抚顺、通化、大同、开滦等地调来大批煤炭工业干部、工程技术人员、技术工人和贵阳煤矿部分干部成立郎岱建井工程处，计划在六枝矿区开九对矿井，总设计生产能力为年产210万吨原煤。六枝矿区含煤面积达263平方千米，已探明的煤炭地质储量为25.6亿吨。

他们头顶青天，脚踏荒山，房无一间。在当地政府支持下，租借些民房（有的职工住在牛圈上层）。民房不够，便搭起帐篷，在野外安营扎寨。在这人烟稀少的荒地上，煤炭部又从徐州成建制调来一个建筑安装工程公司。

1958年11月成立郎岱矿务局，1960年郎岱县改为六枝市，郎岱矿务局改为六枝矿务局。

难忘那高高的钻塔

历史是一条见证奇迹的长河。

无论在都市乡村，还是在崇山峻岭；无论在辽阔的江河湖海，还是在无垠的莽原田野，人们在遥望蓝天的同时，总能看到那些高高矗立着的钻塔。不论是角铁结构的井字塔、三角塔，还是钢管结构的人字塔，在那些高高的钻塔下，总能看到地质队员坚韧不拔、巍然挺立的身影。他们双目炯炯，气质高昂，威武雄壮，成为群山之巅、蓝天白云下最动人的风景……

余丽娜从小在地质队大院里长大，对地质队非常了解，她告诉我，地质队由机关、工区和钻机三部分组成。机关上队部，主要是行政工作，有党政工团、地质科、子弟学校、机修厂、材料科、卫生院、后勤科，主要在当地的县城；工区分为地顶科、物探、机修工、调度、食堂、医务人员等；钻机，主要是第一线工人，长年在没有人烟的深山老林里工作。

钻机都是三班倒，平时除了上班，下班回到工棚，工人们最大的爱好，就是喝点酒，当地农民烤的苞谷酒，两三元一斤。

没有菜，只有辣椒，在火上烤下，蘸点盐下酒，钻工们只要有酒喝，就开心得不得了，再苦再累，都不觉得。

“钻工和工区的工作人员，每月可以回到队部休息4天，但是大部分人一年都难得回到队部休息，包括我父亲，我们一年也见不到他几次。”余丽娜说。

有一个地质队员，在山上看钻机，当时，大雪封山，他在山上断粮半个月，当时队里派人给山上送粮，送完粮回来时，车子打滑，眼看着就要跌到山底下去了，正好被一块大石头把下面给垫起来了，停在山崖处。他们只好跑出去三公里外，到老乡家里花钱买炉灰渣子，把路上撒上炉灰渣，又在老乡的帮助下，两头用大绳子把车前面拦住，硬是一起把车子拉回来了，避免了车毁人亡的惨剧。

“我们野外都是席棚子，比大庆油田的干打垒要苦得多！他干打垒总是石头砌的房子，我们这里是席棚子，北方叫芦席，在北方是芦苇做的，在南方就是竹子做的。

“我们住的是席棚子和油毛毡搭建的房子，夏天在那个里边待着，油毛毡被太阳烤，味道又大，又闷又热，比桑拿还热，下了夜班，你想睡个觉，根本就不可能。如果能住到哪个老乡家，那就相当不错。那时候的老乡居住条件也不好。下面是牛棚猪圈，上面住人，这种条件已经不错了，虽然味大，但是起码能遮风挡雨。住在油毛毡房子里，遇到下雨天，说漏就漏，外边下大雨，里面下小雨。被子时常被大雨浇透，帐篷时常被大风掀翻，寂静而又漆黑的夜里，听着帐篷外呼啸的大风，时常会陷入孤独。

“记得我们在纳雍县，就是在毕节这边，在那住宿。下大雨。当时我们是住进没几天，周围的排水沟还没来得及挖，第二天早上大家的鞋都不见了，都被水给冲走了。所以我们勘探队的居住条件确实太差了。像电影上那样住帐篷，又浪漫又唱歌跳舞的那是瞎说的，没唱过歌，也没那么浪漫，当时也是咱国家没有钱，说句不好听的话，穷得叮当响，当时机关干部的定量每个月只有23斤至29斤粮食，野外钻工的定量是一个月42斤，重体力劳动，定量也多，粮票就多，出去吃个饭方便，那会儿走到哪都要粮票。”

142队在六枝、173队在盘县老屋基都是首战得胜，第一批建井队伍已经源源不断地开进矿区。郑德祥一直在地质队，从60年代初，到参加大三线建设，他在野外工作了10年，70年代初期回到机关。野外10年，走遍了贵州，走遍了六盘水的山水。

他在142队，先后勘探过六枝矿地宗、六枝、平赛、茅家、苦竹林、上纳、大寮、岱岗、大用、郎岱、归宗、黑拉戛精查，以及凉水井扩大精查补勘、双夕普终，探明储量9.806亿吨。

三线建设初期工人们居住的油毛毡房

贵州省煤田地质勘探公司水源队，自调入六枝区下营盘青杠林驻地，自己动手修筑砂、石铺垫的简易公路，架设高压输电线路，修建干打垒房、棚、库房，并自己设计引来生活用水；在盘县刘官屯片区，地勘公司组织职工架设从两头河至刘官屯大约12千米高压输电线路。组建土建队就地取材，自己动手采石挖土，大搞干打垒房子，边学边干，建造以竹代木、竹席油毡结构的临时工棚、“三合土”、“毛石”干打垒房子，为解决盘县刘官屯片区职工子弟就学，修建了一所砖木结构的学校。钻机工人住房大都是自建简易竹席油毡工棚，部分租用当地生产队的民房或是借用公房。勘探队员的生活设施在“先生产，后生活”的原则指导下坚持低标准。

一幕又一幕催人泪下的艰苦画面，一场又一场无声的地勘战役，最终都汇成了一份又一份丰硕的地质成果报告。地质勘探工作是一项异常艰苦又科学严谨的工作，地质队员经过勘探，对矿区的地层、构造、矿产及水文地质等，要进行详细阐述，提出科学的结论，形成地质报告，国家再根据报告，编制相关计划，确定需要开发的煤田及矿产……

50年来，在几代地质勘探人员含辛茹苦的不懈努力下，实现了贵州煤田地质事业的历史性转变。从总体煤田地质情况不明，到基本查清煤炭资源分布规律；从煤炭资源家底不清，到成为江南煤炭资源第一省；从单一的煤田地质勘查，到工程地质、环境地质、地质灾害治理等，不仅为“西电东输”工程提供了可靠的资源保障，也为贵州建设南方重要的能源基地提供了科学的决策依据。

在我国，地质学曾在新中国成立初期因国家对能源与矿产资源的迫切需要而备受重视，拥有很高的社会地位，在油田勘探、地质找矿等领域为我国的社会主义建设做出了巨大的贡献。也因此造就了曾达到百万规模的中国地质学工作队伍。

那时，这里没有林立的高楼和繁华的街道，没有高端商场写字楼，也没有国际范儿的地标。那些旧时的景象却是一代代贵州地矿人记忆中最鲜活而迷人的地方。

钻进地心深处的钻头，铿锵无敌的地质锤，山中高耸的钻塔，地质人攀登跋涉的身影，把深藏于六枝、盘县、水城高山深谷中的千年宝藏探明和搜寻出来，随着三线建设的全面启动，地质勘探报告的科学呈现，一座座矿山开始修建，一座座高炉开始建设，一幢幢厂房拔地而起，因三线建设而生的年轻的六盘水，顿时有了面向未来勇敢掘进的底气和勇气。

第三章　争做开天辟地的人

地质勘探工作者，被形象地比喻为“开天辟地”的人。

1964年9月，煤炭部开始从全国各地成建制抽调建设队伍进入六盘水。一年多的时间里，从15个省的25个矿务局抽调28个工程处、8个地质勘探队到六盘水参加煤炭基地建设。

一场围绕三线建设的煤田勘探大会战开始了。

六盘水煤田大会战

进入20世纪60年代，为了保障国民经济建设所需要的煤炭资源，按照统一协调和部署，初步对全国煤炭工业发展布局进行了论证，相继对重点项目、矿区组织开展了以“大会战”为主要形式的大规模煤田地质勘探，产生重要影响的大型会战有十几个，其中最有影响力之一的就是贵州六盘水煤田地质勘探大会战。

煤炭资源勘查是煤炭工业建设的基础和先行，煤炭地质工作者被誉为“煤炭尖兵”。

六盘水煤炭工业基地的建设是从“备战、备荒”“要准备打仗”的战略方针出发，为了与攀枝花钢铁生产基地建设相互配套，并满足西南三线建设的需要，在特定的历史条件下进行的。矿井建设以“争时间、抢速度”“多建、快建”为目标，在经过地质勘探，并且在地质情况基本清楚的前提下，矿区建设采用“边勘探、边设计、边施工”的会战方式进行。

1965年8月，中共中央西南局三线建设委员会成都会议决定，在“三五”期间，六盘水矿区建设新矿井16对，总能力1200万吨。为此，西南煤矿建设指挥部最后确定地勘部门首批进行精查（或精查补勘）的项目并要求于1966年底前完工，提交能一次通过审批合格的地质报告：六枝矿区有六枝、地宗平察、大用、茅家寨、木岗、六枝矿区供水水源勘探；盘县矿区有火烧铺、滥泥箐、老屋基、月亮田、大田坝、土城一、二井田；水城矿区有老山、那罗察、汪家赛（精补）、大河边（精补）、二塘（木冲沟、顶拉、大湾）（精补）。1966年3月18日，贵昆铁路全线通车，喜讯传遍六盘水地区，矿区建设大会战如火如荼。

7月，中共中央西南局三线建设委员会在盘县召开了六盘水综合开发规划会议，并决定扩大煤矿建设规模，在“三五”期间，建矿井26对，总设计能力1640万吨。由于三线建设形势的发展，加大了煤矿建设规模，要求地勘部门在1966年底之前增加完成盘县矿区土城、上纳、大察、岱岗、落别等8个项目。地勘部门要在这么短的时间完成26对矿井建设项目的勘探施工，这在贵州煤田勘探历史上从未有过。时间紧、任务重，六盘水煤矿基地建设能否争得时间，加快速度，关键在地勘施工。

按照“快建井，多建井，争时间，抢速度”的指导思想，地勘工作进行了一些新的探索，采取了一些特殊的做法。根据六盘水矿区建设的需要，结合六盘水煤田的地质特征和矿井设计意图以及矿井生产的需要，灵活执行了地质勘探工作必须分阶段（即普、详、精三个阶段）按程序进行和勘探规范中“三类九型”的规定，实行了普、详、精查阶段合理交叉过渡，探索符合六盘水煤田地质特点的勘探方法。

在西南煤矿建设指挥部的领导下，六盘水勘探会战中，地勘公司成立了地质、设计（各煤矿设计院现场设计队）、科研（煤炭部西南煤田地质研究所黔西研究队）人员三结合小组，共同上山下井（生产小窑）做地质调查研究，全面了解各井田的主要构造特征和煤层赋存以及以往地质工作程度。

从会战一开始，无论是哪个级别的干部都与工人和群众同吃大锅，同住“干打垒”，同劳动、同出操。所有的干部都下到基层，深入班、组，言传身教，使会战队伍形成了团结、紧张、严肃、活泼的风气。当时的条件艰苦，干部在参加劳动之余，还要做好工人的思想政治工作，哪里有问题、哪里有困难，干部就到哪里。记得当年参加大会战的工人回忆，当时129队503钻机指导员宋战斌，生病期间正赶上大会战，他病未痊愈就赶回钻场，曾经连续13天吃住在钻场，和工人一起日夜奋战。503钻机机长贺迎泽在外地开会，得知钻机长途搬迁，他星夜赶回钻场，连续奋战两昼夜直到钻机正常生产。那时候的干部很少坐办公室，领导干部几乎三分之二的时间落脚在班、组，战斗在一线。152队队长李广胜养病期间，正值队伍调迁入黔。他立即带领职工到达威宁二塘工区并一道盖干打垒工棚，为施工做准备。在各级干部以身作则的带动下，勘探队员朝气蓬勃，干劲十足。

此时的乌蒙山区生活条件、工作环境都十分恶劣。初来乍到，人地生疏，语言和生活习惯都十分陌生。勘探队员以大庆人为榜样，头顶青天，脚踏高原，发扬自力更生、艰苦奋斗精神，创造基本条件保证会战顺利进行。

从1964年9月开始，煤炭工业部从全国抽调勘探队伍，充实贵州省煤田地质勘探公司，开展六盘水矿区勘探会战。吉林省煤田地质勘探公司112队，成建制由吉林省九台县调入贵州省盘县刘官镇，职工500余人，钻机10台；北京市京西煤田地质勘探队4台钻机调入六枝矿区，职工18人，1965年2月迁镇宁县丁旗镇，扩充后组建成地勘公司173队，有职工465人，钻机6台；1964年10月，河北省峰峰水文4队2台钻机，职工120人，调入六枝矿区下营盘青杠林，补充组建成地勘公司水源队，职工423人，钻机3台；湖南省煤田地质勘探公司129队，成建制由湖南郴县调入盘县赵官屯，有职工530人，钻机6台；1964年9月地勘公司组建地质测绘大队，下属2个地质分队，1个采样队，4个测量分队，职工594人，10月恢复259队建制，职工594人，开动钻机4台；1965年4月，地勘公司更名为西南煤矿建设指挥部煤田地质勘探公司……

经过勘探，六盘水的区位优势和煤炭资源优势凸显，特别是其中优质冶金焦煤的巨额储量，在西昌会议上被国家确定为西南三线建设的主要煤炭基地。

勘探大会战开始后，首战的任务是142队正在施工中的六枝向斜北东翼平寨井田和大用井田。由京西173队提交钻探资料，142队负责完成煤质采样和水文地质勘探，并编制提交勘探地质报告。后因173队调回河北，余下的所有任务，由142队全部完成。接着是黑拉嘎精查勘探，后陆续转入水城各矿补勘，并参加织纳煤田大会战。

黑拉嘎井田精查勘探是大会战时期最大、储量最多的一个项目。当时，向正生被提任主任技术员，主持黑拉嘎勘探区精查勘探。勘探面积22平方千米，区内相对高差大，交通不便，缺少1：500地质和水文地质图，需要测绘。以往勘探区测绘工作，由地测队负责测绘，唯独本区由142队勘探地质组负责测绘，工作任务因此剧增。

由于黑拉嘎以东地质构造复杂地段的于察王寨发现新的断层，为了精确地质构造，加密槽探追溯断层，获得更加精准的地质图，向正生带着他的团队，经过日夜苦战，终于提交地质报告。

1964年9月至1973年12月大会战时期，142队完成六枝平寨井田等14个井田的勘探项目，提交了《水城县小河边煤矿老鹰山井田最终储量报告》等14个勘探报告，经西南煤建指挥部批准，为可供设计依据的精查报告，为六盘水煤炭工业发展提供了精准的资源定位。

地质勘探不仅艰苦，而且危险。由于当时勘探技术落后，要准确探准地质构造，必须广泛深入实地找断层、取煤样、测瓦斯。地勘队员们冒着生命危险，钻遍了各种小煤窑。一些煤窑只能一个人爬进爬出，一些煤窑年久失修、长年积水、支架腐朽、瓦斯聚集让人窒息，小煤窑明火开采随时可能引起爆炸，这些危险像悬在头上的一把利剑，时刻威胁着地质队员的生命。向正生回忆，有一次，他和同事韦久林在大煤山的一个小煤窑采样，两个人正在专心工作，向正生突然听见头顶有异常的响动，他猛然发现头顶的支架压力太大，眼看要支撑不住了，他大喊一声：不好了，快撤退！说着拉着韦久林就往外跑，连工具都来不及撤出，刚出进口，他们作业的坑道就垮塌了，巨大的烟尘从坑道里冲出来，差一点把两个人冲倒在地，惊魂未定的两个人紧紧地拥抱在一起……

向正生说，幸亏跑得快，差一点酿成大祸。

其实，这样的与死神擦肩而过的经历常有发生。有一次，向正生带领4个人去执行采样任务，为节约路途时间，争取多采样，他们头天出发来到岩脚寨采完样后，没有回到队部，而是借住在一个生产队堆放稻草的稻草屋里。等第二天他们出发时，得知有一辆卡车要前往大用，他们赶紧上车，这时候，向正生突然发现少了一个人，他叫大家下车等等。车不等人，当时有人着急要先搭车走。向正声说，我们是个集体，要有集体主义观念，不能让一个人掉队。大家只好下车等待。当时，掉队的那位同志因为半路上内急迟到了。人到齐了，大家再出发，当大家急忙赶到要采样的正在施工的岩脚寨铁路隧道时，见前面的隧道工程指挥部现场已经全面戒严。原来，就在他们到达前10分钟，隧道建设现场内发生了瓦斯爆炸，当场死伤80多人，现场正在紧急抢险。当时大家看到现场的惨状，一个个吓得瘫软在地，一句话都说不出来，如果没有等那个掉队的同志，如果他们上了那辆汽车，后果真不堪设想……

向正生说，人生几十年，弹指一挥间，经历过生死，更觉得人生的可贵。每当我站在高楼眺望这座昔日崇山环抱的山谷，如今已是高楼林立、车水马龙、一派繁华，我的心底就有一种欣慰，为曾经的青春年华而骄傲，为曾经的地质时光而自豪，我的耳边常常会回荡起《勘探队员之歌》：是那山谷的风，吹动了我们的红旗……

“回首人生，我无限感慨，我一辈子没有走出大山，却开发了大山。从五彩斑斓的霓虹闪烁中，我仿佛看到了昨日汗水的波光粼粼，耳边响起了保尔·柯察金的名言：‘当他回忆往事的时候，他不会因为虚度年华而悔恨，也不会因为碌碌无为而羞愧……’”

我问向正生，如果重新选择，你还会选择地质勘探工作吗，还会选择这么艰苦的工作吗？

向正生说，如果再让我重新选择一次人生的路途，我仍然会推开这扇地质事业的大门，走进这片广阔的土地，为祖国的煤田地质勘探事业奉献出我的一切。

附注：向正生，1956年毕业于中南矿学院地质勘探系，分配到四川西南煤田地质局136队，1958年调到贵州六枝142队，1984年后历任六盘水市环保局副局长、煤炭局副局长、矿管办主任，1995年退休。

最美的青春献给你

在贵州大三线博物馆里，有几张“三八钻”女钻工站在高高的钻塔下进行地勘工作的照片，她们在蓝天白云下专注工作的神情，深深地吸引了我。我无法想象，在崇山峻岭中，会有这样一支由一群年轻的姑娘组成的“三八钻”，作为女性，她们如何克服常人无法克服的困难，完成了男人都有些吃不消的勘探工作？

终于，我见到了照片中的142队“三八钻”的代表陈居兰、李淑霞、罗恒女士，她们既是三线的二代，又是三线建设者，她们在深山里风餐露宿，走遍了贵州的崇山峻岭进行勘探，顶起了新中国煤田地质勘探的半边天，在乌蒙山脉谱写了一曲曲动人的青春之歌。

贵州煤田142队成立“三八钻”那一年，陈居兰、李淑霞、罗恒三个人还不到20岁。

1964年，山西省昔阳县大寨村诞生了中国第一支“铁姑娘战斗队”，这支“妇女能顶半边天”的铁姑娘队，一时间，成为年轻姑娘们的青春偶像，从此，各行各业的“铁姑娘队”“妇女专业队”“女子突击队”等以女性组成的专业队伍如雨后春笋般出现在中华大地上。

和全国众多女子专业队一样，贵州煤田142队也成立了“三八钻”，这是一支由30多个姑娘组成的女子勘探队。从那时起，陈居兰、李淑霞、罗恒三个年轻的姑娘，和她们的伙伴们，一起走进大山深处，走向那高高的乌蒙山，开始了不平凡的勘探生涯。

“三八钻”是贵州也是六盘水大山深处第一支女子勘探队伍。

陈居兰说：“当时我们‘三八钻’姑娘，最大的二十出头，最小的17岁，是一支年轻的充满朝气的队伍。‘三八钻’队伍组建后，立即投入了勘探工作第一线。”

陈居兰印象最深的是“三八钻”第一次搬家。

当时，她们在一个地方完成了作业后，要往另一个地方搬家。搬家都得女钻工们自己搬。位于山顶的钻塔，足足有17.5米高，在勘探作业时，塔顶上都披着帆布做的塔衣，平时人在塔衣下面作业，并不觉得塔有多高，有多险。当时，陈居兰和张敏跟着班长一起拆卸钻塔，班长是一位少数民族的男同志，班长在塔尖顶上拆卸，他一手用扳子拆卸螺丝，一手要来回往下递卸的零件，还要不时地换工具，当时，没有人给他换工具，递工具，陈居兰和另一个女孩子就爬上去了，去给班长递工具。指导员在下面吓坏了，喊着她们的名字，一个劲地让她们快点下来。

陈居兰说，当时年轻，天不怕地不怕的，再说，平时在塔衣底下工作，不觉得有什么，爬到塔顶上作业，也没觉得有多害怕，但等塔上的塔衣拆下来后，一下子，我们整个人就暴露在外面，头顶上就是蓝天白云，再往更远处看去，顿时觉得整个人和钻塔都旋转起来了，仿佛人就站在转塔上，非常紧张害怕，腿抖得不行。

陈居兰说，虽然当时非常害怕，但是，当你站在高高的钻塔上时，看到的世界是不一样的，开阔，辽远，心情也变得不一样了，那种感受真的只有亲身经历才能体会到……

钻工们在野外安装钻塔

钻探是一种高强度的野外工作，工作异常艰苦，男同志都有些吃不消，更何况一群年轻的姑娘，男女的生理特点不同，女性从事钻探工作确实需要坚定的意志和毅力。当时勘探作业时，上山没有路，每个人还要扛着上百斤的钻头爬山，她们一趟趟上山下山，硬生生在树林里走出一条路；爬山需要力气，钻探要打到地下千米深，需要力气；从一个地方搬家到另一个地方，需要力气；给铁管铁棍加固加密，需要力气；柴油机坏了，三四百斤的重量，两个姑娘用杠子抬起来就走，需要力气；使好钳子，扭紧管子，需要力气；面对数吨重的钻机，两个姑娘拉动那根绷紧的手杆需要力气……

这些力气活，“三八钻”的姑娘们，都能利落地完成，她们工作起来从不示弱，和男性职工一样出力出汗，她们技术熟练，应付自如，靠的是不断地学习和钻研，还有特别“要强”的那股子劲头，靠着不服输的那种韧性。她们从柔弱的姑娘变成了勘探队的女汉子，那时候，加入“三八钻”的姑娘，都是政治上信得过，工作能力强，业务水平高的骨干。

搬家是最辛苦的，所有的铁管、机器、设备都要自己搬，从山底搬到山顶，再从山顶搬到山底，每根大管子都有十几斤二十几斤重，女孩子们个子小，扛着那么大那么长那么重的管子走山路，是怎样的一种情景啊，她们一趟趟地从山上山下来回搬着，搬着；三四百斤的柴油机，都是靠着她们瘦弱的肩膀扛到山顶的；所有的设备抬上山，安装，接水管，等等，都要女钻工们自己动手去做。

钻机只要开钻，就不能停止，30多个女钻工三班倒，一个班有10多个女生，半夜12点到早上8点这个班，是姑娘们最不喜欢的时间段，半夜时分，在被窝里睡得热乎乎，却要爬起来去上班。勘探地点都是在山里，不管是深更半夜，还是刮风下雨，都要准时上班，大家手拉着手，

142队“三八钻”代表陈居兰在井架上进行高空作业

硬着头皮走夜路，穿越丛林，爬上钻机场。冬天上夜班最辛苦，天气特别冷，积雪厚，山上都是羊肠小道，时常结冰，不好走，平时工作在野外，住的也在野外，搭个帐篷就是家。冬天夜晚的山上更冷，钻塔上都是冰柱子，人冻得伸不出手，但是，这样还得干，从不退缩。真的一点都不敢松懈，后半夜四五点钟困得受不了，但也不能睡，硬挺着。

看到“三八钻”的姑娘们辛苦工作，当地的老乡有些不解：怎么还有女人干这种工作？

长年工作在山里，“三八钻”的姑娘们似乎忘记了自己的性别，她们和男人一样，风里雨里，从不懈怠，遇到喜庆的事，就一起喝酒，一只碗，装满了酒，一人一口，轮着喝，一碗酒转一圈，喝光，再来一碗，像男人一样满是豪情。女孩子天性爱美，但是平日里几乎没有机会穿太好看的衣服，只有回家，回到城市，她们好像才想起自己是女孩子，才会打扮打扮，她们最好的青春、最美好的时光都是在山上钻塔边度过的。

沧桑风雨，岁月峥嵘，“三八钻”成立至今已经40多年了，那群花季少女在深山中披荆斩棘、肩扛重物、翻山越岭、艰难跋涉的身影依然在眼前，那一张张蓬勃向上的青春面孔，成为云贵之巅大山深处最鲜活最美丽的风景。在那个火红的年代，她们坚守初心，用无悔的青春和燃烧的激情，执着地为祖国找矿，打出了一口又一口千米深井，她们把最美的青春献给了祖国的勘探事业。

探寻地层深处未知的世界

从最早的中国地质大勘探，到参加祖国的大三线建设，广大煤田地质勘探队员肩负使命，经风雨洗礼，现岁月奇迹，任岁月染白了黑发，唯初心不改，那高高耸立着的钻塔，永远地屹立在祖国和人民心中——

那高高耸立的钻塔，不染世俗，脱离物欲，甘于寂寞，执守年轮，与天地交流，与苍穹对话；

那高高耸立的钻塔，像一座座时代坐标，闪耀着中国地质人的精神光芒，凝聚着中国地质人金子般的智慧和家国情怀；

那高高耸立的钻塔，将永远激励着一代代中国地质人前赴后继，去探寻地层深处未知的世界，寻找让人类文明与富裕的宝藏。

贵州素以“西南煤海”著称，其资源量仅次于山西、内蒙古、陕西、新疆，居全国第五位，列江南之首，已探明的储量超过江南九省（市）区的总和。位于贵州高原西部的六盘水煤田以蕴藏丰富的优质炼焦煤资源称冠江南，被誉为高原上一颗璀璨的明珠。六盘水煤田地理范围：西起云南与贵州交界处，东到安顺、普定、镇宁；北以普定、堕却、董地、垭都、二塘一线与黔西北煤田、织纳煤田为界；南抵花江、泥堡、威舍与黔西南煤田连接，煤田面积大约15800平方千米。煤田位处珠江水系北盘江与长江水系三岔河；南盘江与北盘江分水岭上的乌蒙山区，地势西北高，最高的韭菜坪海拔2900米，东南低，关岭花江桥海拔451米。区内山高坡陡，沟谷纵横，常见地形标高1500～2000米。

50年来，在几代地质勘探人员含辛茹苦不懈努力下，实现了贵州煤田地质事业的历史性转变。从总体煤田地质情况不明，到基本查清煤炭资源分布规律；从煤炭资源家底不清，到成为江南煤炭资源第一省；从单一的煤田地质勘查，到工程地质、环境地质、地质灾害治理等，不仅为“西电东输”工程提供了可靠的资源保障，也为贵州建设南方重要的能源基地提供了科学的决策依据。

据记载，从1965年至1972年，以贵州省煤田地质勘探公司为主力的14支地质勘探队伍1万余人，开动钻机89台在六盘水矿区开展的勘探会战，勘查从普查进入详查、精查阶段。会战投入经费约1.1亿元，累计完成钻探任务5万米，查明储量133.78亿吨，其中精查储量8874亿吨。会战中贵州省地质局鼎力参与，获得储量25亿吨。勘探会战所获地质成果满足了六盘水煤炭基地建设生产的需要。

第四章　依山傍水扎大营

1964年，中共中央西南局和国家计委按照毛泽东的指示，决定用大兵团集中兵力打歼灭战的方式，开发川、云、贵三省丰富的煤、铁资源，在我国腹地的大山沟里，建成一个行业配套的钢铁、煤炭工业体系，以贵州西部六枝、盘县、水城为中心开展煤矿基地建设，修建三线铁路，形成西南的环线。

在中央做出三线建设决策之后，多位将军被选派去抓三线建设，一批国内最优秀的科学家钱三强、邓稼先等也被选派到三线。在中央，由中央书记处和国务院主要负责人主持三线建设的日常工作。在地方，先后成立了西南、西北、中南三个三线建设委员会，主任均由该地方中央局第一书记担任。三线建设的大项目，均设领导小组；其他三线建设项目，也设立了指挥部。

国防科技工业是贵州三线建设的重点。1965年3月，经中央批准，初步确定在贵州建设94个国防科技工业项目，总投资29亿元，其中，开发煤炭资源共投入19亿元。

彭德怀、邓小平在西南召开了8个部的部长会议，布置了加快三线建设的各项工作，到会的有煤炭部、地质部、冶金部、粮食部、建设部、铁道部、航空工业部等部的部长或副部长。不久，紧接着三线建设万人动员大会在汪家寨矿区召开，煤炭部副部长钟子云做西南建设规划报告，号召大家鼓足干劲，加快工程进度，与帝、修、反争时间。要建设攀枝花和六盘水两个钢铁基地，利用六盘水的优质煤炼焦，用火车把焦炭运往攀枝花供炼钢用，然后把攀枝花的铁矿石拉回水城供应水钢的高炉，同时在水城建了水泥厂、火力发电厂等必备厂矿。

车轮滚滚向西南

三线建设规模之大、投入之多、动员之广、行动之快、职工积极性之高，都是空前的。在那个高度集中的计划经济时代，社会主义制度集中力量办大事的优越性得到充分显示，在中央及地方各级党委、政府的统一指挥和精心组织下，在“好人好马上三线”的号召下，全国各地数以百万计的优秀建设者，不讲条件，不计得失，打起背包，立即出发，从四面八方会集三线。于是，一个被称作“三线人”的特殊群体应运而生。

三线建设以军工项目为主，出于保密和安全的考虑，组织部门在挑选三线建设者时，都注重选拔德才兼备的优秀人才，政治上可靠，业务上精通，能够参与三线建设是一种荣誉。他们当中，有从国家机关抽调的上千名领导干部，有从科研单位选调的上万名优秀科技人员，有从沿海内迁的数万名职工，有从老工业基地和老企业调来包建的十几万工程、管理和生产骨干，有成建制调来的数十万建筑安装队伍，有人民解放军铁道兵和工程兵指战员，还有上百万民兵和民工。据统计，不包括员工家属和就地参加建设的，单是从外地迁入三线企业的，就多达400多万人。

为了响应党中央、毛主席的号召，四川、贵州、云南、陕西、甘肃及河南、湖北、湖南等8个省区的几百万工人、干部、知识分子、解放军官兵和成百万人次民工组成的建设大军，毫不犹豫地打起背包，告别家乡和亲人，跋山涉水，由沿海和祖国的各大中城市奔赴祖国的大后方。

一时间，十几万各路精英会聚六盘水，参加规模浩大的三线建设。

三线建设可谓是举全国之力。国家计委组织新厂建设；建委组织一线国家唯一的重要工厂“独生子”搬迁；经委组织生产三线建设需要的设备和材料。全国各地相关省份，根据中央精神，只要三线需要，人员、物资、设备，要什么给什么，不讲条件，全力支援三线。

1964年7月，根据煤炭部党组授权，由西南煤矿建设指挥部党委决定，从全国各矿务局抽调一批领导干部组成六枝、盘县、水城指挥部、铁路指挥部和西南煤矿建设指挥部部门的领导班子。从全国煤炭工业系统抽调最有战斗力、装备最好的建设队伍，到六盘水参加会战。抽调精干队伍支铁、支电，加强铁路、交通建设，力保大型设备和大量人员尽快进入六盘水。

1965年初开始，煤炭部从东北、华北、中南、四川抽调了28个工程处、8个地质勘探队和6个煤炭设计院，共5万余名勘测、设计、施工人员参加总设计能力1200万吨的六盘水煤矿会战。

随着三线建设展开，人员调配更加密集，项目安排不断提速。仅1965年3月，煤炭部就多次发文，调配干部职工到六盘水地区：从中南煤管局抽调，支援贵阳至水城输电线路建设；从抚顺抽调技术力量在贵州新建671厂；从华东、中南、河北、山西、辽宁、吉林、黑龙江煤管局抽调291名干部；将贵州省煤田地质勘探公司从贵阳迁驻盘县刘官屯；从华东、中南、河北、辽宁、黑龙江、吉林、京西等煤炭系统抽调干部246名，到西南煤矿建设指挥部工作；六盘水三个矿区的行政编制各暂定为120人，所需经费由煤炭企业垫支。同时，项目建设抓紧进行，水利电力部副部长刘澜波到水城视察水城发电厂选址，水城发电厂开始筹建；卫生部、煤炭部派出北京医疗队和华东公司调出的枣庄医疗队、淮南医疗队陆续到达水城矿区；山西太原公司调入水城矿区指挥部；全国煤矿召开干部会议，要求在1965年和第三个五年计划期间，集中优势兵力，以最快的速度建设水城、六枝、盘县等重点煤炭基地……

1965年8月，中共西南局三线建委抽调大量人才到六盘水支援矿区建设，煤炭工业部从东北、华北、中南、华东、西北及四川、云南等老矿区抽调近2万人支援西南煤矿建设。煤炭工业部先后成建制、成班子从京西、抚顺、鹤壁、峰峰、石嘴山、舒兰、双鸭山、开滦、鸡西等全国大部分省市抽调1万余人支援六盘水。

同时，煤炭部陆续从全国15个省（市）区、25个局（厂、院）成建制抽调建设队伍支援六盘水。

三线建设大规模的开发，高强度的投入，资金、技术、人才、劳动力和机器设备等生产要素迅速集聚，在大量企业迁往内地的同时，一大批科技人员和技术工人及大专院校毕业生，被抽调到三线地区，抽调到六盘水。

都说这里天无三日晴，每一个有阳光的天气里，大山里就变得热闹绚烂起来，所有能晒东西的地方都占满了。头上，树枝上，房顶上，到处是五颜六色的被子、鞋子。他们太渴望阳光了，不怕晒黑，只怕晒不着。

一个难得的大晴天，幸运之神眷顾了大山里的三线人。

1965年11月23日，邓小平等领导视察了贵昆铁路关寨建设工地，向铁路建设者传达了党中央、毛主席对筑路大军的问候，在铁路建设指挥部领导的请求下，邓小平同志欣然挥笔题了“关寨站”站名。

1965年12月2日，煤炭部下发《关于做好支援三线职工调配工作的安排》的文件，对继续抽调支援三线的技术力量做进一步安排。文件明确规定：严格执行“四不调”，即生产学习大队的职工不调，身体不好、不能胜任工作的不调，戴着四类分子帽子的不调，壮工不调。必须严格按照四个条件逐个审查。对技术工人的年龄一般可以不限制，只要身体好，能胜任三线工作的就可以调。

截至1965年底，参加六盘水三线建设的人员达6万多人，加上冶金、电力、建材等建设队伍和当年在贵州、四川招收的9000名轮换工及矿区原有建设队伍，共10万余人。

乾坤大挪移

三线建设的方针是“大分散、小集中”“依山傍水扎大营”。要根据当地的地形、地貌条件确定建设项目，要使三线建设的企业适应现代战争的需要，要远离大中城市，分散布点，做到即使在打核战争的情况下，这些工厂和科研单位也打不烂、炸不垮，能继续坚持生产和科研，支援前线。

国家要求，凡不能见效的续建项目，一律缩小建设规模；沿海地区要求增加的投资一律“顶住”，要把资金集中投向三线建设。

贵州的三线建设，是以铁路为先导，以国防工业为重点，使能源、钢、机、化学工业等相互配套的全面建设。从工业布局上看，是以贵阳为中心，以六盘水、遵义、安顺、都匀、凯里为重点，沿着铁路干线呈辐射状态铺开。

一场牵动全国的重量级大企业向大西南三线迁移的工作全面展开，勘探、选址、建设等各项建设工作也开始紧锣密鼓地进行。

1965年下半年，大、小三线建设全面展开并在全省范围内形成高潮。

根据国家计委、国家经委1971年3月8日发出的《关于内迁工作中的几个问题的报告》统计，从1964年到1970年底“三五”计划结束，全国约有380个项目、14506名职工、38000台设备从沿海迁往内地。

从1964年到1966年，经过两年多的努力，三线建设取得了很大的进展。在西北、西南三线部署的新建、扩建、续建的大中型项目达到300余项。其中钢铁工业14项、有色金属工业18项、石油工业2项、化学工业14项、化肥工业10项、森林工业11项、建材工业10项、纺织工业12项、轻工业8项（轻工业包含纺织工业）、铁道工程26项、交通工程包含铁道工程11项、民航工程2项、水利工程2项。

中央一声令下，全国20多个省、市的100多家一、二线的企业陆续迁入，包建公司、对口支援的老厂和几十万科技人员及职工，纷纷奔赴贵州。迁往三线的企业，有的是整建制迁往，有的是一分为二，还有的挑最好的设备和人员迁往三线，总之，一切以三线建设为主。

由于党中央三线建设的决心大，任务急，按照全国一盘棋的思想，各相关部委加强领导，所有迁建单位提前顾大局，密切配合，老厂提前做好迁建相关设备的检修，包迁、帮迁、包投产，迁厂时配备最强领导班子，选拔政治条件好、技术等级高的技术工人，仅鞍钢公司就迁出67个机组和390台电机设备，并提前进行了全面检修，使其质量都达到了技术标准。在运输中7000多吨设备全部完好无损地运到了三线。

据记载，至1964年底，冶金工业部决定把大连钢厂、本溪钢铁厂以及鞍山钢铁公司的部分设备搬迁到贵阳钢铁厂；煤炭工业部从吉林、湖南、山东、河北、山西、云南等省和东北、华东等地调集煤炭勘探队伍支援贵州，迅速开发六盘水煤炭工业基地，与四川攀枝花钢铁基地互相配合；农机工业部决定将天津拖拉机厂工具车间、机修车间部分设备迁入贵州农具厂，组成贵阳农机工具厂；国家计委和国家经委决定将哈尔滨轴承厂和上海微型轴承厂的部分设备和人员调入安顺筹建贵州轴承厂（即安顺轴承厂）；上海第二电表厂、上海电表厂和上海华球电表厂的部分设备及人员调入贵阳，组建西南电表公司。

1965年12月，煤炭部对所属的工程处统一编名，共编为95个工程处，其中有27个工程处参加了六盘水煤矿建设。

据《三线建工简报》41期记载，1965年六盘水煤炭工业基地处于全面准备、重点施工阶段。全年投资5949万元，完成6262万元，超额5%。在全年施工的5对矿井中，六枝矿平峒补套工程（生产能力60万吨/年），已于年末建成；地宗平峒、老鹰山立井、汪家寨平峒、汪家寨斜井等新开工的4对矿井生产能力285万吨。共完成掘进1738米，砌碹820米。房屋建筑开工面积20.5万平方米，竣工面积16.4万平方米，超过了原计划。地质勘探提交精查地质报告5个，煤炭储量达150亿吨。六盘水矿区年产原煤12万吨。

好人好马上三线

国家的重大战略决策一旦确定，全国上下立即行动起来，一、二线搬迁的工厂以及援建的人员，开始奔赴西北、西南地区，几十万人马从条件优越的东部、中部，从城市、院校来到了偏僻、荒凉、落后的大西北、大西南，开始了新中国历史上第一次规模宏大的西部大开发、大建设。

从1964年起，一大批风华正茂的中华儿女，他们有的新婚燕尔，有的初为人父，有的父母年老体衰，但为了响应党中央、毛主席的号召，他们远离家人，迈开大步，义无反顾地由沿海和祖国的各地，奔赴祖国的大后方，各条战线和人民解放军的18万精英也陆续会聚贵州，一头扎进西部大山中，无怨无悔地开始了他们披荆斩棘的拓荒之路，打响了贵州三线建设大会战。

“我们都是来自五湖四海，为了一个共同的革命目标，走到一起来了。”按照党中央“好人好马上三线，备战备荒为人民”的精神，来自中央各部委、全国20多个相关省市的100家厂矿企业，近20万职工和科技人员，迅速地前往贵州，开始了具有历史意义的大搬迁，大挪移。他们为了祖国的富强，为了贵州的发展，其中到达六盘水的就有十几万人之多。三线建设者来自全国各地，他们满怀激情、热血，以博大而宽广的胸怀，心中装着祖国和人民的重托，带着斗志昂扬的社会主义建设激情，来到大山里安营扎寨，安家立业，最终海纳百川，成为贵州精神的一部分，他们的生命与血脉，也融进这片他们曾经为之奋斗过的土地。

他们仿佛神兵天将，一夜之间，从天而降。

仿佛一夜之间，三线像一个“战火纷飞”的战场，格外火爆。

毛主席的号召就是命令，党的需要就是使命，三线建设就是前进的号角。到三线去，到最艰苦的地方去，到祖国最需要的地方去，成为广大热血儿女的热切向往。全国各地掀起了三线热，一时间，“三线”成了最火、最热的词，“好人好马上三线，备战备荒为人民”成了最响亮的口号。

从铜川出发

2019年7月14日，在六盘水水城古镇，一幢红砖小楼格外醒目，这里是中国西南煤炭建设总指挥部的旧址，在二楼当年指挥部的会议室里，正在举办一场特殊的同学会。举办同学会的是陕西铜川煤炭技术学校66届毕业生，与以往同学会不同的是，今年的同学会来了一批特殊的客人，他们是来自母校的全体党员59人，他们不远千里从西安赶到六盘水，参加66届毕业生同学会，看望汤群等18名当年参加六盘水三线建设的老校友，为他们送上学校的问候。

1966年6月，为了响应国家建设大三线的号召，陕西铜川煤炭技术学校4个班级的160名毕业生，离开母校，登上了前往大西南的火车，来到贵州六盘水盘县，支援三线建设，成为光荣的“大三线”建设者。

当年他们来到贵州时，大多在20岁左右，风华正茂，青春勃发，从那时至今，他们在六盘水工作和生活了53个春秋，如今，他们都已两鬓斑白，成了古稀老人，有的已经离世。面对母校的老师和同学们，回想起那段激情燃烧的岁月，老校友们仍然激情满怀，他们坚定地说：“我们，没有给母校丢脸，我们无悔当年的选择！”

铜川煤校的孙肇立，对当年的动员大会记忆犹新。他曾经在接受参加过三线建设的作家南庆杰采访时，回忆起当年参加三线时的情景：

1966年6月1日，铜川煤炭技术学校召开了66届毕业生赴三线建设誓师大会。铜川矿务局党委书记宋丙祥在做政治形势报告时，要求干部子女一个都不能搞特殊，都要踊跃报名，带头奔赴三线。

当时校领导在誓师大会上宣布：独生子女、有妻有子、家有年迈体弱老人要照顾，都可以留校就地分配。学生会主席、校团总支书记汤群，符合条件，他是独生子女，60年代初期随父亲支援西北建设，从上海来到咸阳，后考入铜川煤校，但他却毅然决然地带头报名去三线。在动员大会上，他代表全体毕业生宣读誓词：祖国的需要，人民的召唤，就是我们的志愿！我们坚决服从祖国和人民的需要，奔赴三线，为母校争光，为三秦大地争光。应届毕业生群情激昂，热血沸腾，举起右拳，庄严宣誓：坚决服从分配，为三线建设，为开发大西南贡献自己的一切。

符合条件的杨振谋，是铜川市本地人，他家住农村，一家人的生活依靠生产队工分维持。父母年老多病，丧失劳力。妻子弱智，儿子智障，长年卧床不起，家中生活十分困难，在生产队是个有名的贫困户。工作组决定他留校分配，但他却坚决要求奔赴西南三线建设第一线。最终，杨振谋如愿以偿，斗志昂扬地和同学们一道奔赴贵州省盘县。

回忆起当年的青春激扬，汤群说，当时领导让我留校，我想都没想就拒绝了。我怎么能留校？我在学校召开的参加三线建设动员大会上，代表毕业生发了言，要坚决响应国家号召，听从组织的分配，到大西南去，到艰苦的地方去。

“我要说到做到！”汤群铿锵有力地说。

记忆是岁月的积淀，记忆最让人难忘，也最能打动人心。

如果一个人对过往的记忆，经过时间之河长久的冲刷、浸泡、打磨，却仍然驻足在心灵深处，清晰可见，一定是那段记忆让人刻骨铭心，无法忘怀。

安华珍的记忆力超强，虽然她来到六盘水已经53个年头，但是当年从陕西出发时的情景，依然记忆犹新，连小细节都记得非常清晰。

1966年6月8日清晨，初夏的陕北大地已经透绿，微风拂面，田野都是甘甜清新的气息，新鲜的太阳刚刚露头，一列火车从远处开来，停到了铜川宜古村火车站，大团大团白色的蒸汽顷刻间就将整个火车站包围了，安华珍跟着老师和同学们一起上了火车，车厢里非常拥挤，但大家的脸上都充满了喜悦和骄傲，他们毕业了，工作了，告别家乡，告别母校，他们去的地方又是让人向往的“大三线”，去参加轰轰烈烈的大三线建设，这是多么让人骄傲和自豪的事情啊！

这一天，是铜川煤校毕业生奔赴大西南出发的日子，站台上红旗招展，锣鼓喧天，标语分外显眼。口号声、歌声响成一片，上千名学生家长、矿务局领导和学校师生为学生们送行，千叮咛，万嘱咐，送别的、激励的话说了一遍又一遍！

安华珍是家中老大，她走的时候，疼爱她的奶奶给了她20元钱，父亲给她煮了10个鸭蛋，还给她准备了一个小箱子，小箱子是藤条编的，既结实又轻巧实用，是女孩子们喜欢的式样，安华珍把箱子装得满满的，除了一些必需的日用品，还有她喜欢读的书和笔记本，她已经想好了，她要记日记，她要记下在三线的青春岁月。父母还给她带了一床被子和一床褥子、一个床单。

安华珍刚刚二十出头，父母千叮咛万嘱咐，就是不放心，母亲不停地哭。好儿女志在四方！纵然有万般不舍，安华珍心中有一份信念，就是听党的话，哪里需要哪里去，安华珍带着行李走出了家门。身后是父母不舍的目光，但这些都无法阻止安华珍坚定的步伐。

安华珍和同学们兴高采烈地登上南去的绿皮火车，火车迎着喷薄而出的朝阳，带着160个年轻人启动了，轰隆隆，轰隆隆，向着前方行进着。同学们都有些激动，不知道谁带头唱起了《毛主席的战士最听党的话》，立刻，歌声得到了同学们的响应，车厢里瞬间开始了大合唱，“毛主席的战士最听党的话，哪里需要到哪里去，哪里艰苦哪儿安家，祖国要我守边卡，扛起枪杆我就走，打起背包就出发……”

没有谁能挡得住年轻人澎湃的歌声，没有谁能挡住年轻人似火的激情，一路上，他们一首接着一首地唱着，《游击队员之歌》《二月里来》《十送红军》，想起哪首唱哪首，只要有人起个头，大家立即跟着唱，简直就是革命歌曲大联唱，那嘹亮的歌声在车厢里回荡，像一曲曲激情火爆的串烧，把同学们的激情和热情点燃了，歌声飘出车厢，飘飞在原野和大地，飘向那遥远的云贵高原。

安华珍从铜川煤校毕业，她和同学们前往贵州六盘水，三年的学习结束了，他们走向了工作岗位，他们一张张朝气蓬勃的面孔，像一张张洁净的白纸，要开始书写人生最美的文字，要画人生最美丽的图画，要开始崭新的生活。

此次，铜川学校分配去贵州六盘水的学生共有160人，学校专门包了一节车厢，还专门派出几位老师送他们到贵州。他们乘坐绿皮火车，一路到达西安，然后又转车到达成都，从成都又转车到达贵阳，由于当时贵阳到六盘水的铁路还没修通，安华珍和同学们在贵阳的云岩旅社住了8天。然后，在老师的带领下，又从贵州转道云南沾益火车站下车，又乘坐大卡车，几经辗转，耗时半个多月，终于抵达盘县。

在他们抵达盘县前，还有一段意外的“插曲”。据铜川煤校的陈冬梅回忆，正当我们信心满满，豪情满怀地向目的地盘县赶赴时，就在沾益火车站，送我们的校领导和几位老师却被红卫兵造反派带走了，说他们是走资派。当时正值“文化大革命”时期，极左思潮盛行。就这样，我们这批从未离开过家和亲人的孩子被抛在了举目无亲的陌生地——沾益。后几经周折，组织上派人来接同学们，然后坐上一辆发亮的大鸡眼汽车再出发。

一路劳顿，一路颠簸，经过数日，安华珍和同学们来到了当时的盘县（今盘州市）。

汽车在崇山峻岭间颠簸前行，坐在大篷车车厢里的安华珍随着车左右摇晃，天气阴雨绵绵，山野的风又冷又硬，安华珍感觉自己已经被冻透了。一路上汽车边走边停，从沾益到火烧铺，再到瓦厂、老屋基、月亮田、土城等，分配的名单已经提前定好，一路上，每到一个地方，就有负责人对着名单点名，被点名的同学就下车。再到一个地方，再点名，再下来一批人。一起来的同学，一路上就这样一个一个地下了车，陆陆续续地分开了。

一路上，车经常陷在泥坑里，大家还要时不时地下来推车。车一路走，一路停，越往前走，安华珍的心越凉，到了月亮田，心里彻底凉了。她记得在学校时听老师们说过，六盘水四季如春，可眼前看到的全是荒山，连间像样的房子都没有，四处漆黑一片，满目荒凉，大家走着看着，一点点都不吱声了。女孩子本就多愁善感，有的女同学走着走着就哭了，还有的女同学不好意思当众哭，怕同学看见，把衣服一脱，用衣服把头蒙上，悄悄地流泪。

现实与理想巨大的反差，贵州山美水也美的想象，已经被现实所替代，恶劣的环境和生活条件让这些年轻人始料不及。

安华珍和另一个女同学分到了月亮田煤矿，一起分来的40个同学中，只有她们两个女生。安华珍后来才知道，在盘县月亮田煤矿的是原煤炭部7处，这个工程处是一支善打硬仗、恶仗、险仗的队伍，是从辽宁调来支援铁道兵打隧道的工程队伍，时称“辽煤支铁大队”。这支队伍在贵昆铁路建设和隧道工程建设中曾立下赫赫战功，受到中央首长的赞扬，在党委书记新阜义，处长赵连才、刘宏亚带领下，转战月亮田矿井建设。

天下着雨，安华珍和同学们又饥又冷，跟着接他们的人，沿着崎岖的羊肠小道，踩着泥泞，深一脚、浅一脚地在后面走着。过了拖长江桥，沿着山路走了四五里路，来到位于半山上的营地，是几间竹笆搭建的席棚，没有油毡，两层竹笆席做顶棚，四周用竹笆片，里边是用竹杠和竹笆搭的大通铺。这就是她们的宿舍。地下一片泥水，竹笆大床湿成一片，还有从竹笆围墙上掉下来的茅草泥。“这是两天前我们冒雨在这儿临时搭建的竹笆席棚。你们就住在这里，明天到江对岸去报到，办理手续。”迎接人员说完就走了。

“外边下雨，棚里漏水，我们身披湿衣坐在寒冷中瑟瑟发抖。夜幕降临，风雨兼程一整天的我们又困又饿。我们不盼星星和月亮，盼着天快亮。这是我们奔赴三线岗位第一天的真实情景。天一亮大家就奔向拖长江对岸，想办的第一件大事，就是吃顿饱饭。我们心急火燎地赶到劳资科报到后，每人领到了18元钱（说是我们见习期的工资）。一位工作人员带我们到食堂买饭票菜票。谁料想，饿了一天一夜的我们，吃的第一顿饭竟是黑面窝头，一小碗大米饭和四川榨菜、云南蔗糖，我们大失所望。食堂管理员告诉我们：‘你们初来乍到，又都是十七八岁的学生。处领导交代，你们是刚离开父母的孩子，要对你们多照顾，饭菜要多给一点。你们吃的一小碗米饭，就是照顾你们的。榨菜和蔗糖，是这里最好的下饭菜。我们前段时间吃的是盐巴拌饭。没有青菜，我们就上山挖野菜。后来盐巴吃完了，就吃清水煮野菜。能吃上四川榨菜、云南蔗糖就是高级餐了。你们比我们刚来时可好多了。’听了他的一番话，我们只有大眼瞪小眼了。”

经过20天的长途跋涉，辛苦奔波，终于到了地方，安华珍感觉已经有些筋疲力尽，而早于他们到达月亮田的黑龙江和辽宁等地的工人，还羡慕安华珍，因为他们来的时候，条件更差，没有绿皮火车，也没有大卡车，都是乘坐闷罐火车来到的六盘水。

当天晚上，一路在敞篷车上奔波的安华珍，感觉到浑身灰头土脸的，她想洗漱一下再休息，结果，她找遍了房前屋后所有的地方，也没有找到水，最后，在别人的指点下，才用稻田里伸出的一个竹筒里流下来的一点点水，凑合着刷了刷牙，洗了把脸。

踩着脚下的烂泥，看着茶缸里发黄的水，怎么也无法确定，这里就是老师们所说的鸟语花香的所在。这一晚，安华珍躺在吱嘎作响的破木板搭起来的床上，看着透过房顶的漏洞溜进来的月光，和不时从房面上滴下来的雨水，竟然慢慢地睡着了，她太累了。

从那一天起，安华珍开始了她在月亮田煤矿的职业生涯。

有国才有家

乡村的六月，被绿油油的田野，装扮得格外夺目。

铜川煤校的毕业生柴万山，临出发前完成了一件人生大事，他利用学校放假的三天时间，特意回家完婚。虽然是父母给他定的娃娃亲，但是他没有因为读书出息了就放弃有些“原始”的爱情。三天时间里，从结婚办喜事，到陪着媳妇“回门子”，再到出发到火车站与同学会合，可以说，他是同学中最忙碌的。同时，他与同学们不同的是，从此，他的心里多了一份爱的牵挂。

柴万山朴实忠厚，重情重义，或许在他最初的感情世界里，还没有体会到爱情的滋味，虽然他的婚姻是父母的“包办婚姻”，但他是男人，男人就是要一言九鼎，凡是应承下来的事情就不能变。虽然结婚以后马上就要上三线了，他还是按照父母的意见，先在家结了婚再走。由于时间匆忙，当时两个人一人换了一身衣服，还是旧衣服，在家人的操办下，匆匆忙忙地把婚结了。

柴万山结婚三天后，告别了新婚的妻子，及时地回到了学校，和同学们会合，然后一起出发。离开了老家，那里留下了他的妻子，从此，他心里多了一份牵挂，而这份牵挂带在身边，在他以后的岁月里，时刻让他感觉到幸福温暖而踏实。

到三线去！到祖国最需要的地方去！没有谁能阻挡年轻人的热情和志向。

虽然三线建设发生在20世纪60年代，当时到三线去，不像战争年代妻子送郎上战场、母亲送儿上前线那么壮烈，那么无畏，但是，谁都知道，凡是三线建设的地区，都是非常艰苦和贫穷的地区，正是因为贫穷，国家才要大力支援，既是战略需要，同时也是改变贫穷落后面貌的契机。特别是去三线的企业和人员都是优中选优，从条件优渥的城市，到艰苦的大三线，需要的是战胜困难的勇气和迎接挑战的胆略。

柴万山热爱自己的小家，留恋自己的新婚妻子，他想孝顺父母，疼爱妻子，但是他心中更有国家这个大家。都说国家国家，有国才有家，虽然他的父母、妻子都是普通人，但他们懂得国家这个大家和自己这个小家的关系。妻子跟他说，你去吧，好好工作，家里有我。

柴万山终于到了盘县，当天晚上他睡在大通铺上。也许是一路上十几天的颠簸太疲累了，见到床，他倒头就睡，第二天起来时，发现自己的一个脚指头没有了，原来是被老鼠啃了，而他竟然浑然不觉。当时还有工友笑话他，居然老鼠啃你脚指头你都不知道。可见，当时他累到什么程度。

山上的老鼠太多了。这之后，柴万山还多次与老鼠“亲密”接触，有一天晚上，他睡到半夜，发现他的头发被什么东西拽住了，他心想，是不是挂到席棚子上了，挪一挪身子，发现还是被拽住了。他就让工友帮看看是什么东西拽住了头发。工友一看，原来是只大老鼠，在用力地拽他的头发！

云贵高原啊，我来了！

铜川同学毕业53年聚会，史天云特意从200多公里的盘州赶到六盘水，他太想见到母校的老师，也太想见到汤群和陈冬梅、安华珍，还有在六盘水的当年一起出发的同学。如今的史天云已经70多岁了，他的头发已经雪白，但他依然像有种激情在身体里涌动，依然在充满回忆地去朗诵诗歌，回想起当年艰苦奋斗的情景，虽然艰难困苦，但他依然充满怀念，我仿佛看到了他年轻的模样，看到他青春勃发的模样。

他们不惧怕岁月行进，不惧怕岁月已老，因为他们的心永远年轻。

当年参加大三线建设时，许多没有到过贵州的人，他们的想象中的贵州一定有“州”：平坦的绿洲，蔚蓝的天空，清澈的河流，肥沃的土地，秀美的景色，等终于到达贵州的时候，远看群山环绕，心里充满了向往，等真正走进大山深处，却是另一番景象，才知道现实和想象相去甚远。

史天云到达贵州盘县那天，正是1966年6月22日。

这一天，是夏至。

在北方，按习俗，夏至这一天要吃面。而陕西人最爱吃面了。

也许，今天能吃到一碗面。

史天云是铜川煤校出了名的大才子，他有才华，写得一手好文章，用当下的语言形容就是一名才华横溢的文艺青年。

从学校到矿山，他已经走了半个月了。自进入贵州以后，天空始终阴雨绵绵，乘坐的大敞篷车四面透风，他浑身上下都是湿漉漉的。史天云分到了火烧铺，与同学告别后，到火烧铺时已经是深夜了。对于满怀理想又热爱文学的“文艺青年”史天云来说，路途遥远，一路奔波，再有点小雨，这些不算什么，甚至感觉还挺浪漫。但到达驻地后，看到四处都是高山，夜晚的矿山四处漆黑，没有电，没有房住，黑乎乎的煤田看上去一片荒凉，别说吃一碗面，就是喝一口干净的热水都很难。那时候，他心里猛然一紧，心里默想：今后我就在这里生活，在这里工作了?!

眼前的一切让刚从学校毕业的史天云有些吃惊，感觉现实与想象相去甚远，但是对未来生活充满理想的年轻人来说，也许这些都不算什么，他们年轻，他们有的是时间和力气，也有信心和决心。他们要用双手创造未来。

面对向往已久的云贵高原，看着眼前的一座座高山，史天云不由诗兴大发，那天晚上，他创作了一首小诗：

啊！云贵高原，你好！
黄河儿女来报到。
就像儿子向往着母亲，

我一头扑进你怀抱。

扑进你怀抱，

抬头把你瞧，

我爱你，群山似群岛。

我爱你，白云浪滔滔。

我爱你，满山遍野的瑰宝，

怀揣祖国的派遣，

云贵高原，我们来了！来了！

…………

史天云是个性情中人，到火烧铺时刚刚二十出头，刚来时的那股子热情过后，接下来，他的内心变得多愁善感起来，思念家乡、思念亲人的那种感觉扑面而来，搅动着他内心的波澜，好在，他和同学们在一起，大家互相鼓励，互相帮助，互相安慰，让他的内心感到了温暖的慰藉。

1966年6月22日，这一天，史天云一生都记着，因为这一天他来到这里，从此，再也没有离开。

到1970年，因国家的政策调整，前来支援三线建设的铜川煤校的160人，有一部分返回家乡，有一部分继续坚守在六盘水。

光阴似箭，奋斗的岁月已悄然走过了53年，当年参加贵州六盘水三线建设的铜川煤校66届160个青春年少一起出发的同学，都已年过古稀，毕业后53年的人生，他们是在六盘水度过的，而他们一起出发的同学中，已经有40多人离世了……他们从风华正茂的青年，变成了两鬓斑白的老人。在他们心中，没有任何一个地方，像三线一样，让他们刻骨铭心，在岁月的长河中，他们为三线建设奉献了美好的青春年华，在六盘水这片土地上留下了汗水和泪水，也见证了六盘水从荒山变成了美丽凉都的沧桑巨变。

从铜川出发，从青春的岁月出发，无论时光经过多少轮转，不改的是他们的初心，留下的是永远的怀念。

多年以后，有着浓重三线情怀的当年的铁道兵军人南庆杰，曾经遍访参加贵州六盘水三线建设的老兵，创作完成了长篇纪实文学《乌蒙山下军旗红》一书，在书中，南老师有过这样的记载：

> 多年以后，1970年，汤群的父亲年迈体弱，身边需要人照顾。但他没有向组织申请调回陕西，而是将父亲从生活医疗环境都比大西南优越的天水，接到水城矿务局老鹰山选煤厂家属楼，一边对祖国尽忠，一边对父亲尽孝。
>
> 记得杨振谋到盘县后，被分到76建井工程处，参加火烧铺煤矿基本建设任务。后来，76建井工程处改编为基建工程兵41支队4大队。杨振谋在火烧铺煤矿建设中，一不怕苦、二不怕死，急、重、险、难的工作抢着干，为火烧铺煤矿建设尽职尽责。最后，献出了他那宝贵的、洋溢着青春活力的生命！杨振谋是我们160多名学生中最年长的，也是第一个将生命奉献给三线建设的学生。
>
> 他光荣牺牲后，英魂和忠骨没有回到他的家乡铜川，陪伴他年老体弱的父母，照顾他弱智的妻子，呵护教育他智障的儿子，而是安葬在火烧铺煤矿的山巅上，与满山的映山红相伴。
>
> 他是三线建设的英雄，是六盘水煤炭事业的功臣。看看今日现代化工业城市的六盘水，我们当年所有的付出都值得！不仅杨振谋，包括我们所有三线建设的参与者，都会镌刻在三线建设的丰碑上，都会在六盘水市的青史上留下浓墨重彩的一笔。

带着家人去三线

人生如白驹过隙，在三线岁月里，只是弹指一挥间。想当年初建三线时，风华正茂，踌躇满志，我们曾立誓为三线建设献出自己的一切。

——石均年

1958年8月，正值全国“大跃进”期间，在“大炼钢铁”的热潮中，正在大连瓦房店李官下乡务农的石均年，招工进入鞍钢燃气厂当学徒。

因为有速成师范的文化底子，加上刻苦钻研技术，石均年在入厂半年之后，就开始独立顶岗作业，并担任厂团委委员、车间团支部书记。他白天工作，晚上到鞍山业余大学学习。开学时，有两个班100多人，三年毕业的时候，仅有16个人成功毕业，石均年获得大专学历。在鞍钢燃气厂工作了10年，石均年多次被评为先进生产者、优秀团员、优秀团干部、鞍钢学习毛主席著作积极分子等荣誉称号。

1965年8月，石均年结婚，并分到了房子，育有两个女儿，一家四口人过着幸福稳定的生活。

此时，大三线建设正在如火如荼地进行，鞍钢包建水钢的工作也正在加紧进行，随着工程进展，需要不断地选拔优秀干部、工程人员和技术工人，送往大三线。

1968年，鞍钢党委发出动员令，要求党团员带头申请上三线。石均年积极响应号召，毫不犹豫地向党委递交了上三线的申请书，并得到了鞍钢党委的批准，被安排到贵州水城支援建设水钢。

已经成家立业的石均年，决定带着家人一起去三线。此时，石均年的两个女儿，大的不满两岁，小的才11个月大，石均年只好把一个女儿交给岳母。

1968年9月29日，国庆节在即，鞍钢的火车站上，送行的人挤满了站台，在壮行的满天标语和锣鼓声中，石均年和妻子，抱着不满周岁的小女儿，挥泪告别亲人，义无反顾地登上了去大西南的火车。

他们抱着孩子，带着不多的家当，一路上坐火车，换汽车，风雨兼程，经过近10天，终于到达了位于贵州水城县的水钢建设指挥部所在地。

“四川的太阳云南的风，贵州落雨像过冬”，真到了贵州，才看到了这里自古荒凉贫瘠的真实状况。

水钢的建设选址在乌蒙山脉深处，海拔1800米，气候全年多雨，潮湿阴冷。雨衣、水鞋、棉袄，被称为“随身三件宝”。即使春秋季节，也经常要穿着棉袄上班，大雪凝冻的腊月，必须在脚上绑防滑铁齿才能行走。

那时的水钢，几乎看不到一栋砖瓦房，建设指挥部的领导都只能住干打垒和油毡纸棚。当时支援三线建设的大部分人都是单身，住在集体宿舍，而石均年则带着家属，尤其是还带着一个不满周岁的婴儿，一家人的住宿成了难题。在领导的关心和协调下，终于在一个大通间单身宿舍的尽头，用油毡纸隔出一张床位大的位置，一家人就挤在这样狭窄的空间里安顿下来。

三线建设在当时属于国家重要机密，出于战备和保密需要，水钢建设初期，被命名为“青杠林林场”。当时还有一首打油诗：“远看像村庄，走近是工厂，不见人影动，只听机器响。”1967年，贵州造反派夺权成立革命委员会，人民日报发表社论《西南的春雷》，“青杠林林

建设初期的水钢

场”由此改为“春雷钢铁厂”。“文化大革命”结束后，更名为“水城钢铁厂”。

当年，鞍钢分批调到水钢的近3万名建设者，在几乎没有运输车辆的条件下，机器设备、一砖一瓦都靠肩挑人抬，不分白天和黑夜，一干就是十几个小时，饿了吃窝窝头就凉开水，困了就在工地打个盹。工作不讲条件，劳动不讲报酬，发扬“一不怕苦，二不怕死”的革命精神，真正是把一切献给了三线建设事业。

现在水城工作的三线后代何雨，说起姥爷石均年时，总是充满了感情，她说，姥爷那一代人，为三线建设吃了许多苦，但他们无怨无悔。

从六个月到一辈子

雨后的贵阳格外凉爽，闹市中的小河公园里绿意盎然，河水充沛，饱饮雨水的绿植格外浓郁。在公园一间清雅的画室里，我见到了吴安石老人。

吴安石老人已经八十四岁了，他健康硬朗，性格开朗，举手投足颇有大将风度，说话中气十足。他大步走路，显得非常有力量，有底气。听说我是大连的，他特别高兴，因为年轻的时候，他曾经在大连当过兵。

采访中，我被他手腕上的一块钢链手表吸引，在我的请求下，他把表摘下来给我看。这是一款老式罗马牌手表，表带是松紧钢链式，表已经很旧了，表蒙子泛黄，有些细微的磨损，钢链也显得有些老旧，款式更是陈旧，现在已经很少看到有人还戴这种表。

这块表在我眼里充满了岁月的痕迹。我问，这块表是不是很老了，你一直戴着它？

吴老说，这块表跟了我四十多年了，当年搞接待需要掌握时间啊，就花了260元买了一块罗马表，那时候每个月的工资只有51块钱，我省吃俭用好几个月才买的，我一直戴着。他还感慨，这块表也真神奇，都跑了四十多年了，还跑得很准！

现在各种款式、各种品牌的手表都有，我问他，你从来没想换过？

从来没想换过！他语气坚定。从买来那天起，我就一直戴着，从没有离开过我，我也从来没有想过把这块表换掉。

他重新把表戴在手腕上。

物随心转。

我发觉，这块老式手表戴在吴安石老人的手腕上，越发有种尊贵而厚重的沧桑感。

1966年夏天，吴安石跟着回鞍钢办事的陶惕成，来到了水城。

他们从鞍钢到贵阳还算顺利，但从贵阳到水城，坐了将近10个小时的火车。那时候，火车线路不多，且非常繁忙。吴安石到贵州的时候，大三线大规模的建设已经开始，全国沿海及大城市各相关企业内迁的物资、建筑材料、大型机械设备等都开始往三线运输，往六盘水的铁路和道路都是满负荷，有很多都是建设急需的材料。那时候，不是货车给客车让路，而是一切以拉物资的货车优先，运物资更重要。坐客车只能等，以确保三线建设物资尽快到位。

自三线建设开始，机械设备、炼钢厂高炉的拆卸和运输都在加紧进行，大批的工程技术人员、钢厂的相关技术人员、工人以及相关部门的大批人员相继到达水城。随着人员的增多，任务量的加大，来水城的各级领导等有关方面人员越来越多，接待工作任务很重，吴安石就是要到水钢做接待工作的。

当时，吴安石所在的接待科有30多人，吴安石刚从部队转业回到鞍钢，又是党员干部，又有工作经验，而且他没有成家，单身一个，无牵无挂，可以轻装上阵。

吴安石说："到水城之前，领导找我谈话，告诉我，这次到水城去做接待工作，只是出一次公差，时间是6个月，等6个月接待工作结束后就回鞍钢。没想到，来到六盘水，从此再也没有离开。"

因为知道是出一次长差，吴安石也没有做长期在水城工作的打算，他以为，等集中搞完接待，人员到齐，完成了接待任务就可以回去了。

吴安石是湖南株洲人，1958年大炼钢铁的时候，吴安石从株洲的学校直接分到了鞍钢，在鞍钢工作了一年多，就报名参军了，参军的部队就在大连，直到1966年转业，他又回到鞍钢。在部队时，吴安石担任过代理司务长，转业时被鞍钢的干部科安排到了鞍钢公司接待科，一直负责接待工作，当时的办公地址在鞍钢公司的大白楼。

吴安石到水钢不久，由于陶惕成的秘书临时有事，需要回鞍钢，吴安石被安排给陶惕成当生活秘书。陶惕成"文革"期间去世后，吴安石受牵连去了五七干校。从五七干校出来后，吴安石重新干起了老本行，继续负责接待工作。

随着三线建设的展开，当时支援三线建设的人也越来越多，全国许多有援建任务的大企业，就在去往三线途经的武汉、贵阳等几个重要城市，设置专门的接待站，负责接待前往三线的人员。吴安石代表鞍钢，在武汉火车站设点，接待鞍钢前往水城的人。

通往贵州的火车票异常紧张，几乎每一列火车都爆满，每一辆汽车都挤满了人。那时候接待任务非常重，吴安石同时担任武汉、贵阳等三个地方接待站的管理任务，年轻的吴安石，工作起来不知疲倦，天天盯着武汉火车站，几乎是住在了火车站。凡是鞍钢来的干部、工人、技术人员等，都要途经武汉、贵阳等地，那时候，火车票、汽车票都特别紧张，吴安石负责与铁路方面联络沟通，跟客运汽车站的关系也处得很好，不管来多少人，都要确保这些人能够及时到达水城，一批一批接过来，再一批一批送出去，在武汉负责接待的几个月时间里，经过吴安石接待的前往水城的鞍钢党政干部、技术人员和工人起码有上万人。

吴安石每天接待任务繁重，安排物资转运，安排人员吃住，接站买票送站，事无巨细，每天起早贪黑，忙得不可开交。因为天天忙忙碌碌，没有时间顾及其他，也没有发现，有一个中年妇女一直在悄悄地关注他，观察他。

原来，这位中年妇女是武汉火车站的工作人员，她发现吴安石工作踏实，为人诚实，又聪明懂事，她打听到吴安石还是个没结婚的小伙子，更是喜出望外，她要把自己的宝贝女儿介绍给吴安石。

被未来的丈母娘看好的女婿，那准跑不掉。吴安石与爱人一见钟情，两个人相处时间不长，经请示组织同意，当吴安石从武汉火车站完成接待任务回到水城的时候，他从武汉把爱人一起带到了水钢。

来了，就留下了，再也没走。

从武汉回来的吴安石，虽然收获了甜蜜的爱情，但是更加严峻的现实又摆在了面前，他又被下放到了五七干校。他白天干活，晚上挨批，回想起那段痛苦的经历，他时常有种辛酸的感觉。

我说，吴老师，您为三线建设做了很多事情，也付出和牺牲了很多。

吴安石却说，我也没做什么大的贡献，做的也都是自己应该做的事情。当年，我从鞍钢出发的时候，说是只去6个月，没想到，在这里扎根了一辈子。

从鞍钢到水钢，一走一辈子！

八千里路云和月

1968年，徐春刚只有22岁，这之前，他从来没有想到，他的人生，与遥远的贵州会有什么关系。

在许多人脑海里，贵州遥远得仿佛是在另一个国度。

在“文革”中，曾经发生过这样一个笑话：一个到过三线工作的同志被“打倒”了，在批斗会上，有人说他曾经投敌叛国，因为他去过贵州。

信息的闭塞，地理概念的模糊，对许多人来说，到贵州就是出国了。更有意思的是，铜川煤校的杨正民跟我说过，当年，有人给他写信，信封上写的是：寄往云南省贵州……

已经很晚了，再不走就来不及了，徐春刚告别父母和家人，与哥哥一起走出了家门。

飞雪迎面扑来，风刮得猛烈，呼啸的风卷起雪吹打在徐春刚的脸上疼痛无比，更疼痛的是他离家的心。深夜的乡村已经沉睡，夜风格外凛冽，天气格外寒冷。临别时，一家人还是忍不住，抱头痛哭，这之前，全家人哭了一场又一场。父母盼着儿子长大，儿子却要远走他乡，去那么遥远的贵州，他们理解徐春刚的选择，只是这一去，不知道多久才能再见。

1968年，22岁的徐春刚从辽宁本溪钢铁学校露天开采专业毕业，他与数百名来自四面八方的大中专毕业生一样，报名支援贵州“三线建设”。

虽然多年在外读书，但是都是在本溪，离家很近，这一次，徐春刚报名到六盘水水钢，支援三线建设。在父母眼里，他还是一个孩子，他也从来没有离开家那么远，第一次走这么远的路，要到贵州，在父母看来，无异于到了天涯海角。儿行千里母担忧，父母无法不担心他，牵挂他，叮嘱的话重复了一遍又一遍，一遍又一遍。

大雪一直在下，原野上不见人影，显得空旷而寂寞，徐春刚的行李绑在爬犁上，哥哥不用他帮忙，一个人用力地拖着，他知道，行李是弟弟以后要用的东西，以后他不再跟着，一切都要靠弟弟自己了，眼下他能帮多少就帮多少。其实哥哥只比徐春刚大两岁。在那个雪夜里，在寂寞的乡间夜行中，他和哥哥，好像一下子长大了，懂得了亲情，懂得了付出，懂得了离别的不舍和忧伤。农村没有公路，也没有像样的马路，路都是土路，坑坑洼洼的非常不好走，两个人在雪地里深一脚浅一脚地艰难行进着。风大天冷，徐春刚刚开始时边走边不时地回头看看，父母和弟妹们站在雪地里不停地向他挥手。徐春刚脸上的泪水一次次把脸打湿，又一次次被风吹干，直到视线模糊了，直到再也看不见家，再也看不见亲人的身影了，身后，只有那串长长的脚印，印在洁白雪地里，远远地伸向家的方向，深刻而夺目。

徐春刚离家越来越远了，此时，他的心里除了父母家人以外，又多了一份牵挂，他刚刚订婚不久的未婚妻。他不知道，这一别，何时才能再见到未婚妻。

一切都是未知。

从家所在的村子，走到火车站需要两个多小时，雪后的路特别滑，风又大，两个人埋着头顶着风往火车站赶，半夜12点，有一班从丹东开往北京的火车路过本溪的桥头火车站，他和另一个同学约好了，两个人在火车站见面，然后一起出发。

两个小时后，徐春刚和哥哥终于到了桥头火车站。

徐春刚记得临出门前父母交代过哥哥，送完弟弟就已经半夜了，晚上天太黑了，让哥哥就不要回家了，直接到大姑家去住一晚，大姑家离桥头火车站不太远。但是看着徐春刚上了火车后，担心父母牵挂，哥哥没有去大姑家，而是直接往家赶了。

出门时两个人一起走，没感觉有多害怕，也没有感觉路多远，等哥哥一个人往回走时已经是深更半夜了，天黑路滑，风呼呼地刮，荒野上只有哥哥一个人在风雪中疾步，只是他越走越害怕，越走越胆小，路过一个伪满时日本鬼子修的旧桥洞时，想到里面躲一躲，却听到桥洞里头传来一些奇怪的响声，他吓得不行，连滚带爬地跑起来，跑着跑着，他迷路了，也不知道跑到哪里了，后来，远远地看到有一个地方亮着灯光，他匆忙朝着灯光跑去，原来是一个生产队在开晚会，那个生产队里，正好有一个人认识哥哥，几个人一起把惊魂未定的哥哥送回了家。

这一切都是徐春刚后来回家探亲时才听说的。那天，他以为哥哥去了大姑家，没想到，哥哥受到了如此的惊吓。那天晚上，他和另一个同学会合后，两个人一起坐上了去往北京的火车，开始了从大东北往大西南穿越大半个中国的征程。

他是从学校毕业后分配到水钢工作的，1968年，到三线去的人不是那么大量集中，学校不派人送，水钢也没有人接，都是让他们自己去报到，也就是说，一切都要靠自己。一路上，徐春刚和同学两个人拿着地图，边对照着地图边打听路，边往水城赶。他们尽量找最短的路线，走最顺的车次。两个人毕竟是学生出身，有知识，又年轻，有一股子冲劲，虽然是第一次出远门，却并没有半点畏惧。

从本溪到水城，徐春刚和同学整整走了9天，他们先是从本溪到北京，再从北京辗转到河北、武汉、衡阳，后又转车到广西柳州，再到云南、贵阳，在贵阳朝阳旅社住了一晚，第二天又坐上一辆客货混合的列车，前往水城。从贵阳到水城，列车以每小时40公里的时速行进，由于新建设的铁路路基不稳，列车行驶缓慢，行驶了7个半小时，终于到了水钢。

从学校临走时，学校专门给他们每个人发了100元的路费。从家里走时，父母把家里的钱几乎全部给了徐春刚，一路上，路费就花去60多元，加上住宿费用，吃饭，到水城时，身上的钱已经所剩无几。

跨越千山万水，历经千辛万苦，从本溪到水城，徐春钢和同学一起，共转了6趟火车，行程共计8300多里。

一下子从各方面条件都不错的大城市来到贫穷落后、荒无人烟的乌蒙山区，犹如从“米箩到糠箩”，徐春刚的人生经受了严峻的考验。

水城钢铁厂建在水城的三块田。到厂里报到之后，徐春刚被安排在水钢的附属企业——汽运厂干装卸工。那个时候的水城钢铁厂百废待兴，没有公路，运送各种设备是靠人扛马驮到施工现场，路修好之后，徐春刚他们就负责各个生产单位的原材料运输。

建设初期，水钢的口号是“先生产，后生活”，工作条件和生活条件都十分艰苦。人们住的是帐篷、席棚子和“干打垒”，喝的是河沟水，吃的大部分是干豆角、干萝卜、干辣椒等干菜。由于一下子拥入了8万名建设者，整个水城地区满足不了这么多人的生活物资需求，因此物资供应较为紧张，买豆腐、肉等都要凭票，很难吃到一顿肉。徐春刚说，当时在水城没有酱油吃，他就利用回东北老家探亲路过北京的机会捎上固体酱油，回来之后切成小块，用水化开来食用。不仅食品，就连肥皂、香皂、牙膏、牙刷等日常用品也很难买到，全部要从东北邮寄过来。宿舍没有洗澡的地方，下班后他们用毛巾沾点水往脸上、身上抹一抹，就算完事了。

水钢建设初期，很多原材料的搬运要靠工人们人背肩扛

20世纪六七十年代，水城几乎天天都是阴雨天，一个月30天，有二十七八天在下雨。水城下雨如过冬。徐春刚回忆说，他每天晚上下班回到家，水鞋都能倒出一股水来。尽管白天工作劳累，晚上却睡不好觉——因为是住在席棚子里，一遇到外边下大雨，屋里就下小雨，经常是睡到半夜三更，雨点掉在脸上，让人从梦中惊醒。

“当时条件艰苦，但我们都有一个信念，那就是：三线建设搞不好，我们是有责任的。毛主席提出‘深挖洞，广积粮，备战备荒为人民’，将水钢建在群山之中就是利于战备，而在山区工作、生活，条件自然会更加艰苦。每当苦、累的时候，我们想到红军革命老前辈，想到二万五千里长征，也就不感觉苦了。大家一心一意干工作，抓生产，正是艰苦奋斗、无私奉献的‘三线’精神！”徐春刚说。

“三十功名尘与土，八千里路云和月。莫等闲，白了少年头，空悲切。”我想起了岳飞的那首《满江红·写怀》，看着徐春刚那阳光般的笑脸，心里涌现出敬佩之情。

到了20世纪80年代初，和徐春刚一起到水钢的很多人都陆陆续续往回调，他的几个同学也随着生产单位的调离而离开水钢，但他丝毫没有调回东北老家的想法。他说舍不得离开这块建设的热土，既然来了，就要扎根一辈子。

徐春刚从水钢退休后，老家本溪的亲人，多次邀请他回东北老家养老，在他们的印象里，贵州仍然是非常艰苦的地方。徐春刚却说，我不能回去，我为什么说不能回去呢？因为我觉得水城这个地方，从贫穷落后的小山村，发展到现在六盘水这样的国际化大都市，实现了历史性的飞跃。这是我亲手参与建设过的城市，我爱六盘水，我要永远留在这里，继续为六盘水发展贡献我的力量。

“过去的水城人烟稀少，只有老城、场坝、黄土坡几个地方稍有人

水钢建设初期职工们的生活

气。现在的六盘水高楼林立，车水马龙，城市面貌日新月异，从一个一穷二白的地方发展成繁华的都市，这个是我们当初不敢想象的。对于六盘水的发展，我既是建设者也是见证者。六盘水已经是我的第二故乡，我对这块土地有着深厚的感情！”徐春刚感慨地说。

从当初义无反顾踏上南下的列车，从大东北来到大西南，徐春刚将一生的爱与激情都倾注在了六盘水这片土地上。岁月悠悠，转眼间到六盘水已经50年，他早已习惯了这里的一切，包括气候和生活习惯。

“没有三线建设，就没有六盘水的今天。能在这片热土上工作、奋斗几十年，我感到很光荣！”徐春刚自豪地说。

第五章 “钢铁大王”挥戈战水城

自从我到六盘水采访三线建设那天起，就不停地有人向我介绍陶惕成，让我一定要采访陶惕成身边的人。于是，我先后到贵阳、水城采访了吴安石、徐春刚、彭海泉等人，又专门从大连驱车300多公里，到鞍钢博物馆等地，了解陶惕成的事迹，在众多人的回忆中，还原了一位“钢铁大王”挥师水城的悲壮非凡的一生。

1966年1月13日，冶金工业部下达《水城钢铁厂设计任务书》，其规模为年产铁50万吨，分两期建设，第一期年产30万吨，建设水城观音山铁矿，并相应建设烧结、焦化等配套设施。同年2月，冶金工业部副部长夏云、徐驰急赴鞍钢，召开了“鞍山会议”，传达党中央、国务院关于三线建设指示，西南只有军工机械，没有钢铁，是软三线。要把软三线变成硬三线，就要有钢有铁。为此，决定由鞍山市、鞍钢在贵州水城包建一座钢铁厂——水城钢铁厂。

这是硬任务，必须立刻实施，尽快完成钢铁厂的建设。

有着新中国钢铁工业的摇篮和共和国钢铁工业的长子之誉的鞍钢，始建于1916年，其前身是鞍山制铁所和昭和制钢所。1948年12月，鞍山钢铁厂成立，这是新中国第一个恢复建设的大型钢铁联合企业，也是最早建成的钢铁生产基地，产值居全国之首，成为中国钢铁行业真正的“老大”，毛泽东主席曾说，鞍钢是全国第一个最大的企业。

要到水城包建钢铁厂，时任冶金部部长兼鞍山市委书记、鞍钢党委书记的王鹤寿，脑海里第一个想到的就是陶惕成。陶惕成是新中国少有的冶金方面的专家，他知识渊博，冶金技术功底深厚，在鞍钢建设中显示出了非凡的智慧和天赋，当年，陶惕成担任计划处处长时，把遭到国民党严重破坏的犹如一团乱麻的鞍钢打理得井井有条。他借鉴国外先进经验，大胆实践，创造了一套适应我国冶金企业发展的计划管理体系和生产建设的科学之路……

陶惕成长期担任鞍钢副总经理，同时兼任第三冶金建设公司常委书记，时任贵州省委第一书记贾启元称他为中国的“钢铁大王”。

要让水城的荒山野岭充满铁的味道，钢的韵味，怎能缺少一个运筹帷幄的领导者；要在短时间内，完成一座钢铁厂的建设，更需要一位叱咤风云的统帅，这个人不仅要信得过，还要有经验，有能力和信心，能担此大任者，非陶惕成莫属。

王鹤寿想，让陶惕成出征西南，是鞍钢的不二人选。

从鞍钢到水钢

“鞍山会议”召开的时候，浑身病痛的陶惕成正在鞍山汤岗子疗养治病。他是个闲不住的人，若不是因冠心病晕倒在工作岗位上，他也不会住进疗养院。这里的温泉水含有硫黄等多种矿物质，有助于人体恢复体力。

那天，他正在长椅上看报纸，秘书急急忙忙地跑来，说有一个长途电话找他。根据“鞍山会议”的精神，鞍山钢铁公司派出第一批支援水钢建设的领导骨干，随后还要从鞍钢搬迁一座568立方米的高炉及配套的一批焦炉、烧结机和矿山、动力设备……

组织决定让他挂帅出征贵州西南大三线建设——担任水钢建设工地党委书记兼指挥长。

陶惕成二话没说，他毫不犹豫地接受了组织的决定。

每到人生的关键时刻，只要国家需要，陶惕成从不会退却。

就在组织决定陶惕成去水城的第二天，刚刚从大庆学习归来的妻子杨素，得知病中的丈夫准备出院，要去贵州建钢铁厂，她简直不敢相信，她急匆匆地来到汤岗子疗养院，她要阻止丈夫的行动。

杨素担任鞍山党校的副校长，也是一位老革命，她当然知道革命工作的重要性。要是在过去，她会毫不犹豫地支持陶惕成。但杨素知道，陶惕成一直被多种疾病折磨着。杨素更了解他的性情，陶惕成是个干起工作什么也不顾的人，以他的身体状况，到那么艰苦偏僻的山区创建钢铁厂，他肯定撑不住。

陶惕成年轻时身体魁梧，英姿勃发。杨素清楚地记得，当新四军那阵，陶惕成像一头雄狮，短兵相接时，训练有素的小鬼子也不是他的对手。可是，今非昔比，陶惕成经历过艰苦的战争岁月，到地方工作后，为了尽快使鞍钢恢复生产，他没白天没黑夜地工作，干起工作不要命，常常通宵达旦，对身体从来都是不管不顾，由于身体长期处于超负荷运转的状态，使他原本魁梧壮实的身板，越来越弱，以至于到后来病魔缠身。他患有严重的神经衰弱，常常彻夜难眠，于是，他只好服安眠药，先是三颗五颗地吃，后来又不断地加量，久而久之，他的心脏和血压都出了问题，时不时会犯心绞痛，有时疼得脸色煞白，全身冒汗，只好蹲在地上捂着胸口硬扛着。他患有严重的风湿病，浑身的关节疼痛不已，他不舍得花时间去理疗，索性弄个小木槌带在身边，时不时地敲打敲打自己的关节，缓解疼痛。由于过度操劳，陶惕成的视力大减，到后来，右眼竟看不到一线光亮。诊断结果是右眼视网膜炎症后结疤，若不及时治疗，将殃及左眼。就这样，他仍然坚持工作，鞍钢的党委硬逼着他放下工作去治疗，他才肯外出就医。谁知，眼睛刚刚有点好转，他就忙不迭地要返回鞍山。他当时去向老领导江华辞行，江华打趣道："上有毛主席，下有老百姓，你着什么急！"老领导让他根治眼疾后再回鞍山也不迟，但陶惕成一心想回到鞍钢。结果，回去不久，他的眼疾又犯了，以至于右眼致盲，竟然成了"独眼经理"。

陶惕成时不时感到心口剧烈疼痛，每当心绞痛发作时，他就手抚左胸，双眉紧锁，额头沁出豆大的汗珠。但他从不对别人说起自己的病，依然夜以继日地工作。直到一天晚上，他在工厂加班时突然晕倒，当他醒来时，发现自己躺在医院里，医院诊断为冠心病。

从大庆回来的杨素匆忙赶到疗养院，作为妻子，她怎么能忍心让浑身是病的陶惕成去水城。同是鞍钢人，她更了解在水城建设钢铁厂是一项多么繁重而又艰巨的任务。杨素一直担心陶惕成的身体，难道他真的要丢下她，带着病重的身体去贵州，去水城？他已经不是小伙子了，作为妻子，她最了解丈夫的身体状况，她是无论如何也不会同意的。

杨素和陶惕成商量："可能组织上不了解你现在的身体状况，我去找王鹤寿和林诚同志反映一下，惕成，别去水城啦。就你的身体状况，你不要命了？"

"不行！"陶惕成态度异常坚定，他说，"在水城建设钢铁厂是关系到国家安全的重大任务，我一定要去！"他又说，"要是派我去好的地方，我可以要求不去，再养养病。但水城是艰苦的地方，我是共产党员，不去影响不好，我一定要去。”

杨素仍不同意，看到妻子面带愁容，他既像安慰又像命令，口吻严肃地对妻子说：“杨素，你千万不能背着我去找领导啊！你去找，就等于是我的意见。艰苦的地方我这个当领导的不带头去，影响很坏呀！”

“在一片什么也没有的荒山野地上建设钢铁厂，哪有你说得那么容易，更何况你现在的身体状况……“妻子不无担忧。

“想当年，我们单枪匹马走马东北，那时候也是困难重重，我们不是也挺过来了吗，为了新中国的钢铁事业，没有什么困难是不能战胜的。”他安慰妻子。

杨素似乎被他说服了，她的眼前浮现出刚到鞍钢时的那些岁月，每次想到那沸腾的钢水在他的努力下，飞溅出那激动人心的火花时，她的心里也无比激动，那情景也不时地激励着她。

杨素看丈夫态度坚决，只好含泪点头，她最了解自己的丈夫。陶惕成感动不已，他紧紧地握住妻子的手，任凭妻子的眼泪不停地流着，流着。

对于陶惕成来说，虽然他已经下定决心要去水城，但当真要离开鞍钢，离开自己朝夕相伴的妻子，陶惕成心里还真有些不舍。从1948年到1966年，陶惕成在鞍钢工作了18年。当年，他来到鞍钢，参与鞍钢的“抢运”工作，为鞍钢建设和发展倾注了大量的心血，由鞍钢计划处处长，成长为鞍钢副总经理。他永远无法忘记，他第一次在车间里看到钢水飞溅、钢花飞舞时的情景，那时候他是多么的震撼、多么的激动啊，当看着自己倾注心血的工厂恢复生产，一步步走上了正轨，他的眼里盈满泪水……

他热爱鞍钢，这里的一砖一瓦、一草一木都有他的汗水。他更爱妻子和孩子，怎能不想与他们朝夕相伴？但是他是党的干部，一切听从党召唤，哪里需要，哪里就是他的热爱之地。他要把鞍钢建设经验，带到大西南，带到乌蒙深处，带到水城，无论有多难，他都会披荆斩棘，填壑劈山，走出一条前人从未走过的路，在水城建设一座新“鞍钢”，完成党交给的任务。

他满怀深情地对妻子说，水城钢铁厂是继攀枝花钢铁之后，西南又一重大的钢铁企业。国家让鞍钢这样的大企业，把鞍钢重要的设备、大批的管理人员和技术人员派到水城，建设一个和鞍钢一样现代化的钢铁厂，对鞍钢寄予厚望，从中也可以看出，党中央对三线建设的重视。钢铁是国家强盛的重要标志，一想到要在云贵高原上炼钢，我就会感觉到热血沸腾，这是我们为之奋斗的事业啊！我们不去做谁去做？

1966年2月，钢都鞍山。这个月里，鞍山市委和鞍钢公司，连续召开了两次全市性的动员大会，一次是5000人参加的鞍钢干部大会，一次是鞍山市全市干部大会。市委和鞍钢党委决定：由鞍山市副市长易晓光、鞍钢副总经理陶惕成挂帅出征水城，随行的主要成员有鞍钢党委政治部副主任张子雄、鞍钢炼铁厂厂长刘剑萍、矿山公司副经理尹玉华、三冶公司经理冯坚、三冶公司政治部主任王其舜等。

“鞍山会议”之后，陶惕成不顾多病的身体，第一时间就进入工作状态。鞍山汤岗子疗养院成了他的临时指挥所，他拖着病体，在疗养院里召集相关人员开会，组建起临时指挥部，调兵遣将，开始了紧张的筹备工作。仅仅两天之后，由他派出的张子雄、刘剑萍率领的先遣人员一行18人就从鞍钢出发了，赶赴水城，做大会战的前期准备。

对于在水城建设钢铁厂，陶惕成成竹在胸，他与鞍钢党委立下“军令状”：“用不了三年，只用两年时间，我保证在水城建成年产50万吨铁、40万吨焦的企业。”

终于，陶惕成要出发了。临行前，他挥笔写下慷慨激昂的诗句：

明朝振霜羽，挥戈战水城。誓向前贤学，热血洗寰尘。

鞍山火车站，离别就在眼前，杨素早已哭成了泪人，尽管陶惕成反复安慰妻子，但是妻子还是担心他患病的身体。陶惕成是个重情重义的男人，当列车从鞍山火车站缓缓启动的时候，陶惕成的眼角竟然有些湿润，他下意识地左右看看，生怕别人看到。在别人眼里，他是条硬汉，是经历过无数战争的硬汉，在战争年代，他经历过太多的离别，甚至是生死离别，但此时，面对站台上与他挥手告别的妻子杨素，他的心里竟然有些不舍。他不确定自己是不是真的有了儿女情长，妻子的眼睛里，除了饱含着依依不舍之情，更有着担忧和不安。此时，他似乎还没来得及把目光从站台上收回来，火车已悄然启动，一点点地驶出了站台，那一瞬间，他看到了妻子眼里的泪水。火车带着他飞驰，他把目光投向了车窗外，烟火气浓浓的成排成排低矮的房屋，逐渐变换成一片一片茫茫原野，原野被白雪覆盖，脱了叶的大树在风中伫立着，任凭风的侵扰。

告别广袤丰满而辽阔的北方大地，告别工作和生活了十几年的鞍钢，坐在前往大西南的火车上，陶惕成看着车窗外一晃而过的田野和村庄，看着车窗外越来越远的鞍山，心潮起伏，心情久久无法平静，那些飞逝的岁月，在他的脑海里不时地跳进跳出……

1920年，陶惕成出生在安徽合肥官庭镇一个小业主家庭，他自幼聪颖好学，饱读诗书，父亲一直希望他能够守在自己的身边，以待日后继承家业。然而，新思想的火种早已在他的心里扎下了根，卢沟桥事变，南京大屠杀，淞沪会战，日本侵略者把战火烧到了家门口，作为一个热血青年，他一心想奔赴抗日前线，上战场，参加革命。但是，他的想法却遭到了父亲的强烈反对，在父亲看来，管好自己的小家，过好自己的日子，才是最重要的。

覆巢之下，安有完卵？在陶惕成看来，国家的命运和个人紧密相连，国难当头，岂能不顾国家而安享小家的幸福？他要离家，去参加革命，父亲决绝地说，如果他离开家就和他断绝父子关系，但陶惕成去意已决。1938年，18岁的陶惕成不顾父亲的阻拦，毅然参加了新四军，参军的第二年就加入了中国共产党。在部队，他成长很快，历任新四军四支队工作团股长及秘书，五支队司令部指导员，苏皖边区省委武装队、来安县边区政委、区委书记，后担任《淮南日报》党报编委、副社长等职。1945年10月，按照组织的安排，他奔赴东北，先后担任辽东省特派员、安东市政府实业处处长、辽阳特派员、办事处副主任等职，后来又到了鞍钢……

46岁的人生中，他就是这样一次次地离别，一次次踏上新的征程。他总是在最关键的时候冲在前面，无论是经历战火，还是从战火纷飞的战场远赴东北到鞍钢搞经济建设，再从鞍钢到水城建设一个新的钢铁厂，只要是党的需要，他从来都义无反顾。他从不后悔自己的选择，他曾经和妻子说，我们参加革命不就是为了建设好我们的国家，不就是为了让人民群众过上好日子吗，只要是国家需要，别说是身体有病，就算是豁出我们的性命又算得了什么呢？

再见，鞍钢；再见，我的爱人。

此刻，陶惕成的内心更加坚定，在火车铿锵行进的轰鸣中，他的心早已长了翅膀，恨不能马上到达水城，到达三线建设的最前线。他像一个运筹帷幄的将军，在接到任务的那一刻，他就开始构想新钢厂的蓝图，一路上他一直在本子上不停地写写画画，不时地和同行的同志一起讨论建钢厂的计划。

大西南越来越近，贵州越来越近，水城越来越近，而家却越来越远，那时候，他也许永远也无法知道，这是一种怎样的命运安排；他永远不会知道，这一次，他将面临怎样的生离死别。他的使命却注定要使他同这个国家、同大三线曲折的历史紧紧地联系在一起。

挥戈战水城

1966年3月，陶惕成到北京参加西南三线建设的会议后，从北京直接去往贵州，他一路上“马不停蹄”地赶路，终于到了水城，出席贵州省委召开的有关水钢建设的会议。根据中共西南局和贵州省委的决定，时任省委书记陈璞如宣布，成立水钢建设工地党委和指挥部，由陶惕成任党委书记兼指挥长。

此时，鞍钢的设备和大批人马还在陆续抵达水城。陶惕成作为鞍钢的副总经理，带着鞍钢来的工程技术人员一起，不仅要尽快把搬迁来的设备安装好，还要尽快炼出钢铁。

陶惕成深感责任重大。

贵州六盘水水城，50多年前，这里还是一片蛮荒之地，沉寂的大山里，没有几户人家。

“山高石头多，出门就爬坡，一年四季包沙饭，过年才有米汤喝。”这首心酸的民谣，正是贵州山区曾经贫穷落后的真实写照。

这里，曾经是苦寒之地，让人闻而却步。

然而，这里曾经又是红旗漫卷，热血豪迈之地。

水城地处云贵高原的乌蒙山脉延伸部，紧邻云南曲靖，被称为贵州的西大门，平均海拔1800米以上。这里山峦起伏，沟壑纵横，山多地少，人丁稀薄。正如当地百姓形容的那样“地无三里平，人无三分银，天无三日晴”。在水城的崇山峻岭之中，有一个人称“三沟六岔”的低洼处——场坝，场坝人烟稀少，在场坝边缘的东北侧，有一片茂密的森林，水钢最初就在此处选址。

陶惕成只想尽快建成水钢，当他踌躇满志来到水城，亲眼见到水城的现状，内心发生了变化，他走访水城的农村和苗寨，看到水城的农民穷得小孩子连裤子都穿不起，当地的贫穷状况让他感慨万千，使命感和紧迫感更加强烈：“我们的这片土地上，还有成千上万的人在饿肚子，我们的国家还很贫穷、落后，国家投入大量的资金在这里建设大规模的钢铁厂，就是为了保卫我们的国家，让我们的国家强盛，用工业文明取代小农经济，我们也是在为当地人民造福啊！我们不做，谁去做？”

陶惕成站在乌蒙山上，俯瞰高原，好不壮观：“钢铁的生产能力代表着国力，没有钢铁，我们就摆脱不了贫困，也摆脱不了受欺负。四川攀枝花的矿，贵州六枝、盘县、水城三县的煤，相得益彰。我要让攀枝花和六盘水形成矿产开发带，其间建立一个大型的钢铁联合企业，把钢铁企业遍布西南！”

刚到水城时，除了荒山，一无所有，他们临时搭建的一间简陋工棚，就成了陶惕成的工地指挥部住所。

到水城之前，陶惕成接到任务后，就开始研究水钢的建设，他认为，水钢的建设不仅仅是简单地复制鞍钢，在大三线的宏伟规划下，水钢的建设毫无疑问已经上升为国家战略，站在国家战略上考量，水钢的建设，不仅仅是出钢出铁的问题，而应当提高到更高层次上认识，在更高的层面上去谋求钢铁工业的大发展，那就是建成水钢并使其融入大西南钢铁工业的长久发展之中。所以，水城钢铁厂的建设规划和选址尤其重要。陶惕成从水钢的总体布局，基本建设，甚至到怎么样建干打垒、怎样进行厂社结合、如何利用旧设备且又能在工艺上有所创新等，事无巨细，带领设计院设计人员和科研人员一起研究。

同时，浩浩荡荡建设大军马开进了水城，犹如天兵神将，一时间会聚了3万名建设大军。没有房子，大家就在山坡上临时搭建起帐篷，白天山上是一片片大小不等的帐篷，夜晚几十个人挤在一张大通铺上。水城总是阴雨连绵，道路泥泞不堪，就是在这样艰苦的情况下，广大建设者开始了日夜奋战的艰难时光。

陶惕成踌躇满志，调兵遣将欲布阵出击：

——高炉战区。1967年“七一”前1号高炉建成出铁，是年年末建成2号高炉；

——矿山战区。年底要拿下115万吨矿石的露天矿山，翌年“七一”前建成33万吨的井下矿山；

——焦化战区。1967年“六一”前第一座焦炉要建成出焦，是年年底二号焦炉要出焦；

——农场战区。开荒种地，为会战大军提供蔬菜瓜果。

然而，地质工程师恰恰在这时亮出了权威性的勘查数据：原定厂址的地质属泥质灰岩，不能建厂。而几万名建设大军已经会集现场，开工在即。这将如何是好？

陶惕成是冶金方面的专家，他当然知道钢铁厂选址的重要性，尊重科学，才能确保钢铁厂的长远发展。新厂址的选址工作直接关系到水钢的建设进度，陶惕成忍着一身伤痛，带着工程技术人员，昼夜兼行，在大山里勘查，苦苦寻找着适宜建厂的地方。1966年6月16日，会战工地指挥部群英荟萃，各抒己见。最后，终于在山里找到了一个叫“三块田”的地方，作为理想的建厂厂址。

厂址勘探选好后，西南三线建设指挥部的彭德怀、程子华亲临三块田察看。彭德怀拍着陶惕成的肩膀，嘘寒问暖，直说陶指挥长选了块宝地。

7月12日，冶金部副部长徐驰宣布：西南局完全同意会战工地指挥部将水城钢铁厂厂址定在三块田的意见。

7月26日，一号高炉破土动工；8月6日，一号焦炉破土动工。

早就摩拳擦掌的建设大军开进三块田，在水城的大山深处开始了改天换地的奋战模式。

随着各项工作迅速推进，基本建设工程等陆续开工，需要的参建者也越来越多，沉闷千年的大山深处，开始热闹起来。

艰苦的条件，对每一个人都是一场考验，也是一种磨炼。曾经给陶惕成担任过秘书的吴安石告诉我，当时的水城是个荒山野岭，地少，人稀，当地缺少粮食，也缺蔬菜，一下子拥进好几万人，千军万马上工地，由于物资供应不上，吃喝一下子成了最大的难题。而且，由于工程建设的机械设备很少，很多工程都是靠“人海战术”，出力出汗多，工作量大，吃喝跟不上，更别说营养了，只要能吃饭就非常不容易了。那时候在山坡上几块石头支起一口口大锅，就算是开火做饭了。吃的饭是“上边熟，下边糊，中间还硬”的夹生饭，连盛饭的碗和筷子都没有，后来每个人补发了一个饭钵，用两个树枝子削成筷子，饭菜搅和在一起吃掉。喝的水就是在溪中、坑中的雨后的“自然水”。

由于水城经常是连雨天，天气潮湿，太阳出来时，空气立即变得蒸腾，闷热；没有太阳时，天气又立即变得很冷。所以，那时候，在三线最受欢迎的是水城“三件宝”——水靴、雨衣、大棉袄。

此时的陶惕成，本来身体就有病，再加上气候的原因，还有夜以继日的操劳，身体状况越来越差，风湿病也越来越重，心绞痛也时好时坏，有时疼起来会蹲在地上好长时间起不来。但是作为一个领导者，他

职工们在野外做饭、用餐

深知领导的行为对一个团队多么重要。为了鼓舞士气，他隐瞒病痛，和大家一样，住在潮湿的帐篷里，在大食堂就餐。

吴安石说，陶惕成和大家一样住帐篷，唯一不同的就是他的帐篷稍微大一点，因为他的帐篷兼具多种功能，既是休息室，又是会议室。在吴安石的印象里，陶惕成自来到水城那天起，经常是通宵达旦地工作。陶惕成从来没有在后半夜两点以前睡觉，早晨也都是在7点钟前就起床。

到水城不久，冶金工业部拨给会战指挥部5辆伏尔加轿车。陶惕成知道后，立即将承办的负责同志找来，让把车退回去，他严肃地说："这里的老百姓穷得连裤子都穿不上，我们怎能坐着轿车在这里充当中国的洋人呢！我们在这里搞建设，到处需要钱，就是有钱也不能讲排场。"后来，鞍钢给他专门送去了一辆轿车，但他始终坚持坐吉普车，而且也只有外出开会或紧急情况时才会使用。

陶惕成到水城后，远在鞍山的杨素一直牵挂他，考虑到他的身体情况，特意让从鞍山去水城的人帮忙捎些蜂蜜和苹果给陶惕成，陶惕成及时回信叮嘱道："这里的老百姓很穷，职工也很艰苦，这样做影响不好。"

3万大军开进青杠林时，陶惕成就制定了严明的"军纪"。这个深谙用兵之道的指挥长认为，要让3万大军有条不紊地在战场上驰骋，它的中枢神经——会战工地党委和指挥部就不能有丝毫紊乱，它的四肢肌体一刻也不能懈怠。

一次，陶惕成到北京汇报工作归来，听说代理他工作的一位副手指挥不灵，有几位处长不买那位副手的账。陶惕成那张慈祥的国字脸一下绷得紧紧的，厉声喝道："马上召开处级干部会！"陶惕成两道剑眉下射出逼人的寒光，"要是我不在家，不管由谁主持工作，都是代表我。

谁不听我指挥，撤谁！”真灵，以后陶惕成不在工地时，他的那位副手不管发布什么命令，下面便闻风而动，干得好不利索。

“王大为，你承建发耳农场。完成任务后，你叫王大成，成功的‘成’。”陶指挥调侃的语调一转严肃，“完不成任务，提头见！”

王大为开山垦荒，累倒在山上。陶惕成闻讯，派人唤王大为下山治病，可王大为咬住“陶指挥交给的任务还没完成”这句话，死活不肯回来。

“剑萍，你带着指挥部的小车，亲自把大为接回来。这个王大为呀，难道连命都不要啦！”

陶惕成抚摸着王大为灼热的额头……

仰视病榻前的指挥长，王大为的双眸潮湿了……

陶指挥走出“干打垒”，欲到各个帐篷串门拜年。他晓得“每逢佳节倍思亲”的滋味，何况，这帮“八千三”是穿着水鞋雨衣棉袄在水城第一次过年呢！

他正要走进帐篷，一位工人酩酊大醉跌倒在厚厚的桐油凝上。陶指挥见状一边扶起这位醉汉，一边学着《南征北战》张军长的腔调说：“兄弟，坚持住！我来拉你一把！”

顿时，满屋喊爹叫娘念叨老婆念叨孩子的工人都破涕为笑。

…………

成千上万的建设大军，主要以年轻人为主，要带好这么庞大的队伍，既要克服生活和工作中的困难，又要完成建设任务，真是困难重重。陶惕成非常注意抓思想政治工作，他要在建成建好钢厂的同时，打造一支能够站得住、展得开、打得响、有过硬的钢铁般意志的建设队伍。

他要求大家抓紧学毛主席著作，学大庆，领导干部学焦裕禄，在这方面他是身体力行的。参加三线建设的职工在那样艰苦的条件下，不计报酬拼命干，根本的动力是人们从内心响应党的号召。陶惕成十分注意对职工进行生动活泼的政治思想教育，他经常在职工大会上，向职工讲三线建设的重大意义，组织职工参观苗寨，表扬先进，大张旗鼓宣传好人好事，就近组织学习铁道兵和煤矿生产建设的先进经验等。他时刻告诫党员特别是领导干部要起先锋模范作用。他自己带头吃苦，在他的影响下，尽管生活艰苦，但广大干部职工干劲十足。

陶惕成专门成立了群众工作部，注重对工厂周围农民群众的思想政治工作，搞好厂社结合，工农业互相支援，以沟通厂社情况，教育职工爱护农民的一草一木，尊重群众的风俗习惯。

当时动力厂至焦化厂之间有一个“石打人”，是当地人祖祖辈辈烧香求子的地方，由于妨碍建厂，必须炸掉，然而当地群众不让炸。陶惕成亲自去找社员们开座谈会，耐心细致地做思想政治工作，最后社员思想通了，他们自己动手炸掉了“石打人”，一直被传为美谈。

陶惕成利用一切机会提高大家的士气，有一次，在露天会场上召开的劳模先进事迹报告会上，陶惕成突然走到台下，身体虚弱的他，硬要把一位劳模背在身上，在全场职工的欢呼声中，他背着劳模绕着会场走了一圈，他的头上是豆大的汗珠，脸上却是欣慰的笑容。一个身患重病的领导，亲自背着劳模绕场一周，在场的职工们无不为之动容，掌声和泪水交织着。

就这样，陶惕成克服重重困难，硬是在大山深处，开始了水钢的建设步伐，各项工程以令人难以置信的速度进展着：10月，“两炉”的基础工程浇铸完毕；年底，“两炉”进入结构安装和砌砖阶段。到当年年底，开工了78项工程，竣工了63项工程。

陶惕成在劳模大会上给劳模戴花

到水城几个月后，陶惕成因公务回过一次鞍山。妻子杨素最担心他的心脏状况，看到他比去水城前更加消瘦，妻子无比心痛。他为了让妻子放心，告诉妻子他找到了好的应对办法：有一次和大家爬山坡，在半山腰，他心口痛了，按照大夫所嘱，立即蹲下来，果然一会儿就好了。他本想安慰妻子，却不知这更增加了妻子的担心。陶惕成却说："不要紧，只要按照大夫的意见做，没有问题。"

其实他身体的情况自己最清楚，他心口痛越来越频繁，但是，水钢的建设任务摆在那里，在困难面前，他从来不会退缩，他也不会向组织提出任何要求，他心中只有一个目标，早日建成水钢。他甚至叮嘱妻子："我万一出了事，你可不能埋怨组织呀！影响不好。"

相聚的时光总是那么短暂，离别时，杨素对陶惕成千叮咛万嘱咐，让他注意身体，只是，杨素从来没有想到，此次相见，竟是永别。

水城悲歌

三线建设在短时间内就取得了成效，中国的战略资源正按计划向西南地区转移，大三线掘进的强度和速度，展示了中国人民团结一心无往不胜的精神力量，也增强了毛主席和党中央大国自信的豪气和底气。1965年4月，周恩来代表中国政府请巴基斯坦总统阿尤布·汗向美国总统约翰逊传话说："如果美国把战争强加给中国，中国将奋起抵抗，战斗到底。不管来多少人，用什么武器，包括核武器在内，可以肯定地说，它进得来，出不去，必将被消灭在中国。"

水钢的建设正如火如荼地进行着，陶惕成像一个大将军，在水钢一线的建设现场，指挥千军万马大展宏图，而此时，“文革”犹如一场政治风暴迅速地席卷全国，西南三线不可避免地进入了这场风暴之中。1966年底，高炉、焦炉正进入结构安装和砌砖紧张阶段时，“文革”的冲击也波及了水钢工地。当那场史无前例的大风暴即将卷入三块田时，陶惕成的心情更加沉郁。为了这方天地，他断然下令：不介入！

南下的红卫兵小将们闯进三块田，串联造反，陶指挥向红卫兵亮出中央关于三线建设的通知，劝走了；鞍山的“老捍”与“大联合”不共戴天，双方的传单雪片般飞到水城，陶指挥大喝一声：“统统封起来，一张也不许看！”就这样，鞍山飞来的战火在水城会战工地灭了。甚至，妻子向他讲起鞍山“文化大革命”的事，他也淡然处之：“我不了解你们的情况，找别人商量去！”

只是让陶惕成没有想到的是，他这样的老革命，也成了批斗对象。

陶惕成为使工程不受影响，不至瘫痪，八方奔走，争取各级政府和领导的支持。他置个人安危于不顾，只身到批斗和纠缠他的群众组织之中，劝说他们要执行中央指示，不要干扰三线建设。就这样，陶惕成一边挨着批斗，一边夜以继日地工作着，日复一日，陶惕成咬紧牙关坚持着，他对批斗他的人说：“你们批斗我可以，但是千万不要影响水钢的建设，三线是让毛主席他老人家睡不好觉的地方。”

因为挨斗，他的身体越来越差。又因为“运动”，工地上的队伍开始变得稀稀拉拉，他的政令不畅，指挥不灵了，陶惕成心急如焚，他渴望震撼华夏的风暴早些平息。

1967年2月，陶惕成飞到北京，想找负责三线建设的有关领导出面遏制事态发展，可此时的北京正是风暴的中心，他想找的人也无法帮到他。陶惕成顿时产生了一种不祥的预感，他决定赶快返回水城。他在昆明一下飞机，前来接机的人迫不及待地告诉他，指挥部的另一位负责同志已被批斗，党委派人告诉陶惕成，不要回水城，到外面躲一躲。那边由他们撑着。此时，陶惕成最关心的是水钢的建设，关键时刻，他怎么能出走？陶惕成毅然决定回到工地。

此时的工地已经瘫痪，眼看着曾经热火朝天的工地变得冷冷清清，陶惕成痛心疾首，但他还是想尽办法工作，想尽力推进建设。白天他主持工作，晚上挨批斗，天天如此，身体患病的陶惕成越来越感到力不从心，他身心俱疲，他想到来水城前，冶金工业部部长吕东曾开玩笑说：“老陶，水城艰苦，你去吧，如果真的累死了，我们给你树碑立传。”

他不怕死，他只怕完不成任务。

1967年2月24日夜，阴冷的毛毛雨没能减弱红袖章们的造反热情。他们白天批斗了陶惕成，晚上还要连续作战。红旗在三块田招展，高音喇叭响彻林场。

“陶惕成，你重用国民党的残渣余孽，死有余辜！”

台下的老赖心里咯噔了一下：“唉！都怪我连累了陶指挥。”

老赖曾在国民党军工厂就职，是鞍钢一流的土建工程师。建设三线时，他的政审不合格，可陶惕成了解老赖，他爱才如命，直谏上级，硬把老赖拉到水城，还让他当上了工程办公室副主任。老赖愿为知己者死，没日没夜地工作，差点没把命搭上。

“人各有能，因艺授任。干工作就得用有真才实学的人。”这是陶惕成用人的宗旨。早在当鞍钢计划处处长时，他就提拔一位毕业于日本帝国大学的老知识分子当规划科科长。陶惕成还曾力排众议，大胆重用一批留美的知识分子。

陶惕成对自己“重用坏人”的“罪状”并不吃惊，用人时，他原本就担着风险。只是他不明白，这些为社会主义事业兢兢业业工作立下汗马功劳的人，为什么要永远背着父辈留下的黑锅。

上台揭发者接踵而来，陶惕成走马灯似的向造反派们交代着……

突然，一个令陶惕成十分熟悉的身影蹿到台前，这人是工地上的一个支部书记，他像是掌握了陶惕成的“钢鞭”材料，熟悉的声音通过高音喇叭传入陶惕成的耳鼓：“陶惕成的老妈是地主婆，他把他老妈带来的地契藏起来。要反攻倒算。”

“陶惕成隐瞒地主成分，骗取共产党的信任。”另一个人居然遥相呼应。

顷刻，批斗现场立即变得沸腾，一些不明真相的人变得格外激动，他们不能容忍面前这个暗藏的“阶级敌人”，尽管这个人过去是多么可亲可敬。他们喊着口号，大声地声讨着……

不知过了多久，也不知道是何时，身心疲惫的陶惕成懵懵懂懂地从批斗现场回到了指挥部那间工棚里，外面的喧闹似乎还在继续，他倒在床上，剧烈的心痛一阵阵袭来，他太累了，他想安静地睡一会儿，他依稀觉得吞下了好几片安眠药，强令自己：该睡了，该睡了，明天还要准备挨批斗，还得抽空到工地转转。可是，睡神怎么也不肯降临。

闭上眼睛，他觉得两耳嗡嗡作响，脑袋越来越胀，越来越大，昏昏沉沉的……

一阵幻觉过后，陶惕成又迷迷糊糊地想起了他的高炉和焦炉：“‘六一’投产，‘七一’投产，得抓紧呀！可为什么偏偏这个时候……”他眼前掠过一堆堆红袖章。红袖章扬起，落下，纷纷扬扬，淹没了他，他感到窒息。他挣扎着想坐起来，可是他一点力气也没有，他的脑海里浮现出初来水城的情景，那千军万马开进大山里的情景，那漫山遍野的帐篷，那大山里的号子声，那振奋人心的呐喊声，还有那正在大山里崛起的高炉，他仿佛看到高炉轰然点火燃烧的声音……

他仿佛看到了战友们正在远去，他大声地呼喊着，追赶着，没有人听到他的声音，他看到自己在风雨中艰难地行进着，他的头上脸上全是雨水，不，是汗水，他睁开眼睛，黑暗中，他的心脏剧烈地疼痛，浑身上下被汗水湿透了……

他看见了鞍钢党委书记老谷，你怎么又向我要字了，不是送你一幅了吗？“卅年书剑两无成，过眼烟云写未真。惭愧故人催笔墨，且将飞白去风尘。”什么？还要首更好的。行，等我的钢厂建成，再抽空写……

他心痛无比，呼吸越来越困难，他痛苦万分：不能死，千万不能死啊！高炉焦炉建好了，我还要建转炉建轧机。还要……

他看到了妻子杨素，杨素在用力地拉着他的手，要带他回家，他挣扎着，挣扎着，我不能走，不能走啊，水钢还没有建好，我还有好多好多事没有做完……

1967年2月24日深夜，在水城一间简陋的工棚里，陶惕成的心脏永远停止了跳动，年仅47岁。

1号高炉，离我们最近的工业遗产

2019年4月，中国工业遗产保护名录（第二批）由中国科协创新战略研究院与中国城市规划学会共同发布，首钢水钢1号高炉入选名录。名录称：据了解，首钢水钢公司始建于1966年，目前主要遗存有1号高炉，档案、图纸、厂志。

1号高炉始建于1917年，1919年在鞍山制铁所投产使用，伴随着祖国经历了千疮百孔的艰难时期。1948年2月19日，随着鞍山解放，1号高炉回到人民手中，1949年9月7日得到修复。1966年从鞍钢迁到六盘水。

首钢水钢系鞍钢包建的三线建设企业，是三线建设时期建设的西部重要钢铁企业；工厂选址与布局体现了三线时期的特点，主体厂区主要生产环节呈台阶状布置在山间坝子上；1号高炉是中国现存最早的高炉之一。

据记载，第一座36孔焦炉1969年9月建成投产，1970年9月又建成568立方米高炉，接着续建2号焦炉和1200立方米的2号高炉，累计投资6亿元以上。再以后又逐步完成了大型制氧机站、转炉连铸设备、钢轨（小型材和线材）、开坯等全部配套工程，到了80年代末，使产量品种达到理想能力：生铁72万吨、钢29万吨、钢材15万吨，总产量5.5亿元。

水钢1号高炉，成为离我们时代最近的工业遗产。

2019年7月的一天，我在徐春刚老师的陪同下，去参观水钢1号高炉。

三线建设已经久远，深山里的“战火”已经散去，闻不到硝烟的味道，却到处可以看到历史这把巨斧刀劈斧凿留下的痕迹。

我把车开到厂区的半山腰处，远远看去，1号高炉高耸于天地之间，依高山为伴，更显得巍巍壮观。有着百年历史的1号高炉，经过岁月的磨砺，风雨的侵蚀，炉身上布满了黑锈色的斑痕，像时代的烙印，成为最真实的记忆，在云贵高原上熠熠生辉。

1号高炉是水城钢铁厂的最早的高炉，如今已经完成了历史使命，光荣退休，1号高炉的旁边就是2号高炉，为了响应国家节能降耗的号召，这两座低产能的老式高炉成了被拆除的对象，如今2号高炉的架子已经拆除，只留下三个送风炉。

六盘水形如笔架的笔架山，一共有三个山头，站在其中最高的一个山头上，举目远望，目光所及之处几乎都是水钢的厂区，一边是生产区，另一边是生活区。生产区包括焦化厂，旁边是铁路线，附近就是堆放矿石原料的料场和煤场，料场再往里就是炼铁厂、动力厂、运输部等单位。焦化厂主要是把煤炭炼成焦炭，再拉到炼铁厂炼铁，在厂区内有两个巨大的长方体建筑，是两座氧气厂的空分塔。在厂区内依山建设的一个巨大的圆形建筑，是早期的燃气柜，存放高炉煤气，用来二次利用进行炼铁助燃。铁路旁边堆积的都是一堆堆的颜色各异的铁矿石，通过铁路旁边的输送带，输送到烧结的机器里面，混合配成一定的比例，通过烧结机把矿石烧成烧结矿石，再输送到炼铁的高炉进行炼铁。

如今炼铁的高炉又高又大，铁熔化后从上面流下来，流到高炉下边火车承载的铁水包里，再通过铁路线穿过隧道运到另一边的炼钢厂进行炼钢。

在炼钢区，那一个个已经弃用的陈旧的铁水包，像一个个巨大的雕塑，整齐地排在工厂里。周围都是茂密的杂草，铁水包上生满了锈斑，上面还有齿轮，用于传运铁水包。这些已经废弃了的铁水包也见证了水钢辉煌时期的生产场景。

水钢内部有专门的火车线，如今水钢生产用的火车是内燃机车，用来运输铁水和炼钢的钢渣，钢渣还红红的，冒着火。

今天看来，与现在钢铁厂的现代化相比，水钢1号高炉只能算得上一个小高炉，但当年高炉从东北运来的时候，却对整个大三线建设有着划时代的意义，1号高炉不辱使命，在百年的历史进程中，有着辉煌的“战绩”。

1966年，随着三线建设全面铺开，鞍钢第一批派出的5000多人奔赴水城，同时送到水城的还有1号高炉。据《鞍钢志》记载，1961年起鞍钢高炉生产日趋困难，终于迫使部分高炉封炉和停炉。1号高炉在封炉达200小时59分钟后，于1966年12月被迁至水钢，支援了三线建设。

从此，远在东北的1号高炉就跋山涉水来到了六盘水，开启了另一段精彩。

面对1号高炉这个庞然大物，当年工人们是如何将这些几十米高、重达万吨的大型机器搬到水钢去的？

徐春刚告诉我，要建炼铁厂和焦化厂，需要高炉、焦炉这种大设备，可是当时的水钢只有又陡又窄的“毛路”，运设备的车根本就进不去。为了把高炉建设好，曾经开展过一场轰轰烈烈的“运输战”，工人们将设备进行拆卸，由于一些拆卸下来的设备零件很多都重达几百斤，从场坝路口车站到水钢指挥部约4千米，干部职工齐上阵，靠人力来拉、抬、扛，硬生生地将这些大机器搬到了水钢。有些七八百斤重的设备零件实在不能再分拆，十几个工人挺起腰、鼓足劲，嘴里喊着“一二三、一二三”，齐心协力，迈着大步，在震天动地的呐喊声中，将这些“大家伙”抬进水钢。光运设备，加上安装，前后至少用了半年时间。

1969年9月，水钢第一座焦炉建成了。正常的焦炉烘炉，一般是50天至70天，但由于配套设施、煤炭和电力等各种问题，加上受到“文革”影响，水钢的三线建设项目一度处于停顿和半停顿状态，1号焦炉烘炉时间，达到了冶金史上绝无仅有的380天之久。

1970年9月，水钢1号高炉建成，1号焦炉的问题也基本解决。10月1日，作为国庆献礼，水钢高炉炼出了第一炉铁水。

1977年，水钢投资1554万元，终于完成1号高炉系统收尾配套工程。

1978年，2号高炉建成后，1号高炉于1979年3月17日正式封炉停产，后转为停炉大修。

工人们齐心协力抬机械设备

1988年，水钢决定对1号高炉进行改造性大修。1989年12月19日，历时一年半的1号高炉大修终于完工，炉容由568立方米增至633立方米。2001年，1号高炉炉容又由633立方米扩大到788立方米，生铁年产量在原基础上增加10万吨，可达55万吨以上规模。在钢铁市场最好的时期，1号高炉每月带来的经济效益粗算下来可达3.9亿元，创造了很好的经济效益。

从2014年8月开始，水钢实行“减产减亏”新模式，产能规模由500万吨优化到350万吨，1号高炉也于8月11日停产。

伴随着钢铁行业的起起伏伏，1号高炉在一些新水钢人的眼中或许仅是一座停产的高炉而已。但对于老水钢人来说，1号高炉是一种特殊的存在。“1号高炉是水钢的母亲炉，没有1号高炉就没有2、3、4号高炉的崛起”。

据曾经在1号高炉工作过的钟鑫回忆：“当时的1号高炉工艺落后，产能不高，炉面乌烟瘴气，炉前的工作非常危险，这使我重新认识了铁和火。”说起刚到1号高炉工作时的情景，钟鑫陷入了深深的回忆，“当时的感觉就是原始，很大部分工作是人工处理，比如出铁需要大量人工来处理钻、烧、掏等好几个程序，光用锤子打铁口就要4人，两人掌钎，两人用12斤重的锤子轮换着敲打，等见到有小股铁流了，又需6人至8人用20毫米圆钢捅。每次工作，都要用眼镜、高温服、毛巾、帽子、劳保鞋、手套等进行全副武装，而且还要把全身打湿。”时间长了后，钟鑫对1号高炉又有了新的认识，“没有铁就没有钢。当沸腾的铁水从炉口流淌出来时，意味着再经过几道工艺后，就有了钢，才会产生经济效益。所以说1号高炉是水钢的‘母亲炉’。”

徐春刚老师说，不管是否曾经在1号高炉工作过，对于1号高炉，水

水钢1号高炉施工现场

钢人有着一份特殊的感情，每一个水钢人都有一种难以割舍的情结。1号高炉诞生于风起云涌的大三线建设时期，为六盘水、贵州乃至整个西南地区培养了众多的炼铁人才……

历经近百年变迁的1号高炉，为三线建设立下了汗马功劳，见证了水钢火红的年代，同时在推动贵州、六盘水市经济社会发展中做出了不可磨灭的贡献，具有非常高的历史与文化价值。

1号高炉虽然停产了，但它所保留的钢铁记忆和钢铁精神，却成为了不可衡量的“高炉效益”。据悉，贵州省将拨付2亿元资金，将1号高炉打造成为工业旅游基地，让更多的人在这里回忆三线建设，回忆那段激情燃烧的岁月，传承三线精神……

第六章　高原上修建钢铁大道

1974年，中国赠送给联合国的第一件礼物，就是微型雕塑“成昆铁路”。

成昆铁路沿线三分之二是崇山峻岭，奇峰耸立，深涧密布，沟壑纵横，地势陡峭，地质复杂，成昆铁路的建设，创造了世界铁路建筑史上的奇迹。当年，成昆铁路与美国的阿波罗带回的月球岩石、苏联的世界第一颗人造地球卫星，被联合国并称为象征20世纪人类征服自然的三大奇迹。

而贵昆铁路，正是三线建设时期，中国人在高原上创造的人间奇迹。

为了顺利地把煤运出去，交通成了头等大事，毛主席说，成昆、贵昆、川黔这三条铁路一定要快点修好！要通过这些铁路，利用六盘水向攀枝花运煤的返程空车运回铁矿石，形成两地间“钟摆式”的煤铁对流。

在贵州修建铁路，其难度超出想象，贵州是典型的喀斯特地貌，曾有外国专家嘲笑说：“你们中国人是不可能修好这条铁路的。”然而，三线建设者们用青春、用热血，甚至用生命将铁路线一点点地向前铺展开来。当时，难度最大的是修建贵昆铁路六枝至树舍段的梅花山隧道，施工中，铁5师23团的40多名官兵因特大涌水事故壮烈牺牲，有的战士才十多岁，有的才刚刚告别新婚的妻子来到三线。由于当时施工难度较大，为了能够让铁路顺利通车，华罗庚同志亲自来到施工现场进行考察，并回到安顺设计出了图纸。经过大家的艰苦奋战，1966年3月4日，贵昆铁路六枝至树舍段在观音岩大桥胜利接轨，提前10个月实现全线通车。封闭的穷乡僻壤，听到了隆隆的火车声，沿线的各族的人民喜笑颜开，迎接第一辆火车的到来。

争分夺秒修建贵昆铁路

铁路，三线建设的命脉。

没有铁路的通达，所有的建设目标都无法实现。

六盘水的三线建设，首先是以铁路建设为先导展开，而贵昆铁路的建设是整个三线铁路建设的重中之重。

1964年7月2日，国务院总理周恩来批示：修成昆铁路，主席同意；朱委员长提议使用铁道兵。西昌会议专门研究了西南铁路建设会战问题，规划内容之一就是修建铁路，形成西南环线，即成昆线、川黔线和滇黔线。

毛泽东对三线铁路建设有许多明确的指示。1964年8月17日，在中央书记处会议上说，总而言之，成昆路要快修。没有轨，拆其他铁路的。滇黔路也要快修，一定要保这三条路。投资、材料要多想办法。

1964年9月初，中共中央决定成立西南铁路建设总指挥部，9月10

日，西南铁路建设工地指挥部在贵州安顺成立，任命中共中央西南局第一书记李井泉为总指挥，铁道部代部长吕正操，副部长刘建章、彭敏，铁道兵副司令员郭维城，商业部副部长张永励为副总指挥。其下分别设工地指挥部、技术委员会和支援铁路修建委员会，对成昆、贵昆、川黔3条铁路干线建设实施统一领导，集中指挥西南铁路会战。

铁道兵扩编，共辖13个师3个独立团、多所院校和科研所以及后勤部所属4个基地，总人员增至37.2万人。

贵昆铁路全面开工后，为落实中央关于贵昆铁路务于1966年修通的决定，总参谋部于1964年9月5日发出电令："调铁道兵1、5、7、8、10师进驻西南地区指定地点，尽快展开施工。滇黔线上除1、5师在原施工管区施工外，另调7师于9月底进驻水城担任水城至树舍段工程任务……"

据此，铁道兵各部队立即分别从广东、江西、青海等地出发，昼夜兼程，于9月下旬开进指定地区。与此同时，铁道部所属各工程局施工队伍也按照工地指挥部要求，及时到达集结地点。在今六盘水市境，第7师（司令部设在水城县法院办公楼）担任水城至树舍段施工任务，梅花山隧道仍由已于1964年5月18日进驻水城的第5师第23团继续施工。另有铁道部第二工程局担任水城至六枝段施工任务。

此外，由地方动员大批民工上场配属各单位施工。全线30余万人的施工队伍，在西南铁路建设工地指挥部的统一领导下，迅速展开一场铁路建设大会战。

从1964年底开始，全国各地支援六盘水三线建设的大军快速拥入，一年之间就达到几万人，形势逼人。铁路不通，所有设备都运不进来，特别是那些几吨重、几十吨重的大型机器、大型构件运不进来，几万人的进进出出极不方便，各方面工作受阻，铁路建设任务显得格外紧迫。

从1965年初起，国家调集铁道兵、铁道部所属工程局，地方组织大批民兵，几万人投入贵昆铁路（当时称滇黔铁路）建设。

1965年5月25日，西南煤矿建设指挥部铁路建设指挥部成立，决定抽调参加修建贵昆铁路的黑煤、辽煤、川煤、京西支铁大队参加修筑六枝、盘县、水城三个矿区铁路专用线。

“背上了行装扛起了枪，雄壮的队伍浩浩荡荡，同志呀！你要问我们哪里去呀，我们要到祖国最需要的地方。离别了天山千里雪，但见那东海呀万顷浪，才听塞外牛羊叫，又闻江南稻花香；同志们哪迈开大步呀朝前走呀，铁道兵战士志在四方……”

伴随着雄壮的《铁道兵志在四方》的嘹亮歌声，成千上万的铁道兵和铁路建设者来到了贵州高原，来到了人迹罕至的重重大山，他们放下行李，穿上胶鞋，扛起铁锹镐头，握紧钻机，推起小车，面对坚硬的大山毫不退却，他们要在天路上架起三线建设的生命线……

贵昆铁路是1958年开工的滇黔线贵阳至树舍和内昆线南段树舍至昆明两段铁路的总称。贵昆铁路东起贵州省贵阳市，东与湘黔、黔桂、川黔铁路相接；西经安顺、六枝、水城、树舍、宣威、沾益、曲靖等地，进入云南省，与成昆、昆河铁路相连，到达云南昆明，全长620.7千米，是云、贵、川三省和祖国各地紧密联系的纽带。

贵昆铁路在六盘水市境内全长137千米，有大用、六枝、那玉、新窑、花赖、关寨、梅子关、二道岩、小冲头、茨冲、滥坝、双水、水城、六盘水、马嘎、葡萄箐16个站。

贵昆铁路蜿蜒于云贵高原乌蒙山区，地势险峻，地质复杂，所处海拔较高，其中贵阳为1100米，水城为1800米，水城至昆明在2000米左右。

其实，贵昆铁路早于1958年8月就已经开始施工，后来，三年困难时期，国民经济调整，国家缩短了基本建设战线，工程陆续缩减，贵昆铁路建设放缓。当时，贵昆铁路未完工程主要在六枝、水城、树舍间至梅花山段，工程量相当大。其中梅花山隧道工程是最难啃的一块“硬骨头”，贵昆铁路建设能否按期完成，能否提前通车，关键是梅花山这条隧道建设。

决战梅花山

作为三线建设的重点地区，六盘水的铁路建设在三线建设之前几乎为零，当时仅有一条铁路线，全长只有55.6千米，安顺至六枝段1963年9月27日才正式通车。

对六盘水煤炭基地而言，最重要的铁路干线是贵昆铁路。

要把三线建设需要的各方面人员拉到六盘水，要把一家家工厂企业搬迁到大三线，要尽快完成大三线建设任务，当务之急就是铁路建设。

贵昆铁路途经六盘水境内地质地况情况非常复杂，区域内地段地貌多样，山高谷深，沟壑纵横，溶岩、滑坡、暗河、煤层、瓦斯、软土随处可遇。六盘水境内的梅花山隧道工程，被称为贵昆铁路的“咽喉”工程，梅花山隧道横贯乌蒙山区，是贵昆线上最长的隧道，全长为3986米，也是西南地区海拔最高的铁路隧道。

梅花山隧道是贵昆线施工难度最大的关键工程，由铁道兵第5师第23团施工。其中六枝至梅花山段由西南铁路工程局、铁道兵7659、8506、8700部队和黑龙江、辽宁、四川、京西煤炭支铁大队负责施工。

为了加快建设速度，广大建设者争分夺秒抢进度，24小时轮流干，在贵州高山峡谷间，展开了一场铁路建设大会战，许多施工定额被突破，不少纪录被刷新，一批重点工程进展顺利。

20世纪60年代的施工技术比较落后，机械化程度不高，没有大型挖掘机，没有机械的铺轨机，没有气派灵活的大吊车，更没有气势如虹的钻机和推土机，要在坚硬的贵州大山上，打出一条近4千米长的隧道，需要付出怎样的艰苦啊！建设者们拼尽气力战斗，他们挥动手臂，硬是用钢钎、大锤、炸药、雷管，一凿一斧拼力，一寸一寸开凿、掘进，战士们手上的虎口震裂了，抡大锤的胳膊麻木了，他们靠的是力气，凭的是骨气，以不服输的劲头和勇往直前、坚韧不拔的精神支撑着，向前插进着，他们心中是让毛主席睡个安稳觉的朴素情怀，他们甘心为祖国流血流汗，不管付出多少艰辛他们都在所不惜。

1964年12月，贵昆线梅子关2号隧道建设首创月成洞102.69米。党中央于1965年3月9日发来贺电。在中央贺电的鼓舞下，百米成洞活动迅速展开，当年发展到170多个口次，并陆续创造出新纪录。

1964年底，广大建设者克服了难以想见的困难，创造了进度双口平均月成洞213米，单口月成洞最高400米，当时的全国隧道掘进最高纪录，受到国家建委通报表彰，称赞“这是我国铁路隧道施工史上的一个大进步”。

华罗庚也有“难解之题”

贵昆铁路梅花山隧道工程施工难度大，隧道不断涌出积水，施工掘进缓慢，举步维艰，严重拖慢了贵昆线的施工进度，关键时刻，数学家华罗庚来到了梅花山工地，他运用科学方法，指导梅花山隧道建设，大大加快了梅花山隧道的施工进程。

1965年5月3日至7日，著名数学家华罗庚应邀到安顺，在西南铁路建设工地指挥部开办全国第一个统筹法训练班，亲自主讲“优选法”，其间，华罗庚带着几位专家，多次到梅花山隧道施工现场进行测算，指导施工。华罗庚和专家一起，认真考察了梅花山的地形地貌，一次次勘测讨论，一次次地研究。华罗庚看到隧道里工作面狭窄，机械用不上，劳动力展不开，就提出用“统筹法”来解决施工中的矛盾，将部队“三班倒”作业改为“四班倒”作业，将每天在工作面劳动的有效时间由12小时延长为16小时，使劳动效率大大提高。华罗庚还提出，要坚信科学，上级新配备的钻孔台车一定要坚持使用，要充分发挥机械效能，要培训台车工使用新机械的技术。按照统筹法施工后，施工组织更加科学合理，在华罗庚的提议下，还办起了“台车使用培训班”，使台车工很快掌握了台车的使用技术，劳动效率提高了，钻孔进度上去了，从此梅花山隧道的施工速度不断加快，工程进度有了很大的提高，全长3968米的梅花山隧道，比预计工期提前40天安全贯通。

据当时参加梅花山隧道施工的同志回忆，华罗庚到了梅花山以后，由于施工现场情况复杂，施工单位的领导为了表示对他的尊敬，也为了他的安全，专门给他在铁轨的运货车上安了一把椅子，方便他进出隧道，他要进隧道时，就让他坐在车上给他推进去。华罗庚坐了两次就坚决不坐了，坚决要自己走进去。

据记载，梅花山隧道有地下暗河，涌水量特别大，号称水帘洞。风枪手们抱着一架80多斤重的大风枪，两个副手在左右扶撑着，风门一开，风枪的钻头强烈地旋转着、震动着，一寸一寸地向着坚硬的岩层掘进，风枪手们个个手臂被震得发麻，耳朵被震得什么也听不见，有时候风枪头没撑正，钻头被石层卡住，还得把它弄出来再打。特别可怕的是一次钻孔水涌出，把人跟风枪都冲出去好几米。

由于缺乏大型设备，仅凭建设者手工凿石，风枪打眼，土斗车运渣，再加上施工环境恶劣。为了保持进度，实行“三班倒”，工地24小时连续施工，这样高强度的施工，建设者的体力消耗很大。

隧道内，是建设者24小时马不停蹄地轮番上阵，他们用铁锤、钢钻等一下一下地敲打着，掘进着；隧道外，不管是战士还是民工，到处是人山人海，红旗招展，一片热火朝天的战斗景象。大家不怕苦，不怕累，一门心思建铁路。这些开山凿洞筑路的建设者们，脸上一个个布满了灰尘，但一双双闪亮的眼睛却充满了自信，他们不怕苦不怕死的奉献精神，深深地感动了华罗庚，他激动地说：“大家公认我是一个数学家，多难的数学题我都可能把它解掉，但是有一个数学题我无法解答，那就是铁道兵战士和这些建设者，他们对党和人民的忠诚，我无法解答，他们忘我的牺牲精神我无法解答。”

华罗庚被全体参建官兵和广大建设者的奋战精神深深感动，他慷慨激昂，赋诗一首：

今朝梅花独秀，明天杜鹃满山。
一马当先万马欢，欢跃奔腾猛超。
百米二百四百，哪怕水浸石顽。
十里山腰已打穿，欢声直冲霄汉。

梅花山隧道在建期间，朱德、郭沫若、李井泉、李再含一起到梅花山视察。郭沫若曾说：“梅花山隧道工程太艰巨，打了多少锤，打了多少个眼，没有人算得出来。”

山中，那一座座坟茔

云贵高原，乌蒙山脉，天高云淡，山高水长，隧道众多，桥涵林立，处处都留下逢山开路，遇水架桥的建设者的足迹。

在乌蒙山二塘镇山王庙，美丽的梅花山青松绿柏间，有一座公墓，公墓里有几十座坟茔，默默地伫立在高山之上，翠柏之间。

这里安葬着在贵昆铁路梅花山隧道建设中牺牲的英雄们。

梅花山隧道开工初期，山上无路可走，机械设备运不到洞口，战士们就把机械设备拆成零部件，然后人抬肩扛地将机械运到山上，再逐个安装。在隧道施工中经常遇到风化石、煤层和溶洞所造成的塌方，大家就团结一致，坚定信心，“你塌我顶，再塌再顶”，不屈不挠，直到成功。

梅花山隧道通过5大断层和14条暗河，工程难度极高。在隧道施工中，最常遇到的就是风化层、煤层、溶洞和被老百姓废弃的旧煤井，这样的复杂地质，会让施工困难重重，在隧道建设中，塌方、透水等事故时常发生，防不胜防。

隧道里面最难解决的问题是排烟和散热，隧道里常年是40摄氏度左右。在打隧道的过程中，随时可能遭遇暗河被炸开的情况。

有一次，在一个隧道工程施工中，隧道口处发生塌方，将一个班的人都封在洞里面。外面的人拼命刨了一天，很多人两手全是血还在努力地刨，终于解救了被困的10多名战友。

仅在梅花山隧道施工中，就牺牲了64名战士，最严重的一次事故，一下子牺牲了29名战士，最小的只有17岁。

那是1965年7月的一天，梅花山隧道里发生大塌方，由于塌方量巨大，正在里面施工的29名铁道兵战士全部被掩埋。消息传来，山上一片哭声，大家悲痛万分。他们把烈士们的遗体全部清理出来后，在山王庙为他们建了一座烈士陵园。

掩埋了战友们的尸体，战士们继续战斗。

梅花山隧道终于打通了，1966年2月20日，贵昆铁路建设中这块最硬的骨头硬是被拿下了，为贵昆线全线提前通车创造了条件。

英雄的铁道兵将士披荆斩棘，用血肉之躯铸就了这条高原上的钢铁大道。

1966年3月4日，贵昆铁路六枝至树舍段提前9个月27天实现全线建成。

1966年9月27日，贵昆铁路安顺至六枝段正式通车。随后不久铁路全线通车。

三线建设先后修通了川黔、贵昆、湘黔三条铁路干线，加上原来已通车的黔桂铁路，贵阳已成为西南铁路交通枢纽，连通全国东西南北中，成为六盘水大规模工业建设最重要的基础设施，加快了三线建设步伐，巩固了国防建设。

贵昆铁路的开通，对大三线建设具有重要的历史意义，使浙赣、湘黔等线构成中国江南东西交通大动脉，对开发滇、黔两省矿产资源，发展两省经济也起到了重要作用，对发展国民经济，开发贵州省煤炭工业、云南省有色金属工业和森林、水力资源，加速西南地区社会主义建设，加强民族团结，巩固国防具有重要意义。

贵昆铁路通车后，三线建设所需的物资源源不断地从全国各地通过火车运到了六盘水，十几万的建设大军也通过这条火车线路，浩浩荡荡地开进了六盘水。

六盘水，这座火车拉来的城市，从此开始书写辉煌的历史篇章。

回望梅花山

在梅花山上的墓园里，经常会看到一座座坟茔前放着鲜花和祭品，经常会看到来到墓地扫墓、凭吊的人，那一座座坟茔，是人们心中的一座座丰碑。

长眠于此的英雄们，你们用热血和汗水，浇灌着六盘水这片土地，换来了这座城市枝繁叶茂；你们用忠诚与奉献，铸就了六盘水的辉煌历史。

贵昆铁路建设已经过去了55年，三线建设中著名的梅花山隧道建设也已经过去了55年。

当年铁道兵们曾经流传过一首描写梅花山铁路建设的歌曲《我们战斗在云贵高原》：“梅花山山连天，终年云绕雾弥漫。滇黔铁路要穿山过，山高巍巍把路拦。毛主席，命令传，早日修通滇黔线。坚决打通梅花山，让幸福的列车奔驰在云贵高原……”

据资料显示，在修建贵昆铁路过程中，铁道兵各部队及广大建设者，共完成路基土石方5773万立方米，桥梁14.33千米，隧道53.48千米，涵渠24.5千米，正线铺轨33千米，投资56395万元。

据一位参加贵昆铁路建设的老兵回忆，由于梅花山上气候寒冷，雾气浓重，为了锻炼战士们的体力，提早熟悉环境，部队会在晚上集合，组织战士们沿着梅花山跑上一圈。有一天，当战士们跑完回到营地集合时，才发现其中一个战士不见了，大家沿途寻找，直到天亮才发现了一条河，藏匿在草丛背后的山麓之下，这名战士永久不见了。

有一天夜班，李学忠带领两人当班到上导坑进行测量，而下导坑轨道上有人装运石渣致使上导坑石渣下陷，李学忠被埋在了下陷的石渣中，不幸牺牲。

1966年5月25日，梅花山隧道发生塌方事故，23团排长罗安文为抢救战士杨通奎牺牲，时年21岁。在同年9月涌水事故中，一个排的铁道兵战士献出年轻的生命。

梅花山隧道施工中牺牲的烈士就有40多人。而整个六盘水三线建设中的伤亡人数，有数百名之多。

如今，贵昆铁路沿线劳动号子那震天动地的吼声，早已消融在时光深处。然而，时间流逝了，却永远无法掩埋烈士们留在岁月里的荣耀与光芒。

有一位曾参加贵昆铁路梅花山隧道建设的老战士，写下了这样的文字：

> 每次坐火车，经过贵昆铁路的梅花山隧道和天生桥的时候，我都按捺不住内心的激动和悲伤——这里是我当年战斗过的地方，我多少的战友，为了国家三线建设和西部地区的经济发展，牺牲在这里！重走一遍梅花山隧道，每一块砖、每一个石头都像是一段历史的诉说，用沉默或是低吟的方式，诉说着铁道兵们曾经在这里留下的汗水与泪水、青春和热血，甚至生命。

如今的梅花山上，修建了一条全世界最长的空中索道——梅花山索道。乘坐索道，仿佛在天空之中自由游弋，又仿佛在时光甬道里穿越。在这里，能看到整个梅花山，能看到整个六盘水，还能看到更高的乌蒙山脉，能看到更远、更辽阔、更美的高原之上的蓝天白云。高山之间，有蜿蜒起伏的西电东输那高高的电塔；群山环抱处，是六盘水现代化大都市高楼林立的繁华盛景。湿地湖泊，峰岚峡谷，山空谷静，鸟啼虫鸣，郁郁葱葱的森林，潺潺不息的山泉，碧玉般的明湖犹如平镜，山峰树木倒映成趣，山水一色，尽收眼底……

长眠于梅花山的英雄们，历史永远也不会忘记你们的奉献和牺牲。愿你们在梅花山上，听火车轰鸣而过，看满山繁花似锦，为祖国强盛骄傲……

第七章　更爱三线练人场

只有经历过地狱般的磨砺，才能练就创造天堂的力量；只有流过血的手指，才能弹出世间的绝响。据一位三线老人回忆，他当年参加土建施工，没有车运输，砖瓦泥土全部都是肩挑人扛；没有泥刀抹墙，他们就用手抹墙……记得有一天，工间休息的号令一响，工人们倒在地上就睡，此时，突然一场大雨袭来，但是躺在工地上的工人却纹丝不动，他们在大雨中沉沉地睡着，他们实在是太累了，下雨都浇不醒，山坡上黑压压的一大片，那场面真是让人震撼。

1965年，注定是不平凡的一年，新年第一天，煤炭工业部西南煤矿建设指挥部在六枝正式成立，煤炭部有了一个位于“前线”的现场指挥中枢，标志着西南地区，特别是六盘水百里矿区前期开发建设大会战步伐更加紧凑有序。

随着当天庆祝大会的召开，六盘水矿区大规模开发建设全面启动。

2月，水城矿区指挥部成立。

5月，六枝矿区指挥部成立。

8月，盘江矿区指挥部成立。

西南煤矿建设指挥部办公地址设在六枝矿务局下营盘临公路的小黄楼内。时任指挥长是原煤炭部副部长范文彩同志。

指挥部统一领导云南、贵州和四川一部分新矿区的生产建设工作。最初直接领导和管理贵州的六枝、盘县、水城，云南的宝鼎山，四川的芙蓉山5个矿区指挥部，云南、贵州两省煤炭工业管理局和重庆煤矿设计研究院。

三线建设开始后，中央有关部委开始组织抽调干部、工程技术人员、工人支援六盘水三线建设。从1965年开始，仅煤炭部就从全国各地抽调了28个工程处、8个地质勘探队和6个煤炭设计院，共5万余名勘测、设计施工人员参加六盘水煤炭基地建设。

国家的三线建设动员令发出后，一时间，祖国各地，从城市到乡村，从工厂到学校，从部队到地方，一批又一批热血青年纷纷报名上三线。从全国各地抽调的铁路、矿山、冶金、化工、机械电子、核工业、航空、航天等专业技术人员和职工及铁道兵、工程兵指战员，迅速开赴三线地区。短时间内，来自全国各地的干部、工人、知识分子、部队官兵和农民工等十几万建设大军，迅速集结六盘水。

为了加快三线建设，无数热血儿郎在大山深处，林海深谷，担负起修路架桥，开山建厂，挖煤采矿，炼钢发电等繁重任务，他们“守山餐，伴山眠，风梳头，汗洗脸”，克服了让人难以想象的困难，消灭了前进路上的一个又一个拦路虎，头顶蓝天，脚踏荒山，战天斗地，辛勤奋战，晴天一身汗，雨天一身泥，横下一条心，豁出一条命，要为三线献青春。

当年，曾经到三线指导工作的华罗庚，被三线人无私奉献的精神深深感动，他充满激情地挥笔为三线建设者写下了感人肺腑的诗篇——

常到三线峥嵘地，少到江浙鱼米乡；生身故乡非不爱，更爱三线练人场。

大山里的“闯入者”

时光能带走青春，却带不走回忆。1966年从陕西铜川煤校毕业后到六盘水的陈冬梅，在六盘水至今已经整整54个年头了，初来水城时的情景，依然历历在目，她直言，当年他们都是热血青年，看到当地老百姓如此贫穷，只想通过自己的努力，改造这种贫穷落后的面貌。

他们信心百倍，因为他们有着改天换地的雄心壮志。

六盘水矿藏丰富，尤其以煤的储藏最为突出，煤层多，厚度大，煤质优良，工业可利用储量巨大；以炼焦煤为主，储量占全省炼焦煤总量的80%以上；煤类齐全，有气煤、肥煤、焦煤、瘦煤、贫煤和无烟煤；素有西南煤海、江南煤都之称。

但是，在三线建设开始前，六盘水矿产资源还没有大规模开发，这里还是一片蛮荒之地，山高谷深，地势险要，交通闭塞，自然条件恶劣，生存环境很差，经济基础薄弱，社会发展落后，又地处边远山区，既没有像样的现代工业，也没有像样的现代农业，人民群众生活非常贫穷，衣食住行都十分困难，与东北、中原以及沿海地区相比，差距巨大，是真正的老少边穷地区。

支援三线的人员大多来自全国各大城市和沿海经济发达区的一些重点工业企业和重点院校，他们以往的物质生活条件相对较好，到了六盘水，这里的自然条件恶劣，生活困难重重，矿区发展和经济建设又刚刚起步，与以往的生活相比真是“天地之差”。

十几万建设大军突然聚集到六盘水，劈山开矿，建厂挖煤，使原本封闭沉闷的大山，一下子热闹起来。当地原本人烟稀少，住户散住山间，走出很远也看不到几户人家，当地老百姓从来没有看见过这么多人。由于建设者来自天南地北，什么方言都有，他们从来没有听到过这么多种南腔北调的语言，更没有看到过各种各样的大型机械等工业设备，这些外来“闯入者”无疑像是天外来客，使他们一下子处于惊慌甚至是恐惧之中，他们用怀疑、不解又惊奇的眼神，打量着这些远道而来的人，他们无法想到，巨变即将到来，他们的生活将发生翻天覆地的变化。

来贵州之前，陈冬梅就听说贵州贫穷，但真的到了贵州，到了六盘水，亲眼看到当时老百姓的生活状态，她还是震惊了，她没想到，这里会如此穷，穷到无法想象，穷到让人落泪。她说，在矿山密集的水城、盘县、六枝、安顺等地的老百姓，住的都是茅草搭起的破房子，房子四面透风，有的房子还是人畜比邻，甚至人畜同屋分层而居。许多人家，房里面没有什么东西，真可谓家徒四壁，有的人家甚至没有灶台，只在屋子中央用几块石头垒起一个小“炉灶”，支口锅，一家人围火而坐，火堆上烤着土豆和苞谷，土豆和苞谷就是当地人家常年的口粮。有的条件好一点的人家，火堆上方架一口铁锅，锅内煮着野菜和少量玉米糁，锅的上方吊着一个用几层布裹着的盐袋，当地老乡称之为盐巴。做饭时，每当锅里的“饭”煮好了，他们就将盐巴袋绳子松下来，把盐袋拉到锅里煮好的饭汤里面浸泡一下，再在饭汤里转两圈，然后再把盐袋重新拉起来，高高地吊起来，留着下次再用，然后让盐水再滴答一会，再吃饭。盐巴是当地最好的调味品，滚了盐巴的“汤饭”便是他们最好吃的饭了。

陈冬梅听当地老百姓讲，解放初期，由于食用盐在当地买不到，要到昆明和贵阳去买，如果谁家存有十斤八斤盐巴，谁家就是最富有的人家了。由于生活贫困，几乎没有谁家会有一件完整像样的衣服……

看到当地老百姓贫穷的现状，再看到矿山的艰苦环境，陈冬梅心酸不已，那段时间，她和许多女孩子一样，偷偷地抹眼泪，有过痛哭，有过懊悔，也曾经彷徨过，毕竟都是刚走出校门的学生，一下子面对如此艰苦的环境，有些无法接受……

但最后，还是意志战胜了情感。

“再苦再累，我也要留下来！”陈冬梅暗下决心，她要战胜自己，要留在盘县，留在三线。

当时三线建设者喊得最多的口号就是“先生产，后生活”！许多参与建设的人，都经过了一段从心理到生理再到情感以及意志力的内心较量，努力熬过了一段艰难时光之后，逐渐地适应当地的风俗和矿区的一切。

“有条件要上，没有条件创造条件也要上！”

一支支建设队伍，开进了大山深处，他们在工作任务紧、时间要求急、生活巨困难、吃住成问题、习俗不习惯、自然条件差等重重困难面前，凭着爱党爱国的高尚情怀，凭着一腔热血，靠着坚强的毅力和吃苦耐劳的韧劲，不但在高山深谷中安营扎寨，安身立命，还完成了一项又一项几乎不可能完成的任务，以最短的时间、最快的速度、最优的质量，全面推进各项建设，铁路隧道、道路桥梁一个接一个建成通车，矿井、工厂一个接一个建成投产，采煤、洗煤等一条又一条生产线开始运营，生产区、生活区逐渐开始形成规模，他们在贫瘠的大山里，创造了一个又一个人间奇迹。

地宗矿区大会战

每个建筑都有自己的命运，就像每个人都有自己的命运一样。

2019年12月19日，工业和信息化部公布了第三批国家工业遗产名录，贵州六盘水六枝矿区入选。其核心物项有：地宗选煤厂原（精）煤运输走廊，装（卸）煤仓，洗选车间，地宗煤矿主井硐，职工澡堂；六枝煤矿主副井硐，四角田煤矿主井硐，生产连（区）队办公区，矿锻工房，筒子楼，职工干打垒成片住房，职工大食堂，苏式办公楼与礼堂；地宗铁路专用线及補林大桥，物资总仓库木架构站台，火工品库，六枝电厂老厂房1栋，六枝电厂除尘设施。

这里曾经的“战火”已经远去，这里曾经的辉煌仍将传扬。

攀枝花的钢铁，六盘水的煤炭，是三线建设的重中之重。

三线建设中，全国煤炭工业的重心在西南，西南煤炭工业的重心在贵州，贵州煤炭工业的重心在六盘水。

来自北京、上海、天津、辽宁、黑龙江、山东、河南、江苏等地的上百个大中型企业、10万名职工、12700余台设备陆续进入六盘水地区。

为了全面推进建设进度，分布在六枝、盘县、水城的各个矿区，几乎是在建设开始的第一时间，就掀起了如火如荼的会战高潮，有勘探大会战，水钢大会战，还有最著名的地宗大会战。

六枝矿区指挥部成立不久，就组织了一个战役、四个战场的地宗大会战。

据六枝矿务局卢相福老人回忆，一个战役，即建成年产45万吨的地宗矿井；四个战场，即六枝矿井的续建工程，六枝矿井至地宗矿井的轻便轨工程，地宗矿井至六枝火车站的铁路专用线工程，地宗筛分厂（洗煤厂）工程。

历时一年的地宗会战，分为四个阶段进行。第一阶段从1965年10月至12月，进行组织发动、技术练兵以及旧巷恢复和施工准备；第二阶段从1966年1月至3月，调配劳动组织，组织突击力量，开拓巷道，全面铺开；第三阶段从1966年4月至7月，突击关键工程，4个月完成了进尺9623米；第四阶段从1966年8月至9月，开拓大油山，完成机电安装和铺轨工程，清理巷道，做好移交准备。

地宗会战有许多创新。首先在施工管理上，取消了甲乙方制度，建立了工地指挥所；在组织形式上，改三级管理为处、队两级管理，减少层次，充实基层，实行面对面的领导；在施工程序上，实行地质、设计、施工、生产“四班交叉”，基本建设和生产筹备同时进行，赢得了时间，加快了速度。

地宗会战也有许多革新。按原设计，井下巷道全部使用梯形金属支架，共需钢材1500吨。材料跟不上，为保工期，进行了锚杆支护试验并取得成功。支护改革的另一项重大措施是将料石砌碹改为片石砌碹。保证快速施工，降低成本；试验并推广了螺旋掏槽、深孔爆破、反向爆破、光面爆破和毫秒雷管一次爆破。使用毫秒雷管比使用瞬发雷管减少放炮时间，提高了工效；推广长距离通风，减少配风巷1400米，节约投资；推广了湿式凿岩、综合防尘等16项岩巷经验和15项煤巷经验；设计制成炮泥机、活动电锯、皮带装车机、喷浆机、水电钻、电钻水泵、自动道岔、压气扬水器、上山提升活动架子车，以及局扇消音、水风扇和螺旋排粉器等。这些革新成果，对加快速度、提高工效、改善劳动条件，都起到了重要作用。

“兵随将走草随风，干部就是排头兵。”地宗会战指挥部的领导干部，卷起铺盖，到一线与工人们一起摸爬滚打，吃一个锅里的饭，睡一个大通铺，现场解决施工中和职工思想上出现的问题，“大问题不过天，小问题不过班”。

卢相福老人回忆，为保障大会战的实施，当时工地有巡回医疗组，他们不仅背着药箱串工房、下井口、深入施工现场，还代办信封、邮票、肥皂，处处贴心服务。调度人员改变了“生产一大片，指挥单靠电话线”的作风，实行三班下井值班，24小时管生产；供应部门在井下建立了7个供应站，服务到班组，送料到工作面，实现了一条龙的供应方法；工程技术人员一天下井五六次……

轰轰烈烈的地宗大会战，使生产纪录不断刷新。地宗矿井原定1967年移交，工期为21个月。实际一年时间，高速度、高质量地建设完成。

真的勇士

天空，是雄鹰翱翔的世界；风浪，是弄潮儿搏击的天堂；荆棘，是开拓者驰骋的疆场；三线，是成就勇士的练人场。

在通往荣誉之路的征途上，一定镶嵌着英雄们的足迹。三线建设的英雄们，他们用忠诚与担当，以不惧生死的勇气和智慧，为历史镌刻下奋斗者所向披靡的身姿，成为时代永不褪色的红色记忆。

六十五工程处职工曾经在山洞壁上写下“身居山洞观世界，脚踏群山争先锋”的豪言壮语，展现的不仅是创业者的艰辛和不易，更有创业者崇高的精神境界和宽广胸怀。他们身在山沟，胸怀祖国，放眼世界，以劳动为荣，以祖国为傲。

真的勇士，无惧生死！

六十五处三大队建队时共有职工402人，仅亦工亦农的新工人就占了80%，平均年龄仅22岁，是一支年轻充满活动力的队伍，这样一群血气方刚的年轻人在一起，干起活来真是一马当先、万马奔腾的场面，他们仅用一年多时间，就胜利地完成了修建地宗专用线的任务。然后转战老鹰山，打通风井公路，使大用风井提前两个月开工，当年被评为全国煤炭工业“五好”集体标兵。

三线建设初期，生活条件十分艰苦。这支新组建的队伍，人员来自四面八方，有的对贵州的山川气候、生活习惯很不适应。亦工亦农新工人中，不少是为挣钱、学技术而来。到了三大队一看，“吃的是苞谷粑，住的是竹篱笆，挖的是黄泥巴，工资是二十八”，与想象大相径庭。

“六枝山多石头硬，扎不下根子。”有人不无担忧地说。

由于设备少、材料缺、工期紧、任务重，大家的畏难情绪比较大，面对这些问题，三大队领导班子，没有被困难吓倒。他们带领职工读毛主席的书，听毛主席的话，从建井中学习建井，从筑路中学习筑路。先稳定思想，发动职工把工地当课堂，开展以老带新、以熟带生的互教互学活动，迅速提高了新工人的操作技术。

有一座桥涵工程，原计划29人三天半完成，不料天气骤变，一场暴风雨即将来临，支部号召抢在大雨前头，拿下小桥工程。全体职工争先恐后地奔向工地，挑灯夜战，与暴风雨赛跑……

一条保护路基的天沟，有60多度的坡，斜长360米。既没绞车，也没水泵，修天沟需要用200立方米粗石、60立方米沙子、5吨水和50吨水泥，这些全部是靠人肩挑、背扛运上去的，原计划一个月完成的工程，只用了6天就完成了任务……

成千上万名职工拥进六枝，许多准备工作来不及做。在衣、食、住、行方面都有很大的困难。棉衣、棉被一时运不来，工人不得不穿着单衣干活。粮、油、蔬菜等供应不上，有时直到深夜才能吃上饭……

便道不通，领导干部带领工人们早出晚归，翻山越岭，用肩挑背扛把成百吨的材料运到工地；工具不够，就歇人不歇马，昼夜三班干；盖房子缺材料，就上山割茅草，下沟抬石头；踩泥没有胶靴，抹墙没有泥刀，就赤着双脚跳到结着冰碴的泥塘里踩泥，用手抹墙。

重重的困难，考验着这支年轻的职工队伍。然而，困难见英雄，烈火炼真金。在短短的20多天里，修筑了施工便道11千米，盖干打垒房子8000余平方米，架设高、低压电缆和安装各种管线14千米，修建安装变电站6个。

夜宿“英雄洞”

我们共产党人，一定要有无产阶级的雄心壮志，要敢于走前人没有走过的道路，敢于攀登前人没有攀登过的高峰。

党和人民需要我们献身的时候，我们都要毫不犹豫挺身而出，把个人生死置之度外。

我们都做不到，让谁去做?

地宗铁路专用线在高山深谷中穿行，地质条件极其复杂，地形十分险要，溶洞、地下水极多。在5.7千米的线路上，需要掘通2条隧道，劈开5座大山、填平8个深谷，架设4座桥梁，构筑10孔涵洞。没有风动工具，施工条件极差。当时，有人断言：“看吧，六十五处三大队非当拦路虎不可。”他们用自己所创造的一切可行的土办法，在全线展开了施工。等到风动工具陆续运到现场时，他们已胜利地拿下了15.6万立方米的土石方，赢得了时间，争取了主动。

这时还有9个关键性的工程摆在面前。一个需要充填3.6万立方米的山谷，几乎还没有动工；在一个高40米、长20米的悬崖上，需要拿下6000立方米的岩石；处在正线上的烂泥塘，更是一块难啃的硬骨头。

面对严峻的形势，曾在部队立下赫赫战功的党委书记刘风林，拍案决定：采取集中兵力打歼灭战的办法，把9个关键工程一个一个吃掉。首先从烂泥塘开始。抽出8个尖刀班，组成了烂泥塘突击队。大队长亲自带队，机关干部全部参战，他们向王铁人学习，跳到寒冷刺骨的烂泥塘里挖的挖，装的装，挑的挑，拍的拍。每个人都变成了泥人。手脚被尖石划破了，没有人叫痛，冻得筋骨发麻了，没有人出来。炊事班送来了热面汤，也顾不上喝一口。夜幕降临，他们打着火把继续干。就这样，原计划一个月才能完成的1200立方米的烂泥，仅仅用了5天时间就完成了任务。

庆上坡大桥是地宗铁路专用线最后一战，进入雨季，连绵不断的雨一下就是十天半月，给施工造成了极大的困难。雨衣、雨具一时解决不了，工人们就一身泥、一身水地在雨中大战。领导心疼得不得了，命令他们撤下来，等雨停了再干。但是，为了抢时间、争速度，没有一个人肯下来。供应科买了一千多把花花绿绿的雨伞发给大家。工人们发明了许多撑伞的办法。推车的把伞插在背后，快步如飞，奔驰在路基上。远远望去，此起彼伏，好似一条万紫千红的彩带，蔚为壮观。

卢相福说，可惜当时没有摄像机，也没有彩色胶卷，没有办法留下这美丽的画卷。

第一炮打响了，打出了矿工的志气，打出了三线人的威风，9个关键工程被一个一个拿下来了。

1965年12月31日，一列披红戴花、高挂着毛泽东主席画像的列车，从地宗煤矿徐徐开出，胜利通车的礼炮让六十五处的勇士们格外兴奋和激动。可是，他们还来不及品尝胜利的喜悦，就踏上了新的征途，开赴老鸦山，修建大用风井公路。

大用风井工程会战，也是一场硬仗。

从地宗到沙子坡，往返50千米。在搬迁中，工人们翻山越岭，把工具材料、柴米油盐，用肩膀扛向工地。老鸦山海拔1700多米，从山下到山顶，往返需要走24千米。别说是扛材料，就是空手上山，也是行路艰难。工人们一天要扛4趟，每次都扛70多斤。雨天路滑泥泞，工人毕祥义，一连摔了十几跤，最后，硬是爬上山。老工人朱德章等4人，把一桶300斤重的油抬上了老鸦山。

老鸦山上气候多变，野兽出没无常。民谣说："提起老鸦山，自古少人烟，林中藏虎豹，终日雨绵绵。"队伍上山后，在哪里安营扎寨呢？眼前一片荒山野岭，指导员白战忠正在为住宿发愁，忽然发现半山腰有三个溶洞，最大的一个可容纳百十号人，洞里还有千姿百态的钟乳石呢。白战忠高兴极了，他把队伍拉进洞里安下大营，他在洞口上刷上了"英雄洞"三个大字，还贴上了一副对联："三线建设宏图展，百战创业艰苦多。"

"英雄洞"很深，越往里走越黑。卢相福当时在宣传部工作，他回忆说："我去采访的时候，看到一些用竹节子、罐头盒、墨水瓶子、搪瓷缸做成的各式各样的小油灯。如果保存到现在，将会成为珍贵的历史文物。"

在"英雄洞"里住宿，常常听到洞外野兽吼叫。为了让工人睡个安稳觉，白战忠睡在外面把住洞口，让工人睡在里面。

夜深了，工人们都已进入梦乡，白战忠久久不能入睡。这时忽然听到一声惊叫："被窝里有蛇！"工人们全被吵醒了。他们点亮小油灯，对正在溜窜的蛇追逐着，扑打着，喊叫着。白战忠走上前去，猛地抓住蛇的七寸，使劲朝石壁上摔打几下，摔在地上的是好大一条白花蛇。

“明天吃蛇肉，改善生活，大家都睡吧。”

经过一番折腾，工人哪能睡得着呀！他们七嘴八舌说起了笑话。

“这条蛇好漂亮，是白娘子变的吧。”

“怎么钻小张的被窝，你小子走桃花运了吧。”

“哈哈哈哈……”夜晚的英雄洞里传出年轻人爽朗的笑声……

吊在悬崖峭壁上的兄弟

没有任何一种力量可以阻挡永不言败的信念，没有任何一种力量能像理想那样明亮，在写满荣耀的史册中，一定有视死如归的勇气和胆略，还有不为人知的倔强和坚持……

卢相福说，让他最难忘的还有六十五工程处在摩天岭的悬崖峭壁上凿洞打炮的惊险经历，至今回想起来，仍然历历在目，无法忘怀。

大用风井公路全长12千米，中段耸立着一座摩天岭。要拦腰切断它，谈何容易。这里上不着天，下不着地，叫工人在哪里打眼放炮？

望着悬崖峭壁，六枝矿区常委书记兼指挥长刘风林，想起了兄弟部队攻打窗子洞的情景。解放初期，一股顽匪固守在云雾山中窗子洞里。这窗子洞隐藏在悬崖绝壁中间，离地面50余米，下面是一条湍急的河流。土匪头子安克庚依仗天险拒不投降，部队攻上山顶，却无法接近洞口。部队开了诸葛亮会，有人提出用绳索把突击队员吊下去冲进洞里消灭匪徒。为了麻痹敌人，部队停止了进攻。当天夜里，匪徒们正在酣睡，神兵从天而降，攻进洞里。

曾经神奇的战斗经历无疑是最好的经验，指挥部决定，就用奇袭窗子洞的办法。

突击队员上了摩天岭，大家用绳索把突击队员们吊在悬崖峭壁上，让他们在半空中打炮洞，放炮。

白战忠第一个冲上去，他在腰上系一根绳索，吊在半空中，在悬崖峭壁上打眼，接着是第二个，第三个……天空之下，高高的悬崖绝壁处，十几个工人在悬空作业，稍有不慎，将可能坠落深渊，粉身碎骨，然而突击队员们都是一不怕苦二不怕死的英雄好汉。副连长曹瑞福连续三个班不下火线，昏倒在炮洞里，同志们要把他抬下山，半路上他苏醒过来，又跑回工地。他说："争取时间就是胜利，一定把三线建设搞好，让毛主席睡好觉。"

有一段时间，雨像一个生气的蛮横不讲理的孩子，下个不停，大地仿佛变了模样。山顶的风变得猛烈。远处的高山峡谷间，有山涧洪水暴发而泄的轰鸣，雨季到来，通往山里的道路被隔绝。动物躲起来，或者本来就没什么动物，只有小松鼠在林间上蹿下跳灵动似跳舞者。

肆无忌惮的风雨，给吊在悬崖峭壁上施工打炮眼作业的工程人员带来了无边的困扰和麻烦，他们冒雨顶风，一斧一锤地敲打，凿岩，一下又一下，一下又一下……

夜，总会降临，夜色覆盖着乌蒙山脉，黑暗中不知道谁说起了梦话，还有无意识状态下的痛苦呻吟，那是挥锤流汗劳累后自己察觉不到的呻吟。借着夜色的遮掩，潮湿的洞内迎来了成群结队的老鼠，它们仿佛从来没有闻到过这么生机勃勃的人的气味，还有偷偷钻进被窝里的蛇，小心翼翼地盘起来，凝视着黑暗中的一切；那些大山里的蚊虫也变得格外凶猛，它们蜂拥而至，扑向那些强壮而奔腾的血液……

在艰险的条件下作业，靠着坚韧的精神支撑着，工人们用红军爬雪山、过草地的艰苦情景激励自己，用志愿军一把炒面一把雪、英勇杀敌的壮举激励自己，用大庆人头顶青天、脚踏草原，艰苦创业的英雄气概激励自己，风雨中，工地上红旗招展，歌声、号子声响成一片，有的职工激动地作起诗来：

悬崖陡壁有何惧，麻绳作路藤当梯，
想起红军过铁索，悬空打眼创奇迹。
摩天岭上战鼓响，老鸦山前炮震天，
开山筑路夺煤炭，反帝反修援越南。

摩天岭悬崖峭壁上的8个大炮洞终于打完了，总共可用于装填4吨炸药。80立方米的黄土，这些都要从山下运送到山上。装药时，200多人排起长蛇阵，夜战时工人打起松明火把，肩挑背扛，穿梭往来，远远望去，就像一条游动的火龙。

“轰隆”！随着几声惊天动地的巨响，摩天岭上山崩地裂，飞沙走石……

两条公路，一条铁路线，在三线建设者的脚下推进延伸。不到一年，夜郎国山门大开，与外面的世界联系起来。

在祝捷晚会上，职工们自豪地唱道：“英雄山，英雄洞，英雄洞里住英雄……”

六十五工程处是一支敢打硬仗，善于攻坚的煤矿新兵。他们在三线建设中，一路过关斩将，立下了汗马功劳。从筑路到建矿，屡建战功，成为威震矿区、远近闻名的过硬队伍。当时，全国煤炭系统纷纷组织人员前来六枝参观学习，就连路过六枝的铁道兵，也在火车上高举标语向六十五工程处致敬。

据记载，1966年，开工建设的矿井有六枝大用矿平硐、四角田矿平硐、水城汪家寨平硐、小河边二号斜井、三号斜井、木冲沟矿平硐、盘县火铺矿、月亮田矿斜井、山脚树矿斜井、老屋基矿立井等12处矿井。水城钢铁厂工地集结5个省及18个市县14460名职工，其中临时工7201人。1966年，共挖填土石方210000立方米，其中高炉42000立方米，焦炉168000立方米；架输电线路35.46千米，安装上下水管道1.32千米，安装工业通风管道3.78千米；修公路14.8千米，修建仓库5319平方米。

1966年，六盘水煤矿建设完成投资2亿多元，进尺6万多米，创造了两个全国纪录：即老鹰山立井建设中创造了立井成井105.47米/月的全国最高纪录；建汪家寨斜井时创造了国内大断面18.8平方米斜井成井149.26米/月的最高纪录。

短短一年的时间里，取得了如此骄人的成就，数据看似生冷，但却浸透着三线建设者的汗水和心血，蕴含着他们无私奉献的精神内核，隐匿着他们舍小家顾大家的朴素的家国情怀……

常使英雄泪沾襟

天空没有留下翅膀的痕迹，但我已飞过。

——泰戈尔

1967年1月12日，这个看似平常的日子，却发生了一件惊天大事。白平说，这一天，他一辈子都忘不掉！

那时候白平只有8岁，儿时的他永远都无法想象，在那个深度下沉的黑暗而绝望的世界里，瞬间突出的致命瓦斯，曾带给那些年轻而强壮的生命怎样的恐惧，又带给他们的亲人怎样的哀伤……

20世纪60年代中期，作为三线建设的一部分，六枝特区营盘区铜仁村境内的大用矿开始兴建。来自全国各地的1000多位青年来到这片土地，加入大用煤矿的建设当中。

7万平方米的土地，矿工们在地下深掘采煤。地面上，居民楼、学校、医院、电影院、食堂、菜场、小卖部等生活设施也兴建起来。

1967年1月12日那天，白平的母亲带着他们兄弟俩，从贵阳沙冲煤矿坐火车到六枝，去和在六枝大用煤矿工作的父亲会合。他的父亲白祥林，1958年从部队转业后，先是到了贵阳沙冲工作，后来调任六枝煤矿六十五工程处保卫科科长。

当天，与白平同行的还有几个同在矿上的家属和他们的子女。贵阳通往六枝的火车才开通不久，刚刚铺好的火车轨道，路基还有些不平，火车在崇山峻岭间奔跑，还有些不稳，火车开得很慢，他们坐在晃晃荡荡的火车上，一路颠簸，终于在晚上9点前，到达六枝大用火车站。

白平兴高采烈地下了车，他已经好久没有见到父亲了，想着就要见父亲，他心里格外高兴。但是，白平下车时，原来说好了来接他们的父亲并没有来，更让白平吃惊和不解的是，整个大用煤矿上的人，也没有一个人来接站。

虽然心中有百般不解，但他也只好跟着大人们往前走，一行人大大小小共有七八个人。夜晚的乡村，四周漆黑一片，不见灯火，他们摸着黑，一起从大用火车站，沿着铁路一路磕磕绊绊，深一脚浅一脚地走着，走了近一个小时，终于到了大用煤矿。

到了矿上后，远远地看到矿区的操场上灯光明亮，白平莫名地感觉矿区有种紧张的气氛，他感觉到有什么大事发生。见到父亲后，白平才知道，矿上出事了。就在当天上午11时14分，第六十五工程处98名矿工，在大用矿井主平硐2392米处施工作业时，遭遇惊天动地的瓦斯突出，不幸壮烈牺牲。

白平到矿上的第一天，就遭遇了如此惨重的矿难事故，白平说，这次事故带给他的那种惨痛记忆，他一生都无法抹去，更无法忘记矿工家属那种撕心裂肺的悲伤和绝望。

惊天动地的瓦斯爆炸，像一声惊雷，震动了大用煤矿，震动了整个六盘水，也震动了整个贵州，天地荡悲号，消息传来，井口外面的人便蜂拥到矿井口，亲人们哭泣并祈祷着，他们久久不肯散去，等待着奇迹发生。当时有一位妇女抱着孩子，一直等在井口，平时她总是在这里等候丈夫出井，然后一起回家。还有一位白发苍苍的老太太，丈夫早逝，孤儿寡母相依为命，一听说井下发生瓦斯爆炸，她老泪纵横，眼巴巴望着井口，嘴里不停地呼唤着儿子的名字……

白平说，矿难后的大用煤矿沉浸在一片悲痛之中，整个操场上灯火通明，98个人躺成一排，非常悲惨，遇难者家属都在哭，情绪也不稳定。那些天，几乎全六枝的木匠都被请到了矿上，他们一起为98个牺牲矿工打棺材，木匠们也不休息，没白天没黑夜地干着，整整打了一周才打完。那些棺材全部用最上等的红松木打造，这些红松木是不远万里从东北运来的，聊作对牺牲矿工们的尊敬和怀念，对遇难矿工家属的安慰。

白平清楚地记得，每当看到矿上的干部和职工往哪一家去，他就知道一定是这家里有人遇到了矿难。突发的灾难使整个矿区都沉浸在悲痛之中，到处都是撕心裂肺的痛哭，人们的脸上都是悲切的表情，那印象对他来说太深刻了。当时牺牲矿工的家属一下子来了好几百人，整个矿区上上下下都停下工作，全部都在矿上帮忙，大家有力出力，互相帮忙，有的给家属做包子，包饺子，一趟一趟地往矿上送；有的主动陪着家属，帮着做安抚工作。白平看到有的家属因为悲伤过度，甚至情绪激动地把桌子都掀翻了。白平的母亲是一名老师，一到矿上，就加入安抚家属工作当中，那几日，父母根本无暇顾及家里，整日都在矿上忙碌着。

白平到发生事故的矿井去看过，井口处一片惨状，被瓦斯冲击得乱七八糟，被冲出来的已经变形的矿车歪倒在井口处。瓦斯突出的冲击波，使矿井巷道深处硝烟滚滚，直往外冒烟，呛人的气流在四周弥漫，似乎要把整个矿区淹没在煤尘之中，副井深处还不时地有火苗喷出。

那场事故，成了许多“三线人”的悲痛记忆。

据曾经亲眼见证大用煤矿事故的三线老人回忆，发生事故时，有几名矿工在距离井口几十米处，突然听到井下传来一声闷响，其中一位矿工觉察井下出了大事，就让工友一起往外跑，但大家都认为他大惊小怪。谁知，两分钟后，那名“敏感”的矿工成了幸存者，其余工友全部遇难。

在《六枝矿志》中，有这样一段描述：1967年1月12日，六十五工程处6501队施工的大用矿井主平硐掘至2302米处，放炮发生煤与瓦斯突出事故。突出煤量达2000多吨，瓦斯量达130万立方米，当时在井下的99名职工除一名脱险外，98人死亡，经济损失667万元……

“大用矿煤炭资源丰富，煤质很好，但是煤炭瓦斯事故频发，这是因为那个年代科技手段跟不上。”据一位曾经在矿上工作的负责人介绍，大用矿井属于高沼气矿井，按照当年的技术条件，矿工在井下时常会遇到煤、瓦斯突出和煤层自燃等危险。

白平是矿工的后代，他和那些牺牲矿工的家属们是邻居，他和烈士们的孩子们一起上学，一起长大，作为从小一起长大的玩伴，他们心底的悲伤，也一样影响着他。他了解他们心里的痛苦，知道他们生活的艰难，同情他们的不幸遭遇，他心里的难过和他们一样强烈，这份沉甸甸的情感，一直伴随着他成长。矿山让他过早地懂得了责任和担当，也滋养了他豪迈而乐于助人的性情，使他多了些与年龄不相称的成熟，从小就有一种仗义执言的情怀。

作为矿工的后代，下井当矿工似乎是白平和同龄人的不二选择。白平高中毕业后回到矿上，1976年元旦后，白平参加了工作，到六枝矿务局四角田煤矿掘进三队，在井下当了一名掘进工人。白平下井的矿灯号牌是“四角田·矿灯牌·165”，白平说，这是当年下井的“生死牌”，他一直保留至今。

国家恢复高考后，白平走出矿山读书，毕业后一直从事公安工作。虽然早已离开了矿区，白平的心里却一直装着矿区，牵挂着矿区，矿难的场景一直在他的脑海里挥之不去。到了公安系统工作以后，他又多次参与了水城木冲沟矿瓦斯爆炸和煤矿渗水事故抢险。经历过，体会更深，他说。多年来，他一直有一个心愿，想为98位牺牲的烈士们做点事，他的心里一直埋藏着一个想法，他要为98位牺牲烈士建立起一座纪念碑，纪念那些牺牲的烈士，告慰那些逝去的英魂。

这个想法和这份情怀在他的心里酝酿已久，退休后，他找到矿上走出来的企业家、项目投资人刘笃寿，联合几个好朋友，一起做这件事。白平亲自策划，一开始只想做个矿工的半身塑像，但是又觉得这样不够，无法表达他心中的那种感觉。后来，就决定设计一个纪念碑，他亲自设计，亲自画图，把创意写出来，找到四川美院的一个研究生，并两次去重庆找设计师研究，多次修改，几易其稿，还多次征求遇难者家属和三线老前辈以及六枝矿区部分职工等多方面意见，不断地完善方案，最后定稿，历时一年，精心打造，于2019年1月12日，在1·12矿难发生52周年之际，终于使1·12纪念碑耸立在六枝三线建设文化产业园区内，以此追思烈士英灵，传承和弘扬三线精神。

1·12纪念碑，没有花国家一分钱。白平说，1·12纪念碑的建成，凝聚了三线建设者和他们后代的深厚的情感和心血，充分体现了广大三线儿女的炽热之情和无疆之爱，烈士们的英名，早已经铭刻在了矿区儿女们的心中。

白平是一位作家，他亲自撰写了1·12纪念碑上的碑文：

“1·12”事故纪念碑铭

撼天动地，日月恸怆。

西南“三线建设”的历史，曾在这一刻凝固：

公元一九六七年一月十二日十一时十四分，原煤炭部第六十五工程处的九十八名矿工，在大用矿井主平硐，2392米处施工作业时，遭遇瓦斯突出，不幸壮烈牺牲。

在六枝矿区艰苦卓绝的创业史上，他们用青春和热血，谱写了一首悲壮、璀璨的生命之歌！他们用无畏和拼搏，奏响了一部“三线精神”的奋进之曲！

斗转星移，数十春秋。时光，冲不淡“三线儿女”对烈士英魂的痛惜与追思；岁月，抹不掉矿区人民对“三线建设”的情结与眷恋。

愿烈士之灵不朽！愿“三线之魂”永存！

故沐手勒铭，肃以此碑，永为纪念。

原六枝矿务局65工程处、大用矿职工及子女

2018年8月

建纪念碑前，为了寻找牺牲的98个人的名单，白平费尽了周折，一个人一个人地寻找，最初在六枝矿区的档案室和工资科找到了几个人，后来又到特区档案馆去找，用他的话说，“把档案翻了个底朝天”，也没有找齐。后来，做公安工作的白平，突然想到，凡是故去的人，都要到派出所注销户口，对于重大事故，六枝特区公安机关也一定会有记录档案。于是，他又到特区公安机关的档案室去寻找，最后，终于找到了当时矿难的花名册，但只找到了96个，其中有两个人，没有户籍资料，他又找了好长时间，还是没有找到，当时这两个人的户籍不在大用。最后，他费尽周折，终于找到了当年矿难的全部98人的名单，其中有一位姓宋的烈士名字，笔记记录得不清楚，多次核实无法确定，最后他想方设法找到了遇难者家属，从家属提供的烈士证上确认了烈士的姓名。另一位陈向有，因为无法确定名字，白平专门去墓地，拍下了墓碑核实。

经过查找，98个人中，贵州本地人占了80%以上，主要来自毕节、黔西南和六枝。有一张跳舞的照片，照片上，喜欢文艺的烈士田发蜀，正在与身穿藏族服装的5个年轻的姑娘一起演出《洗衣歌》，他身材高挑，肩挑扁担，两只手一前一后地扶着扁担两头的水桶，轻盈舒展，姿态大方，颇具文艺范儿。我看着这幅洋溢着喜庆气息和浓浓的民族风情的照片，眼眶有些湿润，他们在漆黑的巷道里掘进的背影里，蕴藏着多么巨大的能量，那能量，让他们在艰苦的环境里，依然乐观向上，依然无怨无悔，直到生命的最后一刻。

白平和他的朋友们的付出，让烈士的家属和子女都非常感动，1·12纪念活动当天，一位烈士的孩子对白平说，他一直非常想给父辈烈士们立个碑，但只有这个念头，无力实现，当看到高大的纪念碑时，这个七尺男儿感动哭了，他当即拿出1000元钱非要捐款。白平说，我们不要钱，我们做这个，就是一个矿工的子弟对死去的98名矿工的一种怀念和追忆，也是向那些三线建设的奋斗者们致敬。

纪念碑揭幕当天，矿工子女、烈士家属、老工人、老干部等几百人到达现场，许多三线建设者捐献了三线建设者的老物件给博物馆。

原六枝矿区职工、纪念碑投资方负责人刘笃寿在“1·12”当天的活动中，面对着98个牺牲矿工的家属，几度哽咽。他说，1967年1月12日，六枝大用矿发生的这起矿难事故，使我们失去了98位好兄弟，好同志。他们为了祖国的三线建设，献出了自己满腔的热血和年轻的生命。一年前，几位情系矿山的职工子弟，说到应该为98名烈士塑个纪念碑，让矿区儿女有个追思之地，这和我的想法不谋而合。为这些烈士树碑立传，这也是我多年的心愿，我应该这样做，我有信心、有能力这样做。

“为有牺牲多壮志，敢叫日月换新天！”

弹指一挥间，几十年过去了，六枝已经发生了沧桑巨变。正是广大矿区职工艰苦奋斗，英勇无畏的这种奉献，换来了六枝矿区今天的繁华。白平说，我们缅怀烈士，不但是为了追思为三线建设英勇献身的矿工，更是为了让年轻一代，勿忘历史，继承和弘扬三线精神，为实现伟大的中国梦，忘我工作和奋斗。

六枝特区政府副区长杨金贵说，1·12纪念日，在六枝发展的历史长河中，具有极其特殊的意义，52年前壮烈牺牲的烈士，为了祖国的三线建设，为了六枝的经济发展，献出了宝贵的生命，他们值得六枝人民永远缅怀和纪念。“忆往昔，峥嵘岁月稠；看今朝，六枝展新图。”他充满深情地说，“没有三线建设，就没有六枝的今天，没有特区广大群众的支持和参与，‘三线之花’就不会如此绚丽；‘三线之果’就不会如此丰硕。”

我看到白平用心找到的98名烈士的名单，他们许多人的姓名非常相近，有的姓氏一样，中间的字还相同，看名字感觉像是兄弟。我问白平，他们许多人是不是亲兄弟？他说，他们许多人都是同乡同村同宗的兄弟，许多人是东北人，他们从遥远的东北，告别父母亲人，告别家乡的黑土地，告别生长着大豆高粱的丰厚原野，来到了当时贫穷落后的六盘水，为了三线建设，献出了年轻宝贵的生命。

烈士子女代表孔珍秀回忆52年前父亲去世的情景。她说，这一天，我亲爱的父亲和他的97名矿工兄弟，为了祖国的“三线建设”，永远倒在了大用矿井下的千米巷道深处，从此，父亲再也没有回家。她说，由于思念父亲，我常常捧着父亲的照片流泪，我是在没有父爱的日子里慢慢长大，慢慢地自己疗伤，慢慢地变得坚强。

“尽管岁月在流逝，可父亲的形象，在我心里却越来越清晰、越来越高大。虽然我从小便失去了父爱，可我从无怨言，因为我知道，父亲是为三线建设而走的，他走得如此匆忙，如此悲壮，又如此伟大和光荣，走得比泰山还重！”她满含热泪地说。

三线人的情怀真是让人敬佩，他们的后代子女没有抱怨，有的只是对于98个牺牲的烈士深深的怀念，有的只是对国家对人民最朴实最厚重的爱，有的只是直面悲伤而不屈的勇气和担当。

风萧萧兮易水寒，壮士一去兮不复还！

让时光凝固在1967年1月12日这一天，让我们永远记住98位烈士们的英名吧，他们是——

王维学、王茂华、王立山、王长万、王照云、王朝品、马庭善、龙安国、龙从禄、龙从元、付应伦、付开玉、方德仁、文开兴、刘庆仁、米德安、左福益、左守志、卢启明、包吉林、田占清、田发蜀、白大刚、汤志成、朱洪昌、江吉胜、许本田、刘少明、刘泽连、刘正祥、刘安全、刘昌义、李春林、李丙、李天学、李定元、宋德平、宋良全、宋英欣、陈正义、陈少文、陈天福、陈家贵、陈国友、陈学兴、陈向有、陈兴武、张成达、张万一、张云保、吴秀召、吴学祥、吴胜明、吴有志、吴光志、吴永清、余志明、余正文、张荣兴、张应明、张应益、张治国、罗安林、邵大金、苏德昌、杨家才、杨文彩、杨文华、杨文达、余国兴、段发德、段发昌、赵清文、胡基友、林明忠、罗应孝、郭忠强、唐国昌、唐达国、高贵昌、高守玉、高成文、袁大贵、班真进、钱灿荣、款吉昌、郭秋林、郭贵明、魏兴礼、薛保珍、蒙清华、彭兴和、谢志强、谢玉奎、黄光德、黄福清、黄启全、顾永宽。

浓浓的三线情

在水城古镇的贵州大三线博物馆不远处，有一家私人性质的袖珍三线博物馆——凉都曾杨展藏馆。2019年国庆节后，我第三次来到六盘水，10日下午，我慕名来到了曾杨展藏馆，曾杨是中国民主促进会的会员，在我们民进有一句话“天下民进是一家”，在六盘水，看到了民进家人，真是格外亲切。

由于经费有限，曾杨的展藏馆请不起馆员，只好把70多岁的岳母张淑珍请来了，帮着照看着，兼职做接待员、解说员。张淑珍1966年3月，跟着丈夫黄立俭一起，从黑龙江鸡西，来到了六盘水四角田矿，支援三线建设，来的时候23岁，如今已经76岁了，在六盘水的53年中，她作为三线人的强力后盾，培养了一个又一个优秀的子女。

曾杨待人热情，他们带我参观了展藏馆，这里有许多三线老物件，其中有许多珍贵的历史文物。曾杨是贵州省收藏家协会六盘水分会的负责人，他的妻子也是三线建设者的后代，父母都是从东北到六枝矿区工作的。他们两个人向贵州三线博物馆、六枝三线博物馆和遵义1964三线建设博物馆捐赠了大量的文物。曾杨还发动六盘水的藏友，向三线博物馆捐赠了大量珍藏的藏品。

值得称道的是，曾杨的展藏馆是一家纯粹公益性的展馆，这里既是民进组织的活动基地，又是爱国主义的教育基地，多年来，他们无偿地为社会做了大量的公益活动，不仅付出大量的时间和精力，也几乎花光了他们的全部积蓄。

曾杨有着深深的三线情怀，他说，当年为了三线建设，许多鲜活的生命，永远长眠于祖国大西南的青山里。50多年过去了，一代代建设者们，坚韧不拔地传承着“艰苦奋斗、勇于创新、团结协作、无私奉献”的三线精神，铸就了今天厚重的三线文化丰碑。

正是曾杨夫妇向我推荐了他们的好朋友白平先生。白平曾将多年搜集收藏的17份文物捐献给了贵州三线建设博物馆，还将部分珍贵的收藏品和文物捐赠给了六枝三线博物馆。和许多三线子弟一样，他期望把三线精神这笔宝贵的财富留给后人。

白平捐赠的《中共中央西南局三线建设委员会向摩天岭农场六十五大队职工和烈士家属发来的唁电》，引起了我的注意。1967年1月12日，大用矿井主平硐施工，因放炮引起煤与瓦斯突出事故死亡98人。中共中央西南局三线建设委员会向摩天岭农场六十五大队职工和烈士家属发来的唁电，记录了“西南三线”的转折。

白平捐赠的文献史料物证，许多都是他多年来辗转多地，四处收集来的物品，有三台废旧仪器：一台是西南三线建设指挥部（大用矿）

宣传科工作人员使用过的海鸥相机，一台是当时工人生活现代化标志的半导体收音机，一台是曾经在煤炭设计院使用过的手摇式计算机（与第一枚原子弹、氢弹爆炸时使用过的系出同款），这些都见证了当时科学文化的发展。一尊曾在三线建设指挥部（大用矿）被顶礼膜拜过的毛主席描金石膏像，见证了那个时代的精神信仰。两枚东北地区老工人支援三线建设时佩戴的“营城煤矿”工人徽章，虽然褪色，却被珍藏在精致的红色塑料小匣子里，足以见证老工人们对青春岁月付出的感情。一枚拇指指甲盖大小的五角星徽章上雕刻着“五好家属”，这是1965年为了把荒山野岭建成矿山，实现毛主席的三线建设号召，矿工家属们不计回报、投工投劳，参与矿区道路、围墙等基础设施建设时唯一的“酬劳”；一枚葵花形的“三八红旗手”纪念章，背后少打一字，错版印刻成“六盘市妇联”，见证了女职工在矿山建设中奋勇拼搏的奉献精神；5本学习书籍，记录了当时矿山建设者的文化生活状况。3本用高潮墨水、大字报体记载下来的《矿工日记》，硬面抄本里记录了贵昆铁路建设者不畏条件艰苦、敢于牺牲生命、建设心脏线的情怀，在特殊的“文革”时期里，工人们又要抓生产，又要促学习的文化生活状况；1份1967年10月广为传阅的油印小报，上面记载着白平父辈们的建设功勋；1份1967年9月22日递交给省革委会的《关于成立六枝特区革委会筹备小组的请示报告》；1份1968年4月21日六盘水地区革筹小组的人事任免文件，记录了“三线建设的开始”；1份1968年8月贵州工学院机械制造与工艺设备专业的毕业生陈之孝的登记表，记录着新生力量对大西南人才支援建设的付出。

由于三线建设一度在保密状态下进行，很多人不了解三线建设情况。随着三线建设的解密，三线建设和三线故事被越来越多的人所了解，“三线建设”也成为当下热词。如今是微信时代，在大西南，在贵州，在六盘水，甚至只要是有三线人在的地方，只要与三线有关的微信和文章一推出，瞬间就会点爆微信朋友圈，得到许多人的呼应，跟帖无数。

我在一篇描写六枝矿区三线建设时期的微信推文后面，看到了许多人的留言，从中可以看到人们对三线建设的热切关注，还有微友们字里行间流露出的那份对三线浓浓的深情——

深深爱过你：看了这些历史照片，忽然满满的回忆涌入心头……

不留遗憾：这一切我们都亲眼见证了，很多很多地方还留下了儿时不少的欢乐。

吉祥如意：我是1965年6月12日参加“三线建设”，满怀豪情从四川挺进六枝矿区的首批热血青年！先后在西南煤矿建设指挥部六枝指挥部第四工程处，煤炭工业部第六十六工程处，六枝矿务局总机厂从事宣传、劳动人事、劳动工资管理工作，转战过拉固坝、四方坡、大用、木岗、化处大煤山、下云盘等地，住过木岗帐篷，木岗旧院，布依族山寨，也住过芦席墙壁、油毡纸房和干打垒房。喝过凉泉水，吃过窝窝头……为三线建设和改变六枝的贫穷落后面貌奉献过青春和力量，耗费过心血，流过幸福的汗水！做出了应有的贡献，也在一生中留下了美好的回忆！

蓉·董欣：地宗矿的舞厅曾经很时尚，当年最洋气的地方，嘿！

大毛：历史不会忘记他们，今天的六枝人更不应该忘记他们！

第八章　惊天喜讯“工转兵”

钢是烈火里燃烧、高度冷却中炼成的，因此它很坚固，我们这一代人也是在斗争中和艰苦考验中锻炼出来的，并且学会了在生活中从不灰心丧气。

——保尔·柯察金

我们当兵了

时间像河流一样，静静走来，默默远去，绵延而深情。岁月如星辰一般，日夜轮转，朝夕相伴，久远而厚重。

生命中有了当兵的历史，一辈子都不后悔！

整个晚上，安华珍都无法入睡，她躺在大通铺的床板上，一动不动地躺着，房顶上有许多小洞洞，如果外面下雨，小洞洞也会跟着起哄，滴滴答答地下小雨。此刻，从小洞洞里面透进来微弱的光，把四周照得朦朦胧胧。安华珍在黑暗中煎熬着，期盼着天快点亮，她好快点起床。大通铺上睡了二十几个人，虽然她睡不着，但也不能翻身，大通铺用木板、草垫子搭建，只要一动弹，床就会吱嘎吱嘎作响，影响别人休息。安华珍僵硬着身子，却忍不住时不时地把手伸到枕边，她的枕边，是叠得整整齐齐、板板正正的崭新的军装，领子上是两枚鲜红的领章。军装上面放着军帽，帽子中间是闪闪发亮的红星。她已经无数次地抚摸过那枚红星，无数次地把军帽戴在头上，无数次地在镜子里端详着自己。黑暗中，她还是把手伸出来，摸了又摸，虽然她不敢翻身乱动，但她的大脑却活跃着，在驰骋，在飞翔，她想象着自己穿上军装走在街上神气的样子，想象着别人投来羡慕的眼神，她的心里美美的，一想到天亮了，她就是一名军人了，她无法不激动。

凌晨4点，起床的军号终于吹响了，号声就是命令，安华珍从床上爬起来，她开始麻利地收拾，叠被子，打行李，行李和背包要在3分钟内打好，要打整齐，符合标准，好在之前安华珍已经练习过无数次。

安华珍快速地梳洗打扮，她把自己拾掇得干净利落，头发梳得光洁，辫子编得整齐，然后穿上军装，戴上帽子，对着小镜子照了又照，看了又看，再让同伴帮着看看，看着镜子里自己穿上军装神气的样子，那一刻，安华珍的心里激动不已，脸上是幸福的笑容。

成为军人，这不是做梦吧？

这不是梦！这身上崭新的军装，这头上闪亮的帽徽，还有新鞋子，白衬衣，都是真实的啊！记得第一次拿到军装穿上时，安华珍曾经暗暗使劲地掐过自己的大腿，掐疼了，感觉到了真实而幸福。离开家乡、离开学校的时候，她从来就没有想到，有一天，她会成为一名军人，对于一个普通人家的女儿，参军，当兵，那是何等的荣耀啊！

这一天是1966年8月1日，建军节，再过几个小时，她将正式成为一名光荣的军人。

好多人和安华珍一样，一夜未眠，眼睛里还有红血丝，但当他们穿上军装的时候，仿佛一下子就脱去了疲惫，个个显得格外精神。

一切收拾妥当，他们精神抖擞地出发了。

安华珍背着4斤重的黄被子，和大家一起徒步去往瓦窑场，与大部队会合。这一路他们走得整齐，步伐格外坚定，却也走得格外心急。后来得知，自4月确定了工转兵以后，有关部门已经开始紧张的外调和政审工作，同时，所有矿区都提前进入“军队模式”，开始了紧张有序的边工作边训练的方式，为正式参军做准备。经过层层政审，7月15日确定了当兵的名单，陆续开始发放军服、被服等用品，准备在8月1日建军节这一天，举行正式的授旗仪式。

安华珍穿着崭新的军装，背着打好的背包，向瓦窑场挺进。她个子不高，走在人群中并不起眼，但是她的心却早就飞出了队伍，飞出了大山，飞到了家乡，飞回了父母身边。父母一定想不到，有一天，她这个女儿会从工人摇身一变，成为一名光荣的人民解放军。她要告诉父母，他们的女儿多神气，她要让兄弟姐妹们看看她穿上军装美美的样子，她要让他们为她骄傲。

刚到盘县的时候，好多女孩子为六盘水的贫穷和自己的未来，时不时悄悄抹眼泪，痛哭过，懊悔过，也彷徨过。毕竟当时都还是孩子，没有经历过这种艰难的日子，但是，经过很短时间，她们已从最初的不适中挺了过来。她们最喜欢唱：“毛主席的战士最听党的话，哪里需要哪里去，哪里艰苦哪安家！”那时候，她们并不知道，一个喜讯正在向她们走来——她们要从矿区直接参军，从工人转为基建工程兵。

随着三线建设的全面推进，国家工业基地建设规模和战备工程不断扩大，基本建设任务越来越繁重。与此同时，基本建设施工队伍越来越庞大，职工平均年龄越来越高，老弱病残越来越多，家属拖累越来越重，跨区域远距离调动非常困难，队伍的更新很难解决。而基本建设施工队伍具有流动性大、突击性强、工作条件艰苦的特点。要解决这一突出的矛盾，就必须寻找一条新的出路！

3月11日，国家建委根据中央书记处的指示，向中央写了《关于施工队伍整编为基本建设工程兵试点意见的报告》。3月30日，中央批转了这个报告，指出："把施工队伍逐步整编为劳武结合、能工能战的基本建设工程兵，是实现队伍革命化，保证队伍不断更新，提高战斗力的根本性措施，最能适应边备战、边建设的需要。可以肯定，这是一个正确的方向，必须坚定不移地贯彻实现。"

一切准备就绪，只等待着神圣时刻的到来。

安华珍和同学们，经过两个多小时的跋涉，终于到达会场。他们一个个精神抖擞，喜气洋洋，他们高唱着《我是一个兵》《毛主席的战士最听党的话》等革命歌曲，迈着整齐的步伐，雄赳赳气昂昂地走进了盘县矿区中心的建队授旗大会会场——瓦窑场。

瓦窑场响起《东方红》

面对国家的召唤，每个人的选择，都不是命运的安排，那是三线建设者最具家国情怀的果敢和最有勇气的担当。

1966年8月1日，在盘县百里矿区，到处是欢歌笑语，彩旗飘扬，一派节日景象。

瓦窑场是高原中难得的一块盆地，被四周的群山环抱着，这里是当年红军长征走过的地方。青松翠柏间是部队的临时营房，一顶顶部队搭建的白色帐篷，在满山的映山红中，与会场四周迎风招展的红旗交相辉映。

瓦窑场的一片空地上是临时的露天会场，会场正前方搭起了带顶棚的主席台，主席台的棚顶上，安装了一个巨大的红五星和高音喇叭，两旁设置了贵宾观礼台。主席台上方挂着醒目的会标“中国人民解放军基本建设工程兵第41支队建队授旗典礼大会”。两侧挂着对联，左侧是“更高地举起毛泽东思想伟大红旗，为继续突出政治，坚决执行五项原则而斗争”，右侧是“坚决贯彻中央指示，为建设非常无产阶级化、非常战斗化的建设工程兵而奋斗”。会场还临时搭建了一个巨大的彩虹门，彩虹门上挂着横幅“一定要把毛泽东思想真正学到手”。会场四周，也耸立着大大小小的彩旗和标语牌，上面写着毛主席语录和各种标语口号，“没有一个人民的军队，便没有人民的一切”，“我们的原则是党指挥枪，而决不允许枪指挥党”，“坚决地和中国人民站在一起，全心全意地为人民服务，就是这个军队的唯一的宗旨”，“军学、军农、军工、军民几项都可以兼起来。这样，八百万军队的作用就是很大的了”……这些标语口号在晴空下，随着彩旗在飘舞，鼓舞着战士们的士气。

此时，从月亮田、老屋基、火烧铺和土城等矿区赶来的着装整齐的“新兵”陆续到达盘县瓦窑场。有的距离稍远的队伍，凌晨3点半就出发了。一列列的官兵，迈着整齐的步伐，浩浩荡荡地走过彩虹门，走进会场，参加建队授旗大会的队伍按秩序列好队，支队机关为一个方队，每个大队为一个方队，直属队为一个方队，各单位的军政首长统一站在方队右侧，近万名的队伍，几乎把瓦窑场挤得满满的。

全体官兵面向主席台，接受检阅。

上午9点20分，随着《东方红》乐曲声响起，授旗正式开始，现场上万名新兵，共同见证了中国人民解放军基本建设工程兵第41支队诞生的神圣时刻。

当来自各个大队的首长，接过军旗面向全体指战员时，整个会场传来了震天动地的欢呼声。

与此同时，基建工程兵其他几个支队也于同一天在全国各地建队授旗。

从此，在中国人民解放军的行列中，增加了一个新兵种，我国基本建设战线的一支突击队和生力军——基建工程兵。

中国人民解放军基本建设工程兵第41支队，辖7个大队（团）和10个独立中队，部队的编制序列为支队、大队、区队、中队，后依次改为师、团、营、连，总兵员13368人。1966年9月补充新兵8120人，总兵员达到21488人。

这支部队犹如光彩夺目的“高原彩虹”，出现在云贵高原。随着时间的推移，更加彰显出不平凡的作用。他们在贵州盘县矿区，先后开发建设了月亮田煤矿、火烧铺煤矿、老屋基煤矿、土城煤矿和大田坝煤矿等，还承担了建筑、道路交通等施工，成为国家三线建设的一支重要力量。

这一天，也让同为铜川煤校毕业的杨正民一生难忘。他和几个同学、工友，由于家庭出身等各种原因，无法参军当兵。凌晨看到大家穿着崭新军装出发的时候，他的眼里满是羡慕，心里却格外黯淡，那瓦窑场上空的欢呼，刺痛着他年轻的心，他异常难过，只能躲在无人处默默流泪。

生命中有了当兵的历史

一日从军，一生荣光！

基建工程兵第41支队的战士在井下快速掘进

中国人民解放军基本建设工程兵第41支队成立后，开始了开疆拓土的新征程。截至1966年底，中国人民解放军基本建设工程兵第41支队矿建完成成巷4898.9米；土建完成了104168平方米；新修公路103千米；新建盘关、火铺两座电厂；架设输电线路67.7千米；架设通信线路248千米。

虽然建制是部队，虽然穿上军装，但是他们仍然干着原来的工作，车工、电工、钳工、铆工、锻工、焊工等工种齐全，技术能手比比皆是。但他们又确实感觉与以往有所不同，成为军人的那一刻起，心底不由得升腾起神圣感、荣誉感和责任感。

参军后分配是供给制，管理是行政命令，每个月领的是津贴。当工人时，安华珍每个月的工资是29块8角钱；当兵以后，按照部队战士的标准，安华珍每个月只能领津贴7块钱，工资变少了。当工人时，安华珍是煤校毕业生，有专业，懂技术，她是技术干部；当兵以后，身份从干部变成了普通战士，职位降低了。当工人时，安华珍以工作为已任，做好本职工作就行；当兵以后，进入军纪严明的部队，一切以一个军人的标准要求自己。这些变化，用现在的眼光，怎么看都不划算，但是，当时大家都愿意当兵，这和钱无关，纯粹是由于服从组织分配、不计个人得失的觉悟和大公无私的奉献精神。

现在回想起来，感觉委屈吗？后悔吗？我问安华珍。

安华珍说，不委屈！永不后悔！当兵了，就是毛主席的战士了，要想着为人民服务，要不怕苦，不怕累，要向雷锋同志学习，这些思想已经在脑子里深深扎了根，什么待遇啊，钱啊，从来都没想过，即使干更多更苦更累的工作，也不在乎，成为军人比什么都重要，这是一种光荣，这种光荣是一种力量，可以克服一切困难。正如那首歌唱的：生命中有了当兵的历史，一辈子都不后悔……

安华珍的欢喜和自豪是发自内心的，那个年代，能成为一名军人是每个年轻人的梦想。

在盘县的日子

盘县瓦窑场上授旗仪式后，部队经过整编，官兵都归属不同的团队。

陈冬梅被分配到41支队48分队，来到了盘县的三脚树。在那里，陈冬梅与同学汤群一起携手度过了三线建设初期的最艰苦的岁月，从此，用一生的相爱，去溶解三线岁月中那些酸甜苦辣的日子。

没有当兵的杨正民、韩明谦等十几个人，则开始了另一段更加艰苦的三线时光。

虽然三线建设从起步至今，已经过去了50多年，但那段艰苦奋斗的日子，陈冬梅记忆犹新。

陈冬梅性格开朗，处事果断，聪明能干。陈冬梅说，那时候年轻，特别要强，干起工作不怕苦不怕累。陈冬梅回忆，有一次他们上山放线，为了完成任务，不得不将几十斤重的电缆线背在肩上，贵州的山路十八弯，崎岖陡峭，她不小心从山顶上滚下来，背在身上的几十斤电缆也一同滚下山，她只好爬起来，再背着电缆线往山上爬。

因为战备的需要，矿区大多选址在深山里，六盘水的大山，海拔大多在2000米左右，海拔高，湿度大，大山几乎总是被雾气水汽缠绕着，夏天潮湿阴冷，冬天冰寒刺骨。三线建设初期，一切工作都强调从速从简，干的基本上都是体力活，从早干到晚，每天都是浑身上下一身泥，满脸满身都是汗，常常把衣服都浸透了，小伤小碰小流血经常发生。而生活上，强调先生产后生活，能凑合就凑合，能对付就对付，吃饭喝水都无法满足。但没有人叫苦喊累，陈冬梅说，那些成吨的电线、电杆、电缆等设备，全部都是大家一点点扛上山、搬上山的。

“年轻就是本钱！那时真是少年不知苦和累。”陈冬梅说，“当时我们的口号就是，呼之即来，来之能战，战之必胜。党指向哪我们就冲向哪，为祖国、为三线奉献全部的青春和热血。”

在三脚树营区的一栋厂房内，有20多台机床一字摆开，还有其他铣床、钻床、磨床将宽大的机房排布得满满当当，当年，这里每日源源不断地搬运进来的半成品和急需加工的零部件堆积如山。建井初期，需要大量成吨的井下基建专用的茅拉杆，任务下达后，车间里机器和人都是24小时连轴转，工人们每天将加工好的茅拉杆迅速运往各个矿区，又将成吨的原料拉进车间，每天车轮飞转，机器轰鸣，响彻整个山谷，仅每天加工的铁屑钢丝就填满了营区旁的一个山谷。

我曾经在三线老矿区和三线博物馆等地，看到过写在工厂车间、俱乐部墙上的三线建设时期的标语，这些标语既是全体指战员的誓言，也是大家干事创业的动力。

山再高，没有我们煤矿工人志气高；困难再大，没有我们煤矿工人决心大。

苦干加巧干，争分夺秒抢时间。

早日建好大三线，让毛主席睡一个安稳的好觉！

红军不怕远征难，我们哪怕高原寒；别看今日吃点苦，明天建起新矿山。

遇到困难学愚公，缺少办法学“毛选”；累了想想爬雪山，饿了想想过草原。

…………

据陈冬梅回忆，在部队吃饭、出操是以班为单位，餐桌是用木板钉的，每顿饭是用一个大箩筐装着，菜分装在两个大盆里，每班分两小盆，官兵一致，共同进餐，没有特殊，人人平等。

说是部队，其实穷得可怜，吃饭都是在露天，大锅里煮出来的有时候是夹生饭，吃菜的时候少得可怜，大多数时候吃的是苞谷拌盐水和辣椒。每天劳动结束后，晚上大家回到营地，钻进自己动手搭建的干打垒和茅草棚、油毡棚内，睡的都是大通铺，一个大通铺上，睡着二三十号人。有的夫妻同来的，也要男女分住在不同的工棚，直到两年后，已婚夫妻才有了属于自己的小家，小家也是茅草房或者是油毡房，这在当时已经很照顾了。屋里能有一张木板搭建的床，就已经非常满足了。洗澡更是想都别想，没有热水，在住处百多米外有一个“拖长江”河，那里成了大家洗漱的唯一去处。

经常，部队还要不定期地搞紧急集合和夜间拉练。大多数新入伍的解放军战士，都是从企业、学校来的工人和学生，很少参加军训。当兵前才开始了一段时间的集训。当兵后，成了军人，作为一名战士，必须接受部队的各种训练，军训、夜训、出操、拉练是常态。在繁忙工作的同时，部队就经常组织大家军训，提高大家的军事素质，提高部队的战斗力。

陈冬梅说，一开始，大家都不适应，毕竟是从工人转成军人，缺乏必要的训练，很多人坚持不下来，有很多人在夜间拉练时掉队，各种狼狈相都会出现，让带队训练的铁道兵部队首长哭笑不得。记得有一

三线建设者居住的帐篷

次夜间拉练，正赶上天下大雨，有位同志高度近视，他在行军中误认为前方的石头是人，结果生生撞了上去，当时眼镜都被撞坏了，没了眼镜的他，什么也看不见了，只好紧紧拉着前面同志的背包带，坚持走完全程。那天的拉练结束时，天已快亮了，同志们全身都被雨水、汗水浸透。回连队后，炊事班的同志早已为大家煮好了姜汤，一碗姜汤下肚，瞬间感觉到浑身上下热乎乎、暖烘烘，一夜的辛苦就都忘记了。

陈冬梅说，现在的人们可能会问，你们当时是怎么坚持下来的？一句话，每个人心里只有一个信念，那就是早日建好大三线，让毛主席他老人家睡个安稳觉。每个三线建设者，都把祖国的需要当成自己唯一的选择。一旦选择了它，那就是一世的承诺，就要为之献出毕生的努力，无怨无悔。

青春做伴好还乡

安华珍到盘县一年零两个月后，获准回家探亲。

1967年9月，安华珍和同学王家秀，还有另外两个男同学一起，踏上了归乡的路。他们从盘县出发，到安顺，又从安顺乘车到贵阳，从贵阳再坐车到成都。一开始还算顺利，不管是买票，还是乘车，都是一路绿灯，因为他们穿着军装，买票有军人窗口，乘车军人优先，总之，他们一身军装就是他们的通行证。

但是，等他们赶到了成都火车站时，一切都不一样了。正值“文革”大串联，许多地方的铁路、公路几近停摆，有的地方甚至处于瘫痪状态。安华珍到成都时才知道，成都火车站已经有许多天没有正常发车了。整个火车站广场和站台上，黑压压的全是人，到处都是红卫兵，还有在火车站等待的老人和孩子。

安华珍在站台上遇到一个来三线探亲的家属，她一个人带了两个小孩，怀里抱一个，旁边站一个，她告诉安华珍，她已经在火车站等了七天都没有火车开。站台上挤满了要坐火车到北京上访还有串联的红卫兵，还有好几个派别的红卫兵、造反派正在战斗，互相打起来了，整个站台上混乱不堪，喧闹不已，到处都是刺耳的枪声，令人恐惧。

安华珍到成都的当天晚上，听说第二天有火车要开，他们就等在火车站，这一夜，枪声一直没断。第二天，有一列火车要从成都开往西安，因为人太多，车门早早就被关上了，安华珍他们几个人只好从车窗爬进去，4个人只占到了两个座位，后来，他们看到上来一个带小孩的妇女，又把座位让出来。两个男同学只好坐在凳子中间的靠背顶部，用皮带在行李架上系上扣，做成吊环，把手伸进去套住了，然后就这样一路摇晃着，回到西安。

到了西安，一下车，几个人就去找地方洗漱。安华珍在镜子里看到自己，吓了一跳，整个脸除了牙齿是白的剩下全是黑的，就像采煤的矿工的脸一样。火车从成都到西安这一路上到处是隧洞，正是9月，天气还很热，一路上，要不时地开窗透气，火车又是蒸汽机车，烧的是煤，火车进入隧洞时，煤烟和煤灰从车头吹过来，呛得人都睁不开眼，吹得人满脸满身的黑灰。

安华珍快到家的时候，远远地看到家门上挂着“光荣军属”的红色牌子。原来，那边安华珍在盘县当兵入伍，这边的喜报就传到了家乡，当地有关部门敲锣打鼓到家里祝贺，遇到节日，还要带着礼品去家里慰问，父母和家人都感觉格外自豪。

见到母亲的那一刻，安华珍的眼泪止不住地流下来，久别重逢，安华珍有太多的话想和母亲诉说，但此时，一切语言都显得那么苍白，母女俩紧紧地拥抱在一起，久久不肯松开，任凭泪水尽情地流淌……

第一次回家探亲，安华珍在家住了20天，这20天里，她去得最多的地方就是照相馆。她是第一个女兵，军帽上那闪亮的帽徽和身上神气的军装，让人羡慕不已。那些天，她一趟趟地跟着别人往照相馆跑，先是全家人要合影，照全家福，接着同学们要合影，亲戚朋友要合影，好姐妹们要合影。20天的假期里，她照了好多合影，收到了好多照片。

她拿出当年的照片给我看，整整一盒子，大多是穿军装的照片，真的很美。

1970年4月，矿井的建设任务基本完成了，矿井开始陆续移交，生产出煤。基建工程兵41支队的军人完成了建设使命，开始陆续转业。

安华珍转业那年24岁，因为一直从事技术工作，专业又是煤矿设计，就转业到了老鹰山矿，继续从事测量、画图等技术工作，一直到退休，都没有离开老鹰山。

安华珍转业到地方时工资是39元，三年后涨到42元，又过了几年涨到48元，安华珍说，就这样3块、6块、8块，一点一点往上涨，当时真的好高兴，到了20世纪80年代，涨到62块钱，当时真的很知足。

她回忆，刚到老鹰山的时候，孩子们上学都是穿个单裤，光个脚，真是缺吃少穿。有一段时间，安华珍参加宣传队，经常下乡演出，天天跟老乡一样吃玉米饭，就是把玉米磨碎，磨得比面要粗，比小米要细，蒸熟，然后就着一碗辣椒水吃。最长一次在农村住了3个月，吃了3个月的苞谷饭。

那时候部队任务繁重，当兵的要干活，结婚生孩子，拉家带口，无法保证完成建设任务。所以当兵期间在部队不允许谈恋爱，不准结婚。转业后，安华珍有了属于自己的爱情。当然，安华珍的爱情也是特有的“三线型”，安华珍的原籍是河南洛阳，又从陕西到了六盘水。她的爱人原籍是河北吴桥，跟着父母去的抚顺，又从抚顺煤矿坐着闷罐车来到了六盘水。这样天南地北的两个人，习俗风俗不同，方言不同，教育背景不同，成长和生活环境不同，各种不同，但到了大三线竟然“和谐统一”，千里姻缘最终因三线建设而牵手，成就了完美的婚姻。

安华珍从一开始的不习惯，到最后在这里成家立业，她在六盘水度过了54个春秋。

我见到安华珍时，她刚刚在老鹰山买了一套新房子，她说她要好好装修，把房子装得漂漂亮亮的，好好享受生活。

永怀难忘

为有牺牲多壮志，敢叫日月换新天。喜看稻菽千重浪，遍地英雄下夕烟。

要奋斗就会有牺牲，在41支队的建队历史中，涌现出许多永载史册的英雄人物，他们用生命和鲜血，铸就了共和国大三线的辉煌篇章。

许际直，1952年出生，1971年因公牺牲。

许际直来自四川省巴中县群乐乡的一个农民家庭。1971年1月应征入伍，在中国人民解放军基本建设工程兵第41支队402大队17中队服役，参加盘县老屋基矿井的施工。

巴中县是张思德的故乡，许际直从小就受到张思德英雄事迹的熏陶。念初中时，他学习毛泽东悼念张思德的文章《为人民服务》后，与同学们一起专门去访问过张思德的母亲。英雄的事迹深深地影响了他，入伍不久，他在笔记本上写下“生为革命谱新曲，死为人民写壮歌”的誓言。

1971年3月26日下午6时许，许际直所在的排正在老屋基矿井下施工。副排长朱景福在施工中察觉巷道顶板裂纹逐渐扩大，他忙通知战士们赶快撤离，留下自己与班长黎青森打穿杆眼，准备刹顶。活未干完，“轰隆”一声，大冒顶突然发生，数十吨风化石渗透着地下水倒塌下来，用于支撑的木架被压垮，朱景福双腿和黎青森的大半个身子都被埋在矸石堆里。这时，已经退到安全地带的许际直目睹险情，抱起一根木柱第一个冲进险区，其他战士也跟了上去。他们救出了朱景福，又去救黎青森。这时黎青森已昏迷，在他头上，一块巨大的岩石眼看就要塌落下来。朱景福赶快用一根木柱往黎青森头部上方架过去，因两旁柱子倾斜，架了几次都未成功，岩石正在坍塌，千钧一发之际，许际直奋不顾身地冲上去，半蹲着用肩膀扛起木柱，牢牢地把木柱抵在巷道壁上，同时使劲扒开黎青森身边的碎石，用身体护住黎青森的头部，挡住不断下落的小石头。这时，黎青森苏醒过来，他看到处于危险之中的许际直，焦急万分，他流着泪，大喊着让许际直赶快离开，许际直倔强地说：“不，我一定要把你救出来，就是死，也要死在一起。”话音刚落，头顶上的乱石轰然垮塌下来，瞬间把许际直掩埋。经战友奋力抢救，黎青森得救，许际直牺牲了，牺牲时年仅19岁。

为表彰许际直的英雄事迹，基建工程兵整编办公室给他追记一等功，第41支队党委根据其生前愿望，追认他为中国共产党党员。贵州省军区政治部做出向许际直学习的决定。

中国人民解放军第41支队中，在参加三线建设过程中，有上百位战士因公牺牲，许际直只是他们中的一个。

自1966年8月1日在盘县瓦窑场组建，到1976年10月402大队的3、4中队、407大队1区队的4个中队最后调离盘县，前往唐山，41支队

（师）年兵员2万多人，包括历年征兵入伍和退役者在内近4万名官兵，在盘县10年的三线建设中，先后有131名官兵牺牲，献出了他们宝贵的生命。

1974年8月1日，中国人民解放军基本建设工程兵第41支队在盘江矿区牺牲的101名烈士遗骨，从棋盘地迁入盘县烈士陵园安葬，他们和41支队一起，永远地写进了历史。

第九章　追梦在高原

对于国人来说，大三线是国家安全的强大后盾；对于外国人来说，西南大山里近二十年大规模的开发建设，是一个神秘事件。他们永远无法想象，在西南大山深处，英勇无畏的中国人民开启的改天换地新模式。

由于三线建设涉及国家机密，为了加强战备和保密工作，三线企业一律使用代号，从1966年10月1日起正式改名，六盘水地区总指挥部改称“大兴农垦局”。钢铁企业以“林场”为代号改名，煤炭企业以“农场”为代号改名，电力企业以“牧场”为代号改名。

如西南煤矿建设指挥部改为大华农场，六枝矿区指挥部改为摩天岭农场，盘县矿区指挥部改为龙山农场，水城钢铁厂改为青杠林林场，水城发电厂改为天生桥牧场……

经过三线建设者的日夜奋战，三线建设取得了重要成果——

1970年，贵州生产的第一架飞机——歼6Ⅲ在贵州航空工业基地诞生；我国第一批“卫国神剑”装备成功；我国第一台具备世界先进水平的倾倒炉在第七砂轮厂投入生产；六盘水第一列满载洗精煤的货运列车，从水城驶向攀枝花钢铁基地……

革命人永远是年轻

“三线人情怀系乌蒙，建设者听党召唤来到高原，头顶青天，脚踏荒原，建起了座座工厂矿山。献青春，献子孙，献身贵州大三线……”

这是水城矿务局原局长杨建华填词的歌曲，那天，他应邀参加铜川煤校66届学生毕业53年同学会，现场也来了许多三线老人。在贵州三线建设博物馆，也就是当年三线建设西南煤矿建设指挥部的会议室里，杨建华现场领唱了这首歌，大家齐声合唱，虽然来到六盘水已有半个世纪的时光，他们从青春年少已变成满头银发，但是，经过岁月积淀过后，他们依然乐观豁达，依然激情澎湃。

歌声在大厅里回荡，在现场的铜川学校的50多位师生个个都感动得热泪盈眶，他们跟着杨建华等一起回望三线建设那段难忘的岁月，与他们一起走进了激情燃烧的岁月。

杨建华说，我们这一辈人，从年少时来到六盘水，建设三线，默默奋斗一生，退休后仍留在三线，大多数人半辈子、一辈子在三线，建设三线，传承三线，发展三线，中国的发展有今天的成就，有三线人的功劳，没有他们的默默无闻、无私奉献，就没有今天我国中西部地区的欣欣向荣。

1963年，23岁的杨建华毕业于江苏盐城师专，毕业后被煤炭部送到工业部干部学校带职培训一年。1964年学习结束后，被分配到山东煤管局枣庄矿务局。杨建华8月到枣庄矿务局报到，在枣庄煤矿财务科成了一名成本会计。

1966年10月的一天，单位组织部门找他谈话，根据组织的需要，让他到贵州支援三线建设。此时，杨建华对贵州根本不了解，当组织问他有没有什么困难和意见的时候，他毅然决然地说，没有困难，坚决服从组织分配，绝对服从组织安排！

杨建华永远也没有想到，这一去就是一辈子，这一去就在贵州扎下了根。

枣庄矿务局共选派了150名职工到贵州，单位专门制作了写着毛主席语录的胸牌，发给大家，临行的那天，市委书记动员了市民为他们送行，杨建华和同事们，胸前佩戴着写着毛主席语录的胸牌和大红花，背着行李，坐上了开往上海的专列。

当时，26岁的杨建华已经结婚生子，爱人是他在北京学习时的同学刘淑萍，她是团支部书记，毕业时两个人一起分配到枣庄，杨建华出发的时候，儿子还没过百天。

一行人在上海稍事休息后，重新出发，前往贵阳。从小生活在平原的杨建华，从来没有见过南方山区的景色，一路上，总是时不时探头欣赏着窗外的风景，当时的火车都是蒸汽机，经过三天三夜的颠簸，辗转到了贵阳，下了火车，每个人都被蒸汽机车喷出的烟灰熏成了黑人。在贵阳住了3天，又坐上了开往水城的火车，那时候火车只通到水城车站，下了车便被前来迎接的大卡车拉到了汪家寨。

虽然三线建设过去了几十年，但提到在汪家寨的往事，杨建华仍然记忆犹新。

1968年的一天，食堂的一个炊事员晚上睡觉的时候被一个疯子砸了脑袋，送进了东山医院进行抢救，当时情况十分危急，工地上的大喇叭通知这名职工急需输血，血型是AB型。听到广播，所有的职工都跑去了医院，经过化验，100多人中，只有5人是AB血型，杨建华就是其中一位。

当时那种情况下，抢救生命重于一切，杨建华一次献出了300CC的血。当时物资匮乏，献血后也无法补充营养，食堂的人去河里捞了点鱼，做了一顿鱼汤，算是给杨建华他们补充了营养。献完血后，他们照样工作。谁知20天后，大喇叭通知这位工友病情危重，还需要输血，于是，杨建华又一次献血220CC，在20天的时间里，两次共献血520CC，如果放在现在，医生绝对不会允许。但是，在那个年代，革命友谊和战友之情胜过了一切个人情感。

杨建华到水城后想念妻子和儿子，他只好给妻子写信，以解相思之情。只是，写好的信要半个月时间才能寄到家里，这一来一去就是一个多月。开了工资，杨建华要寄给父母和妻子，每次，他都在汇款单小小的附言栏里，简单地留下“我很好，勿念，保重”之类的话语。

水城几乎没有什么娱乐，唯一的娱乐就是“赶场”，买不买东西不要紧，最主要的是放松和缓解一下身心的疲劳。

杨建华回忆当初，对比现在，总有无限感慨，他说，当初的六盘水连一条像样的路都没有，真正是一穷二白，再看看今天的六盘水，发生了天翻地覆的变化，高架路纵横交错、四通八达，硬件设施不断完善，人民生活水平不断提高，一座新兴的旅游城市焕发出勃勃生机，这可是我们当年连想都不敢想的啊！

时光飞逝，岁月更迭，当初意气风发、风华正茂的年轻人，响应国家号召奔赴三线，一心建设祖国。无论是国家极度困难的60年代，艰难困苦的创业时期，还是大潮涌动的改革开放初期，富强美丽的现在，三线人始终如一地热爱党、热爱人民、热爱祖国。三线精神凝聚了民族的力量，引领时代前进的坐标。

国家计委三线建设调整办公室主任、中华人民共和国国史学会三线建设研究分会副会长王春才表示：自大三线建设以来，50年的发展，六盘水从当初的荒山野岭变成今天祖国大西南的一座现代化城市，无数的三线建设者们都留在这里，安家立业、落地生根，极具代表意义。

三线人从青春勃发，走到壮年，如今，这些三线建设者们已经白发苍苍，他们的后代传承着三线精神，已经成长为六盘水各条战线的骨干和精英。三线人是真正献了青春献终身，献了终身献子孙。

2020年4月13日下午2时，欧锦发来微信，告诉我，几天前，杨建华突发脑溢血入院，正在ICU病房抢救。

得知杨建华的病情，我的心情顿时变得沉重，我想起杨建华曾说过的话：我们这些老三线人每年都有搬家的，搬到哪里呢？搬到梅花山啊！

杨建华指的是梅花山公墓。

永难割舍的汪家寨

汪家寨煤矿的前身是贵州煤矿管理局成立的水城建井工程处，1958年为了适应大办钢铁的需要而开工建设，1964年，汪家寨矿区建设了平硐煤矿和斜井煤矿两个煤矿，年生产能力平硐井60万吨、斜井90万吨。1967年7月1日平硐井建成移交生产，1972年2月斜井又建成移交生产。1973年4月，平硐煤矿、斜井煤矿合并，成为汪家寨煤矿，设计生产能力150万吨。

汪家寨曾经是西南第一大煤矿，曾经创造了许多纪录，这些纪录时至今日仍属全国先进水平。

2019年7月29日上午，我前往汪家寨，拜访汪家寨洗煤厂的辛颜良老人。

从市区出发不到一个小时的车程就到汪家寨煤矿，矿区位于山顶，处处是一片繁忙的景象。进入矿区，一辆辆满载着大块煤的巨型太托拉货车从山上呼啸而下，又从身边疾驰而去。山路高而崎岖，司机却并不减速，他们娴熟地把控着方向盘，一看就是常在矿区开车。半空中是煤厂的流水线，横在厂区的道路上方，煤石从山脚下轰隆隆地穿过路中央，传运到山顶的车间。

汪家寨煤矿在山里，位于半山腰处，矿区职工家属区则在更高的山上。进入山顶的住宅区，看到的都是些七八十年代建设的老旧楼房，许多楼房依山而建，远远看去，错落有致。开车到了山上，下车拐进一条小路，就来到了老住宅区，房前屋后狭窄的空地和小路，已经兼作街道和市场，聚集了许多摆摊的人，有卖菜的、卖水果的，有卖针头线脑、洗发护发等日用品的，有做油炸食品的，应有尽有。路两旁一些平房改成的商铺，牌匾大小不一，颜色各异，理发店、小吃店甚至时装店都有，商铺并不热闹。四处都是闲逛和闲聊天的人，中老年人居多，有着旧时矿区的模样和特点。

由于年代久远，汪家寨矿区老旧住宅区的建筑显得比较陈旧，已不见矿区曾经的辉煌。

从山下到山上，要爬又长又陡的石阶，石阶由水泥和石头砌成。山顶上住户真不少，以老人居多，从汪家寨到六盘水市中心，下山一次不容易。

在汪家寨洗煤厂的一栋老旧的红砖楼里，我见到了辛颜良老人。他家的楼房依山而建，楼房是外走廊，走廊的栏杆满是锈迹，却被磨得发亮，在楼道里泛着暗黑色的光。外楼道下面是几近悬空的山体，走在上面有点吓人。但是矿区的人已经习惯了，在山顶建房，很难找到大块平整的地方，大多是见缝插针，依山而建。

辛颜良喉咙患病，说起话来声音嘶哑，回想当年创业时的情景，他有些激动，感慨万千，他有些费力地说着，想更清楚地表达，越想清楚地表达，声音越嘶哑，但他又更用力地说着。

辛颜良身材魁梧，地道东北汉子的模样。1966年，28岁的辛颜良在技工学校学习一年后，被分配到双鸭山洗煤厂。三线建设开始后，按照国家要求，全国重要的矿山企业开展援建工作。他从黑龙江双鸭山洗煤厂，来到了六盘水汪家寨洗煤厂，从此再也没有离开。

时光如梭，光阴似箭，54年过去了，辛颜良对这里的热爱之情从未改变。

记得那是1966年秋，双鸭山洗煤厂召开了动员大会，要求广大干部职工踊跃报名，到贵州六盘水，支援三线建设，辛颜良第一时间就想报名到三线，他想为三线建设出力。但家里的困难摆在那里，让他有些犹豫。当时，妻子怀孕已经六个月了，正是需要人照顾的时候，家里还有三个等着吃饭的孩子，老父亲身体不好，他走了，留下一个挺着大肚子的女人拖家带口的怎么办？以他家里的条件，他完全可以不去。但是，辛颜良想到自己是一名共产党员，应当起带头和表率作用，而且在工作上又是技术能手，正是三线建设所需要的人，他经过一番思想斗争，还是下定决心去支援三线。

从黑龙江出发时，大队人在火车站集结，火车在送站人的一片哭声中咣当启动了，辛颜良告别父母，告别怀孕的妻子和儿女，告别了生他养他的故乡，在亲人们依依不舍的目光中，毅然决然地走进支援大三线建设的大军中。

从黑龙江到六盘水，从北到南，长长的火车线上，只有火车不知疲倦地奔驰。一路上，辛颜良的心一直放不下，他又是担心又是万般不舍。闷罐火车里，灯光昏暗，辛颜良躺在那里无法入睡，他不知道，自己这一走，挺着大肚子的妻子怎么办，生病的父亲怎么办，三个半大孩子怎么办。但是，家里事再大也是家事，国家的事才是大事，想到这些，他不知不觉睡着了。经过十天十夜颠簸，他终于来到了贵州六盘水水城，加入了三线建设队伍中。

当时，从双鸭山洗煤厂到六盘水的人员分两批出发，辛颜良跟着第一批机修为主的150人，先期到达六盘水汪家寨洗煤厂。在辛颜良的记忆里，当年的水城真可谓是荒山野岭，沟壑纵横，天气潮冷，道路泥泞，大山里的夜晚更是冰冷、死寂，让他格外思念远在家乡的亲人。

汪家寨是一个高山村寨，当时只有十几户人家，一无公路，二无水源，三无空房。汪家寨煤矿建设初期，参与建设的职工晚上点的是煤油灯，住的是茅草屋、帐篷、油毡房、干打垒。床是木板上铺稻草，遇到雨天，外面下大雨里面下小雨；蛇虫遍地，喝的是未经处理的稻田和池塘水……就在这样艰苦的条件下，他们吃着苞谷饭，喝着酸菜汤，一边找水源，一边修公路，一边建设汪家寨矿。

生活如此艰苦，但大家斗志昂扬，一心想早些把矿井建成，为国家生产更多的煤炭和焦炭，支援国家建设，支援钢铁生产迈上新台阶。

当时发表在北京《工人日报》上的一首诗歌，生动反映了广大职工奋发进取的心境：

> 大河边呀，汪家寨。
> 采煤、炼焦齐展开；
> 环山路上车马忙，运去食粮保钢帅。

汪家寨矿区早期的简易房

大河边呀，汪家寨。

太阳出来烟不在。

接天青山杜鹃红。

沿河麦穗随风摆。

大河边呀，汪家寨。

…………

辛颜良回忆，他们是冬季来到水城，水城的天气总是阴雨不断，几乎见不到太阳，天天毛毛细雨，这里的泥巴特别黏，穿着雨靴在工棚的羊肠小道走过，往往粘在鞋子上的泥巴就会有好几斤重，甩都甩不掉。辛颜良说，这里的风阴冷，加上连绵不断的毛毛小雨，让人从心里往外凉。虽然家乡东北冬季十分寒冷，但东北的冷却与这里的冷不同，东北的风来时凛冽、猛烈，但太阳出来时，在寒冷中又有种阳光普照的温暖。而水城的冷，是天地浑然的一种冷，山风夹着阴雨绵绵和雾气蒙蒙，穿再厚的衣服都让人从心里往外凉，让辛颜良这样身体强壮的人都有些吃不消。

辛颜良在洗煤厂运销车间看皮带，三班倒，由于工作出色，他当上了运销车间的段长，负责三个班组的工作。辛颜良说，那时候都是吃大食堂，每个月发的粮票根本不够吃，干的是体力活，超强度的劳动，让身高体健的他经常感觉吃不饱，常常饿肚子。辛颜良说，那时候的生活环境艰苦到不可想象，工作很苦，很累，但很少有人抱怨，大家都拧成一股绳，心往一处想，劲往一处使，自觉自愿地做好自己的工作。

一晃十个春秋过去了，辛颜良一个人在水城打拼了十年，也和家人分别了十年。两地分居的日子很清苦，相互牵挂，却天遥地远，无力相扶。1977年，经过厂领导批准后，辛颜良决定回老家把家搬过来。他们一家从双鸭山出发，经哈尔滨、北京、南宁、柳州、麻尾、贵阳，再到水城，辗转多个城市，用了一个多星期的时间，终于把家搬来了，一家人住进了他的油毛毡房子，终于在相隔十年后团聚了。

以往，辛颜良是一个人吃饱了全家不饿的单身状态，全家人搬到水城，几个孩子都长大了，也正是长身体的时候，饭量大，供应的那点口粮根本无法让全家人吃饱，一下子要面对一家大小的吃喝难题，辛颜良从老家搬家前，就开始想办法，他向亲戚们东拼西凑了部分粮票、布票，买了600斤粮食，有小米、黄米、高粱米等，想尽办法，把粮食和衣物运到了水城。然而，正当一家人欢天喜地团聚一起，准备好好过日子的时候，一场无情的大火烧毁了一家人的希望，一下子把他推入绝境。

1977年春节前夕，厂里给每个职工发了一袋白面。一天晚上，油毛毡里的人们还沉浸在那一袋白面的喜悦中，和辛颜良住在一排油毛毡房的邻居，高高兴兴地炸起了油条。由于油锅温度过高，引燃了锅里的油，火苗一下子蹿出老高，引燃了顶棚上的油毛毡！油毛毡主要成分是沥青和纸板，遇火燃烧的速度非常快，一会儿就呼啦啦着了一大片。有人惊呼："着火啦、着火啦！快跑啊！"转眼间，连在一起的一排房子一间接一间地起火……辛颜良的家在中间部分，他在睡梦中听到惊叫声，睁开眼往外一看，天啊！火光冲天！这个时候他顾不上别的了，匆忙中和爱人一起把睡梦中的孩子都抱了出去，放在安全地带，再返回来抢救家里的粮食和被褥已经来不及了，大火无情地吞噬了整排油毛毡房，很快连成一片火海。火光冲天仿佛要撕裂黑暗的天空，油毛毡房子伴随着哭天喊地的惊恐叫声、爆炸声顷刻间就化为灰烬，也把辛颜良美好生活的梦想烧了个精光！600斤粮食，这可是一家人精心准备的口粮啊，还有那些从老家带来的衣物、被子也全部毁于一旦……

看着眼前的一切，辛颜良瘫坐在泥地上……

房子烧了，生活物资也没了，但是，生活还得继续。厂里组织灾后重建，又建了新的油毛毡房，工友们纷纷向受灾的职工伸出了援手。但是，对于辛颜良一家来说这些援助只是杯水车薪，孩子们的衣服都是工友们这家送一套，那家送一套。实在没法子，辛颜良只好给老家的弟弟写信求助，弟弟给他们寄来了一些杂粮和地瓜干。从此，很长一段时间里，地瓜干成了辛颜良一家的主要粮食。有时候家里一天都在吃地瓜干，灶台里烧着地瓜干，锅里煮的也是地瓜干。女儿忍不住问爸爸："为什么别人家吃馒头，咱家天天吃地瓜干啊？"问得辛颜良无言以对。

辛颜良非常孝顺，但是自古忠孝难两全。辛颜良还没有到贵州之前，父亲就找人算过一卦，算卦的说，你的三儿子是要远走高飞的，至于飞到哪里他也说不上来。当辛颜良在贵州安家后，远在东北的父母一直想让他调回去工作。但是他考虑到自己一家都在贵州安身了，自己的兄弟姐妹也多，就没有想过要回老家去。

儿行千里母担忧，由于思念他，母亲生病了，闻讯后的辛颜良急忙赶回老家。见到母亲的时候，母亲已经一周水米未进，几近垂危。当远在千里之外，走了一个星期才赶回家的辛颜良跪在母亲床前，轻轻呼喊一声："妈，三儿回来了。"听到儿子呼唤的母亲一下子从床上坐了起来，她的病居然好了，母亲还张罗着要给儿子做饭吃。看到母亲好了，辛颜良在家里住了几天后，又回到了水城。谁知这一走竟是永别。一个月后，辛颜良得知母亲去世的消息，已经是母亲下葬半个月之后了。母亲去世他没有赶上，父亲去世的时候，辛颜良同样没有为他送终。得知父亲去世的消息那天，辛颜良一个人来到大山里，面对重重大山大声呼喊："生我养我的父母亲，请原谅儿子的不孝吧！"这个东北汉子，凄然地向着东北方向长跪不起……

不知不觉，辛颜良已是霜染青丝。他大把的年华给了三线建设。退休前的几年，厂里安排他当了供应科管理员，那个时候能在供应科管事确实是个肥缺。供应科保管的生活、生产物资、设备及油料应有尽有，随随便便做点手脚都会发财。可是作为有着几十年党龄的老共产党员，辛颜良从未在这些物资上边打歪主意。他掌管供应科的钥匙，是厂里出了名的“铁公鸡”。因为工作出色，辛颜良先后获得了厂级、局级、省级等各种不同奖项，当年，他家客厅墙上贴满了整整一面墙的奖状。

历经半个世纪的风雨，走过坎坷，大半辈子的时光奉献给了六盘水这块热土，终于练就了一颗淡然宁静的心。辛颜良说，成为三线建设者是我这辈子的骄傲，现在我自己能有3000多元退休金，虽然不多，但跟过去相比，不知道要好多少倍。现在孩子们都成家立业，不需要我再帮助，这些钱足够我安享晚年！

由于家里失火，烧掉了爱人调动的教师档案，爱人失去了工作。他们的生活艰苦，平时连块豆腐都很难吃到，想吃饼干也买不到，那些艰难的岁月，在他的描述中，却有种举重若轻的从容。经历了人生最苦最难的岁月，他看待人生的态度豁达、开朗，他说，再难的日子我们还是一起挺过来了。

辛颜良已年过八旬。当年一起从东北到汪家寨的360个兄弟，有些人回到了原籍，有些人调到了外地，有的投奔儿女，现在留在水城的有30多人。

辛颜良告诉我，自父母去世后，他很少回老家。曾经，家里的兄长安排他回去，但是他没有回去，他不舍得走，毕竟在这里工作和生活了几十年，这里有他的家，有他的儿女，更有他曾经看着建起来又共同长大的汪家寨煤矿，他是看着这个曾经的西南第一大煤矿是怎样从无到有成长起来的，他曾经用自己的双手，建设过这里，这里有他的青春记忆，有他的人生印记，有他永难忘怀的情感寄托，还有他从老家带来如今已长眠于六盘水的最亲爱的老伴。

他说，他不能走，他割舍不下这里的一切。

想念大海的涛声

乡情像一坛陈年老酒，里面装满了无尽的离愁和回忆，经过岁月的浸泡，醇香浓厚，回味绵长。

“人言落日是天涯，望极天涯不见家。”

宋振凯的老家在辽宁大连的庄河。如今，他是汪家寨的大连人。

2019年7月29日上午，我到汪家寨洗煤厂看望宋振凯老人。车开到半山处的一个地方停下来，经过两个特别陡的坡，再上了好几十级的台阶，才到了山顶上的一块平地，宋振凯住的房子是依山而建的70年代的老楼房。老人家听说家乡大连来人了，特别高兴，早早地就来到路口迎接我们。他的家在汪家寨的山顶上，虽然住在山顶，但仍很潮湿，他家门外的台阶边上，结满了青苔。老人家的屋里收拾得干干净净，桌子上摆着老伴的遗像。老伴去年已经走了，现在只有他一个人，住在老房子里，陪着老伴。

宋振凯说，我们这个楼当年一起从三线来的有16家，现在搬走了14家。

不然，你也把房子卖了，到市内买房子住。他笑了，他的房子只能卖3万元。

矿区的房子不值钱，卖这些钱，哪里能够得着买房子？他说。

宋振凯的老家在大连庄河，庄河庄河，庄庄有河。庄河河多，山也多，又是一个靠海的地方。在宋振凯的心里，家乡是他的根，再远的距离，也有最亲的亲情在那里牵挂着他。庄河的山水，留下了他太多的记忆，每年，他都会回去看看，回到庄庄有河的地方。

宋振凯不久前才从老家回来，他每年都回大连探亲，这次在老家住了一个月。年轻时就跑供销的宋振凯经常一个人出差，习惯了独来独往。这次他要自己回来，老家的人都不同意，他们不放心，虽然他身体健康，但毕竟是82岁的老人了，侄子说什么也不让他一个人往回走，一定要送他回六盘水。

从他年轻时到六盘水至今，每年都是他回去老家探亲，老家亲戚很多，有两个弟弟和一个妹妹，他们都没有来过六盘水。他从来不让老家的人过来，他心里有一个秘密，就是不想让老家的人知道他的生活状态。每次从老家回来，他心里都无法平静，他的生活与老家的人真是没法比，他永远不想让他们看到自己真实的生活状态。他退休早，工资和待遇都不高，生活不富裕，但对老家的兄弟姐妹，他从来都是报喜不报忧。当年有机会调回老家，但是他没有走，那时候真的很纠结，一边是日夜思念的家乡和亲人，一边是自己奋斗了一辈子的矿山，还有一手建起来的儿女成群的家。

这次，宋振凯拗不过侄子，只好让侄子送他回来。侄子是第一个到六盘水、第一个走进他家门的老家亲戚。侄子送他回来后，没有马上走，又陪着他住了一段时间。侄子到他家时，看到他家里的一切，当时就哭了。想到他这么多年过的日子，侄子说你不能再在这里了，你都这么大年龄了，住在这么高的山上，离市区又这么远，生个病什么的怎么办，以后再老了怎么办？

跟我回去吧！侄子恳求他。

他说他不能走。他说他离不开这里，他舍不得。

你舍不得什么？

是啊，舍不得什么？他也不知道，也说不清，但是他就是舍不得离开这里。

宋振凯1942年出生，17岁离开庄河，到黑龙江双鸭山煤矿机电厂当钳工。1963年结婚，1966年10月到了六盘水，那年他25岁，当时要求身体好、出身好、个人表现好才能到三线，他是第一批支援三线的，同来的人个个都是技术能手，包含了车工、钳工、锻工、铆工、电焊工等各工种。

后来，宋振凯转行做采购工作，到处跑，经常有机会回老家。1974年，他从老家把老婆和4个孩子接到了六盘水，当时厂里没有住房，住宅楼都是厂子里的人自己盖的，职工和家属全员参与，盖楼的一砖一瓦都是大家一起一点点搬到山上的。

那时候工作从来不讲条件，一心一意为国家，党叫干啥就干啥。宋振凯说，那时候的领导也非常好，吃苦在前，享受在后，为人处世都非常有人情味。“记得是1990年，我在黑龙江的岳母病危，当时大舅哥在广西柳州，他来个电话说你们回去看看，老妈都70多岁了，当时我就找厂领导，实话实说，我说我老丈母娘在黑龙江，我要回去一趟，领导就给我安排一个到辽宁出差的机会，我就顺路回家看了老岳母。”

随着三线建设初具规模，三线企业陆续开工，生产和生活条件开始逐渐改善，宋振凯所在的洗煤厂待遇和条件也越来越好，记得1975年过春节，那时候猪肉还属于凭票供应，当时厂长和党委书记想让职工过一个好年，派人带车外出采购猪肉，过年的时候分给职工，也不要钱，职工非常高兴。

1980年，看到有人陆续调走，宋振凯也想回大连老家，当时，老家的亲戚给他联系了调转的单位，但是，只有3个指标。一家人有4个孩子，只有3个调转的指标，丢下哪个孩子他都不忍心。

就这样，他错过了回老家的机会。

2016年，大女儿不幸去世，宋振凯老伴思念女儿，经常独自落泪。她的身体不好，长期患病，宋振凯就和老伴商量，一起回老家待一段时间。于是，两个人一起回到庄河老家，老伴的心情也好了许多，但是，她又开始想念在六盘水的孩子们，一个礼拜能往家里打四五个电话，两个人在老家住了半年，准备回去。于是，几个孩子一起带着几个孙子辈们，一大家子共8口人专程到庄河来接老两口。孩子们到了庄河后，看到庄河老家的生活环境非常好，空气好，有山有河还有大海，各方面条件都比六盘水好，孩子们对他当年的选择都有些不理解，都问他，庄河多好啊，你跑贵州干什么？

宋振凯说，这个你们不懂，那时候讲政治，一切要听党的话。

“我是党员，不管到什么时候，都要听党的话，你说对不？”他问我，我无言以对，只感觉眼眶里有热泪在涌动。

父亲的望远镜

都说父母在不远游，但对于每一个三线人来说，忠孝不能两全。对于每一个三线建设者的父母来说，他们的孩子都是国家的儿女。

韩明谦无法在父母面前尽孝，但每年一次的探亲假，他都回家看望父母。结婚以后，探亲假改成了4年一次，想家的日子里变得更加漫长，回家探亲的日子更显得珍贵。

探亲回家的那些日子，对韩明谦来说格外珍贵，那些天他哪里也不去，老老实实地待在父母身边，陪着两个老人。而每次探亲假快要结束的时候，也是韩明谦最揪心的时候，他最难说出口的一句话就是“我要走了”。这句话怎么也说不出口，面对两个老人家不舍的目光，他不知道怎么跟父母说。

“‘儿行千里母担忧’，这句话体会太深了。”韩明谦说，随着休假结束的日子一天天近了，父母都知道他要走了，都在心里悄悄地数着日子。到最后实在不行了，韩明谦只好说，休假时间快到了，我过两天要走了。这时，一向寡言少语的母亲总是说，能不能再多待两天？晚去两天行不行？

每次都是这样的问话，每次都是这样的不舍，每次韩明谦都不知道如何回答。母子两个坐在那里，父亲也沉默着，不知道说什么好，空气似乎都凝固了。

韩明谦休假从来没有超期。

每次离开家的时候，小脚母亲颤颤巍巍地出来送他，母亲是个农村老太太，不太会表达什么，只会默默流泪。父亲还好点，叮嘱他到了以后写信回家，要把工作干好，要照顾好身体，等等，父母的爱总是让韩明谦心里既温暖又难过，迈出家门的两条腿像灌了铅一样的沉重。

“父母在大门口看着我，我不敢回头，我一回头怕他们难过，我也难过，我就硬着头皮往前走。我一直走，他们就一直在后面看着我。后来，从来不舍得花钱的父亲，奢侈地给自己买了一个望远镜。那以后，每次我离开家的时候，已经走很远了，回头还看见父亲拿着望远镜，在镜头里看着我，一直看着，一直看着……”

韩明谦的姐姐从铁道学院毕业后，也参加了三线建设，到湖北十堰工作，每年回家探亲一次。一年又一年，他们几个儿女就在父母的期盼中回家，又在父母的不舍和担忧中离家，周而复始，在父亲的望远镜中，归去。

韩明谦爱人也是外地的，四年一次的探亲假还要去两个地方，分一半时间去爱人的老家。四年时间才回一次家，对一年一年老去的父母来说，真是又漫长又难熬。

父亲买望远镜，就是要延长与儿子在一起的时光。韩明谦说，这么多年了，探亲离家时父亲在大门口拿着望远镜看着他一点点走远的情景，一直在他的脑海里回放，每每想起，都禁不住热泪盈眶，特别揪心难过。

“三线建设，付出的岂止是我们三线建设者，我们的父母亲人，他们付出了更多。”韩明谦说。

一大早，韩明谦就出发了，他和同事两个人，抬着几十斤重的图纸，机械地往前挪动着两条腿，从老鹰山的矿区往火车站要走20多千米山路，他们已经走了好几个小时了，肩膀上的扁担压得他喘不过气来。他们吃力地穿过树林，在深山里走着，从一个山坡爬向另一个山坡，从一片树林穿过另一片树林，腐烂、潮湿的枯叶在脚下发出沉闷而又新鲜的响声，那些柔软而又结实的荆棘藤蔓，还有高高的野蒿，不时剐蹭着他们的身体，刺痛着他的胳膊和脸庞，密集又横行无序的树枝，不时地挡住去路。这时候，韩明谦的胃病犯了，胃疼痛不已，一路上不停地折磨着他，他本来就瘦弱的身体更加虚弱，体力仿佛要消耗殆尽。

终于到了安顺火车站，远远地看到火车站里到处都是人，有一列火车停在那里，让他们吃惊的是，火车车厢里已经挤满了人，车门早已关上了，有的人爬到车顶上了，焦急之下，两个人也爬到了车顶上。他们已经走得太累了，他们只想快点把图纸送到贵阳。既然车厢进不去，那就坐在车顶好了，只要车能动，他们就能跟着一起到贵阳。

车顶已经密密麻麻地坐满了人，列车不敢启动，这一路上要经过好几个隧道，车顶上坐着人可不是闹着玩的，经过“谈判”，车顶上的人还有车站的人最后都挤进了车厢，火车终于启动了。车厢早已是水泄不通，里三层外三层地挤着，座位底下躺着人，过道的人都是席地而坐，车座位的靠背上也坐着人，他们把手绑在了列车的行李架上，再往上看，行李架上还有人在那里躺着。韩明谦说，那时候没有谁追着你干活，也没有人监督你怎么做，但是，我们就是拼了命地工作，不要命地干活，那时候一心一意想工作，什么也不怕，现在想想，我们当时想坐在火车顶上到贵阳，真是有些傻，但是那时真就无所畏惧。

在六盘水人民广场附近一个装修典雅的咖啡屋里，年逾八旬的韩明谦老人就坐在我对面，他的眼里不时地涌出泪水，他手中的湿巾已经揉成了团。

半个世纪过去了，参与三线建设的往事仍然历历在目。

韩明谦说，个人情感虽然重要，但是在我们这一代人的心里，最重要的还是国家，只要国家需要，我们放弃什么都在所不辞，我们永远把国家放在第一位，吃过再多的苦也不在乎。只是，想起父亲母亲，他的眼泪再也止不住了。他说：“父亲去世，我的心很痛，痛了好久，那是我一生的遗憾。”

他把目光投向远处的广场，往事如潮水般涌来。

韩明谦曾任老鹰山矿机修厂厂长，铜川煤校毕业后到六盘水，至今已经54个年头了。

韩明谦在考入铜川煤校之前，从来不知道煤还需要洗，更不知道，学校里还有洗煤专业，而且一个洗煤专业，一学就学了4年。4年的专业学习，使韩明谦了解到，不仅中国，全世界都有洗煤协会，当时，苏联、日本、波兰等国家的洗煤技术比较先进。

韩明谦老家在陕西铜川的农村，从农村考出来之前，韩明谦生活在一个有22口人的大家庭里：爷爷奶奶，父母以及兄弟姐妹，两个叔叔全家。在全家22口人中，只有父亲和叔叔两个劳动力。

韩明谦从小就养成了习惯，到现在改不了，就是能吃苦，不怕苦，懂得节约。他放学回家就帮家里干活，但是父母坚持让他们读书，很少让他们干活。父亲读过书，当过教师，父亲只有一个愿望，不管多困难，都要让所有的孩子读书成才，走出农村，到外面的世界去闯荡，去长见识。

在韩明谦的记忆中，父亲真是太有本事了，那么一大家子人一起生活，该有多难啊！父亲除了种地，还专门买了一只羊和一头猪，养大了再卖掉，挣钱买粮食。但这些办法后来成了“投机倒把”的罪证，还写进了韩明谦的档案里。

韩明谦的母亲是小脚，秋天时，母亲到地里割麦子，站不稳，只好跪在地里割麦子。两个老人家把自己的5个孩子，还有叔叔家的几个孩子，全都养大了，全都送到学校读书，全都从农村考出来了。韩明谦记忆里，他们兄弟姐妹几个从小从来没穿过新衣服，新衣服都是给两个叔叔家的那几个小孩穿，他穿的都是旧衣服。钱也用在他们几个身上多，买新毛笔、砚台等学习用品也是先给他们买，韩明谦几个都是拣剩下的用。

父亲总是劝他们，先给他们买吧，因为他们父亲都不在了。

最终，兄弟几个没有让父母失望，大哥考入西北大学，姐姐考入西安铁道学院，二哥考入陕西省财会学院，韩明谦考上了铜川煤校。韩明谦说，我们兄弟姐妹基本上都考出来了。六七十年代，在农村这样的家庭不多。那时候，在农村，能有工作是非常了不起的事情。他们的出息和上进，却遭到了一些人的妒忌，给他的家庭划了很高的“成分”。

当时，大哥1957年从西北大学毕业后就上班，在高中毕业班教数学，教了一辈子学，兢兢业业，勤勤恳恳，就因为家庭成分不好，一直无法入党。

每个礼拜六，我们分别从学校回来背干粮，母亲就给我们每个人准备一周的干粮，到了礼拜天晚上，我们每个人背着一面袋的干粮再回学校。韩明谦说：“母亲真的非常不容易。那时候生活困难，为了给我们准备一个礼拜的干粮，母亲都愁死了。”

由于家里人口多，韩明谦在上初中的时候，家里实在没东西吃，他只好休学。当时，韩明谦学校的教导主任是他大哥曾经的学生，他找到大哥，说韩明谦不能休学，他学习成绩好，要继续上学，听说因为没有粮食吃，教导主任就给了一点粮票和钱接济一下，大哥把手表和大衣等东西都卖了，就这样，在众人的帮助下，韩明谦重新回到了学校。

考上煤校以后，韩明谦一个月31斤粮食定量，放假的时候，学校把钱和粮票提前发给大家，韩明谦节省下来，帮助家里。学校离家十多里路，每个礼拜六，韩明谦走路回家，中午的饭他不吃，带回家给母亲吃。

上学的时候，韩明谦对地理的学习非常模糊，对贵州和四川了解不多，六盘水更是根本没听说过，当时连衣服和书等装在一个大手提包里就来了。被褥还是一个留在学校的同学寄来的。韩明谦和同学们一起，一路坐着火车，到西安，过成都，往贵阳，一路奔波，最后来到了老鹰山矿。工作了没多久，赶上了工转兵，因为家庭“成分高”，他政审没通过，韩明谦没有参军。

韩明谦从煤校毕业那年19岁，工作第一个月，他领了第一个月工资，28元钱，韩明谦把工资全寄给家里了。1968年，韩明谦在离开家2年零3个月的时候，第一次探亲回家，他买了一瓶茅台酒送给父亲，茅台酒是4元1角钱一瓶，又拿回家100块钱，这100块钱是韩明谦省吃俭用省下来的。后来，每年韩明谦回家探亲时，都会拿回家100块钱。韩明谦说，父亲拿着这100元钱时的那个表情，他永远也忘不了。当时交钱给父亲的时候，觉得自己长大了，能为家里做点事了。韩明谦特别节俭，他在自己身上花的唯一大钱，是花了40块钱买了一块旧的上海牌手表。

由于一起来的同学和矿区大多数工人都参军了，韩明谦和另外几个“各种问题”无法参军的同学一起离开了老鹰山矿，“出走”贵阳，到贵阳矿灯厂工作。贵阳矿灯厂是辽宁抚顺矿灯厂搬过来的，他们工作了3个月后，由于专业不对口等种种原因，加上几个人还想着一起来的同学，他们又回到了六盘水。

从贵阳回来后，韩明谦到了大河农场老鹰山选煤厂，当时老鹰山选煤厂已经建成，马上就要投产，韩明谦在老鹰山选煤厂搞机电维修工作，他自己都没想到，在老鹰山选煤厂一干就干了30多年，从一个工人，成长为老鹰山机修厂厂长。

韩明谦说，这一辈子只知道干活，不知道累，不管是老师傅交代的工作，还是哪一级领导交代的任务，一心一意去完成，从不藏心眼，活干不好，睡觉都不安生。

机修工作又脏又累，工作服磨损严重，单位发的工作服不够穿，手套一个月一副也不够用，韩明谦自己学着缝补，后来结婚了，托人买了台缝纫机，补工作服用。

六盘水冬天冷，离不开棉袄。1967年，韩明谦花9块钱买了件棉袄，开始是上班走路穿，后来穿破了就干活穿，烂了以后用胶布粘，用膏药粘，缝缝补补，穿了十多年，穿烂了也不舍得扔。

选煤厂的工作主要是把煤矿采出来的煤从矿井里运出来，煤从运输带运来以后，先复选，把煤里面含铁的矿石给抓出来，人工把大块的干石拣出来。同时，大块和小块的通过传送带的颠簸、上下分流以及大块煤的破碎、脱水、干燥等程序，分拣，清洗，出厂，最后，选好的煤进库，一个仓库可以装四五千吨煤。

选煤机器24小时连轴转，人歇机器不歇。机修，就是保证选煤设备的正常运行，有的是用的过程中间坏了马上就要维修，这样才能保证生产任务的完成。

选煤设备很多，有浮选机、旋流器、洗煤机，等等，大大小小设备有200多台，当时，老鹰山选煤厂可以说是机器设备的联合国，牌子很杂，中国、苏联、日本、英国、意大利、波兰的设备，全部凑在一起。这些机器设备韩明谦以前没见过，而且大多数的设备是进口产品，外国的设备没有图纸，也没有说明，刻在机器上的文字也看不明白。韩明谦说，那时候就用土办法，把主要设备都拆一遍，研究设备的结构，做好记录，对一些易损件，按照机器原样画图，制图，加工成备件。

1969年9月，所有的机器设备安装调试完成，工厂正式开始运转。

韩明谦说，现在想想，那时候确实很苦，但那时候却不觉得苦。

韩明谦的胃不好，时常疼痛不已，经常是回到宿舍，趴在床上就不想动了。那时候的韩明谦瘦到110斤，后来听说吃蜂蜜可以治胃病，他就到老乡家买土蜂蜜，吃20多斤，竟然好了，至今也没有犯过。

冬天的水城阴雨不断，气温零下五六摄氏度，没有暖气，雨下来后变成了冻雨，电线树枝都冻住了，电线被冻雨包裹住，变得又粗又硬，树枝也经常被冻雨压断。马路也是一样，冻得跟镜子一样，根本走不了路。

那时候，韩明谦和同事们要经常去3公里远的野外厂区工作。山上气温更低，冻雨也格外结实，他们根本上不了山。他们把鞋子绑上草绳，但没有用，后来用铁皮和钉子做成防滑的铁皮鞋，才勉强可以走冰路，一路上摔个十回八回都是常事，有时还要半夜上班，不是一个苦字那么简单，对人的意志真是一种磨炼。

三线人就那么“傻”，为了工作不要命，也没有谁催，自己困难自己克服。韩明谦说，不管开始的每周一次，还是后来的大礼拜，他都很少休息，几乎每天都要到厂子里去上班，当领导后，更是早去晚归，一心扑在工作上。爱人开玩笑，说厂子离开你就不行了？那时候就是一心一意为国家，总觉得事情做不好，对不起国家，对不起单位，从来不想为自己。韩明谦说，那时候总感觉国家花了那么大的代价，从全国各地调来那么多人，就是要建设好三线，没有理由干不好工作。

1971年5月1日，国际劳动节，工厂放假，韩明谦领着工人在工厂检修设备。当时，他正在车间里忙着，听到广播里喊他，他来了一份电报，打开电报一看，母亲去世了。电报是三天前发的，那时候落后，最快的通信工具就是电报，电报从老家走到老鹰山走了三天。回家的车程又是三天，等韩明谦赶回家时，母亲已经走了一个礼拜了，丧事也处理完了。

没有见到母亲最后一面，成了韩明谦一辈子的遗憾。这之前，大哥曾经写信给他，告诉他母亲的病情，当时，韩明谦还托单位一个在上海医科大学进修的大夫，帮忙买药给母亲治病，哪想到，药没买来，电报来了，母亲已经走了。

对母亲没尽到孝，韩明谦一直愧疚不已，他对父亲格外关心。

父亲年老后，身体一直不好，只要一有机会，韩明谦就回家看望父亲。1987年，父亲生病住院，病情较重，韩明谦请假回家，在医院里伺候了父亲一个月。这一个月里，他天天守着父亲，一步也不肯离开。那些天里，他听父亲讲过去那些往事。父亲讲吃集体食堂的时候，孩子们都吃不饱，父亲偷偷地到外村去弄粮食吃，不敢白天去找人买粮，都是半夜走山路，走小路，摔了无数个跟头，赶在天亮前回家。为了让他们安心读书，父亲和母亲宁肯自己挨饿，省下粮食给孩子们背到学校。父亲为了两个兄弟的孩子们不受委屈，让韩明谦他们几个亲生的孩子从小到大受了不少苦……

父子俩从来没有说过那么多的话。那些天，他更加敬佩父亲，父亲一辈子做了太多的好事了，对兄弟有情有义，做人做事都以善为本。当时父亲已经78岁了，儿女们已经对父亲的病做了最坏的打算，韩明谦的姐姐专程回家给父亲做好了送老的衣服，哪想到，一个月后，父亲的病竟然明显好转，出院回家了。

父亲病情好转，人也精神了，暂时看没有什么大问题，家里人劝韩明谦先回去，毕竟出来一个月了。于是，韩明谦告别父亲，回到了六盘水，但他的心里一直牵挂着父亲。两个月后，大哥给他来了一封信，告诉他，父亲已经走了，家里几个兄弟还有堂兄堂弟们一起把父亲送走了。大哥信里说，大家考虑到他连续回家几次，来来回回花了不少钱，又陪伴了父亲那么长时间，也尽了孝心了，父亲走时他们商量了一下，就没有让他回来，他们代他把事情处理完了。

大哥的那封信写得很长，写得很详细，像是为了安慰他。他捧着信，看了一遍又一遍，心里难过不已。那天，韩明谦一个人跑到山上，大哭了一场。

20世纪80年代，韩明谦成为高级工程师，担任了领导，1986年，他光荣入党。曾经出身有“问题”的他，终于加入了梦想已久的党组织。1987年，他担任了老鹰山选煤厂办公室主任。1993年，提拔为主管生产的副厂长。

在老鹰山，韩明谦经历过生死。有一年，连续不断的大雨使河水不断地暴涨，倒灌，造成装煤的仓库塌方，当时有一男两女正在仓库的低洼处装煤作业，煤堆突然塌方，把男的埋在了煤堆里。当时正是晚上，天下着大雨，韩明谦先通知大家去现场救人，然后让一个工人骑着摩托车送他去现场，哪知摩托车没灯，天黑路滑，车开出没多远，一头撞到了电线杆上，撞得韩明谦满脸满身都是血，他顾不得那么多，疯了般往车间跑。当时，全厂的人都来了，人在里面，不能用工具挖，只好用手抠，去扒人，那天韩明谦的手指甲都扒掉了，但他竟然没有觉得痛，一心想快点把人扒出来。

由于人是埋在煤堆下面的煤坑里，煤坑里全是水，密不透气，等把人救出来，人已经断气了。虽然他的双手血肉模糊，但是他的心更痛，面对生死，他第一次感到自己是那么无力。

机修厂人最多时有1200多人，由于生产方式相对落后，工人的文化程度不高，安全意识不强，经常发生安全事故，有跟火车抢时间轧断腿的，有不小心轧断手指头的，有从塔吊架上摔下来的……

喜欢摄影的韩明谦专门拍摄了许多老鹰山选煤厂的照片，收藏着，如今他亲手建的厂子已经陆续拆除了，那些曾经工作过的办公室，那些窗户玻璃已经烂了，厂子招待所里的老沙发、电视、写字台、席梦思床垫都成了他相册里的回忆。

那些曾经维修过的“万国”老机器，都是工业遗产，更是时代的记忆。没有保留下来，真是太心疼了。韩明谦说。

第十章　数风流人物

今夜呀，我站在北京的街头上，向星空瞭望。

明天哟，一个紧要任务，又要放在我的双肩上。

我能退缩吗？

只有迈开阔步，踏万里重洋；

我能叫嚷困难吗？

只有挺直腰身，承担千斤重量。

…………

——郭小川《望星空》

离开雷锋的日子

彭海泉当年从辽宁鞍山到六盘水参加三线建设之前，曾经有一个非常亲密的老乡加战友——雷锋。

雷锋，在中国几乎是家喻户晓、人人皆知的英雄人物。与雷锋相识、交往，继而成为莫逆之交的经历，彭海泉至今记忆犹新。虽然过去了几十年，每想起与雷锋在一起的那段难忘的日子，彭海泉仍然非常激动。“全心全意为人民服务，为人民的事业奋斗终身”就是雷锋精神的真实写照。雷锋精神不仅影响了一代代中国人，也一直影响着彭海泉，使他终其一生都在以雷锋为榜样，做“雷锋精神”的践行者、传播者。

彭海泉说，如果雷锋当年不参军，他一定会报名来参加三线建设的。又如果雷锋不牺牲，从部队转业再回到鞍钢，他也会到三线来的，也许在六盘水，也许在攀枝花，因为当时，都是挑选最优秀的人来参加三线建设。

1958年9月，湖南湘潭钢铁厂与辽宁鞍钢联合，在湖南招一批青年工人到鞍钢去代培实习，计划培训3年，来自湘潭的彭海泉和来自望城县的雷锋都在代培名单中。彭海泉和雷锋乘同一列火车从湖南来了鞍钢，两个人都是18岁，雷锋比彭海泉小半年。到鞍钢后，雷锋分配到了鞍钢化工总厂洗煤车间当推土机手，彭海泉分在鞍钢供电厂工作。不久，辽宁省鞍山市青年社会主义建设积极分子代表大会召开，彭海泉作为积极分子代表参加了会议，在会上，他认识了雷锋。

彭海泉清楚地记得自己和雷锋相识的过程。会议上，在宣读表彰决定和先进名单的时候，雷锋听到彭海泉是湖南湘潭人，在鞍钢供电厂工作，他记住了。散会后，他找到彭海泉。两个人都从湖南来到鞍钢，都是积极分子，乡音相熟，共同的志趣拉近了两个人的距离，两个人一见如故，成为好朋友。

两个人在不同的工作岗位，彭海泉工作需要倒班，而雷锋的工作是白班。那时候也没有电话，两个人互相算着白班夜班的时间，找机会见面。雷锋总是在彭海泉下班的时候，在工厂的大门口等他，见面后，两个年轻人共同探讨和交流一下工作和生活方面的情况，彼此互相鼓励，友爱之情荡漾在他们心中。

彭海泉说，雷锋在鞍钢当工人时喜欢做好人好事，用现在流行的话，雷锋就是一名社会公益志愿者。每当休息的时候，雷锋就到鞍山胜利广场或街上，在十字路口帮忙指挥交通秩序，扶老携幼，助人为乐。雷锋告诉工友，“要想疏导别人，自己必须先遵守交通规则”。雷锋的想法和行动，影响着彭海泉，他看在眼里，记在心上，思想也在潜移默化中受到雷锋的影响。彭海泉自从认识雷锋以后，经常跟着雷锋，利用休息时间一起去做好事，去的最多的地方是鞍山火车站和鞍山汽车站，帮旅客接送站，帮旅客拿东西，扶老携幼，帮助残疾人上下车等，点点滴滴做些能做的事情。

1959年10月，鞍山市召开第一届“学习毛主席著作积极分子大会”，彭海泉和雷锋都当选为积极分子，两个人再次一同参加代表大会。会议期间，雷锋告诉彭海泉，工厂正在征兵，他想报名参军，希望彭海泉和他一起报名参军。

有一天，下夜班的彭海泉正在宿舍里睡觉，雷锋突然找来了，他叫醒彭海泉，说：“你快起来，快跟我走。”雷锋说，“部队开始征兵了，我们一起报名参军去。”

哪个男儿不想当兵，不想保家卫国？彭海泉欣然答应，他非常希望和雷锋一起去当兵，遗憾的是，彭海泉因天生的“平脚板”，体检没有通过，最终未能与雷锋同去当兵。

雷锋如愿以偿，光荣参军。

雷锋出发那天，彭海泉上白班，他们相约在雷锋临走的前一天晚上见面。那天晚上，雷锋与彭海泉见面，两个亲密的战友就要分别，彭海泉有些不舍，又对自己无法当兵感到遗憾，雷锋劝他说：“海泉，不要气馁，我们这一代人都是共产党从火坑当中救出来的，要记住共产党，不能忘记共产党，人的生命是有限的，可是为人民服务是无限的，我们要把一生都交给党，一生为党工作，为人民服务。”

两个老乡就此话别，让彭海泉意想不到的是，这一次分别，竟是永别。

1960年1月，雷锋离开鞍钢。雷锋在鞍钢一年零两个多月的时间里，3次被评为先进工作者，5次被评为红旗手，18次被评为标兵，荣获青年社会主义建设积极分子等先进称号。

雷锋到部队后，表现突出，他如愿当上了一名汽车兵，报纸上还发了好多雷锋工作和做好事的照片。留在鞍钢的彭海泉在报纸上看到雷锋的消息，从心里为他高兴，他心里默默记着雷锋的话，无论做什么事，都以雷锋为榜样，处处严格要求自己。

彭海泉与雷锋一样，都出生在贫苦家庭。彭海泉没有多少文化，刚到鞍钢时，他甚至连自己的名字都写不好。到鞍钢以后，鞍钢公司组织职工读夜校，学文化，公司规定，无论白班还是夜班，每个人在工作之余，每天必须抽出3个小时学习文化等相关知识。对基础弱的工人，从小学知识开始学起，直到达到初中毕业水平才行。彭海泉十分珍惜这来之不易的学习机会，通过努力学习，他的文化水平得到了很大提高。

60年代初，鞍钢开始精简人员，由于种种原因，曾派彭海泉和雷锋等到鞍钢学习的原湖南湘潭钢铁厂项目停建，有1000多名代培生回到湖南，彭海泉等2800多名原属湘潭钢铁厂的代培生留在鞍钢，直接转成了鞍钢职工，经过3年的学习和实践，他们已经成为鞍钢各方面生产的重要骨干力量。

那时候，彭海泉以为他会在鞍钢干一辈子。

由于当时通信不发达，雷锋参军后，彭海泉虽心生挂念，但未曾与雷锋有过联系。他是在报纸上看到雷锋牺牲的消息的。

雷锋牺牲以后，毛主席发表了“向雷锋同志学习”的号召，彭海泉时刻以雷锋做榜样，他坚持像雷锋那样，经常做好人好事，帮助他人，尽自己的力量做好一切工作。他记住了雷锋的话，要听党的话，跟党走，全心全意为人民服务，这成了他一生的追求。

三线建设全线启动后，鞍钢举全厂之力，挑选优秀的人才和最好的设备参加三线建设。动员大会召开以后，彭海泉第一时间报名。

1966年7月，在鞍山工作8年的彭海泉告别鞍钢，与吴国栋、萧乾军、刘春泉3名同事一起出发，来到水城钢铁厂。

彭海泉到水钢时，水钢正在火热建设中，除设计人员外，其他人全部参加水钢的基本建设工作，由于三线建设要求的时间紧，各个部门都是加班加点，没有星期天，也没有节假日，每天早上6点半就起床，吃过早饭，大伙头戴草帽，身穿棉袄，套上雨靴，在泥泞的山路上步行一个多小时，到水钢料场处工作。中午在食堂统一就餐，傍晚再从水钢步行返回住地。吃过晚饭后，再集合回到水钢主厂区，开展义务劳动。

没有电，手电筒是唯一的照明用具。夜晚的山路更加泥泞，一走一滑。尽管如此，大家到达义务劳动现场，立刻投入劳动，掌钢钎、抡大锤、抬撮箕，肩挑背扛，热火朝天。彭海泉说：“当年的景象现在根本无法想象，干了一天的工作，晚上还要加班继续劳动，你说谁不累？可是，大家没有一个人叫苦喊累。”经常，他们要干到晚上11多点才结束。回住所后每人领一张就餐票，到食堂喝点汤面，犒劳一下疲惫的身体，算作一天的结束。

“说千言万语，想千方百计，走千山万水，吃千辛万苦。”彭海泉和其他三线建设者一样，没有豪言壮语，有的就是一股子使不完的力气和用不尽的革命热情。他用实际行动，默默践行着“无私奉献，为人民服务”的雷锋精神。

彭海泉休假从来不会选在过年等节假日。他的爱人在老家的农村带着4个孩子生活，艰难困苦可想而知。为减轻妻子负担，他把每年的探亲假，都选在乡下秋收农忙时节，那时候，他从三线的战场回到乡村秋收的战场，把一年中难得的休假，用在了乡村最繁忙的秋收，即使这样，他也还是觉得不够，总是想着多干点，再多干点，只有用这种方式来弥补对家人的亏欠，心里才能好受一些。

彭海泉来之前定的是3年时间，3年后，可以回鞍钢。已经过了3年，鞍钢供电厂和人事部门来征求意见，两个选择，一是回鞍钢，二是留在六盘水，继续参加三线建设。

彭海泉毫不犹豫地选择留下来。

彭海泉说，我们从水钢起步阶段就来了，虽然生活和工作的条件艰苦，但这里的一切都是我们一点一滴干出来的，眼看着钢厂一砖一瓦地建起来了，付出了辛苦和汗水，对水钢充满了感情，所以，我们不舍得走。

人间正道是沧桑

与军人生涯擦肩而过，成了杨正民一生都无法弥补的遗憾。

但性格坚强的杨正民并没有就此消沉。虽然没有穿上军装，但是他的思想已经入伍，他的心已经入伍，他像一个真正的军人那样，严格要求自己。在漫长的人生岁月里，他屡受挫折，却越挫越勇，闯荡出了一条不平凡的人生之路。

1966年6月中旬，从铜川来到盘县的杨正民，在上班一个月后，经历了一次矿井冒顶塌方事故。这次事故，使刚参加工作的杨正民心生恐惧，好长时间，那种恐惧感都盘旋在他的心里，让他无法平复。

那是杨正民到77工程处一区队机电连工作不久，井下发生了事故，当时井下塌方冒顶，有几个工友被阻断在井下，到井下营救的人，眼看着头顶不停地往下掉岩石，随时都有封井的危险。参与抢险的人用大木头坑木，一根一根地往上顶，当时大家又害怕，又担心，但没有人往后退……

塌方终于顶住了，抢险的人扒拉出点刚好能爬进去救人的空隙，头顶不停地有石头落下，但是师傅们硬是爬进去，把里边的人一个个都给拽了出来。杨正民对师傅们奋不顾身救人的行为敬佩不已。但他第一次经历井下事故，吓坏了，每想起来都十分后怕。他当时不会想到，就在不久后，他亲眼见到了一次真正的死亡，那才是真正的恐惧。

杨正民回忆，就在矿井塌方事故后，矿上又出了一次事故，一个来自辽宁的二十七八岁的小伙，在井下检验瓦斯浓度的时候，一块石头掉下来，正好砸中了他的头部，当场死亡。杨正民和他认识一个多月，平时他们几乎天天在一起工作。眼看着天天在身边活生生的人，突然被砸死了，杨正民太恐惧了，夜里都不敢睡觉，好像一闭上眼就能看到他。

更令他恐惧的事还在后面。

几天后，死去矿工的爱人从东北来到矿上处理后事，女人挺着大肚子，看上去快要生小孩了。杨正民看了心里特别难过，肚子里的孩子还没有出生，父亲却再也没有机会看儿子一眼了。女人坚持要把丈夫的骨灰带回家，当时矿上甚至整个盘县都没有火葬场，最后，连队决定就在不远处的一个山沟里处理。当时，一个老师傅领着杨正民和另一个同事，三个人一起找来劈柴，在山沟里架好柴堆，浇上柴油，然后把死者的尸体放在柴堆上燃烧。本来死者是平放在柴堆上，哪想到火烧起来以后，死者竟然在火堆上坐起来了，吓得杨正民大叫起来……

现场烧尸的味道非常难闻，那味道在山沟里游荡，久久不肯散去。杨正民只有18岁，他从来没有经历过这样的事情，第一次近距离地直面生死，又参与烧尸，让他的心里有种说不出来的恐惧，火葬回来，杨正民大病了一场，他有一个礼拜的时间什么也吃不下，眼前不时显现着死者“诈尸”的惊恐画面，不时晃动着那个大着肚子的女人手捧骨灰盒远去的背影，那背影要多可怜有多可怜，要多难过就有多难过，让18岁的杨正民悲伤不已……

虽然发生了事故，但工作还要继续，矿井也必须下，杨正民记住老师傅们的告诫，在井下要时刻注意安全，眼观六路，耳听八方。

在矿上工作两个月后，盘县矿区开始工改兵，让杨正民没想到的是，他因为家庭成分高，政审没通过，没有当成兵。这时，连队指导员告诉他，他在学校交的入团申请书被转到了矿区，因为成分高，没有批准。

没有当成兵，入团也泡汤了，对只有18岁的杨正民来说，真是个沉重的打击。

杨正民说：“当不成兵，对我打击太大了，整个人精神几乎崩溃了。那时太小了，也没有人倾诉，经常一个人躲在被窝里偷偷地哭。当时感觉看不到前途，非常迷茫，心里总是想着，以后怎么过？以后的生活怎么办？”

国庆节前，杨正民和一些没有当兵的人，来到了95工程处。95工程处大部分是没有改编的老工人，年轻的学生没有几个，整个铜川煤校有8个人，再加上还有山西大同煤校的4个人，总共12个年轻人。大家同病相怜，心里都很难过。

虽然到了新的单位，但是心里还想着当兵的事，纠结了好长一段时间，内心一直压抑着，直到第二年，慢慢地自己调整，杨正民的心情才稍微好转一些。

第二年春节后，上级对他们进行了重新分配，当时有六枝矿山机械厂、水城矿区生产指挥部、贵阳矿灯厂等几个地方供他们选择，几个年轻人都想到贵阳，一是感觉贵阳是省会，再是想离开这个伤心地，于是，几个年轻人都报名去贵阳。很快，他们就被安排到贵阳矿灯厂。

贵阳矿灯厂是西南煤矿建设指挥部的第一个矿灯厂，由内地新迁来的，当时正在建设中。

正值“文革”，工厂的生产和建设几乎停止，每天的主要任务就是搞运动，几个年轻人到了新工厂，几乎没有什么事情可干，他们便要求回去，就这样，杨正民等12个人，分到了老鹰山选煤厂。

六盘水是一个创造奇迹的城市。杨正民说，他不仅见证了六盘水从无到有的全过程，也参与了六盘水许多具有开创性意义的“第一个”。

杨正民到老鹰山选煤厂的时候，选煤厂的土建工程基本完工，开始进行设备安装。杨正民的专业是机电安装。但是选煤厂的设备是选煤机，他们学的是矿山机械机电，第一次接触选煤机，以前从不知道“选煤”这个名词，从没听说煤炭还要选，还要洗，还有专门的选煤工种。好在都是机械设备，大同小异。

他们凭着在学校学的知识，很快进入工作状态，开始参加选煤机的设备安装。当时的设备全部是外国援建的，没有图纸，又没说明书，为了把这些设备搞明白，也为了防止将来设备零件损坏了没有备件和零配件更换，他们就像解剖人体一样，把机器原设备全部拆掉，一点点解开，剖开，照着零件绘成图纸备用。等把设备连拆带装带绘图，把选煤设备安装好了，整个设备的原理和部件也全部就搞懂了。

1969年，老鹰山选煤厂投产，这也是贵州省第一座机械化选煤厂。

老鹰山选煤厂

从安装设备到投入生产，杨正民全过程参与，他一直在老鹰山选煤厂工作。如果不是一场意外，他可能永远也不会离开。

杨正民虽然没有当兵，但做的工作和当兵的同学没什么两样，工作依然在矿区。随着年龄的增长，他和其他年轻人一样，也要成家立业，娶妻生子。杨正民和妻子是同学，那年，杨正民回老家探亲，在老家赶集时，两个人相遇，毕业后一别4年，两人未曾见面，再见时分外亲切。渐渐地，两个人由同学转为恋人。女朋友从部队转业不久，去西安读书去了，一晃又是4年，1975年两个人终于成家。为了同杨正民团聚，妻子放弃了贵阳比较好的工作和环境，调到水城来。之后，两个儿子先后出生，那时候杨正民感觉生活安稳、幸福，他平静而知足。

此时，他并不知道，一场灾难即将打破他平静的生活。

有一天，正在上小学一年级的儿子在和小朋友一起玩耍的时候，不小心从5米高的山墙处跌落下去，不幸身亡。

痛苦再一次揪住了这个纯朴刚毅的男人，使他一度非常悲观，感觉命运不公，整天沉浸在悲痛之中，那段时间，他用了太多的时间与自己纠缠，埋怨自己没有当好父亲，没有照顾好儿子。

妻子受不了失去儿子的打击，脾气变得很糟。为了逃出这个给她带来痛苦的地方，她一再要求杨正民调走，让他离开矿区，离开六盘水，回老家，或者去其他什么地方，只要离开就行。

杨正民理解妻子，妻子是想换个环境，不想再留在这个伤心地。他开始想办法调动工作，当时调动工作非常困难，没有正当理由调不走，杨正民是单位的技术骨干，想调走很难。但是妻子很执拗，说大不了咱们回老家去，最后，也只剩下回老家这一条路，但是，杨正民不想回老家，他小时候因为家庭成分高，在老家受尽了委屈，回到家乡的土地上，他总是有种自卑感，他不想面对那些让他痛苦的回忆，而且，他在老鹰山已经扎下了根，他技术好，工作能力强，而且这里有他的同学朋友，有他的事业，他不想就这样一走了之。

两个人都无法说服对方，各执己见，吵闹，纠结，痛苦，几番折腾，隔阂越来越大，矛盾也越来越多，无法和解，最后只好分手，妻子带着另一个儿子离开了他。

那段时间，为了忘掉这些伤心事，杨正民拼命工作，用以疗伤。

时间飞逝，一晃几年过去了。

1986年，六盘水市准备筹备成立煤气公司，在六盘水开发使用煤气。这是历史上的第一次。组织上安排杨正民到煤气公司担任煤气公司技术科科长，后来又担任安装队的技术负责人，负责项目的具体实施。当时煤气公司还属于新生事物，杨正民对于煤气完全陌生，究竟煤气是怎么回事，怎么生产，如何安装，怎样输送，这些他都不知道，身边也没有人懂，几乎是没有任何经验。杨正民爱钻研，遇到不懂的就愿意学，非要搞明白。他听说水钢有懂煤气的人，就上门请教。他想方设法找相关书籍，进行学习研究，从最早的一无所知，到后来成了煤气方面的专家。就这样，他从煤气公司最早的筹建，到整体图纸设计，再到选址以及煤气管道设计，从安装主管道到分气进户，全部靠自学，靠摸索，边学边设计，克服重重困难，终于，1990年六盘水煤气公司正式供气运营。六盘水煤气公司是贵州省的第一家煤气公司，六盘水也是贵州第一个使用煤气的城市。

煤气公司运营后，由于管道煤气无法满足边远地区的供气要求，杨正民就建议使用液化气。公司又把筹建液化气站的任务交给了他，杨正民再一次承担重任，他带着助手，到外地去学习，回来以后，从土建开始，从设计到设备安装，建起了六盘水第一个液化气站。

从参与第一个选煤厂建设，到建成六盘水第一个煤气公司，再到第一个液化气站，杨正民干一行爱一行，似乎在他眼里，只要肯学，就没有干不成的事。

煤气公司成立以后，杨正民在煤气公司工作了10年时间。

1987年，杨正民认识了现在的妻子。离婚几年后，杨正民重新组建了家庭。

曾经，生活的重压和磨难让他喘不过气来，加上一个人过日子，经常是吃了上顿没下顿，常常饿肚子，自己也不会做饭，得了胃病，曾经身高体壮的他，一度瘦得皮包骨，体重只有110斤。新家庭组成后，在妻子的精心调理下，他多年的胃病养好了，体重也升至150多斤，他也一点点从伤痛中走了出来，妻子带来了一个儿子，他守着妻儿，生活过得安定、宁静、幸福。

时间在一天天过去，妻子带来的小孩和前妻带走的小儿子，都渐渐长大了。新的问题又来了，两个孩子要读书，要考大学，要成家立业，这些都需要钱，各种开销加大，需要用钱的地方越来越多。当时他在煤气公司每个月工资200块钱，靠工资供两个孩子，有点力不从心，感觉明显吃力，也供不起。杨正民是个重情重义的人，当年离婚后，妻子带走了另一个儿子，他感觉对儿子没有尽到义务，十分愧疚。他要尽自己所能做一个好父亲，要对两个孩子负责，给他们最好的生活。

杨正民动了心思，他有个大胆的想法，他要辞职下海。

做出决定前，他问妻子，你一个挣钱够不够我们两个人花？

妻子说，省点花，够了。

那好，我想辞职下海，我想去闯荡闯荡。成功了当然好；如果失败了，你一个人挣钱咱两个人花，你同意不？

同意！妻子坚定地回答。

善良的人最容易心灵相通，虽然是“半路夫妻”，但夫妻两人相濡以沫，互相理解，彼此懂得。

谁也没想到，杨正民会做出辞职下海的惊人之举。

从工厂出来时，杨正民刚好50岁。

50岁，一个知天命的年龄，对于一个男人来说，正是成熟稳重事业有成的年龄，也最应当求稳守业，杨正民此时辞职下海，既没有高薪的诱惑，也没有创业的基础，更没有任何资金做后盾，没有得到任何人的承诺和目标，一切都是未知，要放弃以往的一切，从头开始，从头再来，需要的不仅是勇气。前路茫茫，下海具体做什么，能不能挣钱，全是未知数。

事情往往就是这样，当你绝望的时候，其实你已经站在了成功的门口。正是这次辞职下海的大胆举动，使杨正民见到了工厂外不一样的天地，由此，他又开始了另一段不同寻常的传奇。

杨正民下海后的第一份工作，是重拾老本行，到一家民营选煤厂当厂长。杨正民干选煤多年，他经验丰富，一般问题蒙不住他，选煤厂很小，设备不多，他这个大厂出来的专家，干起来得心应手。他是个工作认真负责的人，上任后，就针对一些“跑冒滴漏”的难题进行整改，使企业走上正轨，生产效益直线上升。看他这么能干，厂领导跟他商量，看看每个月给他多少工资合适，他没敢开口，怕要高了把人吓跑了，心里也没有数，让人家看着给。第一个月，厂里给了他500元工资，问他行不行，他说可以。他过去的工资只有200元，一下子拿到500元，他心里高兴死了。第二个月，又给他涨到800元。

下海后的第一份工作，让他收入大增，也让他心里有了底。但是，由于厂子离家30多千米，太远，他每天早出晚归，有时候还要住在厂子里，忙起来吃饭也不定时，经常凑合，还无法照顾家里。妻子也心疼他，感觉他太苦了，她又帮不上忙，就希望他在市内找一份工作，离家近一些。几个月后，他辞去了工作。

失业后，他尝试着去找工作，但都不合适。有一个礼拜天，杨正民和妻子在街上看到了一个招聘广告，有一家民营企业要在六盘水建一个化工厂，招聘化工机电工程师。杨正民学的就是机电，他觉得合适，就前去应聘。结果可想而知，当人家得知他年龄50岁了，告诉他已经超龄了。但杨正民非常自信，他有自己的想法，他见到了总经理雨田，雨田很年轻，还不到40岁，他问杨正民，你这么大年龄，凭什么到我们公司应聘？

杨正民说，我有三点自信：第一点，我凭着几十年的工作经验；第二点，我凭着对工作的责任心；第三点，我受共产党培养这么多年，做任何事情都会认真负责。先不说我本身就是机电工程师。就说这三点，我就保证能胜任你的工作。

雨田总经理又问，你原来是搞选煤设备、机电设备，化工机械你搞过没有？

没搞过，杨正民坦诚回答，对于化工行业，我是外行，一窍不通，但是机电设备是一通百通，大同小异，虽然没搞过化工设备，但我是搞技术出身，只要有图纸，有说明，我都可以很快弄明白。

成功的人大多不会墨守成规，年轻的雨田总经理从杨正民身上看到了年轻人所不具备的成熟和经验，他与杨正民交流后，就认准了杨正民，没有因为杨正民年龄大而把他拒之门外，破格录用了他。而杨正民也看到了年轻有为的雨田身上所具备的那种企业家敢闯敢做的创新精神，两个人一见如故，互相欣赏，事实证明两个人的眼光都没有错误，雨田的公司越做越大，后来发展成为贵州省知名大企业。

这一次特殊的应聘，杨正民如愿以偿，他以50岁的年龄，应聘到一个年轻的企业，进入了一个对他来说几近陌生的化工行业，开启了又一段不平凡的人生。

杨正民接手的第一个项目是精细化工厂技术转让项目，负责机电设备安装。他经过认真学习，研究，很快把精细化工机械设备安装完成，使项目顺利投产，盈利。

这项工作刚完，雨田总经理又给他布置了新的任务。之前公司有一个在建的办公大楼，建设到一半工程就停工了，负责土建项目的工程师是个年轻人，他要去深圳发展。总经理找到杨正民，老杨，土建你行吗？你来接着干怎么样？

杨正民从来没有搞过土建，但他是个喜欢挑战自己的人，他认准一条：不会可以学嘛！而且，经过在实际工作中的接触，他对雨田有了更深入的了解，他欣赏这个年轻人的眼光和实干精神，他愿意帮助这个年轻人，他二话没说就答应了。

杨正民硬是赶鸭子上架，从头再来，他用了5年的时间，终于把楼盖了起来。工程完工后，接着，雨田总经理又让杨正民负责大楼的装修，接着还要开办娱乐城，搞KTV、桑拿、演艺厅，等等。杨正民从头再来，他没搞过装修，更没接触过娱乐城、KTV，他只好四处取经，到贵阳等大城市去看在建的装修项目，结合不同项目功能和使用特点，一点一点，从设计到装修再到各种大小配套，终于把大楼装修好，投入了运营。当时他装修的娱乐城项目，是水城最大、最有名气的项目，非常有影响力，许多国内一线演员都来演出过。

杨正民下海之后，从最初工资几百元，到年薪3万元，到后来更多，经过多年打拼，杨正民实现了当初对妻子和两个儿子的承诺，他用自己的双手，让家人过上了好日子。

2003年，杨正民已经下决心退休养老，这时雨田总经理又来请他了，原来，公司在市中心拍了10亩地，要搞房地产开发，还要建设六盘水第一高楼——雨田广场。他问杨正民，你来不来干？

杨正民从来没有建过高层建筑，他想，我多层建筑才干好没有几天，又要建高层，还是六盘水第一高层，听都没听过。

杨正民问，怎么个高法，高层能有多高？

雨田总经理说，32层，108米，六盘水第一高楼。

杨正民一下子被吓到了，他连忙说这个我可胜任不了。

雨田总经理一再坚持，他说，老杨你来吧，我信任你！

杨正民又动心了，在他的人生经历中，没有任何困难能难住他，他喜欢挑战，不断地挑战自我。

已经休息了一年的杨正民重新出山，担任雨田房地产开发公司的经理，开始了六盘水第一高楼的建设。房地产开发对于杨正民来说，是一个全新的领域。从最早的项目设计，各种手续，到项目开工建设，再到电梯等大量设备的招标、采购和安装，消防设施的建设，装修装饰等，事无巨细，包罗万象，他一样一样研究，从头开始学习，边学边干，从一个外行变成了专家，终于，杨正民完成了六盘水第一幢高层建筑的建设，又创造了一个奇迹。

杨正民说，一个人只要肯学，没有干不成的事情。

杨正民一生都在学习，他曾对两个儿子说，在学校里学的专业和知识，不能决定你的一生，那只是人生的初级阶段，在社会这所大学校里，还有更多的东西需要学习。只有在社会这所大学里真诚做人，不断学习，不断实践，干到老，学到老，不怕困难，不断挑战自己，不断超越自己，才能创造奇迹，那才是真的了不起。

采访接近尾声时，杨正民的手机响了，听到手机铃声，我们都笑了，是那首《咱当兵的人》，那铿锵有力的歌声，不由得让我心里一动。

等他接完电话，我问杨正民，把手机铃声调成《咱当兵的人》，是不是对当年“工转兵”落选这件事，至今仍然放不下？

“放不下！”他语气肯定地说。

“已经过去50多年了。”

“不管过去多少年，无法当兵这件事，是我心里永远的痛。每每想起，我都会热血涌动，热泪沾襟。”

他的电话再次响起，我让他不要着急接，我也想好好听听这首歌。

“咱当兵的人，有啥不一样，只因为我们都穿着，朴实的军装……”这首我听过无数遍的歌曲，此时再听，不由得心头发热，泪眼模糊。

终于，我们一起听完了这首歌。我说：“杨老师，在我心中，您已经是一个兵了，一个忠诚的了不起的军人！”

杨正民笑了，尽管一生受到了许多委屈，遭遇过一些不幸，但是他永远保持乐观阳光的心态。

对于创造无数人生奇迹的杨正民来说，幸福，就是奋斗出来的。

第十一章　三线人的情与爱

时间是流动的液体——
用筛子、用网，都打捞不起；
时间不可能变成固体，
要成了化石就好了，
即使几万年也能在岩层里找见；
时间也像是气体，
像急驰的列车头上冒出的烟！
失去了的岁月好像一个朋友，
断掉了联系，经受了一些苦难，
忽然得到了消息；说他
早已离开了人间

——艾青

有你在，家就在！

贵州三线建设博物馆的金牌解说员欧锦对我说，如果想要写三线建设，一定要采访王佳文。王佳文是贵州省道德模范，在三线建设者中真是家喻户晓。王佳文的丈夫辛茂春是1966年就来六盘水的三线建设者，他因公受伤，高位截瘫，已经瘫痪在床38年，王佳文悉心照顾、精心守护了他38年。虽然欧锦对王佳文的事迹耳熟能详，在博物馆里向前来参观的游客讲过无数次王佳文的事迹，但是她却一直没有见到王佳文本人。有一天，欧锦正在博物馆当班，远远看到一个女人用轮椅推着一个男人走进了博物馆，正是王佳文和丈夫辛茂春，他们跟随某电视台记者们一起，来三线博物馆参观。

那天，欧锦看到坐在轮椅上的辛茂春脸色红润，气色很好，看不出一点病态。欧锦看着王佳文俯身对着丈夫辛茂春讲着什么，两个人微笑着，夫妻俩脸上都是平和幸福的神情，看上去十分默契。欧锦被这画面震撼了，虽然还没有和他们对话，她已经泪流满面。欧锦说，那一刻，我觉得王佳文是我见过的最美丽的女人。我握住她手的那一瞬间，感觉她的手特别温暖。

王佳文三十八年如一日，精心照顾丈夫，不离不弃，无怨无悔，她是怎样挺过来的？怎样以一己之力撑起一个家，撑起一片爱的天空的？

2019年7月30日早晨8点我们从六盘水市中心出发，驱车50多千米赶往盘州。我们先去盘州市内接王佳文的女儿辛晓红，在盘州吃过午饭，再前往盘州市老屋基矿区的王佳文家。

从盘州市内到老屋基矿区，一路上一会儿天晴，一会儿下雨。天晴时，太阳灼目，下雨时，雨密而急，路况不是太好，开车一个多小时，终于到了老屋基矿区。从高速上转下来不久，远远就看见矿区高高的主井塔耸立在天地之间，再往里，更多林立的井塔和洗煤厂的设备展现眼前。

老屋基矿区依山而建，矿区的房子都错落地分布在山里，穿过各种商铺和忽高忽低的道路，七拐八拐，终于到了王佳文家。王佳文家位于矿区宿舍楼的一楼，一排排宿舍楼新粉刷不久，沿街的小花园里种了许多花草，方砖铺得也很像样，没有想象中矿区的那种煤灰遍地的感觉。王佳文家的窗户上，摆着各种小食品和日用品，她在家里开了一个小卖部，在照顾爱人的同时，也照顾着生意，贴补家用。

他们家原来住在三楼，辛茂春受伤后，他们搬到了一楼。

王佳文远远地迎出来，她个子不高，声音清亮，看上去豁达开朗。外屋是客厅兼小卖部，走进里屋，看见躺在床上的辛茂春，他一脸笑容，给人一种平和安宁的感觉，从屋顶上吊下来一个手环，辛茂春把手伸进去，用力一拉，把身子稍微抬起，垫上枕头，迎接我们。房间不大，却收拾得干干净净，一看就知道王佳文对辛茂春照顾得特别好，对于一切都在床上解决的病人，家里却没有一点异味和异样，实在是不容易。辛茂春脸色红润，如果不是亲自看到辛茂春躺在床上无法动弹，真不相信他是个瘫痪在床的病人，更看不出，他已经躺在床上38年了。

辛晓红说，父亲受伤那一年，我们兄妹都很小，大哥才10岁，那时候父亲生活是完全不能自理，身体也没有知觉，有时候大便都是母亲用手一点一点给抠出来。母亲既要照顾家，又要照顾我们几个，每天还要坚持给父亲擦洗身子……父亲躺在床上38年了，但是从来没有得过褥疮，家里一点异味都没有，我们感恩父母，正是他们的坚持，才让我们无时无刻不感受到家的温暖，才让我们在父母的关爱中健康成长。

床边放着一张圆桌，我们一行人围着桌子依床而坐，王佳文屋里屋外不停地忙碌，她动作麻利，身子轻盈，看不出已经是73岁的老人。不一会儿，王佳文洗了一小盆绿莹莹的脆李子端进来，屋子里似乎一下子有了盎然的气息，李子酸酸甜甜的非常好吃，我们边吃李子，边跟随辛茂春和王佳文夫妻，一起走进过去的日子，听他们回忆那些过往的时光。

已经77岁的辛茂春，回忆起自己从小到大的人生经历，直言自己从小就是个“苦孩子”，他出生在黑龙江省双鸭山市，3岁丧母，7岁失父，痛失双亲的他，靠着同父异母的姐姐和姐夫拉扯长大，小学毕业后，双鸭山矿务局招工，他应聘入厂，被分到双鸭山矿务局岭东机电厂，做了钳工。辛茂春虚心好学，勤奋踏实，工作认真，很快就当选为班长，并加入了共青团。

三线建设开始后，全国各地掀起了支援三线建设的高潮。1966年9月，黑龙江省双鸭山矿务局根据煤炭部的安排，成建制抽人到贵州筹建水城矿务局汪家寨洗煤厂。为搞好前期工作，该局从下属各单位抽选108名业务骨干前往水城打头阵。辛茂春既是班长，又是团员，他响应号召，第一时间毫不犹豫地报名前往三线。三线建设是国家任务，要经过严格选拔，不但要政治上合格，思想觉悟高，还要身体健康，技术过硬才能入选。辛茂春如愿成为双鸭山的“一百单八将”。国庆节后，“一百单八将”从双鸭山启程，乘坐蒸汽机车，几度转车到了贵阳，再与各路建设大军会合，同乘火车到达水城西站。

“一下车，我们就被4辆解放牌卡车送到汪家寨。”辛茂春说，为保密起见，盘县、水城两矿区分别以“龙山农场”“大河农场”为代号，他被分到大河农场设备处，即水城汪家寨洗煤厂机电科当钳工。

离开家时，儿子刚出生不久，王佳文抱着儿子去火车站送辛茂春，她也是个热血青年，为了国家的建设，她没有二话，积极支持辛茂春去三线。但她当时对三线一无所知，只知道那里离家几千里远，只知道，丈夫这一去，家里的一切都要靠自己，虽然满心不舍，但是她是个要强的女人，她留给丈夫的只有笑脸。

辛茂春到汪家寨后，立即给家里写信报平安，当年汪家寨没有邮局，寄信很不方便。辛茂春9月到水城，寄给家里的第一封信直到年底才到双鸭山。他的信寄到岳父单位，岳父收到信后一看，落款地址是“贵州省大华农场大河分场3号信箱”，他不知道三线企业用的是代号，岳父有些疑惑，问王佳文：“不是说去贵州支援国家三线建设吗？怎么去农场了，去种地了？该不是犯了错误进了劳改农场了吧？”王佳文也很诧异，好在他们知道辛茂春为人诚实厚道，只是有些不解。

1967年5月，辛茂春回家探亲，王佳文要跟着辛茂春到水城。那时候，辛茂春不知道，他离开家不久，王佳文在家里遭受过怎样的委屈和痛苦折磨。

王佳文说，辛茂春到贵州后，“文革”愈演愈烈，从事教育工作的父亲被打倒，姑姑也成了走资派被打倒了，还被戴上大高帽子游街挨批斗，在哈尔滨工大读大学的哥哥，还有家里的姐妹们，都受到牵连，家里经常被抄家，王佳文一个人带着儿子，一边应对家里的变故，一边艰难度日，心里格外思念辛茂春。

辛茂春不想让王佳文去水城，因为他知道，水城太苦了。当时，辛茂春刚到汪家寨洗煤厂时，没有房子，没有床铺，睡觉都是铺上草垫打地铺，当时水城经常下雨，有时候睡到半夜被冷醒，一摸，地铺上全是水，大伙儿还开玩笑相互“指责”谁尿床了，后来，才有了用木板搭成的大通铺。再说，去水城的干部职工，带家属的很少，这样艰苦的条件，他怎么舍得妻子和孩子来受苦呢？

王佳文初中毕业后，就一直跟着父亲在学校做代课老师。辛茂春报名到三线，王佳文为丈夫感到光荣，她也有过要去三线的冲动，也向往着有朝一日也去三线，与丈夫团聚。家里发生了变故以后，王佳文更加坚定了要去三线的决心。

辛茂春心疼妻子，他要保护自己的妻子，不再让她一个人在家里受苦，他决心，不管怎么样，一定要带走王佳文。那时候他也没有办法请示领导，只好先斩后奏，先把王佳文带到水城再说。

出发的那天，王佳文的父亲和姑姑正被造反派戴上一米多高的大帽子，身上挂着大牌子，在操场挨批斗，王佳文远远地看着父亲和姑姑，含泪离开了，离开了这个让她又伤心又不舍的地方。

1967年9月，王佳文跟着辛茂春离开双鸭山。虽然她躲过一劫，但父亲和姑姑还有兄弟姐妹们遭遇的种种，一直刺痛着她的心。她不知道什么时候还能再见到父母亲人，不知道这一去要多久才能重回故里。好在她身边有辛茂春，有知冷知热疼爱她的丈夫，有可爱的儿子，只要一家人在一起，吃苦受累她都不怕。

她没想到，她这一走，就是12年。

王佳文带着孩子，跟着辛茂春到了汪家寨，尽管辛茂春一再说水城艰苦，但真到了水城，王佳文还是被震惊到了。

当天，同事们既为来了个“军嫂”而高兴，又为单位无职工家属的住处而发愁。当时没有房子住，总不能男女一起挤大通铺吧！正当大家一筹莫展时，恰好赶上单位食堂盖猪圈准备养猪，猪还没买回来，先住人吧。于是厂里就决定将刚砌好的猪圈让他们先住。工友们帮忙，用木头栅栏把四周围起来，加高，又在猪圈顶上加上盖子，搭了几块木板当床，上层住人，下面养猪。就这样，他们一家在猪圈里住了下来，暂时解决了住的问题。

不久，厂里又来了一家四口，他们便用木料钉个简易隔架，用油毡从辛茂春家的住处隔出一间给这家暂住。“那时年轻，辛茂春个头大，有天晚上睡着了，他一伸脚，就伸到隔壁家床上去了，听到碰撞木板声，我拉开灯一看，他的脚被钉隔架的木料紧紧卡住，弄了好一阵才弄开。”王佳文笑着说。

王佳文给父母写信报平安，不敢说水城的条件不好。老家虽然在东北，夏天里还能穿夏装，王佳文说，矿区都在山里，一年四季潮湿阴冷，她到水城十年，没穿过裙子，没穿过短袖。

第二个孩子出生后，夫妻俩搬到单位另行搭建的临时房居住。一个夏季的午后，雷电交加，天空突降暴雨并夹带鸡蛋大的冰雹，简陋的住房被砸漏，两个孩子被吓得直哭。辛茂春又出差在外，王佳文只好把孩子抱坐在床上，刚用被子盖住孩子的头，紧接着山洪来了，把房墙冲塌，乱石杂草等乱七八糟的东西随洪流一起冲进屋子，把家里的鞋子、盆等东西都冲走了……

到水城后，王佳文先是在汪家寨的学校当代课老师，1972年水城特区招考乡村教师，她考到当时杨梅区常明中学教书。学校离家远，只能住校，每隔一段时间才能回家一次，然后再回学校。每次从家里到学校，要赶早上4点从汪家寨到水城的火车，再从水城坐车到杨梅乡，水城到杨梅乡有百多里路，从杨梅乡下车后还要走40里的山路，山路又高又陡，其中有一段连续上山的路有七八千米长，一路上爬上爬下，手里领着老二，身上背着老三，带着两个孩子去学校，还要带上吃的用的，每次都要走一天的时间，最快也要走到晚上11点才能到学校。这样的奔波，对于在平原长大的王佳文，真是无法想象的艰难和痛苦。有一次，她在山里走得实在太累了，就在草地上躺着歇一歇，迷迷糊糊中，她突然感觉身边的草像是被风吹起来一样，哗哗哗地动起来了，她定睛一看，一条巨大的绿色蟒蛇贴着她身边蹿了过去，她说，那一瞬间她吓得魂都飞了，脑袋都空了，感觉好长时间没有意识，死掉了一般。

1976年，盘江矿务局筹建老屋基选煤厂，辛茂春被调到老选厂机电科工作，王佳文也被组织上安排，调到老选厂工资科工作，结束了一家多年的“牛郎织女”两地生活。

工作和生活相对安稳了，此时，王佳文离开老家已快12年了，虽然她有了自己幸福的小家，但她的心里无时无刻不牵挂远在东北的老家，那里有她日夜牵挂的父母，有无时无刻不思念着的兄弟姐妹和至爱亲朋。

1978年8月，王佳文和丈夫辛茂春带着孩子，全家5口，第一次踏上了回乡探亲的旅程。

12年没有回家，王佳文思乡心切，但是，真要回一趟老家，对王佳文一家来说困难重重，当时两个人的工资每个月才80多元钱，过日子都紧紧巴巴的，更谈不上积蓄，回一趟老家，光买车票的钱就得一百六七十元钱，一家人车费就是一大笔钱。探亲假时间有限，再加上归心似箭，王佳文恨不能飞回去，虽然他们可以从昆明坐飞机，但那对他们来说根本不可能，他们只能坐火车回去。为了尽快回家，他们选择坐快车，快车票还要贵，再加上十几年没有回家，还要买些东西带回去，一路上连吃带住，这一次回家探亲，他们花了2000多元，花光了家里所有的积蓄还不够，还借了钱。但是王佳文和辛茂春都太想家了，一路上，为了省钱，一家人勤俭节约，只买一张卧铺票，大家轮着休息，孩子晚上都睡在凳子和卧铺下面，身底下铺着报纸和小垫子。就这样，他们几经转车，先到北京，再从北京到黑龙江，最后再到双鸭山，从大西南到大东北，跨越几千里，总共走了一个多星期才到家。

十几年没有见到父母和兄弟姐妹，亲人相见的那一瞬间，一家人悲喜交加，相拥而泣，王佳文离开家时，不过才二十几岁，转眼已经是人到中年，沧桑巨变，不仅对时代而言，对个人而言，再美的青春年少也只留下回望。辛晓红兄妹几个，也是第一次到父母的老家，第一次见到

“传说”中的姥爷和姥姥，第一次认识了同辈兄妹。从小就生活在“开门见山”的贵州，第一次看到广袤辽阔的东北大地，那种一览无余的感觉，一下子打开了他们的视野，辛晓红说，她有种失重的感觉。

一家人在老家住了十几天，然后开始往回返，从去到回，正好是一个月的时间，这一次回老家探亲，虽然一路上吃了不少苦，但是亲人相聚，让一家人感觉到无比幸福，了却了王佳文多年的心愿，让王佳文觉得所有的付出都值得。

1982年5月6日，王佳文一家的命运发生了转折。正当一家人过着幸福的日子时，忽然祸从天降，辛茂春抢修洗煤设备时，一个重达一吨的大件设备从高处滑脱，不幸砸中了辛茂春的腰部。

辛茂春被紧急送往医院抢救。受了重伤的他几度昏迷，稍微清醒的时候，他感觉自己挺不过去这道坎了，他想见儿子最后一面。出事故那天，王佳文的儿子正在参加中考。王佳文没有让儿子来，她想所有的苦难都由我一个人来承担吧，其实，她不想让儿子来见“最后一面”，她的心里还有一份期盼，期待奇迹的发生。她一个人等在抢救室外面，默默祈祷苍天有眼，只要辛茂春有命就好，他有命，这个家就不会散。也许是精诚所至，也许是老天爷看到了她心有不甘，等着见儿子最后一面的辛茂春，竟然在大手术中挺过来，活过来了。

辛茂春被推出手术室的时候，等在手术室门口的王佳文悲喜交加，他有命就好，他有命我们就有家了。她紧紧地握住丈夫的手，看着丈夫，一字一字地说：“茂春，有你在，家就在！”

经诊断，辛茂春胸椎第十一脊椎粉碎性骨折，两侧有6根肋骨粉碎性骨折，经抢救虽然保住性命，但从胸口往下全无知觉，大小便失禁，医生告知，他将终身瘫痪。

那一年，辛茂春年仅39岁，王佳文36岁，家里有3个未成年的孩子。面对家庭的突然变故，面对躺在床上无法动弹的男人，面对想都不敢想的未来，王佳文一度感到是那么绝望。但是，她是个要强的人，她把苦和泪咽到肚子里。既然是命运安排的，那我就和命运斗一斗，她告诉自己要坚强，不能倒下。

虽然医生已经下了结论，但是王佳文不死心。她带着丈夫四处寻医问药，期待着能发生奇迹。只要听说哪个地方能治，她立即带着丈夫去，为了给丈夫治病，她把一个孩子送到了老家。那时候，交通情况较差，山里不通公路，从老鹰山外出就医，没有车，经常只能靠步行。王佳文为了给辛茂春治疗，常常是背着他一步一步走到医院，那时候医院没有电梯，楼梯很高，她在儿子的帮助下，背着丈夫爬上爬下，从不叫苦，心中只有一个信念，就是要治好丈夫的病。

王佳文长得瘦小，个子只有一米五多一点，这样一个小女人，以她很弱小的身板，背着丝毫使不上一点力气，也帮不上一点忙的又高又壮的丈夫，四处看病，楼上楼下背着他，给他推拿，按摩，针灸，想想就知道会有多辛苦，多艰难。

她把辛茂春拍的病例的片子以及病志等，邮到外地的一些有名医院请人家帮忙看看，有时还让出差的人帮忙找名医看病历，还找到北京，甚至美国回来的有关方面专家，寻找可能医治的一切可能，不放弃一丝的希望……

虽然去过无数个医院，看过无数个医生，也尝试过各种民间偏方，但辛茂春终究没法再站起来了。王佳文在带着丈夫四处医治的时候，还要照顾一家人的生活，承担起整个家庭的重担，这让做丈夫的辛茂春受不了了，她越是无微不至地照顾他，他越是不忍心，她那么年轻漂亮，又有文化，他不想让她为自己受苦受累，不想这辈子这样拖累她，不想躺在床上没有尊严地活着，他几次想死，想割腕，想告别这个世界。

王佳文说，你不能死，如果你死了，我们这个家就没有了，有你在，家才是家啊。

考虑到丈夫的感受，王佳文调整思路，她把孩子接回来，把房子从三楼换到了一楼，既然无法治好丈夫的病，那就要让丈夫好好地活着，快乐地活着，让丈夫感觉到家的温暖，让家永远完整。

她在一个老中医的帮助下，学会了针对瘫痪病人的治疗方法和保健措施。她根据丈夫的病情，给丈夫制订了新的康复方案，为了让躺在床上的丈夫能起身，想着什么办法来给他锻炼，她制定了一套独特的治疗方法，她和儿子想办法让丈夫坐起来，立起来，把辛茂春的肩膀搭靠在她的肩膀上，给他的两个脚上拴上绳子，然后和儿子拉着扯着拖着他的腿，让他锻炼走路。在床上拴上绳子，让他拉着绳子练习起身，训练，翻过来掉过去折腾。辛茂春被妻子的坚强感动了，他不再消极，开始积极配合她，精神状态也越来越好。她还订了《家庭医生》等报刊，收集治疗瘫痪的有关信息，学习护理高位截瘫病人和预防生褥疮的针灸、按摩等疗法，每天帮丈夫针灸、按摩，让丈夫减少疼痛。她说她最喜欢看《钢铁是怎样炼成的》这本书，在书中主人公的鼓舞下，她咬牙强撑着。

王佳文几十年如一日，每天早上4点钟起来帮助丈夫处理一应事务，晚上总是忙到12点钟才能睡觉，她一边照顾丈夫，一边照顾家庭，教育儿女。有一年，王佳文因患胆结石做手术住院，没等刀口痊愈拆线，她就瞒着医生捂着肚子回家照顾老伴。

38年悉心照料，再苦再累，王佳文从未抱怨，也不居功，她用坚强咬牙撑起一个家。

都说陪伴是最长情的告白，辛茂春安心地享受着妻子的爱，他知道，只有自己好好地活着，快乐地活着，才能报答妻子的爱，才能对得起这个家。辛茂春脑子记忆力非常好，他说话底气十足，不像是一个长期卧床的病人，回忆起过去的一些事情，他讲得声情并茂。经过锻炼，他有了一套自己熟练的动作和保健方法。他的胳膊锻炼得特别有劲，躺在床上，把手伸进套环里，用力一拽，能欠起身子。他会经常有事没事地说些笑话，逗王佳文开心。两个古稀老人，一个躺在床上侧着头，开心地讲着往事；一个坐在桌子前，拄着下巴，微笑地倾听，那份岁月静好，看不到沧桑，找不见忧伤，只有经历过岁月洗礼而愈发相濡以沫的温馨画面！

王佳文的事迹深深感动了社会各界，她家多次被评为老鹰山选煤矿厂、盘江精煤股份公司、六盘水市“五好家庭”，她本人也多次获得六盘水市和贵州省“孝老爱亲”道德模范和“感动凉都十大人物”、“身边好人”等称号。

王佳文对家庭有着自己的理解，她说，一个家庭就好比是一颗大蒜，中间的柱子就像是父亲，围绕着柱子的蒜瓣就像是孩子，包在最外层像是蒜衣，就是妈妈。没有中间的柱子，蒜瓣就会散；没有外面的蒜衣包裹，整个家庭就没有温暖。

一诺千金

在贵州省三线博物馆的体验馆里，有两个人物雕塑十分引人注意，几乎每一个来参观的人都会在此驻足。那天，一个团队的游客正在馆内参观，他们发现身边的一对夫妇，与雕塑十分相像——正是雕塑的主人公汤群和陈冬梅夫妻。当时，两个人正在馆内陪同客人参观，两人立即被游客包围了。游客们纷纷与两人合影留念，一时间闪光灯和手机一通闪烁，忽闪忽闪的灯光在他们的脸上闪耀，两个人默契地配合着，手拉着手依偎着对着镜头幸福地微笑，那笑容源自内心，从容淡定，恰是他们共患难、同悲欢，相濡以沫的真实写照。

有人说，友谊意味着两个人和世界，爱情则意味着两个人就是世界。

陈冬梅和汤群是六盘水的名人，也是三线建设者中的优秀代表，比他们那些艰苦奋斗故事更感人的是他们那流传甚广的爱情故事。

陈冬梅年轻时不仅人长得漂亮，性格也非常开朗大方，她处事豁达，干脆，且能歌善舞，充满活力，有文才，当兵来到了41支队后，被选调到文艺宣传队，成了宣传队里的骨干。

陈冬梅凡事不甘人后。本来矿区的女同志就不多，又漂亮又能干又有才华的女同志更是少之又少，许多人都非常喜欢她。她出色的表现，也引起了有关领导的注意，领导要给她保媒，想给她介绍一位年轻军官做她的“革命伴侣”。年轻的军官是一个“有职有权有相貌”的“高富帅”，但让领导没想到的是，陈冬梅拒绝了领导的好意。

那时候，没有人知道，陈冬梅早已心有所属，她心里有了爱的人——汤群。

两个人是铜川煤校的同学，在校期间，汤群担任学生会主席，陈冬梅担任文体部部长。

汤群自幼丧母，从小到大与父亲相依为命。由于从小缺少母爱，特殊的家庭环境，使他性格内向，不善言辞，更是羞于与女同学打交道，更怯于亲近和接触女同学。由于学生会的一些事务性工作比较多，陈冬梅和汤群经常一起研究工作，两个人平时相处和接触的时间较多。陈冬梅发现，每隔一段时间，汤群的父亲就从咸阳乘火车，到学校帮汤群拆洗被褥，整理内务。陈冬梅了解到，汤群根本不会打理这些日常事务，她就对汤群说："不要再让你父亲来回奔波了，有什么需要拆洗缝补的事，交给我办就行了。"

汤群哪肯答应，但看到老父亲来回奔波，再看到善良的陈冬梅一脸真诚，他最终还是接受了陈冬梅的提议，两个人互相帮助，结下了纯洁的友谊。

汤群是独生子，家庭困难，毕业前，学校有意让汤群留校任教。校领导找到陈冬梅，问她是否愿意与汤群一起留校工作。陈冬梅拒绝了。当时大三线建设刚刚开始，在"好人好马上三线"的号召下，她一心要到祖国最需要、最艰苦的地方去，要到贵州去参加三线建设。而汤群也拒绝了学校的好意，放弃留校，报名去三线。

两个年轻人想到一块去了。当时，校领导考虑到汤群的特殊情况，还私下里建议陈冬梅和汤群最好分配到同一单位，以便相互照应。对于校领导的关爱，两个人都十分感激。但当时两个人的关系仅停留在同学之间纯洁的友谊，虽然互生好感，甚至心中隐隐地有了爱的萌芽，却一直没有捅破那层窗户纸。对陈冬梅而言，她还有另外的顾虑，就是她比汤群大一岁，平时在工作和生活上帮助汤群，大多也是出于同情和怜悯之情。

到了六盘水不久，开始"工转兵"，汤群是独生子，按当时的政策规定，可以免于应征入伍。汤群父亲听说他要当兵，也不同意他参军。在"工改兵"初期，汤群曾犹豫不决。他主动找到陈冬梅，征求陈冬梅的意见。陈冬梅非常果断，当机立断劝他和同学们一起参军入伍，共同携手建设"三线"。她还和汤群一起做他父亲的工作。两个人如愿以偿，一起穿上了军装，成为解放军战士。

不幸的是，汤群入伍后不久就得了重病，此时，部队所在的医院刚组建不久，缺医少药，汤群必须转到安顺的一家医院治疗。病痛的折磨使性格内向的汤群一度情绪非常低落，愁肠百结，感觉前途迷茫，对转院治病更无信心。陈冬梅得知情况后，从宣传队赶去医院探望汤群，开导他，劝他转院，并说出了让汤群无比感动且终身铭记的话，她说："汤群，你尽管转院，字由我签，风险同担，如有不测，我终生相伴。"

这句承诺，让汤群感觉胸口被重重地一击，一向坚强的他立即湿了眼眶。

所有的勇敢，都一定和爱有关；所有的爱，在这个世界上都会找到回音。

陈冬梅说，当时她也不知是什么力量支撑，使她说出了这番话，也许彼此早已心心相印了，也许是爱的力量，给了她无所畏惧的勇气。

陈冬梅的坚强，也给了他信心，他放下思想包袱，转院医治。

当时部队有严格规定，不允许战士谈恋爱。汤群在安顺住院治疗期间，陈冬梅为了"避嫌"，不敢明目张胆地去看望他，她只能在内心默默祈求上天怜悯，希望他早日康复。每隔半月，陈冬梅还要准时给他的父亲去信，并以汤群的身份口吻报平安，没有透露一丝病情。汤群的父亲不识字，数月间竟然对汤群的病毫不知情，两个人一起瞒过了老父亲。

共同的理想，还有两个人同心协力一起面对病痛，陈冬梅和汤群悄悄相爱了。爱情的力量也给了汤群战胜疾病的勇气和力量，经过数月的治疗，汤群大病痊愈，重新返回部队。

陈冬梅婉言谢绝了领导"保媒"的好意，如实相告她已有心爱之人。当大家得知，漂亮有才的陈冬梅喜欢的是一位普通战士，并且身体还不好，他们颇不以为然，甚至有人反复劝说陈冬梅，让她放弃汤群。

患难时见真情，经过考验的爱情，是任何力量也无法分开的。

1969年5月，陈冬梅24岁，汤群23岁，两个人共同打报告要求结婚，报告未获批准。当时，陈冬梅的父母得知汤群身体太弱，担心女儿婚后受苦受累，也反对她嫁给汤群。两个人顶着压力，以请探亲假的名义分别离开部队。然后在甘肃天水汤群父亲工作的地方，办理了结婚登记手续，汤群的父亲为他们举办了简朴的婚礼。当时，汤群的父亲托人在上海为陈冬梅买了一件鸭蛋青色的“的确凉”上衣和一条咖啡色长裤，老人家还把自己戴了多年的一块上海牌手表送给陈冬梅。新房就设在汤群父亲单位的工棚内，一切因陋就简，就这样，两个人完成了终身大事。

两个人“先斩后奏”结婚，给他们带来了严重的“后果”，军籍虽然保住了，但陈冬梅的入党、提干等都被画上了句号。虽然已经结婚，但是不给他们分房子。两个人只得各自回到男女宿舍，开始了近在咫尺却要劳燕分飞的分居生活……

当兵4年后，两个人从部队转业，一起分到水城矿务局老鹰山选煤厂工作。至此，两个人第一次有了自己的小家——厂区内一间仅有4平方米的油毛毡房。房内仅能放下一张用木板搭的“双人床”，屋子小得可怜，连个站的地方都没有，进门就得上床，床上铺着草垫子，盖的被子、铺的床单还有军大衣都是部队退伍时带回来的，唯一一件值钱的“家具”，就是托人从北京买来的帆布箱，用一个破肥皂箱当饭桌，一用就是多年……

陈冬梅说，在那个年代，女同志最辛苦，除了工作，还要承担家庭事务和抚养孩子的重任，怀孕时也照样工作，直到临产才能休息。陈冬梅生大儿子那天，白天还在上班，晚饭后身体不适，感觉快要生了，她让爱人晚上别去厂部学习了。汤群却讲：“那不行，厂里还有要紧事，不好请假。”汤群走了不多时，陈冬梅疼痛加剧，最后是邻居帮忙把她送到医院，等汤群赶到医院时，儿子已经出生了……

那时候产假少得可怜，只有56天，产假一结束，立即回到工作岗位上，多一天都不休。哺乳期的女同志都是工作和照顾孩子两不耽误。陈冬梅经常把奶水挤到瓶子里，放在火炉边，等孩子饿了让爷爷帮忙喂一下。后来又有了小儿子，爷爷一个老人家照看两个小孩，实在是忙不开，两个人工作又忙，他们只好把不到一岁的小儿子送到陈冬梅母亲那里，到了4岁时才回到父母身边。

三线建设时期，经常开展义务献工活动。在每月仅有的两天休息日里，时不时要开展义务劳动，虽说是自愿参加，且要自带干粮，但无人甘心落后，大家都积极参加。陈冬梅经常背着儿子翻山越岭去参加义务献工。到了工地后，先把孩子放在稻草上，然后立即投入工作中，大家干起活来是你追我赶，有说有笑，从无怨言。

那时每个月的工资34元，日子过得非常节省，也没有什么副食供应，每人每月供应半斤豆腐，平时大家都把豆腐票攒下来，凑到两三斤，再结伴到小河边的豆腐坊去买，来回要走两三个小时，就为买两斤豆腐，真是苦中作乐。

陈冬梅回忆，那时虽然工厂里工作任务繁重，但每天都有早读，晚饭后也要学习，生产和学习安排得紧张有序，大家几乎是天天在一起，真是亲如一家人。陈冬梅说她还当过“奶妈”。有一个女同事奶水不足，那时又买不到奶粉，也没有替代品，陈冬梅的奶水足，她就经常去给女同事的孩子喂奶，喂完人家的孩子后，再回家喂自己的孩子。她说，虽然那时候生活很艰苦，工作也很劳累，但大家彼此关心，一个人有困难，大家齐帮忙，生活得十分踏实、开心。

在没有电视、没有手机和电脑的时代，深山里的矿区最受欢迎的业余生活就是看露天电影了。老鹰山矿每半个月，就会在矿区大广场上放电影。放电影的日子，就像是节日，那时候，几乎整个老鹰山的人都出来了。晚饭后，家家都是“倾巢而动”，大家携老带幼，三五成群，带着自家准备的小板凳赶到广场，小孩子们更是早早就去占座。由于人太多，山里的平地小，广场根本不够用，于是树上、房上到处都是人，银幕前后也挤满了人，有的人脸几乎都要贴到幕布上了……

电影开场前，人群聚集的广场上像乱了营，大家有说有笑，扯着嗓子说话，生怕对方听不到，一边聊着趣事，一边等待电影开场，好不热闹。等电影放映结束后，大家又久久沉浸在剧情中，不肯散去，似乎早已忘记了一天的辛苦和劳累，似乎所有的烦恼都随着电影结束而消散了……

陈冬梅在选煤厂的那片油毡房里住了好几年，之后，矿区开始规划家属区，开始建设住宅，大家才陆续分批搬进了永久性的住宅，虽然当时没有卫生设施，但比起透风漏雨的油毡房，已是“天上人间”了。

1975年，陈冬梅和汤群从老鹰山选煤厂调到水城矿务局机关工作，从矿区搬到了机关的家属区，家属区里有6栋二层宿舍楼，还有一片散落的平房。矿务局领导、干部和工人都混住在一起，没有特殊待遇，大家一个标准，早晚洗漱时，几个水龙头前一排人，挤在一起，好不热闹。

由于生活物资供应有限，大家都翘首盼望每月一次的铁路系统生活车的到来，经常是火车一来，随车带来的米油盐酱醋糖以及火柴等日常生活用品就会被一抢而光。

陈冬梅说，那时候的干群关系十分融洽，领导干部和群众在一起同甘共苦，从不搞特殊，下矿井、带班是常态。无论是工作，还是文体活动，无论是义务劳动，还是节日联欢，干部群众全部参与。有困难找领导，只要是能解决的，领导都会给予解决。

时光更迭，岁月有痕，陈冬梅和汤群，当年一起走出校门，从学生到工人，从工人到军人，从老鹰山选煤厂到大河矿，从基层再到机关，从普通群众到领导干部，一路走来，风雨同舟，携手并进，变的是岁月星辰，不变的是用一生精心守护“终生相伴”的爱和承诺。

汤群说：“我们来大西南50多年了，我们用青春和汗水守护着这片土地。这里虽然不是我们的故乡，却永远是我们的家！”

2019年2月4日，农历大年三十，陈冬梅和丈夫汤群登上了中央电视台新闻频道“一年又一年”栏目。在节目中，陈冬梅回忆了当年为和在西北三线企业的公公过一个团圆年，在汤群工作忙走不开的情况下，她拖着怀孕的身子，历经7天、倒车8次、往返4000多千米接回了公公。那是他们在分别5年后，终于在一起过了一个真正意义上的团圆年！

50多年的风风雨雨，两个人一起从一砖一瓦干起，直到建成高楼林立的现代化的六盘水，他们把青春和热血洒在了六盘水这片沸腾的土地，他们与六盘水一起成长，见证了六盘水的巨大变化，见证了这里发生的人间奇迹。

东北子弟

林佳梅说她的大家庭是典型的三线家庭。一家人来自五湖四海：她们姐妹三人都来自辽宁鞍山，她的丈夫是浙江宁波人，两个妹夫也是外地人。

林佳梅是典型的东北人，性格豪爽，丈夫王家铭性格却很柔，这一南一北两个人的性格，也像极了他们出生的地方，东北的粗犷和南方的细腻在这个家庭里完美结合。

我到林佳梅家里时，见到她的丈夫王家铭正在细心地侍候97岁高龄的老岳父林春益吃饭。他们两个已经70多岁的老人，一起照顾着97岁的更老的老人，他们在一起，幸福地安度晚年，每一天都过得非常开心。

当年，父亲林春益支援三线来到六盘水，几年后，林佳梅跟随父亲的脚步，也来到了六盘水，之后，林佳梅的两个妹妹也来了。

说到父亲林春益和三姐妹在三线的经历，林佳梅直言他们一家与三线建设结下了不解之缘。当年，林桂梅和300个东北子弟一起，坐着火车，从鞍钢千里跋涉来到六盘水支援三线建设，从此，就在三线扎下了根。林桂梅三姐妹，都是在六盘水恋爱，结婚，生子，她们对这里充满了感情。

林佳梅是个快言快语的人，虽然已经是70多岁的老人了，但她精神矍铄，给人一种风风火火的感觉。虽然退休了，却好像比退休前还要忙，她被聘为钟山区和场坝社区道德讲堂讲师，要参加各种交流座谈会。她说，她要让更多的年轻人知晓三线人，传递三线精神！

林春益当年作为鞍钢的技术骨干，最早一批来到六盘水参加水钢建设，在这里一待就是5年，水钢经过5年的高强度建设，已初具规模，很快就具备了生产能力了。5年过去了，当初来水钢的许多年轻人也到了谈婚论嫁的年龄，而那些已经成家的人，在5年时间里也饱受两地生活奔波之苦。当时，水钢根据实际情况，规定凡是在水钢参加三线建设的鞍钢职工的适龄子女，可以直接到水钢就业，已婚的可以把家属带来，实现家庭团聚。这样，既可以解决建设人员短缺问题，又可以使两地分居的职工家庭团聚。

按照当时的政策，已经是下乡知青的林佳梅，便跟随父亲来到了水钢，不久，两个妹妹也来到了水钢，成为水钢的职工。当时和林佳梅同时报名到水城的水钢子弟共有300多人，当时统称他们为“东北子弟”。

林佳梅和同来的东北子弟们在招待所住了两天后，她和一起来的18名女生被分配到炼铁厂。当时条件艰苦，林佳梅和同伴们没地方住，被临时安排住在大矿槽。大矿槽哪里是人住的地方啊！闲置在那里的矿槽四周没有遮挡，虽说当时是春末夏初，但是仍然冷得要命。本身她们就没有带多少行李，这些女孩子住在矿槽里，真是要把天当被地当床呀！白天工作还好说，因为工作的时候顾不上想啥，也想不了什么。到了晚上躺下来就能看到天，大家望着天空难免会胡思乱想，想家，想父母，想亲人。天气好还好说，至少不下雨，但那个时候的水城几乎天天阴雨绵绵地下个不停。加上她们都是从平原来到高原，每个人都成天昏昏沉沉的。来之前的想法都很简单，有个工作的地方，能上个班就行了。可是她们怎么也想不到，连一间住的房子都没有，在这样的环境里，大家确实受不了了，每到晚上，有的女生想妈、想家了，想着想着就哭了，一个人哭，所有的姐妹们全跟着哭！就这样，她们住在大矿槽里，度过一个又一个难以入眠的夜晚。

林佳梅说，那个心酸的场面，这辈子我都忘不了。

林佳梅的父母一直两地生活，母亲曾经来到了六盘水，但是由于她身体不好，无法适应高原生活，只好又回到了鞍山，作为长女的林佳梅担当起照顾父亲的责任。

林佳梅说，当年不知道三线建设是什么，只想早点参加工作，自己养活自己。当时追随着父亲的脚步来到了这里，却没想到，她在这座城市一待就是40多年。

“刚到水钢的时候，条件特别艰苦，食堂自己盖，房子自己修，水钢电视台也是我们自己背砖建起来的。”那时的林桂梅一个月工资22.5元，钱虽不多，但也足够养活自己。就这样，在这片荒凉的土地上，住着油毛毡、干打垒，林桂梅和同事们一起投入三线建设中。

林佳梅回忆，她刚开始到贵州时，非常不适应，贵州和东北地区气候差异大，除了生活习惯不一样外，高原带来的头疼、流鼻血也让她十分痛苦，但她都咬牙挺了过来。

那时候正是我们的青春好年华，我本来就很活泼，梳着两条大辫子，也可以说天真烂漫。刚开始被分配到炼铁厂的时候，厂劳资科看我的资料是高中毕业生，就把我分到后勤，在食堂卖饭票。我也没有多想就服从了组织安排，成了炼铁厂的一名后勤管理员。有件事情说起来有点可笑，我卖饭票的时候，比如职工们买10斤粮票，换饭票的时候要扣除相应的部分，剩下的就是菜票，我不太会算，卖了一个月下来一对账，少了22.67元，我一个月的工资才22.5元，把工资都赔进去还差0.27元。领导们一看这可不行，再这样下去，我的工资几乎都赔光了也不够啊，后来领导又重新考虑我的工作岗位，把我调整到宣传科。

也许是因为工作中学习到许多东西，也许是因为和当地老百姓熟悉起来，林佳梅对这里的最初印象逐渐改变，这里的青山慢慢变得可爱起来。

在宣传科工作的这段时间正好是水钢大会战后期，林佳梅在办公室负责刻钢板、推油磨机印刷宣传资料。为了鼓舞职工们的干劲，充分发挥宣传力量的作用，他们结合现实工作编出了许多脍炙人口的顺口溜，比如以高炉人物编的顺口溜：守炉餐，伴炉眠，哪怕汗水漂起船，甩起膀子加油干！

有一次，上级来了一个检查组，领导让她抄写一份材料交给检查组，检查组的同志看了汇报材料就问，谁的字写得这么好？领导指了指林佳梅，检查组问她是不是党员？她说不是。因为她的家庭出身问题，她自己有思想包袱就没有写入党申请书。这件事情之后，当时的支部书记找她谈话，让她写入党申请书，她递交了入党申请之后，没过多久党组织就批准她加入了中国共产党。

1970年，水钢1号高炉正式投产。林佳梅很开心，因为她见证了这历史性的一刻。

1970年4月，来水城一年后，林佳梅和王家铭结婚了。

王家铭是浙江宁波人，1961年，他从浙江冶金工业学校毕业后，分配到鞍钢工作，1965年支援三线建设，从鞍钢来到了水钢，当时还跟着陶惕成一起工作过。

1971年，他们有了第一个孩子。

林佳梅回忆，孩子出生后没有人带，我只好带着孩子去上班，从家里到炼铁厂只有一条羊肠小道，很难走。我又不会使用被苫，经常把孩子弄成一团背到单位，到了单位把孩子放在办公桌上一待就是一天。有一天孩子在化验室边上边走边吃东西，不小心从石头上掉下来，满脸是血。正当我不知所措的时候，一个当地老乡走过来，看了孩子的伤口，他就在路边东扯一把草，西扯一把草，扯完了放在嘴里嚼了，把这些东西抹在孩子的伤口上。嘿！你别说，还真挺神奇的，抹上了之后当场就止血了。过了两天孩子的伤口竟然就好了，那个时候我就觉得贵州的中草药要出名，你看现在贵州苗药已经是药材大公司了。后来，那些回东北的老师傅们回老家就往家里带那些中草药。

林佳梅告诉我，六盘水现在的市中心地方，当时就是一个黄土坡，我们就喊它黄土坡，上班的那个地方是一片稻田，边上有一些烂草房，旁边有一个水洞。水洞里有水，水城一个当地老乡，在水洞旁边开了一个豆腐坊，用山洞里的水做豆腐。那时候吃豆腐还要票，一到星期六，我们就背个背篓，到水洞那里去买豆腐。

林佳梅想起女儿出生时的一段往事。那是1973年1月4日，我女儿出生之前，老婆婆去俱乐部看电影《鲜花盛开的村庄》，快10点的时候我在家里肚子痛得受不了，看样子快生了，王家铭去调度室要车，结果从调度室要了一辆翻斗车，我和丈夫只好上了翻斗车去医院。从家到医院有好几千米的路程，我在翻斗车的斗子里，肚子疼痛难忍，这时，我爱人高声诵读毛主席语录：下定决心，不怕牺牲，排除万难，去争取更大的胜利！

哈哈，真奇怪，当时竟然真的不觉得痛了。林佳梅想起当年的情景，笑得十分开心。

跟你走天涯

1969年3月，在黑龙江省乌苏里江主航道中心线中国一侧的珍宝岛，发生了苏联军队武装入侵事件，中国边防部队被迫进行自卫反击。史称珍宝岛事件。

战火持续的那些日子，从黑龙江传来“要打仗”的消息，引起了辽宁省宽甸的一户普通人家的担忧，他们似乎感觉到边境战火的威胁，正积极酝酿，将已经订婚的女儿付士杰早点嫁出去，嫁到安全的地方去。付士杰的未婚夫叫徐春刚，此时正远在贵州水城钢铁厂。到大西南去找徐春刚，正好可以远离战火逼近的北方。

当年，徐春刚从家里出发去往水城的时候，与他家相隔100多千米的宽甸付士杰有些忧心忡忡，担心人一走，不知道何时才能回来。很快，来水城的第二年夏天，徐春刚回家探亲。付士杰的母亲向女婿徐春刚提出来，让他这次回来和女儿把婚结了，然后把女儿带走。没想到，徐春刚一口回绝了岳母的请求。

徐春刚对岳母说，这次回来肯定不能结婚。他说，我们水城一是没房子，二是条件非常艰苦，付士杰肯定受不了那个苦，肯定吃不消。老岳母态度坚决，说你这次回来，还是把付士杰带走吧。原来，自黑龙江边境发生珍宝岛事件后，苏联军队和中国军队在中苏边界的对抗，让整个东北地区都处在战备状态，辽宁农村也不例外，当时付士杰是妇女队队长，白天带领妇女们下地干活，晚上还要带领妇女在村寨到处巡逻。老岳母对他说，现在东北形势这么紧张，一个女孩子天天晚上在外面巡逻，要是出点什么事，我们也不好交代，你还是把婚结了，结婚了，你把她带走了，我的心才能放下。

徐春刚无法拒绝岳母，他征得父母同意后，听从老岳母的建议，决定在探亲期间把婚结了。但徐春刚心里还是有些担心，因为他知道六盘水的生活环境有多么艰苦，他不想让付士杰去受苦。他对付士杰说，水城很远，不是一般的远；水城很苦，不是一般的苦，是无法想象的那种苦；水城很穷，你无法想象到有多穷……你想好了，这样，你还去吗？

付士杰说，这辈子，只要跟着你，不管多苦多难多穷都不怕，天涯海角我都跟你去。

还有什么比爱人的信任更让人感动？还有什么比爱人的忠诚更让人无惧？只要真心相爱，就没有战胜不了的困难。

1969年9月14日，徐春刚和付士杰结婚。

国庆节后，休完探亲假的徐春刚带着付士杰离开了老家。付士杰说，从丹东到水城，一路上越走，心里越凉，等到了水城，心已经凉透了，徐春刚给她的家，让她无法想象，根本不算是家，就是一个席棚子，家里什么也没有，穷得叮当响。

正像徐春刚所说的那样，这里的一切，都是无法想象的贫穷。

在徐春刚看来，带着妻子到水城，一是遂了老岳母的心愿，二是考虑到水钢建厂初期，需要大量各方面的建设者，当时的水钢等企业为了解决劳动力，还专门前往贵州的一些地区召集一些轮换工，充实建设队伍。由于当地的教育当时相对落后，招上来的工人文化层次较低。徐春刚想，付士杰初中毕业，又当过妇女队队长，到水城找个工作应当不难。

付士杰回忆，当年，决定到水城之前，一家人围着地图找水城。他们想，水城，一定是个有很多水的地方，怎么到处也找不着一条河呢？后来，我又查地理书，也没有找到水城这个地方。

付士杰说，等我真到了水城一看，与老家丹东宽甸相比，差距不止30年，太落后了。虽然当时我们辽宁农村条件不是太好，生活也不是太富裕，但是与水城相比，那真是差距太大。辽宁农村当时比贵州相对要好得多，这里的落后让我无法想象，吃饭都成了问题。

虽然心里特别憋屈，但想到自己义无反顾地跟徐春刚到水城，就要坚持下去，作为职工家属，不能拖丈夫的后腿。

付士杰回忆第一次跟着丈夫去赶集，这次赶集让她失望不已。

所谓的赶集，其实没有什么东西可买，付士杰看到集市上有卖饼干的，她挺高兴，结果买回家的饼干硬到咬不动，就这么硬的饼干还不是水城的，是专门从大方和毕节那边烤出来带到这边集市上卖的，这里的白菜和东北的大白菜简直没法比，甚至根本不能算作白菜，没有菜心，只有菜帮，就连萝卜也长得干巴巴的，不像北方萝卜又大又脆。至于家常吃的茄子、西红柿、黄瓜、菠菜等蔬菜更是见都见不到。

当地人赶集叫赶场，付士杰说，到了赶场天，茶叶没有卖，也没有蔬菜。一些卖东西的老乡，都是身背着大背篓，这个大背篓用处很大，平时什么都背，背吃的用的，背煤也背粪，背篓和身体接触的地方，用苞谷叶子编在一起，垫着，很长很长拖下去，像是燕尾服，又脏又臭。路过身边时，都得捂着鼻子，真是贫穷落后。

经过三线建设的影响，这种现象才慢慢减少了，人民的生活习惯也开始慢慢发生改变。

来到水城的付士杰起初并不顺利，虽然初中毕业，有文化底子，但是因为受农村户口的限制，她很长时间没有解决正式工作，一直做家属工。由于付士杰一时无法落户，不落户，就没有口粮供应，徐春刚一个人的粮食两个人吃，根本不够吃，他们只好买洋芋补充。

到水城不久的付士杰，由于水土不服，再加上上火，大病了一场。后来，为了解决生活问题，夫妻俩在山沟里侍弄平整出几块地，种点蔬菜，自行解决吃菜困难。

直到在老家解决了城镇户口后，付士杰才正式把户口迁到水城。

来水城两年多，想家心切的付士杰准备回老家探亲。当时，徐春刚因为工作忙走不开，她只好一个人带着两个孩子回家。

因为生活一直非常困难，他们没有多少积蓄，坐火车买不起卧铺票，一个大人两个孩子，三个人只买了一张硬座，付士杰把两个孩子放在一个座位上，她在旁边站着，一路上还要不停地倒车，从水城，到武汉，到北京，一路上她都是站着，那真是长途跋涉，异常艰难，就这样一路遭着罪，几经折腾，终于回到娘家。等回家时，整个人已经累得病倒了，等病好了，已经过了十天八天了，想到家里的丈夫，她又开始准备往回走。

第一次探亲，带着孩子离开家，母女分别时抱头痛哭，但是，没有办法，她只能咬牙往外走，一个人再带着两个孩子坐火车回水城，等一路折腾再回到水城时，又是大病一场。

付士杰说，那时候老家在几千里之外，没有电话，通信不发达，一封信要走好几个月，特别特别想家，但又特别特别不愿意回家，因为每次回家，一来一去，就要大病两场，每次大病之后，像是伤了元气，好长时间身体发虚，没有力气。

后来，付士杰开始干临时工，与当地人更加亲密接触，她发现原来看到的那种贫穷还只是表面，当地人的贫穷，不近距离接触，体会不了那么深。她记得和她一起工作的一个当地姑娘，家里非常穷，冬天就穿一条裤子，里头连个短裤都没有。

在三线，每个家庭都有一段难忘的故事。

付士杰说，最让她感动的是丈夫对她的爱，这是让她一生留在这里的最主要原因。

付士杰回忆，我家住的是油毛毡房，有一次，邻居在家里生火做饭着火了，熊熊燃烧的大火很远就能看到，当时，正在厂子里上班的徐春刚，在山顶上远远地看到家的方向冒起了浓烟着火了，再一看，正是他家住的那排油毛毡房，他拼命往家跑，当他确认正是自己家住的那排房子着火时，大火已经把整排房子烧坍塌了。他想到爱人一定被埋在里面，两腿一软，瘫倒在地，号啕大哭，他答应过岳母，一辈子照顾好士杰……他大哭不止，这时，有人朝不远处指了指，告诉徐春刚，他的爱人救出来了。他疯了一样跑过去，见到付士杰，一把抱住她，好长好长时间没有撒手。

两个人抱在一起，号啕大哭。付士杰说，那一刻，让我体会到了什么是生离死别。

他们刚刚建起的小家烧得干干净净，好在，家人没事。有人才有家，只要人在，家，我们再一起建。

付士杰说，三线建设改变了当地贫穷落后的面貌，三线建设需要的大量工人都从当地招收，许多当地人到矿上下井挖煤，受三线建设者的影响，从不出门的女孩子也开始走出家门参加工作，许多家庭开始有了经济收入，生活发生了改变。三线建设确实给贵州这片贫穷的地方，带来了富裕，改变了当地人的生活。

进入20世纪80年代，住房逐渐改善，付士杰一家从油毛毡房搬进了16平方米的石头楼，后来越搬，房子越大，从27平方米到45平方米，再到如今的130平方米的房子，生活发生了巨变。他们的儿子是优秀老师，两个女儿都有了满意的工作，几经风雨，终见彩虹。

随着工业建设的进行，大批煤矿、钢铁以及相关产业的职工流入，西南人口开始迅速增加。后来，职工家属们相继来到六盘水，吃住行等生活问题成了必须解决的当务之急。

尽管商业网点不断拓展增加，但由于地处大西南的云南高原交通不便，物资的运输仍然不能满足人口增加的需要。

于是各单位各显神通，自寻办法，解决职工的困难。

我曾经专门去水钢的老住宅区，那些深陷于地面的干打垒老住宅区还在那里，好多老式红砖楼已经在时代的烟熏中泛黄发黑，雨渍的痕迹从屋檐下流下去，刀刻般印在楼体上。老楼房那些敞开式的外通道，公共厕所，水龙头、拥挤的房间，家家门口的蜂窝煤炉子，女人们打招呼，成群嬉闹的孩子，上下班的汽笛声，高音喇叭播放的进行曲，母亲们喊叫孩子回家吃饭的长音，球场上放映的电影，一切都像是在昨天，而水钢老区，已经成为矿山遗址的一部分，成为离我们时代最近的文化遗产，成为一个时代的记忆……

三线人的日月，就是在时代的风尘里，一点一点地变化着。见证这些的不仅是那些建设者，还有付士杰这样的参与者、跟随者。

第十二章　我把他乡当故乡

1980年1月21日，中央组织部、民政部、公安部、国家劳动总局联合下发了《关于逐步解决职工夫妻长期两地分居问题的通知》，以文件的形式，解决职工夫妻长期两地分居的实际困难。之后，为解决三线艰苦地区部分企事业单位职工和科技人员家属“农转非”，有关部委出台文件，规定：凡在三线艰苦地区工作，年满35周岁以上的工程师，年满40周岁、工龄满20年、在三线艰苦工作满8年以上的其他干部职工等，都允许将在农村的配偶以“农转非”形式迁往三线地区。有关地区和企业，根据实际情况，又相继出台了一系列解决职工两地分居问题的办法，逐步解决两地分居中的农转非、家属落户等一系列问题，使两地分居的夫妻实现了团聚。

团聚在水城

自新中国成立至20世纪90年代初，夫妻长期两地分居的情况在中国城乡非常多，尤其是三线建设时期，夫妻“牛郎织女”式的婚姻生活是普遍现象，有关统计数据显示：1980年，全国享受国家规定探亲假的工人约有500万人，占固定职工总数的10%左右。双方都是职工或一方是城镇居民的，约有150万人，占分居职工总数的30%左右；一方是农村户口的，约有350万人，占70%。其中跨省、自治区分居的约有150万人，占30%。六盘水等三线地区的职工分居情况尤其突出。

夫妻长期两地分居，一直是困扰国家、企业以及相关职工的问题，因探亲假造成大量的岗位空缺、不菲的探亲差旅费用以及交通运输压力等，不仅给生产建设带来影响，使国家付出巨大的财政支出，也给职工生活带来困难，两地分居家庭的子女教育、家庭和睦等后顾之忧，既不利于国家各项事业的发展，也影响职工工作的积极性。

闫庆到家时，女儿建华和小儿子建中早就等在了村口，他们已经全都准备好了，大包小包堆了一地，该拿的都拿了。在母亲的带领下，建华和弟弟很早就开始准备，家里家外都收拾妥当，把家里能打包的东西都打包了，该装箱的都装好了，能带的东西要全部都带上，只等着父亲来家的那一刻，只等着父亲带着他们离开农村，到父亲生活的城市去。

20年了，每次父亲归来，孩子们都欣喜若狂。闫庆有着北方汉子那种特点，身材高大，魁梧，看上去有些粗犷，但是，少为人知的是，身高马大的闫庆，却心细如发，这一点，做女儿的闫建华体会最深，每次父亲探亲回家，总会给他们兄妹们带来盼望的各种礼物，一个时髦的发卡，一件好看的衣裳，那是他们最盼望也是最开心的时刻。但是，每次父亲休假结束离开家的时候，也是他们最伤心的时候。从小到大，他们都是欢天喜地地把父亲迎回家来，又无比沮丧地送走父亲，全家把父亲送到村口，又眼睁睁地看着父亲孤身一人离开家，回到遥远的贵州，回到水城。他们知道，父亲这一走，就是一年。那高大的身影在通往村外的小路上，越来越小，越来越模糊，那无奈又不舍的背影，那种挥手间的离愁别绪，深深地印在闫建华的心里，从很小的时候起，她就变得格外多愁善感。

而这一次不同，父亲不再是一个人走，这一次，父亲要带着全家人一起走，一起去往父亲所在的城市。

建华早就与老师和同学们告别了，和同村的小伙伴们告别了，和七大姑八大姨告别了，她从来没想到，有一天，自己会到父亲工作的地方去生活，去做什么不重要，重要的是一家人可以在一起，再也不分开了，他们以后不但仍然可以天天看到母亲，而且也可以天天见到父亲。一家人终于不用天各一方，母亲再也不用天天为父亲牵肠挂肚了。

闫庆的信早就到家了，告诉他们要提前做好各种准备。村里人都知道，他们一家人要搬到贵州六盘水的水城去了，连年事已高的姥爷也成了一块走的人，这让邻居们真是羡慕不已。有人说，这闫庆在外面一定是做了大官，要不就是走了什么后门，不然，那么大的一家子，他一个人说带走就带走了？这得是什么样的能耐啊！

从老家迁来的时候，闫庆特意请假回家。他终于带着孩子出发了，向着水城坐汽车、转火车，辗转数千里。他们队伍庞大，东西很多，除了一些常用的家具外，还有不少的坛坛罐罐。都说破家值万贯，他们知道，父亲在水城的房子里什么也没有。节俭的父亲，总是把钱节省到极致，年复一年的探亲假，几乎耗光了他的积蓄。平日里，他从不乱花一分钱，能省就省，每个月除给自己留下固定的伙食费还有极少的零花钱外，其余的全部都寄给了家里。闫建华说，小时候，家里只有父亲一个人挣工资，父亲留下吃饭的钱，把剩下的都寄到了家里，他不但要养奶奶，还要养姥爷、姥姥，同时还必须供他们三兄妹上学，希望让他们过上好日子。他们当时像中国的许多家庭一样，十分困难，基本上没有什么值钱的东西。他们从小一直过着省吃俭用的日子，这次要搬到六盘水过日子，他们哪一样东西都不舍得扔，就连做酸菜的大缸也带了好几个。

闫庆很小就在外漂泊。15岁那年，他和村里几个要好的朋友一起偷偷离开老家，到内蒙古找工作，几经挫折终于在一个建筑工厂找到了一份打铁的工作。1959年，鞍钢到他们工作的厂里招工，于是，闫庆又从内蒙古到了辽宁在氧气厂工作。1966年，为了响应党中央、毛主席支援三线建设的号召，他从鞍钢又到了水城。在水城工作了近20年。直到1984年，按照国家相关文件精神，闫庆所在的水城钢铁厂出台了解决职工夫妻两地分居问题的有关规定。闫庆，这个在水钢工作了近20年的老职工，终于可以把妻儿带到水城。从此，他可以和他们朝夕相伴，不再一个人生活了。

那一年，闫建华15岁，哥哥闫建新18岁，弟弟闫建中12岁。

闫庆的爱人和3个孩子当时都是农村户口，到了水城后，他们全家的户口都落到了这里，从农村人变成了城里人。按当时的政策，对18岁以上的子女，直接通过招工考试安排工作；对没有成年的子女，就近安排学校继续读书。

闫建新参加护厂队工作不到一年，1985年参加了水钢技校招生考试并被录取，就读于热力专业，毕业后留校当了实习指导教师。闫建华和小弟闫建中继续读书，之后闫建华参加了招工考试被录取为水钢二轧厂职工。小弟闫建中1990年参加高考并以优异的成绩考上了南京航空学院，毕业后分配到中国民航空中交通管理局工作。人虽然在北京成家立业，但是现在交通便利，回家看看也是很容易的事情。

闫庆一辈子工作在水钢，生活在水城，作为参加三线建设的普通工人，他对国家大事和六盘水城市发展规划等了解并不多，也不会说什么动听的话，更没有什么豪言壮语，他只是在尽一个普通工人的本分，一生都恪尽职守，做好自己分内的工作。对于当年支持三线建设的选择，他从无丝毫怨言。他说，一个人的能力有限，能为国家出多少力就出多少力，只要尽力就好，而不应该去考虑个人的得失。关键时刻国家都帮我们想到了，让我们全家团聚了，我们还有什么不知足？家人在一起，吃苦也值得，现在两个孩子都在六盘水，孙子孙女一个马上高考，一个马上大学毕业。在这里生活，日子也越过越好。没有共产党的领导，就没有今天老百姓的好日子，就没有我幸福的后半生。

这就是一个普通三线建设者的故事，其实，当年百万三线建设大军中的每一员都曾经有着同样的经历。他们舍小家为大家，奉献了青春和终身，又把子孙后代也留在这片流血流汗、挥洒了青春的热土上。

观音山，我的全世界！

200多年前，水城观音山，原名倮木底，这里丰富的矿藏曾引来无数人前来采矿寻宝，然而，由于民间采矿无序，矿工伤亡惨重，一度封停。

水城观音山的传说也与采矿有关。据《水城县志稿》载：“观音山，在城东九十里，因凿银矿，山空将陷，有美女至厂前隆冬卖桃，众出观，山遂陷。女忽不见，众得无恙。”以为南海观音显灵，普济众生，故将倮木底改名观音山。

在中国，似乎有山的地方就有观音山。记忆中，我曾去过许多以观音命名的大山，广东的东莞樟木头镇观音山、清远佛冈观音山、江门台山观音山和越秀观音山，四川的都江堰观音山、宣汉观音山，福建、山东的许多观音山。

在六盘水，观音山与铁矿紧密相连。

穿过繁忙而整洁的水城大道，再往西，行驶十几千米，就到了观音山矿区。

三线建设初期，从辽宁鞍钢、大孤山、大连石灰石矿、大连普兰店黏土矿等单位，调动几百名领导干部和技术骨干，到水城观音山矿支援三线建设，高峰时，曾经有上万人工作和生活在观音山矿区。

水城的观音山矿藏丰富，采矿的历史由来已久。

清人李天极在《荷城赋》中写道“海碧则观音暗庇”，指的就是苍山如碧海的水城观音山。清《高宗实录》记载：乾隆十年八月二十七日，户部议准贵州总督兼巡抚张广泗疏称：“年办运京局及川、黔两省铅斤，为数甚多。各处铅厂开采日久，出铅不敷。查大定属之倮木底有铅矿，现已试采，请照莲花厂之例，每铅百斤税率二十斤。即水城通判总理厂务，设押运人役，照例支给养廉工食。至收买余铅，向例每斤价一两三钱，灶民工本尚亏，请酌增一钱。”

乾隆十六年四月初七日户部议准贵州巡抚爱必达疏称：“请于茨冲地方就近煎烧，照例抽收，每百斤以一两五钱变价解库。”

水城观音山自然地貌独特，周边有典型的喀斯特峰丛地貌，坡地、洞穴、漏斗、湿地、山谷、石林、瀑布等，类型多样。据清史记载，观音山矿藏丰厚，采之不竭，开办与封停都需要乾隆御笔“朱批”。观音山古矿洞数以百计，小到一个人佝偻爬行进矿，大到三四米宽的巷道，浅的不过30米，深的达400米以上。20世纪50年代，贵州省开始在这里采铅锌矿和铁矿，矿山的名字叫杉树林铅锌矿和观音山铁矿。

我到观音山时接近晌午，虽然正值盛夏，但观音山矿区却格外阴凉，几乎感觉不到夏天的炎热。小街上格外宁静，除了几家商店门前有人在聊天，小街上几乎看不到几个行人。在一个挂着某矿区办公室牌子的大楼前，我看到楼里有几个人在向我张望，好奇地看着我这个外来闯入者。我站在小街上，往远处看去，沉默的观音山，静静地凝视着我，似乎在告诉我，这里曾经是多么的热闹，而此时凋敝的情景也让我和沉默的大山一样，不得其解。

等了好久，看到一个七八十岁的老者，他戴着一顶帽子，穿着红色的长袖衬衫，正不紧不慢地从远处走来，又旁若无人似的从我面前走过，向更远的远处走去，越过了商店，越过了小街，一直往前走，往前走，后来我才知道，他去的方向，就是矿区的方向。

他目光专注，让我不忍打扰。

七月的观音山，树木繁茂，一片绿意。我顺着矿区的小路往里走，这里是老矿区，但已不见了矿区当年的繁忙，小路两侧是茂密的树和浓绿的草，远处的山郁郁葱葱，山脚下有大小不等的农田，各种不知名的菜和庄稼正长得茁壮，到处都是又高又粗的大树，把阳光挡在了树顶上。

小街深处，是依山而建的各种建筑，有七八十年代的红砖老楼，有更久的小平房，还有一些更旧的石头房子，小街的宁静，让人怀疑这里是否还有人家。我在一幢看上去像是七八十年代建造的四层老住宅楼前站住了，楼上有许多人家晾晒着衣物，我就站在那里，期待着哪户人家会打开门走出人来。

四处真的很静，连躲在角落里的狗都无声无息地沉默着，并非休息日，看不到几个行人，终于，一楼最东侧的一户人家的门打开了，从屋里出来一位五六十岁模样的女士，她手里端着盆，里面是刚刚洗好的衣服，我看她一件件地把衣服晾在绳子上，才上前打招呼，当听说我是从北方大连来的，她立即两眼放光，她的普通话说得很好，她说，我就是大连来的，三线建设时期，我跟着父亲到观音山的，在这里已经住了几十年了。

女士姓高，她听说我的来意，随手带上家门，要陪着我四处转转。我关照她锁好门，她笑着说，没关系，这个矿区外来的人很少，家家户户都比较熟悉。我们沿着她家门前的小路，往小街的深处走去。越往里走，越是感觉到观音山的静谧。一栋栋陈旧的老房子，坐落在山脚处，在古树的掩映下，雕刻着时光的痕迹。岁月沧桑，在此寻迹，静谧的大山，似乎已经沉默了好久，冷静地观望着大山里的一切，那些战斗和生活过的身影，那些战天斗地的场景，那些震天动地的吼声，都隐匿于大山的怀抱之中。

高女士指着山脚下的几幢建筑告诉我，原来那里是矿区宿舍，现在已经没有几户人家了。我看到，有一幢小楼，一楼在山脚下，二楼的平台，就挨着小街，在这里，这样落差的建筑还有很多，楼梯上的栏杆已经锈蚀，看上去，建筑已经非常老旧，靠着小街有户人家，门前堆着大块的石头和水泥块等，堵住门，窗户上挂着窗帘，门窗的油漆已经斑驳脱色，泛着岁月的蓝，还有一些拆了门窗的房子，能看到里面墙上的年画，破砖破瓦等破烂堆得到处都是，看样子已经好多年没有人住了。但小楼里还有几户人家，半遮挡的窗纱，蓝色的木门，生锈的栏杆。如果不是窗户里飘着一种烟火的味道，或者不是看到有人影在屋里晃动，真的看不出，这么老的建筑里面还住着人。

小街的寂寥令人窒息，看上去荒凉和凋敝，小街两侧还有些平房，平房的门都是木门，刷着蓝色的油漆，窗户也是20世纪的那种老式的格子加方块玻璃的对开式窗户，房子大多数都空着，但每隔几间房子，就有一户人家住着人，水龙头都在窗外，一个中年妇女正站在水池前埋头洗衣服，她家的窗帘是白色的纱窗，门开着，挂着一个绣花的老式半截门帘，透着往昔生活的气息。紧挨着她家的旁边人家，门也封着，还有的人家需要下几个台阶才能进屋，不知道是屋地基下沉的原因，还是原本就那样设计的。

高女士说，那些封门的人家，都是原来的三线人家，三线建设结束后，他们有的回到原籍，有的去了儿女家里，有的调往外地，但他们的房子还留在那里。我问那些房子是不是可以升值，高女士说，这里的房子不值钱，留下这些房子，就是留下一份念想，他们有的会回来看看，但即使回来也不会在房子里住的，有些人走了之后从此就再也没有回来过。小街随处可见拆迁的信息，有的墙上还写着房屋补偿的测算公式。高女士告诉我，听说观音山正在准备进行开发性的改造，要建矿山工业遗址公园，这些老房子都在动迁范围内，会有些补偿，现在老百姓都会自己算账了，一个房子能得多少钱，心里也很清楚。

高女士从10岁到这里，到现在，在这里生活快50年了，她熟悉这里的一切。她告诉我，现在留守在矿区的人，大多数是矿区的退休人员。高女士说，她从小来到这里，一直就在观音山，自三线建设结束后，这里的人越来越少，这里已经沉寂冷僻好多年了，听说这里要进行改造，开发成三线文化小镇、旅游景区和工业遗址公园，最近这段时间，来的人多了起来，有关部门来人对矿区职工宿舍进行摸排走访。她陪着我，边走边介绍。她说，小时候就在这条小街上跑来跑去，一群孩子一起，蹦蹦跳跳地长大，一转眼，许多人都不在了，而我们也已经老了。

从小街一直往前，从一幢幢老建筑前面走过去，从一栋栋老房子前面走过去，看着那些人去屋空的房子，越往里走，就会看到越来越多的房子门前堆放着巨大的石头和物品，用来防止外人进入，那些大大小小的房子保存得很好，顽强地耸立着，活着，透着某种神秘的过往气息，不知道这些人去屋空的老房子里，收藏过怎样温暖的时光，有过怎样的幸福的过往，那些三线岁月里经历的冷暖时光，真的已经成为了久远的历史。

观音山矿区的老房子大多建于20世纪70年代。看上去，这些房子经历过风雨的侵蚀和岁月的磨砺，有些陈旧，有些还有些破败，但是在高女士眼里，与当年那些干打垒和破草房子比，这些房子那就是五星级酒店。

我们走在青石板和碎石头铺就的小路，仿佛走进了过去的时光，不知不觉已经走了很远，一边走，一边唠着，走累了，在一个通往山脚下的石阶处坐下。开始我们都沉默着，一起看着远处的深山，良久，她开始跟我讲起了她的童年时光。高女士说，那些在矿区奋斗的日子，沉淀在她的记忆里，说起过去，她的回忆，就像那些砖瓦一样清晰。

她说，50多年前，这里还是一片沉寂的大山。深山里，没有几户人家。经常，在清晨，她都会看着大人们穿着靴子，沿着泥泞不堪的土路，去矿上上班，傍晚，又会看到大人们三五成群地从矿上回来。

观音山矿区是六盘水最早建设的矿区，1966年，观音山矿划归水钢作为配套矿山后，一大批建设者从全国各地、四面八方拥入六盘水。高女士的父亲当时在大连石灰石矿做技术工作，1966年调到观音山铁矿，参加矿区建设。几年后，她和母亲还有几个弟弟妹妹一起来到观音山与父亲会合，从那以后，她再也没有离开过观音山。

她一直想去大连看看。她问我，大连的石灰石矿还在吗？

我说，石灰石矿还在，和这里一样，那里也正准备进行大规模改造，也许有一天，也会和观音山一样，成为旅游景区。

如今观音山矿区，老三线人已经不多，那些生活在这里的老人，似

观音山矿1969年9月28日投产出矿的场景

乎也成了被遗忘的人，城市不是三线人心中的归宿，却是他们儿女和亲人的所在地，大山里太寂寞了，三线故事也已渐行渐远，想当年，这条小街上，那些浓浓烟火味，傍晚的小街上，都是甜蜜的饭香啊！

一个人的经历，就是他的成长史，流逝的是时间，抹不掉的是永恒的记忆。

高女士说，他父亲87岁那年走的，从大连来的时候，他还是风华正茂，满怀豪情；他走的时候，却满身病痛。走之前，他拉着高女士的手说，记住了孩子，我是支援三线建设来的！好像是怕她忘记了，反复说了好多次。那一刻，她的眼里全是泪水。有谁还记得他们是不是三线来的？但是他们至死都不会忘记自己是支援三线来的，不会忘记自己是三线人。

她说，在六盘水，看到大连老乡太正常了。她当时并不知道，从大连来支援三线建设的干部职工达到20000多人。她说，她一直陪着父亲在矿区工作，在矿区生活，在矿区成家立业。她说，父亲是她的根，父亲走了，再也看不到父亲了，她感觉一下子失去了根，心都空了。

我这一生，都不会走出观音山了，我是在这里生，在这里活。有一天，我也会在这里死。

没关系，她说，这里是观音山，观音会保佑我们的。

父亲和母亲都是在观音山走的，都埋在观音山，高女士答应过父母，永远不离开他们，一辈子。

高女士说，年少时，她不理解父亲，从大连那么好的城市，来到这个穷乡僻壤，不仅没有过上好日子，还连累姐弟成了贵州人，也不理解在远离外面世界的深山里，父亲那一辈人，靠什么力量支撑着，那么自信，那么有力气，那么不知劳累地工作，晚上躺在床上都是鼾声如雷，在大山把号子声喊得天地震荡，喊得人心潮澎湃，他们无往不胜的精神，出自哪里？他们面对困难的勇气，源自什么？长大后，她也成了矿山的一分子，在矿山参加工作，在矿山入了党，她渐渐地读懂了父亲，如果一个人有了坚定的信仰，再贫穷和恶劣的环境都会无所畏惧，任何困难都无法撼动他心中的信念和理想。

高女士的儿子在贵阳成家立业，儿子让她到贵阳和他们一起去生活，但是高女士说她喜欢观音山，这里空气好，没有雾霾，她说。如今的观音山真是满目葱郁，她经常给远在贵阳的儿子写信，给他讲观音山里发生的事，尽管儿子不理解，但对于高女士来说，观音山，就是她的全世界。

父亲的观音山

一直闹腾着想回大连老家的刘美，最后还是留了下来，她实在不舍得离开父亲，离开父母都在一起的这个家，她身上有着女孩子特有的那种贵气和傲气，还有着一张讨人喜欢的漂亮脸蛋，她的到来，似乎一下子打破了大山里的沉闷，让观音山小街明亮了起来。

从大海边，到这个封闭的，看不到路，走不出山的地方，书包里的小人书成了她儿时最好的伙伴。她渐渐地开始试着去学说贵州话，渐渐地喜欢了观音山，渐渐地忘记了老家大海的涛声，眼睛里和心里，装的都是观音山。

因为父亲喜欢观音山，她也强迫自己喜欢观音山。

经朋友介绍，我认识了刘美。她个子高挑，身材苗条，一看就是地道的大连姑娘。刘美喜欢跳舞，经常参加各种演出。

我问她想不想大连？她说，想哪，但是我现在更爱水城。

刘美告诉我，她是三线二代，她的父亲是从大连普兰店过来的，当年跟着支援三线的队伍一起到观音山矿区工作。

据刘美介绍，她的父亲当年在大连新金县也就是后来的普兰店市黏土矿担任技术员，1966年，父亲从新金县出发，同来自鞍钢矿业公司所属的大孤山、东鞍山、眼前山、樱桃园、大栗子及大连石灰石、海城镁矿的1128人组成的建设大军，浩浩荡荡地来到了水城。

刘美说，我父亲当时是普兰店黏土矿的技术骨干，他们黏土矿到水城有10多个人，当时他们与大部队会合后，一起坐着一个闷罐车来的水城。到了水城，直接分到了观音山矿区。

刘美回忆起她与三线一生的缘分，不由得感慨万千。

到观音山那一年，刘美只有13岁，在大连出生，在大海边长大，她有着北方女孩高挑的身材，她俊俏的模样，嫩白的皮肤，在大山里显得格外与众不同。刘美从小就比同龄孩子个头高，观音山脚上依山而建的低矮油毛毡房，让从大连来到观音山的刘美，有种压抑的感觉。

刚来那几天，观音山矿家属区里，人们经常看到一个穿着小花布衫的水灵灵的女孩，焦急地等在通往矿区的路口，两条乌黑的发辫在阳光下熠熠闪亮。那段时间，她经常是满怀委屈地去等父亲下班回家。她在学校里听不懂老师讲课，老师是贵州来的，同学们也说贵州话，她听不懂同学说话，她的眼里满是委屈，她要让父亲帮她转学，或者让父亲把她送回大连。

那几天，父亲正好在矿上有事，没有回家。那天，她因为一直没有等到父亲，只好往家走，在回家的路上，刘美在漆黑的大山里迷路了，她想干脆就回老家吧，她顺着山路一路走下去，越走越远，最后不知道自己走到了哪里。大山里的夜晚漆黑一片，静谧又恐怖，时不时会有不知道什么动物的叫声，刘美越走越害怕，吓得大哭不已……终于，她看到了远处的火把，听到了父亲的呼喊，那声音里全都是哭腔，父亲带着工友们到处找她，看到她时，父亲什么也没有说，一下紧紧地把她抱住，生怕她再次丢掉。

第二天早晨，刘美醒来时，父亲已经上班去了，但她发现，她的被窝里多了一只苹果，她躺在被子里，握着那只苹果好久好久，心里暖暖的，好长时间，她都没舍得吃掉。

父亲总是这样，天还没亮就出发了，观音山漆黑一片，刘美打开窗户，窗外连个月亮都看不到，没有街道，也没有路灯，没有大海边的风声和涛声，只感觉到夜晚异常的寒冷和隐约传来山涧流水的声音。

没到观音山之前，她对观音山的了解全是从父亲的家书里。爱好文学的父亲，在家信里，总是把观音山说得很美，很浪漫，那时候，她想象中的观音山一直在脑海里生长。但跟着父亲到贵州以后，刘美越走越失望，进入观音山时，刘美终于忍不住哭了起来，她一直哭，一直哭。从水城到观音山，要走十几千米的山路，她的新鞋子走掉了好几次，泥潭一样的山路，黏黏的泥巴粘得她的新皮鞋狼狈不堪，白色的袜子泡在泥浆里，鞋子和袜子还有脚变成了一大坨泥，甩也甩不掉，她看着那双鞋子和沾满泥巴的袜子哭得好伤心。

家就在大山里，住的是破油毛毡房，身边没有了奶奶，没有了小朋友，什么都没有。这里像是与世隔绝了，人烟稀少，少女的眼里，想象中贵州的美丽一点看不见，眼里的观音山是黑色的，夜是黑色的，路是黑色的，树是黑色的，连人的脸看上去都是黑色的……

她吵着要回大连，回到奶奶身边。母亲劝她，你不是天天想见爸爸吗，怎么来了又要走了？你离开了爸爸妈妈，难道就不想我们吗？

刘美陷入了两难境地，一边是想念的父亲和离不开的母亲，一边是想念老家的生活。观音山与老家相比，真是天地之差，她不明白，为什么父亲会在这样的地方不走？

她记得在老家时，她想到要见到几年没有看到的父亲，就特别开心。临走时奶奶很伤心：你们一下子都走了，让奶奶怎么办？想你们了怎么办？她想让奶奶一起去水城，但父亲来信阻止了，不让奶奶一起去。那段时间，奶奶一直食不知味，帮着孙子孙女收拾东西，衣服扣子检查了一遍又一遍，书包里装满了好吃的东西。

一想到要见到父亲了，她的心思已经不在家里了。父亲来信说了，贵州大山，要多美丽有多美丽，她的心都长了翅膀，要飞到贵州了。

五月，大连满街满巷的槐花开得正旺，每到五月，槐花开放的时候，他们家就吃一次槐花包子，放点肉，再放韭菜、虾皮等，特别的鲜美。临走那天，奶奶早早起来，蒸了一大锅的槐花包子，还有海菜包子，给他们带在路上吃，还要带给父亲吃。

奶奶叮嘱她，要好好爱惜自己，要听话，不要逞强，不要太清高了，要和同学们好好相处，要给奶奶写信，要……

同样的话已经说过几十遍了，直到他们登上了火车。

刘美说，等我满怀希望来到观音山的时候，感觉和想象完全不一样，那时候天气不好，原来就是雾蒙蒙的，感觉四处都是黑的，天总是昏暗的，晚上更是暗无天日的感觉，大山里的夜晚寂静，伸手不见五指，没有电，矿山给我的感觉是乱糟糟的，与家乡的大海和蓝天反差太大了。

从富裕的大连，一下子来到了穷山沟，心里的落差真是太大了，刘美说，观音山的传说是父亲讲给她听的，当时，她一心想着要回大连，每天晚上等着父亲下班时，从矿区回家的小路上，父亲给她讲观音山的故事，父亲很会讲故事，父亲给她讲观音化身美丽姑娘救人的故事，讲观音山里的矿藏有多么丰富、多么金贵，那些矿石炼成铁、炼成钢可以造飞机大炮，可以造大船，就像家乡大连海港里的那些大船，都需要这山上挖出来的石头。父亲耐心地讲着，刘美的手握在父亲的大手里，跟着他往家走，那一刻，刘美还看不出观音山的翠绿比蓝色的大海好在哪里，看不出黑乎乎的矿石有什么了不起的作用，但是，父亲一路上跟她说着这些故事，告诉她的那些让她似懂非懂的事情，倒是让她不由得渐渐忘记了烦恼。

观音山翠绿的群山里有着深藏不露的宝藏，刘美说，据说观音山的铁比老家的黏土还要多。她眼里的观音山，就像一座城堡，里面有无数的宝贝，那么多人无休无止地挖掘，也永远挖不尽。那时候，为了保密，矿山的烟囱都是依山而建，从山脚下一直攀爬着，蜿蜒曲折地伸向山顶……

观音山与云南交界，四周都是连绵起伏的大山，山里人有着粗犷的气质，有着善良的品性，又谦卑，又真诚，单纯得像是天外人。刘美一点点地跟矿山里的孩子们成了朋友，她给他们讲老家的大海，讲海里的蚬子和海菜有多么鲜美，讲秋天里涌上岸边的小虾，给他们看她带来的那些小人书，观音山的一切，在少女刘美的眼里，变得越来越美好。

刘美起初总是想着有一天要离开观音山，离开水城，离开六盘水，离开贵州，回到大连。但是她没有走，她在大山里上学，工作，嫁人，她没想到，她在观音山一待就是一辈子。

观音山就是一个独立的小社会，刘美在那里，经历了从什么也没有到日渐丰满的全过程，从最初的解决住，到后来住得好，大山里陆续有了托儿所、小学、中学、商店、医院、招待所等，大山里的孩子们越来越多，他们在一起玩，一起长大，在一个院子里疯跑，又一起从石头房子里，搬到一个楼里住着，楼上楼下疯着，那时候，一家人炖肉，全观音山都能闻到香味，一家有事，全都来帮忙，那种大家庭的感觉，让她至今念念不忘。

从海滨城市大连来到观音山，正是从少年走向青年的关键时期，想见到父亲的渴望，对家乡无限的怀念，都伴着成长渐渐有了深刻的体会。因为不舍得花钱，第一次跟父母回老家探亲已是五年后了。当时大连老家的二舅寄来了钱，让他们买车票回家，说奶奶想孙子孙女想得不行，让他们快点回家。这一次，全家齐动员，从水城出发，倒了无数次车，买了好多贵州的特产带回去，她记得当时爹爹还买了好几瓶茅台酒带回老家，回家那天，两个舅舅都喝醉了……

那时候工资太低，回老家一次，家里就得穷半年，所以，舅舅们寄来了买车票的钱，他们全家才能回老家探亲。

刘美的手里收藏着父亲到三线时写给她的家信。几十年了，泛黄的纸张仍留着岁月的温度。

守在泵站的日子

缪咏梅说，父母一生没做过什么伟大的事情，也没有过人的成就，他们两个非常普通，工作就是在泵站看水泵，你问他们对三线有什么大贡献，他们说不出来，他们就是要完成好党交给的任务，让干什么就干什么。他们认定，只要听党话，跟党走，就不会走错，就不会迷路。

缪咏梅是三线二代，她的父亲缪忠和母亲王正贤是1965年第一批招工来到六盘水的，工作单位是当时第42工程处的料石场，也就是现在的大河边。据缪咏梅介绍，料石场主要的任务是为汪家寨煤矿建设提供石材供应和生产，除了井下的工作，没有其他工作比这项工作更苦。当时，他们是按军事化管理，每天早晨8点就准时在食堂门口集合，集体到山上开始一天的工作，每天工作至少在8小时以上。工作之余，晚上还要参加学习，学习的内容就是抓革命、促生产，学习愚公移山精神，学习毛主席语录等。他们的工作主要是把山上的石头用炮轰，然后用大锤、钢钎、手锤等工具，人工把石头凿雕成30×30规格的石料，所有的搬运工作全部靠人工，肩挑手抬。由于当时煤矿建设的时间定在30个月内必须完成，为了确保生产任务，他们晚上经常打着马灯加班，而加班唯一的报酬就是每人一碗稀饭和二两油炸糕……很多最初和父母亲一起来参加工作的同事，由于受不了这种苦累，纷纷辞工回家，缪咏梅的父母选择了坚持。

缪咏梅的父亲是一个忠厚老实的农村人，好学上进，也就是这段工作经历让父亲练就了一身手艺，成了一位石匠、木匠……以至于这身手艺后来可以补贴一部分家用。这样的工作一直持续到1974年汪家寨洗煤厂成立，父母亲由42工程处转到汪家寨洗煤厂工作。

缪咏梅说，按理洗煤厂的工作比起料石场的工作相对来说轻松很多，可是由于我们家姐妹比较多，厂里是三班倒制，父母亲没有办法照顾我们，所以不得不申请调到偏僻的地方去工作，也就是后来的“300号电厂”门口看水泵，谁知这一去就是15年……

缪咏梅说，到了那个地方我们的读书就成了大问题，因为当时上学是以系统为单位，我们是矿务局系统子女，只能到矿务局的学校上学，但学校离泵站很远，而离我们近在咫尺的学校只有电力系统的“300号电厂”子弟学校。为了让父母亲安心工作，单位不得不与“300号电厂”的相关部门对接，经协调，我从之前的汪家寨子弟学校进入电厂子弟学校学习。在两个学期中就转了三次学。地域的差异让我根本没有办法去适应，慢慢逐渐长大以后才感觉到，在电厂学校的同学们的眼里我就是一个“外来户”，等父母亲调走，带着我们回归原单位的学校，那时候才知道原来在这里，我们还是一个“外来户”，那时候感觉自己就像一片风中飘零的叶子，找不到自己的根，对成长中的我，影响真挺大的。

在水城电厂大门外的河堤处，有两个泵站，一个属于大门里的水城电厂，另一个属于汪家寨矿。泵站外形是一个圆形的建筑，从高处俯瞰，两个泵站像是城堡，又像是哨所。缪咏梅指着外侧的泵站说，那就是父母看管的泵站。父母看管的这个水泵站，是当时整个汪家寨片区唯一提供水源的地方。没有泵站，洗煤就无法完成；没有泵站，生活也无法进行。父母亲的工作就是为保障汪家寨几万人口的生活和生产用水，所以根本由不得半点马虎，几台水泵必须轮流工作，父母亲每天必须随时看护，到了雨季，遇上洪水和暴雨时就更不得有半点掉以轻心，生怕大水把水泵淹没，父母根本就不敢离开工作岗位。工作就在那里，没有人来管父母，他们就是自己管自己，特别有责任心，每天到泵站管理看护。三线人就是这样，觉悟高，即使是一个普通的工人，也非常自觉，就是尽全部力量做好自己的工作。

父母两个人，过着守泵站的日月，年复一年，不觉得枯燥，不觉得乏味，因为，在他们心里，那是一份工作，一份必须做好的工作。

缪咏梅从小就和爸爸妈妈一起在这里看水泵。缪咏梅说，泵站虽然不大，但是岗位特别重要，父母就把这份工作看得比什么都重。他们就住在大道边，出了家门过了马路就是泵站，从马路上就能看到河边的泵站，每天，父亲都会随时到泵站检查，天天如此，年年如此，从不含糊。

“300号电厂”的院子很深，大门口有几栋楼房，马赛克的墙体看上去斑驳陆离，那是电厂曾经的子弟小学。走到纵深处，才能看到在山脚下，依山而建的成排成排的楼房，里面早已人去楼空，窗户上的玻璃有一块没一块地挂着，厂子的核心区域都在山根处，走过去，要经过一座桥，桥下是湍急的河水。河南边靠近大门的地方，挨着山，有一条通往山外的盘山公路，河北侧沿河边建着厂房和住宅。厂区内也有一条通往山外的路，这条路不需要盘山，缪咏梅说，当年，要走近路必须从厂子里过，但是让不让过，电厂的人说了算。盘山路不好走，又远，从电厂穿过，很快就可以到达山外。

电厂建在大河边，方便发电，也带来不少麻烦，50多年前的这里，可没有现在这样闲散，这藏在大山沟里的电厂，曾经在1991年被山洪整个淹没，洪水淹到了家属楼的三楼。幸好山洪暴发的时候不是在夜晚，才没有发生人员伤亡事故，缪咏梅的家就在大河边，当时，她的家刚刚搬走一星期，逃过了一劫。也正由于此次山洪，电厂才重新选址，全部迁出了大山，在城里重建。

老电厂大院里的招待所牌子还在那里挂着，办公大楼的大门落着锁，如果不是这些废弃的老建筑成群结队地站在深山峡谷之中，真无法想象这深山里曾经有过如此热闹的生活。

电厂早已搬走，但是大门外河堤处修建的泵站还在，看水泵的人家仍然住在河边，看水泵的人早已经换了几拨。

缪咏梅说，她从小在这里长大，对电厂，对汪家寨煤矿充满了感情。长大后，她也到了父亲的单位工作，到汪家寨洗煤厂当了一名工人。

洗煤是煤炭深加工的一个不可缺少的工序，从矿井中直接开采出来的煤炭叫原煤，原煤在开采过程中混入了许多杂质，而且煤炭的品质也不同，内在灰分小和内在灰分大的煤混杂在一起。洗煤就是将原煤中的杂质剔除，或将优质煤和劣质煤进行分门别类的一种工业工艺。洗煤过程所产生的产品一般分为有矸石、中煤、乙级精煤、甲级精煤，经过洗

发电厂厂区

煤过程的成品煤通常叫精煤，通过洗煤，可以降低煤炭运输成本，提高煤炭的利用率，精煤是一般可做燃料用的能源，烟煤的精煤一般主要用于炼焦，它要进行去硫、去杂质等工业过程，以达到炼焦用的标准。

起初，缪咏梅在洗煤厂的流水线上，在机器轰鸣的洗煤车间兢兢业业地工作，工作是三班倒，工作服上沾满煤灰，脸上手上永远都黑乎乎的，浑身上下包裹得严严实实，但年轻的面庞永远充满青春的活力。后来，她想到外面的世界去闯荡，于是，她离开了汪家寨洗煤厂，离开了父母工作了一辈子的工厂，离开了她熟悉而又热爱的大山，到六盘水市去开创属于自己的事业。

我跟着缪咏梅到了她父母工作过的泵站，到了已经杳无人烟的老电厂，到了高山之上的汪家寨洗煤厂，到了汪家寨矿井处，在她的指引下，我看到了她曾经每天站在皮带前的洗煤车间，看到了她曾经在洗煤厂流水线上看守过的皮带，看到了整个选煤、洗煤的厂房、厂区。在这之前，我从来不知道乌黑油亮的煤是洗出来的，更不知道煤要怎样洗，正是因为缪咏梅，我才知道，原来我曾经认识的煤和想象中的煤与现实中的煤是多么不同，就像矿山里的人与大山外的人，又是多么不同啊！

在汪家寨煤矿，我懂得了煤的真正含义，我知道煤之所以称为工业的粮食，除了煤特有的品质特征，还因为有千千万万个缪咏梅和他们的父母们，他们用忠诚和责任，赋予了煤更多的内涵，以煤这种工业的粮食，填充我们人类精神的饥饿，让我们在通往未来的路上，感受到热爱和光芒。

汪家寨啊，汪家寨，大山里的热闹因煤而起，大山里的繁华也因煤而兴。大山里那些坚守的日子，已经成为三线人最温暖的回忆。

第十三章　从三线到“三献”

当年，把大学里成绩最优秀、政治表现最好的学生，把厂里的优秀工人和技术人员抽来支援大三线建设，其中也抽了不少共产党员。三十多年来，他们在大山里默默地奉献了几代人，我这次在水钢的焦化厂，问了一个工人，他是跟爸爸从鞍钢来的，他爸爸退休了，旁边站着一个小女孩，是他女儿，三代都奉献给水钢了。确实是献了青春献终身，献了终身献子孙。所以应该看到，三线企业和职工都为国家经济建设、国防建设立下了汗马功劳。

长大后，我就成了你……

1986年，在水钢工作的王国忠因病退休，按照当时的政策，刚刚中学毕业的王大兵接父亲的班，来到了水城钢铁厂，在水钢炼铁厂料运车间一线工作，从此开始了他在水钢的职业生涯。

王大兵1969年3月出生于贵州省毕节市黔西县一个彝族家庭。1966年，父亲王国忠被水城钢铁厂招收为工人，从毕节来到水城钢铁厂，加入了三线建设大军，在水钢从事高炉卷扬司机工作，直到退休。

1986年，年仅16岁的王大兵顶替父亲换工进入水钢，至于水钢的历史以及国家三线建设的情况，来工厂之前他了解并不多，只知水钢是一家国有企业。后来通过厂史教育，再加上接触到许多三线建设者，才逐渐了解到水钢的发展史以及国家大三线建设的历史，对父亲那一代三线老人当年艰苦奋斗建设三线的精神，有了深刻的认识和理解。

王大兵说，我在水钢工作了30多年，亲身经历了水钢发展的许多重要历史过程，见证了水钢成长壮大的重要时刻，作为三线二代，能够走进并融入水钢这个大家庭，全身心地投入水钢建设中，毫无保留地奉献出自己的一切，都是因为父辈们的深刻影响。三线建设期间，有许多与父亲同时进厂的老乡，经受不住建厂初期艰苦的考验，中途退出了水钢，而父亲选择了坚持，坚守到从水钢退休，父亲的坚守，也传给了我，感染了我。

记得那是20世纪90年代初期，市场经济的大潮席卷中国。由计划经济向市场经济转变推进的过程之中，像许多国有企业一样，水钢的发展一度陷入困境，举步维艰，经济效益下滑，人们价值观也在转变，似乎一切都要“向钱看”。当时，与王大兵一同进厂的同事，许多人离开了工厂，有的南下打工，有的自主创业，至此与水钢分道扬镳。当时，20多岁的王大兵，正是血气方刚、精力旺盛的年龄，他的心已萌动了，想趁着年轻下海闯荡一番，到沿海城市看看外面的世界。

王大兵敬重父亲，更何况自己的工作是父亲“给的”，如果离开工厂，必须要跟老人家说一声。没想到，王大兵与父亲说完自己的想法后，竟然遭到了父亲无情的责骂。王大兵说，父亲那一代人，对水钢充满了感情，水钢是他们一砖一瓦建起来的，水钢是他们的骄傲，听说我要离开水钢，父亲无论如何都不能接受。父亲和妻子的强烈反对，使一度想下海的王大兵，重新开始考虑自己的想法，也重新开始认识和审视水钢。王大兵说，每想到水钢一路从东北到大西南创业的情景，想到老一代三线人为水钢建设付出的心血和汗水，想着他们对工厂现状的担忧，想着他们对水钢未来发展的期望，我的心被深深震动了，身上仿佛有一种力量在升腾。坚定了要与水钢风雨同舟的信心。

不再憧憬外面的精彩世界，王大兵开始重新思考自己的工作，他为自己制订了学习计划，强化了自我提升。1991年7月，他光荣加入党组织，成为一名共产党员。他刻苦钻研，在工作和学习中不断进步，先后10余次被评为炼铁厂和水钢优秀共产党员、先进工作者、先进个人。

王大兵喜欢琢磨现场设备，针对工艺要求，让老设备尽量提升性能，带领职工大力践行设备的小改小革和合理化建议活动。他提出的《B102皮带漏子改造》荣获水钢公司2014年度优秀金点子奖；《熔燃系统增设筛焦机》被评为水钢合理化建议并获得技术进步项目一等奖；《管2号皮带驱动能改造》《三高炉小矿槽1B、2B槽增设溜管改造》《熔燃2号皮带改造》等建议分别荣获炼铁厂合理化建议奖、技术改进项目奖、技术进步项目奖等各种奖项。他所在的首钢水钢炼铁厂料运车间综合班，质量管理的小组被命名为全国优秀质量管理小组，并在2016年“冶金质量联盟杯”优秀QC小组成果发表竞赛中荣获二等奖，参与的《以员工素质教育为先导，在创新创建学习型组织中发挥党的政治核心作用》等多篇论文获得各种奖项。

王大兵爱好文学，喜欢读书，丰富的工作经历和阅历，给了他创作的灵感，他创作的作品在各种征文大赛中获奖：中篇小说《同桌》荣获“柳钢杯”全国冶金职工纪念中国共产党成立90周年征文活动金奖，短篇小说《努力生活》荣获贵州第11届新长征职工文艺创作优秀奖，短篇小说《努力生活》荣获“第二届中国冶金文学三等奖”，散文、小小说常见于国内报纸杂志。

王大兵说，是组织的培养和父亲的坚持与坚守精神成就了我，我的灵魂已融入了水钢这个整体。女儿王月大学毕业后，在我与妻子的建议下，也进入了水钢工作，她跟随爷爷和父亲的脚步，加入水钢，现在铁焦事业部政工室团委担任宣传干事，成了名副其实的“钢三代”。

“长大后我就成了你”，他们与水钢结下了不解之缘，也为自己是水钢人深深自豪。

做三线精神的传播者

在六盘水，到处都可以看到三线建设的痕迹，到处都有弘扬三线文化的特色街区、景区。在六盘水，有许多三线子弟自发地在做着同一件事，就是努力留住三线建设的那段光荣的历史，积极传播和弘扬三线精神。

闫建新在六盘水月照机场工作，17岁那年，他跟随父亲从老家来到六盘水，作为三线的二代，他有着浓浓的化不开的三线情结。他和缪咏梅一起共同策划，联合吴磊、东方青竹等几个热心传播三线文化的好友，自费创办了《三线·记忆》微信公众号，致力于三线故事的传承，他亲自担任总编辑。由于他们几个人平时都有工作，公众号全都是利用业余时间去完成。每逢周末，他们便深入三线建设者当中采访，对象都是三线建设者，大多是70多岁，闫建新等人对三线建设进行抢救性的采访、录音、文字整理，留下三线建设者接受采访的影像资料和照片。他们采访的三线老人有干部、工人，还有三线建设者的家属等相关人员。

然后制作成公众号文章，并在微信里配有三线建设者当年工作和生活的老照片，再现三线建设者当年的风采。

闫建新从17岁到六盘水，至今已经是知天命之年，他亲身感受到父辈那种无私奉献的奋斗精神。他说，六盘水是一个英雄辈出的城市，也是一个讲正气、有正义感的城市。

闫建新1984年随父亲到了水城，为了减轻父亲的负担，他没有继续上学。尽管来的时候从学校开了两份转学证明（一份初三转学证明、一份高一转学证明），但是到了这里，他却改变了主意。尽管父亲的好友们一个劲劝说，希望他能够继续读书，将来考大学。但是，执拗的闫建新却依然决定去工作。实在拗不过他，父亲便托人为他找到了一份在护厂队执勤的工作。

闫建新回忆，刚到护厂队参加工作，我非常认真。一天值夜班，凌晨4点左右，天空开始下起了雨，班长和另外一个队员在里屋睡熟了，我一个人在外屋看书，因为我通过这段时间的工作后，觉得人生的路上还是需要学习，不甘心就这样一直干看门岗、执勤的工作。正当我聚精会神看书的时候，远处传来汽车轰鸣的声音且越来越近，我急忙抄起指挥旗冲了出去，天上的雨下得很大，不远处一辆汽车正朝门岗这边驶来，我迅速摆动手中的红旗示意汽车靠边停车，这辆车子好像减速了，正待我准备上前盘问的时候，司机却突然加油，汽车就要冲出去，说时迟那时快，我一个箭步跳上汽车驾驶室踏板，抓住车门把手，大声警告驾驶员停车。在我厉声呵斥下，司机终于停下了车。我边问边检查车厢里的东西，原来车厢里装的是钢丝绳。司机见状忙告诉我说这是一车废钢丝绳，没人要的。我说，废钢丝绳也不行，那是厂里的财产。我命令他们下车，因为没有电筒，借着路灯的光我才看见车里坐了4个男的。司机旁边的一个人见我态度坚决，于是从衣兜里掏出一沓钱伸到我面前说："兄弟，我们都是在外边混口饭吃的，你就行行好放我们过去，反正也是废旧物资不值钱。我这儿有80元钱你拿去吧，买包烟好不好？"当时我的工资是50多元，80元钱相当于一个半月的工资啊！见我没说话，他急忙从手腕上摘下一只金灿灿的手表，说："兄弟，你要是觉得少的话连这块表一起拿去吧，这个可是双狮牌的。"双狮牌手表在当时那可是很稀罕的东西，但我根本想都没想，被雨水淋湿浑身打战的我咬着牙说了一句："你少来这套，下车！"就这样，我把司机和那个要给我钱的人一起从车上拽了下来。两人跟着我走向门岗，谁知没走几步那辆车却突然打着火，轰隆隆跑了！我把抓住的两人交给了班长他们，然后向队部报告。没多久，队长把两个人带走了。事情过去后我有些后怕，那天车上坐的可是4个强壮的男人，我一个人面对他们，如果他们真的想对我下手太简单了，天下着雨即便呼喊也没有谁能听到。所幸还是邪不压正吧！

作为三线二代，我很庆幸自己能为六盘水的转型发展贡献一己之力；作为三线二代，我也早已把这里当成了自己的故乡。我会把父亲传承给我的三线精神传递下去，融入工作中，让三线精神的"星星之火"永远不灭。

自开始运营公众号后，闫建新的团队凝聚了许多三线老人，从2018年开始，《三线·记忆》团队每年都在重阳节这一天，邀请70岁以上的三线老人，联合水城古镇三线大食堂，请他们到店里聚会，一起联欢，让三线老人们互相见见面，聊聊天，唠家常，他们还准备了丰富多彩的文艺节目，把许多爱心企业捐助的纪念品发给老人们。活动结束前，还给全体参加活动的三线老人照一张大合影，发给每个人，让这些三线老人非常感动，聚会结束，老人们恋恋不舍地对闫建新他们说："谢谢你们还记得我们！"

闫建新说，我们做公众号，不是要做他们的代言人，而是要做倾听者，做时代忠实的记录者。三线建设对六盘水这座城市有着非同寻常的意义，三线人不应当被遗忘。

播种“生命火种”

卢梭说，人的价值是由自己决定的。

在黄冬菊看来，一个人的价值，应当看他贡献什么，而不应当看他获取什么。

黄冬菊说，没有什么比生命更宝贵，但如果一个人可以通过自己的努力，延续另一个人的生命，那我愿意做这样的传递火种的人。

2019年10月9日，我第三次去六盘水，到中寨乡捐赠图书。在这次捐赠活动中，我认识了黄冬菊，她是三线二代，她的父亲黄立俭和母亲张淑珍响应党的号召，1966年从黑龙江鸡西矿务局正阳煤矿，来到贵州支援三线建设，到了六盘水四角田矿。

黄冬菊受父母的影响，有着很深的三线情怀，她和先生两个人自费在水城古镇上办了一座“袖珍”三线博物馆。当我听六盘水的朋友介绍，黄冬菊曾经无偿捐赠造血干细胞，是中华骨髓库的成员，敬佩之情油然而生。

黄冬菊性格开朗，高高的个头，但看上去有些瘦弱。我问她是不是因为捐赠骨髓才使身体这样瘦弱，她干脆地说，不是！我天生就是这样瘦弱的体质，跟捐赠没有一点关系。

我听说过许多捐赠者的故事，但真正与捐赠者面对面，黄冬菊是第一个。在我看来，能有勇气为陌生人捐赠骨髓，一定有着不寻常的心路历程。黄冬菊却说，这只是一个巧合，也是一场缘分。她说，我的父母都是三线建设者，六盘水这片土壤孕育了三线建设者无私奉献的精神，作为三线二代，她只是接过了三线建设者的“接力棒”，做了自己应当做的事情。

黄冬菊说，可能是受父母影响，身上总是有一种使命感。

2008年，汶川地震发生后，巨大的灾难揪紧了全国人民的心。到汶川去，救人；到汶川去，送物资。然而，灾区容纳不了那么多志愿者。黄冬菊听说灾区抢救伤员需要备血，她想，自己不能到现场帮助灾区群众，献血也算是尽了一份爱心，于是她自己去了血站。虽然是平生第一次献血，但她没有犹豫和顾虑，她想自己的血液能帮一位就是一位。至此，她成为一名无偿献血志愿者，一直坚持到现在，累计无偿献血4000多毫升。

正是在献血过程中，黄冬菊加入捐献造血干细胞的志愿者队伍中。有一次，在无偿献血时，医生对她说：“你可以加入我们中华骨髓库，帮助更多的血液病患者。”

听说捐献造血干细胞可以帮助血液病患者获得新生，黄冬菊产生了兴趣。2013年5月15日，黄冬菊正式成为一名造血干细胞（捐献骨髓）志愿者。

2016年9月，贵州省红十字会造血干细胞管理中心收到通知，黄冬菊的血液资料与一名急性淋巴细胞性白血病患者HLA（人类白细胞抗原）初配相和，其高分与体检结果全部符合捐献要求，她是该患者目前最佳移植供者。

得知自己与一名患者匹配成功，黄冬菊很兴奋，“嘿，我才加入中华骨髓库不久，就能与患者配型成功，意味着又一个白血病患者有了希望，这是多好的缘分，又是多么有意义的事啊！”

黄冬菊收到消息后，第一时间毫不犹豫地表达了愿意捐献的意愿。

为了保证捐献的顺利进行，使身体和精神保持最佳状态，那段时间，她开始加强身体锻炼，保持正常的睡眠等作息时间，她还取消了度假旅游的出行计划，就是要保持最佳的身体状态。根据患者的身体情况，黄冬菊随时做好捐献的准备，全力配合捐献的时间和流程。

但是，采集并不顺利，第一次采集时间定在2016年12月22日到28日，但因为患者肺部发生感染，无法进行干细胞移植，捐献只好搁浅。最终，随着患者肺部感染的治愈，又确定了第二次捐献时间，2017年2月16日至21日。

无论是无偿献血，还是加入中华骨髓库，黄冬菊都是默默地做着这一切，从不张扬，为了顺利完成造血干细胞采集，根据患者病情的需要，从2017年2月16日开始，黄冬菊必须到省人民医院血液科连续4天注射动员剂，正巧与六盘水市的“两会”撞期，作为连续三届的市政协委员，每次政协会议她都会带去许多关乎教育、民生以及城市建设等方面的建议提案，而且两会期间，她担任小组的召集人。

但是，受捐患者恰好在此时需要她，对于患者来说，血液配型成功的概率非常低，也许只有这一次机会。救人为大！黄冬菊只好向大会秘书处请假，并委托其他委员转交她的提案。也正是这次请假，使她一直默默做公益的事情被“曝光”。

在六盘水市“两会”期间请假捐献造血干细胞，黄冬菊突然“红”了，这让她有点意外，黄冬菊认为，这一次捐献只是想付出自己的一份真心，真的无意出名。黄冬菊表示，我真的只做了一件应该做的事，如果自己的经历能够激励更多的志愿者加入中华骨髓库，加入捐献造血干细胞的队伍中来，我愿意再“宣扬”一下。

黄冬菊要捐献造血干细胞，家人虽然支持她，但还是很担心，尤其是年过八旬的父母有些忧心忡忡，捐献干细胞会不会有副作用？是否影响健康？身体发肤，受之父母，为了打消父母的顾虑，黄冬菊反复向父母讲解捐献造血干细胞知识，还让他们了解中华骨髓库等相关情况，打消父母的顾虑。

“我只要捐献造血干细胞，就能挽救一个人的生命，这是多好的事啊！”经过三线建设洗礼的父母本就是开明的人，最终父母和爱人都对她的捐献给予了理解和支持。

2月16日，黄冬菊带着简单的衣物，背着一个包，一个人悄悄地上了开往贵阳的火车，她没让家人陪伴，也没有鲜花掌声送行，却怀揣着一份沉甸甸的责任和爱心。

“采集造血干细胞前后要一周时间，需要提前入住医院，做各种准备，她与医务人员认真沟通，全力配合，不增加任何人的负担，力争使捐献效果达到最好。前几天每天都要注射一针惠尔血（动员剂），将造血干细胞从骨髓里动员到血液中，便于最后一天采集分离。”黄冬菊说。回想起那一周，黄冬菊记忆犹新。黄冬菊告诉我说，捐献干细胞时，最难熬的是打完针以后，每个人的体质不同，会有不同的反应。从2月16日至20日，黄冬菊每天早上7点及下午7点都要注射动员剂，注射后，她的身体开始有反应，腰酸腿疼，“到第三针时，骨头缝像有小虫钻似的，胀胀的。”不过，她认为这些都不算事，都在可忍受范围内。“每个阶段，身体会出现的反应和症状，我都提前学习了，这些是必要的过程，没什么可恐惧的。”为了配合医生，让采集工作做到最好，顺利度过这段“难熬”的时光，她提前下载了几部电视剧。她一个人待在病房的几天里，把一直想看的《潜伏》等电视剧全部看完了。

经过几天的准备，关键时刻到了，2月21日上午9点，采集工作正式开始，因对方是一个体重180斤的患者，所以需要的干细胞量也较多，经过206分钟的采集，黄冬菊捐献了237毫升造血干细胞。最终，黄冬菊在贵州省人民医院完成了干细胞悬液的采集。

当天晚上，患者的主治医生带着黄冬菊捐献的造血干细胞回到江苏徐州，为患者进行移植，她用生命的火种，点燃起一个从未谋面的白血病患者生的希望。

“捐献造血干细胞是一件非常有意义的事，如果还需要我捐献，我会一如既往地站出来。”黄冬菊说，现代造血干细胞移植法从外周血中采集造血干细胞，整个采集过程在一个封闭和符合医疗安全要求的环境中进行，是极为安全的。在采集完成后，一些轻微疼痛感和不适将会很快消失。至今没有因采集外周血造血干细胞对捐献者造成伤害的案例。

“有爱心的人很多，如果再多一点勇气，伸出双手，你就成为一名造血干细胞的捐献者，你就挽救了一条生命，你就是和平时代的英雄！”黄冬菊希望有更多的人能加入志愿者队伍中，加入红十字人道公益事业中来。

捐献结束后，黄冬菊被中国造血干细胞捐献者资料库管理中心授予《捐献造血干细胞荣誉证书》，获得贵州省红十字会授予的“博爱”奖章，成为六盘水第12位造血干细胞捐献志愿者，贵州省第142位捐献志愿者，全国第6294位捐献志愿者，更是目前贵州省年龄最大的造血干细胞捐献志愿者。

黄冬菊说，她作为三线建设者的后代，做公益也好，做教育也好，都是深受老一代三线人的影响，她只不过是接过三线建设者的“接力棒”。

十七岁，人生轨迹的转变……

唯愿不惧将来，只恋脚下。

——杨德会

“1990年12月，我出生于贵州六盘水水城一个少数民族山村，那里有黄土，黄土里种着土豆和玉米。山上有孩童放着牛和羊，风常常凉凉地吹过来，河水流淌在村寨里面，人人都说这里很美。但我却从未去体验和感受这里的一切，因为我有很多事情要做，要背水、要喂猪、要煮饭、要照顾我的弟弟妹妹们，每到赶集日，我还要和母亲去集市卖些农副产品以补贴家用。年年，月月，天天如此。2007年6月初中毕业，因家境贫寒，交不起学费，我打算放弃学业，在家里帮助父母……”

上面的文字是杨德会于2019年7月25日发给我的，当年，曾经一度要放弃学业的杨德会，如今早已大学毕业，参加工作七年多了。她于2010年考入贵州城市职业学院酒店旅游管理专业，现为贵州省诚信世腾旅行社有限公司专业贵州地接导游人员，她告诉我，她的理想是未来开一家属于自己的旅游公司，为贵州旅游做形象宣传。

杨德会说，很多人常说，高考是命运的转折点，但对于我并不是这样，我的人生轨迹的改变应该是在我17岁那年。

17岁，既没有成年，却又接近成年，每个人在从少年走向成年的过程中，都有着不一样的故事。

如今做了导游的杨德会，一直对那次影响命运的相遇记忆犹新。

在水城老城有一条老商业街，由东门延伸到南门。这条街非常热闹，商户云集，各种商店、饭店、杂货店、小吃店比比皆是；商品丰富，鸡鸭鱼肉，蔬菜水果，各种小吃，土特产等，品种齐全。这里也是老六盘水人最喜欢去逛的地方。平时这里总是熙熙攘攘，尤其是每到星期天的“赶场”日，到商业街上赶场的人从四面八方赶来，把本来就不宽的街道挤得水泄不通。

2006年1月，在水钢工作了38年的徐春刚退休。从工人到担任领导干部，他走过了十几个工作岗位，退休前担任水钢老干处处长。尽管老家的亲戚都希望他回老家养老，但他和老伴还是选择留在六盘水。他太热爱这座城市了，他看着自己亲自参加建设渐渐成长起来的城市，就有一种自豪感，这里的一切都让他感觉格外亲切，他不舍得离开。

只有历经艰辛的人，才更懂得珍惜平凡的生活。徐春刚是个热爱生活的人，他喜欢四处走走，他欣赏普通人在市井中那种平实的生活状态，每逢“赶场”日，徐春刚都会陪着老伴，到老城的商业街去看看，逛逛，有时还能淘到地方特色的“俏货”。

有一天，徐春刚在市场里发现一个十五六岁的小姑娘独自照顾着一个烙饼摊，她干起活来手脚格外麻利，熟练地烙着饼，看那动作非一日之功，她的摊位前人很多，她烙的荞麦面软饼很受欢迎。

徐春刚退休后一直从事社会公益事业，他担任水钢教育处志愿辅导员，同时担任六盘水市关心下一代工作委员会副主任，他十分关心青少年的成长，经常为青少年做报告，关心青少年的健康成长。当他看到一个本该在家里认真学习的孩子，却在市场上熟练地做着生意，有些不解，主动上前同她攀谈起来。

杨德会当时是六盘水钟山区四中初三（2）班的学生，家在水城县南开乡农村，家庭贫困，父母以卖菜为生，供他们5个孩子读书。杨德会是家中老大，她经常利用休息时间，抽空做小生意，挣点小钱，帮父母分忧。杨德会告诉徐春刚，父母都是地地道道的农民，对于父母来说，能让5个孩子吃饱穿暖已经很不容易，她现在的心思根本不在学业上，由于沉重的家庭负担，已经无力再继续学业，等夏天初中毕业后，她就不打算再上学了。她说，我是家中老大，我要帮父母一起抚养弟弟妹妹们。

杨德会说，我渴望上学，但却不敢奢望，更没想过有一天会走进大学的校门。

徐春刚得知杨德会的情况后，内心很震撼，这么小的孩子，一边读书，一边帮助父母，帮扶弟妹，勤劳自强的精神让人敬佩。徐春刚和老伴决定资助杨德会，让她重新回到课堂上，不仅要继续上学，还要让她读高中，考大学，让她学有所成，只有这样，才能彻底改变她家里的贫困局面。

徐春刚联想到在做青少年工作时，经常会遇到各种各样的问题，现在许多条件好一点的家庭的孩子，讲享受，怕吃苦，不懂得珍惜，更不能为父母分忧解愁，花起钱来如流水，不愿做家务事，要吃好的，要穿名牌，等等，他们体会不到父母的钱来之不易。他们更想不到，有许许多多像杨德会这样的孩子，每天都在为学费发愁，早早地开始承担生活的重担。

徐春刚有感而发，写了一篇《勤劳自强精神赞》的文章，希望通过这篇文章，让青少年学习杨德会勤劳自强的精神。2007年6月12日，《勤劳自强精神赞》一文在《水钢日报》上发表了。这篇文章迅速引爆水钢的“朋友圈”，反响很大，许多人通过报纸得知了杨德会的情况。她的故事感动了无数人，在广大少年儿童中产生了积极影响。

文章发表后，在徐春刚的影响下，社会各界开启了对杨德会的全新帮扶模式。许多人向杨德会伸出援手，他们要让她在应该读书的好年龄，好好读书；他们要让17岁的她，不必为生活放弃学业。

在社会各界爱心人士的帮助下，杨德会被六盘水一中录取，不仅解决了学杂费和生活困难问题，更收获了一份开启新生活的信心。

杨德会经过努力，终于考上了大学，毕业后参加了工作，还带动和帮助弟弟妹妹也上了大学，参加了工作。13年前，杨德会家里7口人，生活贫寒，如今杨德会家的生活发生了翻天覆地的变化。杨德会说，后来我才知道，原来徐伯伯是三线建设时来到西南，家里条件并不富裕，但他却帮助过许多人。我会像徐老师那样，尽自己最大的努力，传递正能量，传递爱心。

第十四章　大山深处的逆袭之路

大哥的一次“意外”高考

小时候的于慈江是顽皮的“孩子王”。他后来之所以会从昏天黑地贪玩的状态里走出来，全力准备考大学，是因为兄长于慈海的一次“意外”高考。

当年，于慈江和哥哥于慈海都在水城矿务局大河边煤矿的一所“戴帽”中学读书。戴帽中学，顾名思义，软硬件与正规高中相去甚远。当时哥俩最羡慕也最想去“矿中”，也就是水城矿务局中学上学。矿中是重点学校，那里的师资队伍和各方面条件都非常好。但是大河边煤矿是水城矿务局的下属煤矿，父亲在大河边煤矿工作，他们作为大河边煤矿的职工子弟，没有资格去矿中上学。

1977年恢复高考那一年，于慈海正读高一，学校的化学老师邀请他一起参加高考。当时，年轻气盛的于慈海怦然心动、跃跃欲试，也实在想通过高考检验一下自己的学习成绩。没承想，他一下子就考中了，考上了重点大学四川矿院，也就是如今的中国矿业大学。造化弄人，邀他一起考试的化学老师却落榜了。

于慈海虽然考上了大学，却给家里人平添了烦恼，纠结于他到底读还是不读这所大学。因为大家都知道，于慈海是典型的学霸，学习成绩特别好，数理化成绩尤其突出。平常学校每有考试，别人答卷需要一个半钟头甚至两个钟头，于慈海通常只需要20分钟就会做完交卷，然后独自一人在操场上乱逛。有时候，别的班级的老师看到他在操场上实在闲得无聊，就会跟他说："于慈海，你来做做我们班的卷子！"结果让包括弟弟于慈江在内的同学们特别惭愧的是，当大家还在挥汗如雨地解题答卷时，于慈海又做完了一张卷子，无比轻松地交卷了……

小时候有件事，于慈江记得特别清楚：有一次，哥哥数学考了57分，不及格，回家怯生生地把卷子交给了母亲。母亲一看，立刻火了，拿起笤帚，把哥哥好一顿揍。而一向倔强的哥哥默默地流着眼泪，绝不解释。第二天老师就来家访了，说："刘老师，你打错了，你们家老大是全班第一名。"

在众人眼里，于慈海真是神童般的存在。大家认为，以他的天分和成绩，一定能考上清华大学。况且他才刚刚读高一，假以时日，成绩还会提高。于是，大家旗帜鲜明地分成两派：有的人说他应该现实一点儿，去矿院；有的人说他前途不可限量，应该等着考清华。最后，还是立马去上学的意见占了上风。就这样，于慈海在高一的时候，传奇般地"意外"考上大学，走进了矿大。于慈海也成为国家恢复高考制度以后，六盘水市第一个考上大学的高中生，而且还是一名尚未毕业的在校生。他以不容置疑的优秀，成就了水城矿务局乃至六盘水全市值得骄傲的一段历史。

后来，于慈海在矿大不到半年的光景，就因为数学成绩突出，而被内定为数学师资班成员，转到1978级，最后留校任教。

“突然有一天，高一的哥哥考上了大学，真是人人羡慕。他的形象在我心里更加高大了，我也一下子被震醒了。”于慈江继续回忆道，“初三以前，我的数学成绩一直不太好。依稀记得有一次大半夜，我做不完数学作业，我妈就拎起我哥哥的耳朵，让他起来教我。而他一脸不屑、一副睡眼惺忪的样子，深深地刺激了我。但我自觉还是不如哥哥聪明，一直只是语文特别好，数学并不怎么好，因为不太爱学。有鉴于此，当我决定参加高考时，我就痛下决心恶补我的数学。结果，仅用一个寒假就把数学补上来了，并且还能一鼓作气，继续学没有学过的解析几何等。很快，我的数学就成了我强项中的强项。高考的时候我根本没有复习过数学，只是拿奥数题做醒脑的手段——背一段史地难受了，就做一两道奥数题解解乏，常常会有更高妙的解题思路，也会有小小的得意……”

后来，于慈江得意地发现，他的数学天分其实一点都不比哥哥于慈海差。在后来高考时，于慈江的数学在百分制下考了97分的好成绩，是所有科目中考得最好的。

从六盘水到北京大学

一直渴望上进的于慈江既无法到水城矿中学习，又不能像同班好朋友吴泰宁那样，被家里送到一城之隔的六枝矿中借读，只好死心塌地地在大河边矿的戴帽高中默默苦读。最终，他从这个毫不起眼的学校，考上了心仪的北京大学，来到了他向往已久的未名湖畔。

于慈江当年是以贵州省高考文科第二名的成绩进入北大的。在高考之前六盘水市的统考中，于慈江的成绩就已位列全市第一名。

他也是国家恢复高考后，整个六盘水市、整个水城矿务局第一个考上北大的学生。记得高考后，于慈江曾应邀去贵阳开与高考相关的会议。与会人员都觉得很奇怪，不仅从没有听说过于慈江所在的矿上的子弟学校，更想不到会有人在那样名不见经传的学校里，考出了全省文科第二的好成绩。

简直就是奇迹!

高考前两年，一向玩儿得很嗨的于慈江开始发力、异常发愤，晚上很少按时睡觉，经常学习到深夜。当时住在二楼的舅母，晚上看到楼上于慈江的房间里还亮着灯，会忍不住拿墩布把儿戳天棚，敦促他早点睡觉。于慈江一听到楼下敲楼板的声音，就赶紧先关灯。关了一会儿，感觉舅母睡着了，再打开灯继续学习……

于慈江说，自己能够从那么普通的学校考上北大，除了能管住自己、刻苦努力、勤奋学习之外，还有一个最重要的原因，就是他有幸在学校里遇到了许多好老师。每一想到他们，他就心存感激。

作为附属矿区的子弟学校，大河边戴帽中学虽然地处教育基础薄弱的大山里，却不乏优秀的老师，譬如，教语文的张蜀碧、彭永禄老师，教数学的罗宏光、谭登林老师，教物理的魏厚光、“杨小胡子”（杨胜坤）老师，教化学的杨筑平老师，教英语的张深老师等，都十分优秀，也都给了于慈江很大帮助。让于慈江念念不忘、印象深刻的还有龚敏科、李元国、王清、朱志红、罗厚喜和彭晓敏等老师——彭老师作为学校图书室负责人，当年善意地为于慈江这个特优生提供了自由进出图书室自习和借阅图书的“特权”和便利。

当年，矿上从重庆大学、贵阳煤校等院校陆续分配来不少毕业生，主要分到矿区从事技术工作，但由于矿区以传统生产方式为主，采煤的科技含量和机械化程度不高，一时用不了那么多技术人才，一部分毕业生就被陆续充实到了学校的教学岗位。这些学有专精的老师的到来，给矿区的学生们带来了极大的帮助和实惠。

那时老师的收入微薄，待遇不高，但老师们却大都很敬业。于慈江回忆说：“高考复习期间有一件小事，让我特别感动：有一位语文代课老师叫张蜀碧，她是作为家属，随到贵州工作的丈夫从重庆过来的，语文教学水平很高，又能歌善舞、多才多艺，善于调动和激励学生的学习热情。记得有一次她一进教室，就举着两本一模一样的语文复习书跟大家说：‘这是我从四川老家找来的复习书，一本我给于慈江同学，他现在可以到任何一个地方去读去看了；另外一本我带着大家一起复习……’我当时脸一下子就烧了起来——这是多么沉甸甸的一份期许和看重啊！我怎么能辜负呢？”

于慈江嗜书如命，好读若渴。上初中的时候，有一次在当地一个小伙伴的家里，看到两本厚厚的字典，挺旧。止不住好奇心的于慈江就大着胆子向他的父亲借。本来一个大人不太会理会一个小孩儿的这种要求，但于慈江借的居然是他书架上的一套《辞渊》！一个小孩子有心要看这样的辞书，令这位有相当学养的父亲不免刮目相看，于是就借给了于慈江。

于慈江急不可耐地回到自己家里，如获至宝地一页一页认真翻看。那部上下两卷的辞书上面净是古体诗词上经常出现的词语，光是月亮一称，就有好多条目……于慈江兴致盎然地翻阅着，直到把这套厚厚的辞书从头至尾地读了好几遍，至今还有很多词能记得起来。

由于矿区地处贵州大山深处，极其缺少复习资料，许多资料都是老师自己去外地邮购，托朋友代找。于慈江没有门路，只好逮着什么看什么。记得有一个同学的父亲是矿级干部，有一次去北京开会时，带回来一本复习资料。于慈江看到之后就特别眼馋，但同学只答应借给他两天，一天也不能多。于是，于慈江用整整两天时间，到底没黑夜没白天地把这本书看完了。

还有一次，有同学得到了一套江西老家寄来的复习资料，平时跟他挺要好的两兄弟却坚决不肯借给他。他只好和他们挤在一个狭窄的小床上读。当时那个小房间里空气也不流畅，到处都是臭脚丫子味，可是平素爱干净的于慈江却学得很专注，毫不介意，愣是把那套复习资料仔仔细细地看了两遍……

高中毕业之前，还有一件事让于慈江感到特别自豪。1979年，《辞海》三卷本出版，55块钱一套，比当时很多人的月工资还要高。在素以魄力著称的程喜林校长主持下，学校一买就是两套：一套放在学校图书室，作为镇室之宝，供全校老师参考；另一套扉页上面盖上学校的大红印章，写上“奖给于慈江同学”字样，还特意召开全校大会向其隆重颁赠。

于慈江回忆说：“直到多年之后，我北大的本科同学还在津津乐道地回忆初次看到我的情景。因为我急于报到，到宿舍就比其他同学早。他们提着行李一推开宿舍门，就看见一位同学一本正经地坐在临窗的桌边，聚精会神地在翻阅厚厚的三大本《辞海》，他们就感到很惊讶。等到打开封皮一看，居然还是奖给这个学生的，他们更是羡慕得不行不行的，纷纷嚷嚷着说，他们也是各地的状元、榜眼或探花，怎么就没人奖给他们一套？”

“老师和学校当时对我的种种厚爱，既是无形的压力，更是莫大的鼓励——对一个成长中的学子来说，真的很震撼。另一方面，我早就不按常规的路数来学习了——别的孩子还规行矩步地跟着老师的步子走的时候，我却已经开始在看朱生豪译的《莎士比亚全集》了。巴尔扎克、托尔斯泰这些大文豪的作品，我更是读得滚瓜烂熟，完全被文学名著的魅力迷倒了。”于慈江这样描述他当年的不同寻常。广泛的阅读量既无形中提高了于慈江的写作能力，也使他对社会、对人生，有了同龄的孩子少有的认知度。

1980年高考复习那段时间，正赶上《大西洋底来的人》和《加里森敢死队》这类美国大片热播。于慈江至今都很遗憾的是，这两个片子一直都没有怎么看过。当时有些老师住校，学校操场上方的办公室外面，有一个电视机在播放这些片子。于慈江就用毅力逼着自己在不远的教室里埋头复习，强制自己不去看、不去想。教室里经常只有他一个人在复习，每每要学习到夜里11点多。有时校长恰好也在学校，就会过来把教室的灯关了，赶他回家……

即将到来的高考对于慈江来说，既是压力，更是动力。于慈江自言是个极有毅力的人，从不轻易开始，也绝对不会轻易放弃——为了锻炼毅力和培养胆气，他和哥哥于慈海小时候经常凌晨四五点钟就起床，披星戴月地到家属区后山的坟茔地练习武术基本功。作为一个从小就热爱文学阅读的少年人，于慈江明白《诗经·大雅·荡》中所谓“靡不有初，鲜克有终”的道理，无论做什么事，一旦开始了，就会坚持做下去，很在乎善始善终。他把这种执着和律己当成敬业，当成一种工匠精神。

高考填报志愿时，于慈江把兰州大学、复旦大学、中山大学、北京大学等五六所名牌学校的中文系都报上了，但旋即一想，万一被一个自己并不那么喜欢的大学录取了，就划不来了，便把其他大学又全都画掉了，只报北京大学中文系。这其实等于把自己逼上了绝路，只许成功，不许失败。

于慈江对我说，过去矿区离市区虽然并不太远，但交通一直不太便利，中间还要经过一个叫大垭口的悬崖，比较危险。尤其是，公共汽车非常少，大家基本上都是搭矿区的解放牌车进城——高考那两天，他和其他同学就是搭乘一辆解放牌车进城上考场的。

“接到录取通知书那天，我记得我正待在简易家属楼三楼的家里，听到楼下赵振义校长在喊我。我赶紧把他迎上楼来，他就递给我一个信封，里面装着我的北大录取通知书。他还告诉我说，我是贵州省文科第二名。当时，并没有想象的那么激动。付出就有回报，一切，都是努力的结果。”于慈江如是说。

北大四年本科毕业之后，于慈江又幸运地继续在北大读研究生。他一开始只想着尽早参加工作、踏入社会，并没打算继续深造。部分原因是，当年的研究生含金量太高，实在是不好考，没有几个人愿意去碰钉子。是哥哥于慈海改变了他的求学历史。

于慈海当时正在北师大当访问学者，进修模糊数学和人工智能。他因为自己受矿大规定的限制，不能考研究生，只能当访问学者，所以就对研究生生活特别向往，希望自己的愿望在弟弟身上实现，就极力撺掇于慈江去考研究生。不承想，于慈江根本没有这个意愿。

于慈江记得有一回，是一个下雨天，哥俩并肩走在北大未名湖的小径上，各举着一把伞。于慈海苦口婆心地反复向他强调考研究生的必要性。说到着急的时候，竟然一使劲把手中的伞把儿给弄断了。于慈江感觉很尴尬，觉得何必和哥哥对着干，考考也无所谓，反正也不见得一定能考中。结果居然还考上了——1980级文学专业60余人分两个文学小班，考上本校本系研究生的只有三位同学，于慈江是其中之一。

“多年过去，每当回望这段历史，我都会不无遗憾地说，我当年是‘不幸’地考上了研究生。”于慈江说，“至少当时的确是觉得挺不幸的，因为我那时心心念念只想当作家，不想当学者。”

早年一心一意想当一名作家的于慈江在北大七年特别有名，除了以知名青年诗评家和“朦胧诗”吹鼓手的身份活跃于校内校外，还曾经担任北大话剧队的队长，主演过《雷雨》《保尔·柯察金》等，也担任过校内各种各样的文艺节目的主持人。

北大研究生毕业之后，于慈江顺利进入中国社会科学院外国文学研究所工作。学者兼作家杨绛先生刚好也在外文所，是资深研究员。于慈江多年之后能写成学界首部杨绛研究专著《杨绛，走在小说边上》，可能跟他早年的这一经历不无干系。在外文所工作满两年之后，于慈江如愿拿到一份全额奖学金，飞往美国留学，一去小15年。

人生有无限的可能性，唯有不懈的努力和坚持，才能让可能变成现实。于慈江传奇般的人生经历验证了这一点。

因为有过史无前例的三线建设经历，有过儿时从北到南的举家迁徙，有过北上最高学府的求学体验，有过研究生毕业后经由中国社科院出国深造又归来反哺的回环漂泊，于慈江说：“我感觉我好像比别人多活了几个人生。”

每个“三线人”都有一个心灵故乡

在于慈江的记忆里，儿时的味蕾最习惯的是北方的小麦面粉之香，蒸腾在大锅里，飘逸在饭桌上，香气绵长而又醇厚，是他七岁之前供给身体生长不可或缺的养分。

七岁以后，于慈江告别寒冷的北方，追随父母来到了贵州云雾缭绕的大山里。乌蒙山脉山谷间清冽的溪水和河流灌溉出一畦畦绿意盎然的稻田，令少年于慈江眼目一新。在好吃的烤玉米和烤洋芋的扑鼻喷香之外，在稻田里捞上来的黄鳝和泥鳅的葱爆鲜香之外，那黏糯白净的稻米的诱人甜香，飘荡在他的整个青少年时代，成为他后来走出大山时唇齿间最深切的回甘和留恋。

北方的白面和南方的大米就这样潜移默化地滋养了儿时的于慈江，让他一生都既离不开面，也离不开米。或者说，米和面所象征着的南方的六盘水和北方的鸡西，青少年和童年时期一南一北的成长环境，无形中造就了于慈江性格中的南北相宜和优势互补——既有北方的粗犷和旷达，又不乏南方的温润与柔韧。

“从寒冷旷远的大东北，到云遮雾罩的大西南，一个大对角都让我碰上了。”于慈江感慨道。无论走到哪里，无论走过多远的路，他都注定无法忘记生养他的北方边城鸡西，更永远无法忘记见证他拔节成长的南方凉都六盘水。

“三线人”来自五湖四海，又走向四面八方。每个“三线人”都有一个真真实实的第二故乡，那是“三线人”心灵的故乡。

人生的地平线会在岁月的裂缝中渐渐深陷、下沉，而心灵的故乡却会在时光的渐行渐远中越发伟岸、高耸。

于慈江对自己青少年时代在六盘水矿区的生活经历非常自豪，更充满怀念：“当年在矿区生活和上中小学给了我俯接地气的全部资源，给了我感知世界的基本训练。它也让我从一个纯北方的语境和氛围，到了偏南方的一个语境和氛围，让我能体会到底什么叫天涯漂泊，让我能体会这个世界究竟可以有多大，让我深切地领会了为什么人必须独立，必须走出去，走到山外面去。”

于慈江所在班级的男生大致分成两拨，班长于慈江和副班长王民波各自“领导”着一拨。在于慈江眼里，个头不高、小名大波的王民波不仅人长得帅而精壮，也极端果敢、极端聪明。

于慈江回忆说："那时候，我们除了上课，一天到晚大部分时间就是带着手下的弟兄们爬山钻洞、下河捞鱼、斗鸡撞拐……两拨人时不时地还互相斗斗气、掐掐架。

"我和大波两个人彼此佩服，彼此敬畏。两拨人打架的时候，别的人都真的打，只有我们两个头儿两只手互相支着，顶在一起假打，谁也不真打，因为都怕打不好会丢脸。除了从小学时起就一直担任学习委员的女学霸许文侠（我们班多年后每次召集聚会的灵魂人物，一位极豪爽的大侠式小女生），大波是我小时候最重视的一位，也是真正能方方面面跟我抗衡的一位。但很可惜的是，他可能太有主见，初中毕业后就考入技校，然后到矿上当工人去了。大家都说大波舞跳得好，曾经是水城矿务局宣传队的台柱子，要是能一直待在那里就好了。可惜听说和女朋友商量之后，他选择回到所在的矿上工作，后来在一次瓦斯冒顶爆炸的事故当中牺牲了。同时牺牲的还有另外一位小学发小陈连平，据说也是难得的生产能手。

"大波天性喜欢冒险——记得有同学提到，有一次他在一个露天场地荡秋千，荡那种很危险的秋千，从极高的秋千上直接拍在地上，摔晕了过去。我则一向很谨慎，从不轻易做很冒险的事情。但好在我有极强的爆发力，有的时候可以不顾一切横冲猛打，狠打过几架，却很少有人知道。

"许多年过去了，每当我回忆起学生时代的那段经历，就非常想念儿时的玩伴儿兼对手大波。甚至多年后在睡梦当中，还多次梦见过大波，梦见过同他和发小们一起玩闹的情形。我一直在内心里认为，如果当年大波也跟我一样，能继续上高中，他一定能考上一所比较好的大学——即便不是北大，也起码应该是一所重点大学。但人生不能假设，不可预测，生命的轨迹有时候真是不由自己来规划。大波的坎坷经历和英年早逝让我一直惋惜不已，也让我过早地尝到了生命的无常况味。”

矿区还发生过一些事，一直让于慈江印象深刻：“譬如，有一次，我和母亲在路上遇见几个公安科的人，正押着一个五花大绑的男人游街，一路上都是尾随着看热闹的人。男人是矿医院的一位大夫，是从江浙一带过来的，人长得很儒雅，医术也很高明，对人也很客气。我虽然不太认识这位大夫，他更不会认识我这个小孩儿，但一看到他，我立马有了一点难为情的感觉。可是让我意外的是，他竟突然冲着迎面走过来的我的母亲微微一笑，说：‘刘老师，您下班了？’我的母亲明显有点惶然，但也还是很礼貌地回答了他，冲他笑了笑。后来才知道，他和医院里的一个护士有婚外情，被发现了，就抓起来游街。在那个时代，即便婚姻不幸福，第三者插足也是会人人喊打。”

于慈江后来感慨说，真庆幸能生活在当下，在父辈的那个时代，人活得真挺不容易。

小时候于慈江最喜欢过年，来自各地的三线家属们为矿区的节日生活营造了热闹而又温暖的氛围。那时候过年特别有年味儿：穿新衣扭秧歌，吃了坚果吃糖果，打着灯笼放鞭炮，挨家挨户串大门儿……并不多么富有，甚至可说寒酸，却过得快乐无比。他无比遗憾地表示，如今无论在哪儿过年，都过不出当年老矿区的那种年味儿了。

“其实对念兹在兹、无法忘怀的贵州，我最喜欢、最怀恋的还有它山里的丰富资源，漫山遍野的野果子，包括坚果和浆果，像我每次一回水城就到处采来吃的那种白色的野草莓，我们称之为‘白泡’，像野杨梅、野栗子和榛子，以及漫山遍野的映山红、茶花……都是我特别特别喜欢、特别特别难忘的。我越来越觉得水城的过往，我打小的忘忧生活，对我后来的成年生活是长久的一种滋养。我现在最感放松的时候，就是回到水城度假的时候，而这样的机会越来越少了。”于慈江补充说。

“每次到三线博物馆参观，看到那些矿车、矿灯，镐头、钻机，老屋、小院等，都特别有亲切感。这些要么是父辈们曾经用过的工具，要么是他们曾经住过的地方，都是小时候最常见到的，是父辈们的人生见证。”

让于慈江印象深刻的还有这样一件事：“记得小时候，我和我哥哥于慈海课余老去捡破铜烂铁卖钱贴补家用。比如冒着被硫酸腐蚀的危险，从那些废弃的旧矿灯里头寻找废铅、废弃的铜线头什么的，然后一点一点攒起来，去水城老城的废品收购点卖掉。记得有一回足足卖了30块钱，我们哥俩一分钱都没舍得花，回来老老实实交给了母亲。小时候家里孩子多不说，父母还老得分心负担两家老人的生活，让我们家总是处在一种所谓拉饥荒的状态，钱总是很紧。我母亲那次一下子拿到这么多钱，就感到特别高兴，觉得自己的孩子真懂事。”

于慈江后来总结说：“矿区生活滋养了我，矿区生活也成了我这么多年最喜欢的一种回望。每当回望小时候的那一段无忧无虑和天真无邪的生活，我都会觉得特别温暖、童心荡漾。半辈子下来，我最感愉快的一段生活，就是我在六盘水矿区所过的中小学生活。”

也正因为这样，多年来，于慈江不知不觉养成了一个习惯，就是无论身处国内还是海外，每隔一年半年，他总会尽量抽出空回一趟六盘水。同学们也会因他的到来，从各个地方齐聚六盘水。也就难怪，每当当年的学习委员、而今的资深银行从业者许文侠发帖召集大家一聚，总会有同学放下手里的麻将牌，心领神会地笑着打趣说：“哈，一定是老班长于慈江又跑回来了！”——他的候鸟式的回归无形中成了发小们年复一年大聚一场的一个由头。

对于慈江的父母于新华和刘慧琴来说，他们的心灵故乡除了贵州六盘水之外，还有黑龙江的鸡西。遗憾的是，南下三线以后，他们就再也没有机会回去过，但沉淀在心田的故乡像影子一样，一直跟随着他们。

朋友们眼里的孝子于慈江是个有心人，一直想陪着父母一起回一趟东北，去见见过去那些老朋友、老邻居。2000年，于慈江准备利用假期陪父母过去。结果当假期来临的时候，父母又不想去了，大概还是怕太过牵累孩子们。早已鼓满了帆的于慈江就只好带着自己的三弟从北京出发了。一路上倒了好几次火车、汽车自是劳顿辛苦，但记忆的闸门也因此豁然而开，儿时的一幕幕也都像过电影似的活生生地在脑海里闪现了出来——和小伙伴们一起在农民收割过的地里捡豆角，寻宝似的去刨地里刨剩下的土豆，拉着爬犁在雪地上疯跑，在院子里堆雪堆、挖雪屋子、钻雪洞，小心翼翼地舔房檐儿垂下来的大冰溜子……

一切的一切，都那么美好，依然那么美好！一路上大啖大盘大碗的东北乱炖、小鸡炖蘑菇、蒜泥血肠白肉、哈尔滨红肠……那叫一个爽！

故乡圆梦，圆梦故乡。

父爱如山

在周围的同事眼里，于慈江的父亲于新华是典型的技术大拿，在井下掘进上特别有一手。他不仅担任过多年的掘进队队长和井区区长，也担任过行政科科长、运输区区长……最难能可贵的或许是，于新华在井下多年，干了一辈子掘进工作，遭逢了无数的风险，最终却保全了自己——既没有得过矽肺这类职业病，也没有被频繁的矿难折损。

在儿子于慈江眼里，自幼丧母、身为巨蟹座的父亲宽厚、温和、大度、善良，热爱并懂得生活，是能够体谅爷爷艰辛、勇于孤身在外闯荡的大气长子，是能够包容妻子的典型的家庭型男人，是孩子们心目中永远温暖的好父亲。

2015年6月30日，在三线前线干了大半辈子的老职工于新华因病在北京去世，享年78周岁。次子于慈江揣摩父亲生前的愿望，说服母亲和兄弟们，把他的骨灰撒在了老家青岛的大海里——离他最后一次在儿子的陪伴下回青岛洗海澡刚好整整两年。

于慈江表示，父亲于新华生于青岛，长于青岛，最终也该复归青岛。

三线人看似质朴，却都是最有情怀的人，那份沉浸在骨子里的大爱铸就了他们一生的不凡和厚重。且看三线二代的代表人物、中国海洋大学的名师工程讲座教授于慈江在发表于《光明日报》的《想念父亲的温抚》一文中，是如何饱含着感情刻画自己挚爱的父亲、老三线人于新华的——

都说严父慈母，我们家的情形正好倒了过来——小的时候因为淘气，没少挨母亲的笤帚疙瘩，但记忆里我就只挨过父亲一脚而已。就是那一脚，也是父亲气急所为，事后他明显很后悔。当邻居大婶儿夸张地埋怨说“你把孩子踢坏了”时，父亲几大步跨到我跟前儿，查验我的腰，按着某处问我疼不疼。他一脸的焦急和满眼的疼爱，让十岁左右的我回味了很久，也得意了很久。父亲的补偿是，默默地替我洗了一件衬衣。

我们小的时候父亲因为工作忙，很少“搭理”我们。但家里的人都心知肚明，在他四个儿子里，他最喜欢排行老二的我。这倒不是因为我最乖巧，恰恰相反，我是属于那种开蒙晚、打小儿特别懵懂的。我的懵懂曾经让母亲着实发了好一阵子的愁，以至于家里偶尔打打牙祭、炖只鸡，她往往都要悄悄地叫我到灶台前，把一个小碗儿塞给我，嘱我别言声，碗里是鸡心、鸡肝和鸡胗。这倒不是她把我当成了心肝儿宝贝，而是迷信吃什么补什么——我的懵懂或木讷没让她觉得内慧，反而当成了缺心眼儿。

母亲有点“封建意识”，重视长子，每逢父亲不在身边却又有事需要找人商量的时候，她必是把里屋门关上，和大哥在屋里小声商量。这种情景倒并没有怎么打击到我，反而培养或助长了我遇事淡定、不萦于怀的心态。

母亲“漠视”我的态度，恰恰是父亲对我高看一眼、时不时温抚一小下的主要原因。他大概自觉不自觉地希望把家里的一碗水端平。世上每个家庭都不一样，但寻求亲情的生态平衡的努力应该都是相似的。

父亲固然是温和与厚道的，但不意味着完全没有脾气、没有傲骨。尤其是，父亲一生正直善良，是有赤子之心的人，不会虚与委蛇，不会曲学阿世，不会算计别人，反而每每会拍案而起，便注定了无法在仕途上走运。

“塞翁失马，焉知非福”，父亲仕途上的不如意反倒成全了他——他成了一个真正意义上的大玩儿家或大顽主。这正是一个多才多艺的性情中人的必然归宿。工作之余，他能自己织网捕鱼，能自己做木匠活儿——前两年，我特意从六盘水，把他老人家几十年前亲手做的一把折叠式木椅子携回北京，留作永远纪念。

2015年6月30日，父亲永远离开了我，离开了这个家。

那半年我其实很忙，有五六个合同等着履约，但我都尽量坚持多陪陪他。可还是没有想到，他竟然走得那么快。小细胞癌很凶险，但他老人家也坚持了整整三年。父亲的温和与厚道其实还体现在，他直到临终的那一天，都没有真正卧床不起。他选择不再坚持，可能正是不忍拖累家里人。

父亲辞世之后的一个礼拜里，我每天傍晚都会坐很长时间的车，去医院给他磕头，陪他说话。我知道他已经不在了，但是，他仍然需要陪伴……

2016年是猴年，是第一个没有父亲他老人家的年。我知道，全家人都不适应，虽然谁都刻意不去说。在这之前的大半年里，我始终都不信我与父亲真的已天人永隔，我一直在频繁地与父亲梦聊，甚至白天走在路上的时候，常常也会忍不住大声喊出声来：爸爸，你在哪儿？我想你！

而过年那几天，我更是满脑子都是父亲他老人家的身影——扎着一个围裙，满脸慈祥的微笑，在灶台前忙忙碌碌，为大家做他最拿手的炒辣子鸡和炸馃子……他老人家不在了，年味儿都没有了。我实在不知道，得多少年我才能习惯没有他老人家的日子。

我能知道的是，我爱他，永远爱他老人家。父亲的仙逝，让我意识到了生命的无常，意识到了时不我待——一位远方的友人说得好："我爸爸的去世改变了我对生命的看法。珍惜一切所得。珍惜一切福分！"为了不辜负父亲他老人家把我生成现在这个模样，我得好好活着。我会在他老人家的庇佑之下，活得更有价值，更有回馈。

在如上这篇文章之外，对于父亲于新华的退休生活，于慈江是这样回忆的："我父亲是提前退休的，提前退休了两三年，是因为要去我哥哥所在的加拿大。当年和我哥哥一起在加拿大留学的中国学生纷纷邀请家人过去探望，他就随大溜地也给我父母发了个探亲邀请。我父母他们当时僻处贵州，不会办理，本来没打算过去，正好我从美国回国出差，就顺便替他们去北京的加拿大使馆办了签证手续。而且，我当年还借着去温哥华开国际铜会的机会，特意到机场里面去接他们出来。租车在当地陪父母玩儿了几天之后，我又把他们送上了从温哥华去加拿大中部萨斯卡通的飞机。”

“他们1995年在加拿大整整待了一年之后，又从加拿大过境美国，在我所在的加州旧金山湾区待了整整一年。因为待得太满，后来他们再办出境签证的时候，屡次被拒签……过了好几年之后，才又重新签上。”

“记得我爸爸在加州旧金山湾区的海边钓鱼钓得很过瘾，最后把半边身子都晒得黢黑。他是个特别合群、特别友善、特别善于和周边的人打交道的人。和他一起在离我家不远的海滩上钓鱼的黑人和白人都很喜欢他。虽然彼此语言不通，但用手势和表情也能交流得不亦乐乎。那些老外时常会善意地接济这位中国老人一些鱼饵和钓具。”

严母慈父的三线家庭

于慈江介绍说，他的母亲刘慧琴在已经有了几个孩子以后，仍然能发愤努力，最终经过各种严苛的考试和选拔，在失去公职多年后又考了回来，成为国家正式教师，并多次被评为特级教师、优秀教师。

我想多了解一些于慈江的母亲刘慧琴的情况，他便代我做了专访，并极认真地代笔写下了《刘慧琴——对话次子于慈江：忆南下三线往事》一文。在文中，刘慧琴老师以口述史的形式，记录了他们一家人独特而又鲜活的三线故事。

这篇口述实录文章朴实无华，没有讲究的辞藻，也没有煽情的情节，读来却能“润物细无声”般温润心灵。随着刘慧琴绵密蕴藉的叙述，我仿佛看到一个慈祥的老人坐在冬日的暖阳里，缓缓打开漫长岁月的褶皱，慢慢地摩挲着、梳理着、回味着……那些带着温度的久远的时光之痕，在老人家迂缓从容的叙述中，一点点地展现在我的面前。

与其说老人家是在与自己的爱子对话，毋宁说是在与历史对话、与整个世界对话——

17岁“挂号”闯关东

你父亲于新华老家在青岛，1937年出生，1954年“挂号”到了东北。“挂号”就是现在的找工作。记得他跟我说过，到东北后，他一开始帮人家挑土，因为只有17岁，怕人家嫌他小，就说自己18岁。他去过好几个地方工作，后来，到林业局工作过一段时间。当时，你二爷爷于云青（你爷爷叫于云鹏）在林业局工作。你父亲到了那儿，人家让他学照相，不知道为什么他就没学。后来在林业局当了一段时间会计，给人家开工资，因为没有经验，开丢了好多钱，后来他又自己把钱追了回来。

后来，你父亲又到鸡西煤矿“挂号”，分到了矿山掘进队。这样，他就在鸡西矿务局落脚了。

我原本在巴彦呼兰师范学校上学，当时快毕业了。有一天，我姐姐跟我说，她小姑子的丈夫在鸡西煤矿工作，她让我去他们家走亲戚、串门，实际上是让我去和你父亲相亲。我一开始在亲戚家见到你父亲，并没看上他。当时他刚从井下上来，脸上黢黑黢黑的，一口白牙特别明显。我们很拘束地随便聊了几句之后，我就叫你父亲拿路费给我，告诉他，我得回家跟我爹商量一下。

后来听你父亲告诉我，当时他周围有人跟他说，这个丫头不会在这儿待着，你可千万别给她钱，你要是给她钱了，她就不会再回来了。因此，尽管他第一天挺痛快地答应过我，第二天却又说钱都存了什么死期之类，拿不出来。这样一来，因为没有路费，我就无法回巴彦。

1958年，我跟你父亲在鸡西结婚了。

记得有一天，你姥爷从老家来到鸡西看我，你父亲就痛快地给你姥爷从头到脚置办了一身行头——一顶帽子，一套衣服，还有一双鞋。我一直也不知道你姥爷临走时，你父亲都给了他多少钱、说了什么话，反正你姥爷后来就不牵不挂地自顾自回家了。

就这样，我抱着嫁鸡随鸡的心态，死心塌地地跟着身边这个男人，在鸡西这个他乡过上小日子了。你父亲看着也就是一个普通人，但说良心话，他的好就是心善、大方、能吃苦，脾气也好。

1959年，我生下了你大哥。生你大哥的时候我本来是在银行上班，是国家正式职工。但因为你大哥小时候找不到人看，我就只好在家里不上班看孩子。单位的人来找我，我就在屋里蒙上头装睡，不好意思接待人家。记得那时候我们银行主任叫刘军，他管我叫小刘。他批评我说："你要是有毛病，银行职工属于国家干部，可以去疗养的。你为什么就这样老在家窝着不上班？"当时我找不到人帮我带孩子，就只好在家窝着。这份正式工作就这么丢了，后来我的肠子都悔青了。

主动报名支援三线

1966年，我生你三弟前后，你父亲报名去贵州参加三线建设。当时能去贵州，都是挑选各方面表现好的人，“好人好马上三线”。你父亲当时是掘进队队长，工作干得好。你父亲被挑上以后，很快就跟随大部队走了，然后一直在大西南干。

你父亲支援三线一去好几年，我就带着你们哥仨儿在东北老家待着，熬着。有一年，你姥姥突然病危，我就带着你们三个回到巴彦老家。姥姥家住在巴彦乡下，叫赵家店，离鸡西很远。回家不久，你姥姥就病逝了，走的时候59岁。

那时候天还挺冷，我还记得坐的是马爬犁。那会儿你也就五六岁吧，回姥姥家还挑食，不吃苞米粒子粥。弄得你老舅母没办法，只好拿搪瓷缸子给你做大米饭吃。

后来，你父亲就请他的两个同事来巴彦接我们，一个叫陈永田，一个叫单延松。单延松早就走了，陈永田还在。那两个人到你姥姥家找我，把咱们一家几口接回鸡西。回到鸡西后又过了近两年，你父亲从贵州回东北探亲来了。没待几天，他就带着全家人一起收拾东西搬家，咱们就跟着他一起去大西南了。

记得搬家的时候，你父亲还用木头板子钉了好几个大木头箱子，把家里能搬动的那些东西都装上了，连大镜子、相框也都装上了，用火车运走了。

那时我有个好朋友姓曹，丈夫叫郭瑞民，你们都叫她郭大娘。我们俩挺好的，她就把咱们家那个陶泥洗衣盆拿走了，把她家那个小铁盆换给我了，方便我带着。你郭大爷跟你父亲关系也挺好的。还记得那时候你郭大爷脾气不太好，哪儿都不要他。你父亲是队长，所以有资格要人。你郭大爷就被你父亲要去，在他那个掘进队里干活。那时候鸡西矿务局恒山煤矿分六坑、七坑，你父亲在七坑，他们就一起在七坑，咱们家也在七坑住。

井下救人死里逃生

从黑龙江鸡西到贵州水城后，咱家先是住在老鹰山留守处，后来就到了大河边开发处。一开始运气还比较好，人家都住简陋的油毛毡房，咱们则住进了一个废弃澡堂隔起来的半永久的水泥房子里——那不是更暖和点儿嘛。到了大河边开发处之后，先是住在矿灯房隔壁的一个砖房里，没两年就搬进了矿区尽里头、离学校不远的三层简易楼房，直到最后住进办公楼旁边、你父亲抓阄抓到的干部楼。

在当年大河边矿所有的楼房里，只有这栋干部楼带厕所。分房时得抓阄。你父亲一向厚道、大气，就说自己不抓了，别人抓完了剩下的那个给他。结果吉人天相，剩下那个最好，金三银四，是位于三层楼的三室一厅，外带一前一后两个露天大阳台。

你父亲在南北风井掘进队带队苦干了几年之后，就当上了科长，就不那么老下井干活了，就主要在井上干。我到贵州后一开始也没正式工作，就到由矿区家属组成的缝纫组干裁剪，挣点儿小钱贴补家用。你呢，当时还小，也不太爱说话，老是悄没声儿地拽着我的衣角，围着我的缝纫机转来转去。

刚到贵州那会儿语言既不习惯，吃的口味儿更不习惯。你和你哥就老问我，什么时候当地人能都说普通话呢？什么时候能不老下烦人的毛毛雨呢？等等。适应辣椒的辣也有个过程。刚开始看他们当地人在那儿择折耳根——就是学名叫鱼腥草的，哎呀，把我给熏的，那叫个难受！后来我自己也吃上了，以后我就跟他们一起择，甚至比他们更起劲。我吃得也比他们还凶。

咱们家搬到贵州以后，你父亲他平常基本都不着家，一天到晚都在忙他班上的事儿。家里的事儿我一个人管，反正他不在家大家也习惯了。记得有一次，我一个人费劲儿地套着被罩，你大哥就不解地问过我：“妈，这哪是一个人干的活儿，我爸他怎么不帮你？”我回答说：“你不知道你爸老是忙吗？我没让他帮过我，我什么事都是自己干。”其实呢，你大哥自己那时候上完学回家，也不像你打小就那么会帮我干活儿。记得过去每年过年的时候，家家户户都要收拾屋子、打扫卫生。我收拾这间屋子，他就到那间屋子躲着；我收拾那间屋子，他又回这间屋子躲着……反正，就没怎么有替大人搭把手的意识。

但你不同，你从小就特别有眼力见儿。有一回，我的同事龚敏科老师在教研室里碰到我，一脸可乐地跟我唠叨说：“你家儿子今天上我的数学课，还没上到一半，他突然就一脸不安地举手请假。我问他干啥，他说得回去给你发面，否则你们家晚上就没馒头吃了……然后，还没到下课，他手上面粉都没完全洗干净，就又汗津津地跑回了教室。”我作为一名老师，听同事向自己描述这件事，自然不免多少会有些难为情。但作为你的母亲，我内心还是为有你这样的儿子而感到自豪和欣慰——主要倒不在于你会帮我干活儿，更在于你敬业、你有责任心。

你父亲总是没黑没白地忙，越到节假日越忙。那时候，矿上经常发出“过一个革命化的节日”“过春节，创高产”等口号。有一次，矿上发生了瓦斯大爆炸。因为是发生在那一年的7月29日，就叫7·29事故。那天正逢矿上的干部不少都下井劳动，正好又是你父亲这个区长当班，偏偏井底下瓦斯爆炸了，死伤惨重。

你父亲当班，这个事故对他来说就显得更重大了。万幸的是，在我提心吊胆之下，他终于灰头土脸地从井下爬了上来，还救上来一位叫刘元龙的矿上领导。当时，发生事故，你父亲往外跑的时候，听到后面有人叫“老于、老于”，咕哝着说他看不见路，意思是他摸不着门儿，找不着北，叫你父亲带他出去。你父亲已经快冲出来了，他冒着随时被堵在里面窒息的危险，又爬回去顺着声音找到了刘元龙，让他拽着你父亲，就这样连拖带拽地把他带出来了，一起爬出来了。

你父亲后来老跟人家吹，说他命大，下井那么多年没怎么伤着。其实有一次，他在井下把中指都砸烂了。我就揭他的短："没伤着，那是怎么了？"他笑笑说："那算啥！"那意思是说，那点儿小伤在他半辈子的井下生涯里不算啥。

要说起来，我和你父亲这辈子劳劳碌碌，本本分分，不太会和人周旋，也就不太可能有大的起伏和晋升。能一辈子无病无灾，也没出过严重工伤地终老一生，算是最大的福气了。

还记得你父亲从井区调到行政科当科长那段时间，连你舅母都借他的光买肥皂，我却没去过。我不去，我不沾这光。也记得你王大爷王雁喜，当时是矿上资深的老领导，和你父亲一起从东北过来，也是我巴彦的老乡。他觉得你父亲采掘和井区工作上有一套、有能力，就有意要提拔你父亲，我却并没有主动去找过人家。反倒是后来他退下来了，有一年要回东北老家去看看，我念着老乡的情分，把一个月的工资一股脑儿地都随了礼。我想说的是，你妈我通人情、重感情，却绝不喜欢借势逢迎，性子上也实在做不来。

思念如水无边无际

前面说过，因为要补贴家用，我在缝纫组干过裁剪。干了几年之后，一个不小心怀上了你弟弟老四。你父亲就跟我说："生一个孩子，拉一级工资！"一级工有10多块钱呢，减一级的钱对家里生活的影响还是蛮大的。后来我想了想，就对你父亲说："那我去学校当代课老师吧。"

我就把你四弟送到了矿上的托儿所。

老四从小就被我收拾得比较干净，小时候又长得白白净净挺好看，就挺受人家待见的。记得是你王大娘、赵大娘在托儿所看孩子，两个人都喜欢老四，我也就能不时地听到这样的风言风语：“人家孩子不哭也抱着，咱们家孩子哭死也不抱！”其实呢，我也没怎么着，就是在老四眉心抹上一个红豆点儿，搽胭抹粉地整得干干净净，每次去托儿所的路上无论谁遇到了都挺稀罕他，都想抱着他又亲又啃。王大娘就告诉过我，咱们一楼那个孔德英家孔婶老絮叨着说：“这是谁家的孩子，长得这么好看！不在家好好抱着，还偏要出来上班儿？”

我在学校每天代课上班那会儿，得来回爬连接学校与山上家属区的那个几十磴的条石大楼梯。下班后或周末时，还得经常去买菜，也必经一个又长又陡的大楼梯。也就是说，我平均每天都要爬两个挺陡、挺长的大楼梯。我那时候每天忙活得好像也不太知道累吧，低着头默默地爬完一个楼梯又爬一个楼梯，然后一脸疲惫地回到家里，连坐下来歇一会儿都不成，又立马在头上蒙上一条毛巾，拿着炉钩子去通炉子。能通着了炉子，就算运气好一点。有时候运气不好，炉火灭了，还得再重新用松明子和煤块儿生火。

那时候真是够累的。

你大哥和你那时都还小，特别淘气。我根本没空跟你们玩儿，更没心情。剩下的一点儿交集，就只有数落你们，甚至揍你们了，也就是一天到晚用笤帚收拾你们。你大哥最淘，挨的揍也最多。这往往还不够，我打完了，还老出去跟人家说，今天又打了你们谁，怎么打的。人家那些老太太就议论说：你看这个妈当的，是不是岁数小，不懂得爱惜孩子……那意思分明是，还有脸出来说。

记得有一次，我教你大哥背《我是小叮当》。他背得挺好还罢了，有时候他不好好背，我就揍他。我让他自己拿笤帚疙瘩来，拿来了，我就揍他。

时间过得真快啊！一晃到贵州都快十年了，国家也开始恢复高考了。你和你大哥本来学习就好，一下子就鹤立鸡群地出息了、大放异彩了，分别考上了北京大学和四川矿业学院。因为都是全国重点大学，当时在矿务局都轰动了。人家都说，贵州大山沟里的这所子弟学校真是够厉害的呀，竟然飞出了两个货真价实的金凤凰。

不知道你还记得不，你小时候，总是代表学校的学生上台发言，几乎成了红小兵代表专业户。刚开始你老是够不着那个台子，人家就把你抱到台上，特别好玩儿——那个时候，你长得粉白粉白的，戴着个红领巾，特别神气，被人家抱着上去发言。

还记得那会儿，你们哥俩所在的中学部的办公室和我们小学部的办公室是挨着的。有好几次我回办公室，都碰到教你们哥俩数学的谭登林老师特意来找我，邀我一起看你大哥的数学卷子。我说我又不太懂，平时不苟言笑的谭老师就跟我喜滋滋地说，他最多讲了两种题的做法，你大哥于慈海却往往能举一反三、触类旁通地做出三种、四种来。

我现在一想起来更欣慰的是，你和你大哥在贵州那会儿，学习从没让我们做家长的操过心，都是自己自觉自愿地学、用心地学。记得你考大学的时候，什么政治呀、历史呀、地理呀，好几门都没人正规地教过。等到要考大学的时候，你就自己摞一摞课本和复习资料在那儿，自己一本一本地耐心看、一本一本地耐心背。

我尤其记得，你们哥四个小时候因为学习成绩都不错，得过很多奖状，也一起轮流上台领“三好生”奖。业余生活方面，咱们家孩子中你和老三、老四都是学校宣传队的主力，会唱歌、会跳舞、会读诗、会演节目。像老四小的时候，唱歌、跳舞样样拿手，厉害着呢。比如，他唱《库尔班大叔》的时候，矿上搞摄影和宣传的宋金益叔叔给他拍过很多照片。老四小时候还会跳霹雳舞，就是边走边用手比画着擦窗户那种。

可惜，那时候我不喜欢他跳舞，等于限制了他未来的自由发展。只有你大哥没在宣传队待过，不太会唱歌，最多只会唱个《妹妹你大胆地往前走》，但你大哥却很喜欢听你们几个弟弟唱歌给他听。另外，你大哥除了和你小时候一起跟王刚大哥和小田叔叔练过武术基本功之外，篮球也打得不错，象棋和围棋尤其下得好——常常激得路边闲散的老头们排着队和你大哥比试。

最有趣的是，你高考后有一天，咱们学校的赵振义校长特意上家里来告状，告你的状，说你散漫得居然一边吃着糖块儿，一边参加高考考试。不仅如此，好像离交卷还差挺长时间，你就出来了。那意思是抱怨说，谁叫你交卷那么早，应该考到点才出来嘛。

你们哥俩不仅都轰动性地考上了名牌大学，走出了西南三线，走出了大山，你们后来更从北京前后脚地申请到了全额奖学金，去了加拿大和美国留学。大家自然会把你们俩当成楷模，也羡慕你们的天分之高。但只有我这个做母亲的知道，你们的自律、勤奋和志向远大其实更为重要。相比之下，咱家老三和老四相对缺乏的不是天分，缺乏的是自律、勤奋，是志向不够高远。

……

20世纪80年代末，你大哥出国留学走了，紧跟着你也出国留学走了。哎呀，我这个做母亲的一下子就感觉有点儿摸不着天了。你们哥俩走后不久的一天，我在咱贵州的家里坐不住，就领着老四上了山，随便躺在一块儿大石头上，望着天际发呆。我心里在不断地倾诉和絮叨着：

“哎呀，我的儿子们哪，怎么都走了呢……摸不着了，够不到了……”

——2020年2月28日星期五于北京

第十五章　671——见证时代

没有进步的时代，就是退步。

巨变，中国的必然！

1978年5月，谷牧副总理率中央派出到西欧考察的第一支队伍抵达法国。考察团成员由轻工部杨波、水电部钱正英、农业部张根生、计委王全国、北京市的叶林等一行30余人组成。考察团先后访问了法国、瑞士、德国、丹麦和比利时五国的15个城市。

谷牧当时兼任国家进出口管理委员会、国家外国投资管理委员会主任。后来，他回忆第一次出国时的经历：我在法国看到一座水电站，全部用电子计算机控制，节假日没有工人上班，照样运行发电。联想到国内的经济技术水平，差距太大，很有形势逼人的紧迫感。

谷牧一行在德国参观加斯多福露天煤矿时发现，西德一个年产5000万吨褐煤的露天煤矿只有2000名工人，而中国生产相同数量的煤需要8万名工人，相差近40倍。瑞士伯尔尼公司一个水力发电站，装机容量2.5万千瓦，职工只有12人，而当时我国某省水电站，装机容量2.6万千瓦，职工却有298人，高出20多倍。法国马赛索尔梅尔钢厂年产350万吨钢只需7000名工人，而中国某著名钢厂年产钢230万吨，却需要67000名工人。

考察回国后，考察团给中央提交了一份考察报告。报告说：应当看到，我们现在达到的经济技术水平，同发达的资本主义国家比较，差距还很大，大体上落后20年，按人口平均的生产水平，差距就更大。

报告提出：我们应当把欧洲当作争取第二世界的一个重点地区，进一步加强工作。为了更大规模地引进国外技术设备，要有灵活的支付方式；在外贸体制上，应给地方、各部以一定的权力；必须进行科技为主导的工业革命；加强技术交流，尽可能多派留学生到国外学习。

6月下旬，谷牧向党中央、国务院汇报，这次汇报会从下午3点半，一直开到晚上11点，汇报得到了与会者的响应。聂荣臻、叶剑英、李先念等纷纷赞成引进西欧技术。

6月底，邓小平约谷牧谈话，在听了关于出访欧洲五国的汇报后说："引进这件事要做，下决心向外国借点钱搞建设，要抓紧时间。"

几乎与此同时，受谷牧委托的港澳考察团和罗马尼亚与南斯拉夫考察团也提交了报告。学西欧的科技，引港澳的资金，参考南斯拉夫"计划与市场并行"的经济体制。三路人马，三份报告，奠定了改革开放初期政策思路的雏形。

随着十一届三中全会的召开，中国开始大步迈入市场经济的时代。

从抚顺的11厂到贵州的671厂

在盘州三线文化产业园的解说员陈诚的介绍下，我联系上了原贵州671厂的副厂长刘希辉先生。2019年8月1日，正是盛夏，我从盘州驱车300多千米，来到了距贵阳30千米的清镇。到了清镇已是晚上，夜晚的清镇灯火通明，街道上车水马龙，人来人往，一片繁荣的景象。

第二天，我早早就和刘希辉联系，按照车载导航引导，在清镇盘化家属住宅区找到了他，远远地看到他站在家属区的大门口，和两个老同志边聊天边等着我。接到刘希辉，我们一路往盘化集团去。一路上看到的是一片又一片正在开发建设的住宅小区和建设项目，还有正在建设的道路和桥梁设施。郁郁葱葱的清镇郊外，像一个繁忙的大工地，我边看着清镇的景致，边和刘希辉交谈，虽然已经到贵州54个年头了，但是他的乡音未改，作为辽宁老乡，听着真是又熟悉，又亲切。

盘化集团位于郊区，刘希辉解释，当时这里相对偏僻，也没有现在这么繁华。生产炸药和雷管的化工厂选址不同于普通工厂，因为生产的是易燃易爆危险品，必须远离居住区。

炸药和雷管，我的脑海里立即显现出危险的信号，不由得有些紧张，更想探究这家当年的三线企业发展之路。

位于辽宁省东部、与省会沈阳毗邻的抚顺市，曾经以“煤都”蜚声海内外，至今已有100多年的煤矿开采历史，煤炭开采高峰期曾占全国总产量的十分之一，被誉为“共和国燃料供应部”。国家三线建设启动后，抚顺凭借全国重工业城市和“煤都”的优势，进入了国家视野。

1964年9月15日，在三线建设的大背景下，为响应党中央建设三线“备战备荒为人民”的号召，煤炭部发出《抽调施工、地质、设计等力量支援西南煤矿建设的指示》。

10天之后的9月25日，辽宁抚顺矿务局11厂厂长杨春博一行9人抵达贵阳，在省煤管局的帮助下，先后考察了贵州的孟关、嵩芝塘、大水沟、蔡冲、狗场以及云南省沾益县绿水塘等地，为工厂选址。当年12月，煤炭部下发文件，决定将抚顺11厂“一分为二”，将工厂一半的设备、人员迁往云南沾益，新厂定名为西南煤矿建设指挥部671厂（LQY），由沈阳院设计，抚顺11厂和西南煤矿建设指挥部派员参与建设。

三线企业大多涉及军工，为保密起见，工厂当时以代号671命名，它还有一个初始的代号叫天池农场。

12月24日，671厂筹建处在贵州六枝成立。

天池农场不是农场，671也只是代码，从字面很难猜想到这家工厂最初是为煤炭开发配套的工厂，主要为西南地区矿山开采和公路、铁路建设提供所需民爆火工产品，简单地说，这是一家以生产炸药和雷管为主的工厂。

1965年，因原设计方案体现“靠山、分散、隐蔽”的战备精神不够，在煤炭部的授权下重新选址。1966年3月10日，煤炭部和西南煤矿建设指挥部最终将671厂的厂址定在贵州盘县平关公社燕子崖，位于火烧铺镇以北6.5千米、距离煤炭沟村以东2千米处。项目由水城煤矿设计院设计，炸药初期设计年生产量6000吨，后调整为年生产量10000吨。有硝铵炸药和硝化甘油炸药两种。雷管的规模为年产量300万发。

1966年，19岁的刘希辉跟着父亲来到了贵州，与他同来贵州的抚顺11厂的职工共有500多人。他们一起加入了671厂先期的建设队伍中，开始了贵州大山里的创业历程。

1966年5月31日，671会战指挥部成立，杨春博任指挥，68工程处处长芮云亭、44工程处郝宣任副指挥。

刘希辉介绍，来贵州之前，不知道贵州是什么地方，具体的位置在哪。但是，接到国家迁建任务后，他们不讲条件，立即出发，他们有技术，有底气，更有战胜一切困难的勇气。然而，真到了贵州，还是让大家非常吃惊，这里的贫穷落后和荒凉超乎想象。有些年轻的女同志，当时只有十八九岁，最小的只有15岁，按今天说还是个没长大的孩子，千里跋涉，来到的是穷山沟，在深山里可以说是一无所有，她们觉得特别失落，有的人就想回去。但是，当时来参加三线建设的人，都是写下了决心书，要讲政治，服从分配，服从大局，党叫干啥就干啥，不讲条件。如果回去，不但当了逃兵，可能工作也会丢了，当时的工人是国家的主人，都把自己当成国家的人，把国家的人这个身份看得比什么都重要，再苦再难，也不会放弃。

当时671厂所处的地方社会治安不稳定，传说经常会有土匪出没，工厂从提高警惕、注意安全的角度出发，时不时地开展军事训练，有时半夜里突然紧急集合，不管外面下着雨还是刮着风，就得赶紧爬起来上山躲避，说土匪来了。再加上工厂是特种企业，处于深山，几乎是处于封闭的状态，使年轻人的心里有一种恐惧感。

671厂的起步期目标是要在1967年7月1日开始生产，不管有天大的困难，也要按照这个目标去实现。由于建设任务重，时间要求紧，他们没有时间和精力去考虑个人的感受，当时的老领导班子带领大家一起，迅速地融入建设大军中，全厂职工一边紧张地进行设备安装和运输，一边参加紧锣密鼓的建设会战，671厂在紧张的建设中渐成规模，到12月下旬，三个车间、木箱车间主体厂房基本完成。

1967年1月671厂建成，开始简易试生产，但因生产条件尚未完备，加之气候条件多变，湿度、雷电等不利条件严重威胁着生产安全，再加上“文革”冲击，试产40余天后停产。试产期间生产炸药仅100吨，无奈之下将当年生产任务转由同行业的重庆845厂承担。

671厂建厂初期的地址属于火山地貌，火山岩不含水分，无论生产还是职工生活用水都找不到水源；当地又是夏季雷电高发地带，而民爆器材生产对雷电的处理上有特别的要求，要能把静电排放，要保证绝对安全。但按照当时的要求，不管有没有水，也不管能不能生存，强调要先把炸药生产出来，那种紧张感就好像是今天生产炸药明天就要打仗一样。

671厂的选址几经波折，先是要到四川资中县境内重新选址建设，后又选址宜宾，直到1970年6月才决定不再迁厂。

671厂炸药车间于1970年7月正式生产，品种为2号岩石炸药和煤矿许用炸药，1971年投产3号岩石炸药，1975年研制成功抗水型炸药，1980年投产2号煤矿和4号岩石炸药。

671厂的雷管车间于1971年11月正式投产，生产瞬发电雷管。1973年投产火雷管，1980年投产毫秒延期电雷管。由于技术原因和市场限制，2号和3号岩石炸药、火雷管、4号岩石炸药等部分产品陆续更新换代转型。

工厂正式生产后，由于生产任务的增加，671厂又在当地招工几百人，到20世纪70年代，工厂有职工近千人，产值2100万元。生产任务主要围绕着六盘水煤炭基地生产和当地基本建设需求。

1985年4月，兵器工业部为671厂核定产能为炸药6000吨，雷管2100万发。到1986年3月，盘县特区公安局按规定分别核发了《爆炸物品安全生产许可证》和《爆炸物品储存许可证》等有关证件，主要产品为2号煤矿、3号煤矿、2号岩石、抗水炸药和煤矿许用瞬发电雷管、毫秒延期电雷管。

每想起当年建厂时的艰苦岁月，刘希辉都会感慨万千。他说，我们当时艰苦到什么程度呢，以生活为例，当时大山里没有菜吃，厂里每隔十天半个月出车到广西和云南一带采购蔬菜，职工吃的也都是粗粮，就是在这种艰苦的生活状态下，我们完成了几乎不可能完成的任务，靠的就是爱党爱国、一心为公的精神力量。

三线建设尊重知识、尊重人才，不拘一格用人才、让年轻人挑大梁都是三线选人用人的常态。刘希辉当年高中还没有毕业就一头扎进了671厂，一干就是43年。他在工作中成长，进步，积累了丰富的经验，从进厂时的一名普通工人，逐渐成长为负责生产的副厂长，主管生产达20年。

刘希辉说，由于企业地处偏僻的山区，再加上那个特殊的年代，他又一直在生产一线，没有机会上学深造，从工人提拔为副厂长，除了有着丰富的经验外，重要一条就是两个字“热爱”，他说，他把671厂当成自己的家一样热爱，把工作当成一生的事业去热爱，把职工当成亲人去热爱。热爱，是做好一切工作的基础。作为企业的管理者，你心中没有群众，没有广大员工，没有脚踏实地爱岗敬业的精神，没有把企业当成自己的家的那种热爱，就不会把企业搞好。

刘希辉的爱人当年和他乘坐同一趟火车从辽宁过来的，他们在671厂相识，相爱，相濡以沫，共同度过了三线建设时期的艰苦岁月。

从抚顺到盘县，第二故乡已经成为他们身体的一部分，无法分割。刘希辉和他所在的671厂职工，在大山里生活和工作了整整28年。

如果不是后来的三线调整政策，刘希辉从来没想到，有一天，他和他所在的671厂会走出大山，更没想到，这个从辽宁抚顺迁来的一家普通的三线企业，有一天，会发展成为一个享誉全国的化工集团。

对于671厂来说，三线调整政策为他们带来了历史性的机遇和重大转折。

来！成长。缘于三线；

走！壮大。缘于三线。

走出寂寞大山

在盘化集团，我见到了工会副主席、党群部主任徐东风，他的父亲当年也是第一批从辽宁抚顺来到贵州671厂的。作为三线建设者的第二代，也是新一代的企业管理者，他感触最深也是最值得骄傲的，就是他所在的企业顺应改革开放浪潮，在市场经济大潮中，为扩大经济和社会效益，提高职工幸福指数，全迁全建至贵州清镇县（市）的历史性举措。

时光飞逝，岁月有痕。经过20年的大规模的三线建设，我国大西南建立起宏大的现代工业基础，使我国生产力布局有了很大的改善，当年千里转战的三线建设者们，也在大山里扎下了根。

党的十一届三中全会召开，祖国大地吹起了改革开放的号角，随着国际形势巨大而深刻的变化，国家的发展战略也发生了重大转变，由长期的计划经济开始向市场经济转变，经济发展开始步入快车道。曾经保密的三线建设逐渐见于报端。时代大潮涌动下，长期处于计划经济体制下的三线企业也迈进了市场经济的门槛。

由于特定的历史背景，三线建设在国家急于备战的情况下仓促上马，并且受到“文革”动乱的冲击和“左”的指导思想影响，致使一大批企业先天不足，留下了比较严重的后遗症。比如，由于当初选址过于匆忙，没有很好地进行工程地质勘查，只是片面强调“靠山、分散、隐蔽”，使一些企业特别是军事工业企业，建在地质气候有灾害隐患、不宜居住的地方，造成了严重的后果。又如，由于工厂大多建在远离城镇的偏远山区，交通不便影响生产、信息交流和科研技术的发展，职工生活和子女升学、就业困难等。到20世纪80年代初特别是改革开放后社会主义计划经济向市场经济的转变过程中，大批三线企业已经到了无法维持下去的地步。

1979年，长沙召开的军品预订座谈会上传出消息，第二年军品订货仅为1979年的三分之一。这个数字犹如一声炸雷，震惊了各兵工企业。其中，为应对战争爆发而建立起来的三线企业更是感到极度不安。它们长期按计划经济体制管理，视军品生产为唯一天职，如今生产任务锐减，工厂将开工不足；企业地处深山，位置偏僻闭塞，如果转向生产民品，生产什么产品？销路又在哪里？许多三线企业，尤其是军工企业，面临着军品任务锐减、生产线闲置、经济效益下降、企业亏损严重、职工队伍不稳等诸多困难。

原重庆平山机械厂党委书记黄焕章说起军转民的感受时叹道："开始时做风扇，还有波纹铣刀、印刷机、双色印刷机，紧接着是开发汽车和摩托车，做这些东西的图纸没有现成的资料，都是厂里的技术人员自己测绘。"

可是转型的效果并不理想，原重庆青江机械厂给嘉陵摩托车生产锻件，由于技术、设备比较落后，开发出来以后因为价格太贵被嘉陵厂淘汰掉，厂里只好另找出路。原重庆铸钢厂组织起40多人的队伍开发民品，几年时间做了几千个品种，都形不成批量，养活不了工厂的人。

进入20世纪80年代，随着国际国内经济形势的发展和变化，为了更好地发挥三线企业的作用，按照邓小平"军民结合""平战结合"等一系列重要指示，国务院做出了对三线建设单位进行"调整改造、发挥作用"的重大决策。为了解决三线建设中相当一部分企业存在的钻山太深、布局分散、地势险恶、自然灾情严重、生产和生活条件非常困难等历史遗留问题，充分发挥它们的活力，增强中西部地区发展后劲，国家从“七五”规划开始，进行了以脱险搬迁为主要内容的三线布局调整，一批三线企事业单位从深山沟里搬到交通相对方便的城镇，开发民品，面向市场。在三线脱险调迁过程中，调迁资金国家出40%，主管部门和企业各出30%，国家在税收上给予减税扶持政策，予以支持。

当年，大批优秀的科技人员和大中专毕业生不讲条件、不计报酬，从祖国四面八方到三线地区的深山野岭，甚至不毛之地参加建设，默默奋斗几十载。然而，由于三线企业艰苦环境长期得不到改善，人才流失严重，许多重要的军工企业和科研院所人才逐渐断档。以经济建设为中心使各行各业急需人才，三线企业正是“好人好马”的人才聚集地，现在技术有了更加光鲜的用场，一些有能力有水平有技术的人才，想方设法往大城市跑，往他们来时的路上跑，往自己的家乡跑，往沿海发达城市跑，往挣钱多的地方跑……

选址时靠山分散隐蔽的硬性要求使这些企业远离市区，曾经的天时地利人和已然成为企业发展的困局。信息闭塞、交通不便，长期居于封闭山区，也限制了它们与国内同行竞争的能力。市场大潮之中，一些企业合并了，一些企业转产了，一些企业停办甚至破产倒闭，还有一些企业选择迁出大山，迁往外地。

贵州三线建设时诞生的以煤为主、为煤配套的与煤产业相关的企业，也面临着空前的挑战。仅以671厂为例，进入市场经济后，有三分之一生产和技术骨干以及优秀管理人才陆续调走了，他们都是“有能耐”的人，既有文凭，又有实践经验，既有能力，又年富力强，他们的“出走”，不仅抽走了工厂的技术力量，也使干部职工队伍人心不稳，对企业影响很大。

在市场经济大潮下，“坚守”显得那样软弱无力。

三线企业的生存困境和发展瓶颈，也引起了国家的高度重视。1983年11月至12月，国务院多次召开会议，讨论三线建设调整改造问题，并下发文件，确定成立国务院三线建设调整改造规划办公室，简称国务院“三线办”，作为三线建设调整的领导机构，划定调整的范围，明确三线建设调整的总方针为“调整改造，发挥作用”。

国务院三线办在大量的调研基础上制订了《“七五”三线地区企事业单位调整方案》，之后，国家把三线建设的调整正式纳入国家经济和社会发展的规划，从对三线企业有计划地调整开始，重点解决三线建设中由于选址不当所带来的遗留问题，加强三线与一线的经济技术合作，联合扩大紧缺原材料的生产，促进电子产品国产化，扩大机电产品出口，进行技术攻关和相互转让科技成果以及承包工程等方面的合作。这些举措，对于我国资源的合理配置，促进内地经济振兴，推动三线企业调整改造，加快沿海经济的发展，具有十分重要的意义。

1984年11月在成都召开会议，确定第一批调整121个单位，迁并48个，全部转产15个。其后一些三线企业陆续迁往邻近中小城市，如咸阳、宝鸡、沙市、襄樊、汉中、德阳、绵阳、天水附近。而技术密集型企业和军工科技企业则移往成都、重庆、西安、兰州等大城市。这些企业迁移后，多半进行了改制，由军用企业转为民用企业。如位于十堰的中国第二汽车制造厂改制为东风汽车公司；重庆兵器工业基地改为重庆钢铁股份有限公司、长安集团、嘉陵工业集团股份有限公司和建设工业集团股份有限公司等。而一些未迁移的企业，则逐步走向荒废关闭。也有部分在地方政府的帮助下得以继续生存，但生产门类已经发生巨大变化。

搬迁，再次搬迁，从山沟里走出来，贴近城市，贴近市场，获得新生。这成为众多三线企业的呼声。

671厂由于企业深居大山，信息闭塞，消息不畅，这么利好的消息并不知道。当时的671厂领导班子，正在顶着压力，克服困难，一心一意谋发展，想在市场经济的大潮中打开思路。对于那些“远走高飞”的人，想走，拦不住。对于大多数留下的人，要生存，要发展，更要发展得好，刘希辉说，671厂是我们一点一点亲手建起的工厂，就像我们的孩子，我们不能让这么好的企业在我们这代人手里完了。

就在671厂艰难跋涉的时候，他们偶然得知三线调整的有关政策。得知消息时，调整改造的优惠政策以及相关工作已近尾声，他们去追末班车，至于能不能坐上，他们心里也没有底。

当时正面临着国家有关部委机构的调整，加上三线调整工作已近尾声、资金困难等多方面不利因素，为此，厂长林宗演牵头组成强有力的专门工作班子，刘希辉说，那时候真是心急如焚，大家夜以继日地抓紧工作，和时间赛跑，去省里，去北京，去有关部委，选厂址，申报办理各级各种审批手续，到各级主管部门和各相关部门争取支持。

在这个过程中，671厂还专门邀请上级有关主管部门的负责人到671厂视察调研，争取上级的支持。经过调研，大家普遍认为，671厂各方面发展得比较好，又是三线时候辛苦建设的企业，千里迢迢从辽宁省搬过来，是个非常有发展前途的企业，只是因为当初选址在大山里，限制了企业的发展。由于工厂所处的地方土质含水层少，属于火山岩质，在对雷电的处理上难度大，综合考虑环境等各方面因素，对于生产爆炸器材的工厂在安全上威胁程度比较大，作为各级主管部门，没有理由不支持这样的企业，他们纷纷表示，要充分为企业的利益和长远发展考虑，实实在在地为671厂的发展解决困难。

1986年3月，671厂更名为“贵州盘江化工厂”。

1986年11月，因原厂址生产、生活物资匮乏、交通不便，按当时国家关于三线企业调整的有关政策，贵州省煤管局决定将贵州盘江化工厂搬迁至贵州省清镇市，并于1988年3月获煤炭部〔88〕煤供字第356号文件批复同意。

新厂址选定在位于贵阳30千米外的清新小镇——清镇。

听到企业将要搬迁的消息，671厂的全体干部职工欢欣鼓舞，奔走相告。

刘希辉说，在我们671厂发展过程中，尤其是搬迁到清镇，一路走来，我们企业遇到的都是一些有责任心、有战略眼光、有魄力、真正关心企业发展、充分为企业着想的领导和有心人。如果没有各级领导的帮助，就没有671厂的今天。

虽然明确了搬迁，也选择了新厂址，但是真正要把一个工厂从盘县搬到贵阳清镇，并非一朝一夕就能完成，既要抓紧时间建设新厂，又要保证生产任务和经济效益。当时国家没有资金投入，需要搬迁工厂自筹资金，面对重重困难，工厂号召全体职工，在工厂搬迁的过程当中，大家要做好勒紧裤腰带长期过紧日子的准备，奖金不能发了，工资也不涨了，福利取消了，待遇全免了，但全体职工没有一个人有怨言，大家思想高度统一，心往一处想，劲往一处使，全厂干部职工一个心眼：期待早日搬出大山，让企业有更好的发展，即使不为了我们这代人，就是为了工厂的未来，为了造福后代，也要做成这件事。再苦再难也要完成搬迁。

工厂搬迁不仅需要建设新厂，同时还要建设新的住宅区，解决几千名职工和家属的住房问题，而全部项目实施的资金要靠工厂自身解决，工厂通过贷款等多种办法，多方面筹集资金。同时，全面提高产品产量，保证生产任务要完成，也要保证工厂的效益的提高，保证工厂在搬迁过程中的各方面正常运行。

凤凰涅槃

经过三线调整，基本解决了三线建设在布局上的遗留问题和突出矛盾，救治了一批濒临倒闭的亏损企业和处境艰难的停缓建单位，为其生存发展提供了新的机遇。同时带动了地方经济的发展，通过调整、改造、搬迁、军转民，成长起一大批优秀企业。稳定了三线建设单位员工队伍，使人才流失现象得到一定程度的遏制。

盘江化工厂经多次研究调整，最终确定年雷管生产设计能力为2500万发，其中瞬发的年生产能力为1800万发，毫秒700万发；保留一条年产3000吨的铵梯炸药生产线，新建年产4000吨乳化炸药生产线。概算总投资5411万元，其中自筹1346万元，用地616.819亩。

1988年6月12日，工厂成立“贵州671厂（贵州盘江化工厂）迁建筹备处”，全面开始迁建工作。

整个工厂开始进入了空前的繁忙阶段。一边是清镇的新厂址在热火朝天地建设，一边是671厂车间里夜以继日地生产，全体职工对未来发展满怀殷切期盼，加班加点埋头苦干，生产不停，任务不减，同时还要做好搬迁的各种准备工作。

1989年1月11日，厂筹建处与清镇县建筑公司签订工厂职工生活区食堂、卫生所工程建设合同，迁建工程建筑施工开始。除工建部分外，在3千米外的下午寨红枫大街末段两侧进行民建家属区住房的建设。

从清镇的郊外荒地上开挖的第一锹土，到崭新的新厂区建设完成，这一干，就是8年。

1993年12月底，工厂迁建工程的民建、工建基本竣工，基本具备了搬迁条件。

1993年7、8月，工厂就开始酝酿着搬迁，全厂连职工带家属共2800多人，住户是700户。工厂提前三个月开始进入集中搬迁准备，从设备拆卸、包装，到职工各自家庭准备、包装等，都提前做好准备，同时，工厂又加班加点提前把未来三个月需要生产的产量生产出来，储备到库，保证库存量，保证产品的供应。

做好搬迁工作，不仅需要勇气，更需要智慧，需要一个强有力的领导班子的科学指挥和调度，需要全厂职工齐心协力一条心的劲头。这么大的工厂搬迁，工厂生产的产品又是特殊的危险品，新厂离盘江老厂387千米，20世纪90年代的贵州路况不好，没有现在的高速公路。当年他们走的那条路如今早已废弃，一路上基本上都是盘山公路，高低起伏，长途运输，搬迁，必须保证安全，做到万无一失。工厂提前做好详细而周密的消防安全等一切应急准备工作，同时列出搬迁计划，严格按计划执行，保证搬迁工作安全有序地完成。

1994年3月16日，按厂领导班子分工，副厂长刘希辉带领装载五车间设备的五辆卡车，开始向清镇新厂进发，拉开正式搬迁序幕。

从这一天起，从盘江通往贵阳的沪昆320国道上，人们惊奇地发现，在长达半年的时间里，有一支由几百辆大货车组成的长长的车队，满载着机器设备和各种货物，浩浩荡荡地行驶在通往贵阳的盘山公路上，他们一路向前，远远看去，像一条巨龙，在大山里起伏腾挪，真是神龙见首不见尾，那是怎样的一种蔚为壮观的景象啊，不亚于当年好人好马上三线时的气势。

沪昆国道上的那条长长的车队，像巨龙一样，在盘山路上威武地行进着，向着目标，向着未来……

5月9日，盘江化工五车间设备安装调试完毕并投产。

8月7日，盘江化工机关科室开始搬迁，接着安检、生产计划、劳人科等部门陆续动迁。

10月15日，化工厂最后一批“收尾”人员，包括办公室、公安科、行管科、三四车间等，在刘希辉的带领下，乘坐一辆大客车、面包车、救护车、东风卡车，开出工厂大门，顺利撤出原厂址，于当天深夜抵达清镇。

清镇，一个让人心跳加快的地方；清镇，一个充满希望的地方。

这真是个激动人心的夜晚，此时的清镇，繁星闪烁，厂区的大门口聚满了人群，他们是工厂的干部职工，他们早已等在那里，等着工厂最后一批搬迁到达清镇的人，当车队终于抵达时，厂区内一片欢腾，全厂职工像欢迎凯旋的将士一样，发出了欢呼声和热烈的掌声。此刻，他们太激动了。这一刻他们已经等待得太久太久了。为了这一刻，他们也付出了太多太多。

从盘县到清镇，告别老厂，重建新厂，立项，建厂，搬迁，这一路，他们走得太艰难，走得太漫长，那热烈的欢呼里，凝聚着全厂职工团结的力量，那热烈的欢呼里，是全厂职工对领导班子们发自内心的感谢。

随着欢呼声，历时6个月的搬迁工作宣告圆满结束。

在长达6个月的搬迁过程中，工厂共动用汽车2500台次，搬迁职工2800多人，住户700户，总费用约100万元，未发生安全事故。

搬迁到新址，从安装设备到恢复生产，只用了短短3个月时间。

盘化人，创造了奇迹，因为他们来自三线。

三线人，就是创造奇迹的人。

今天看来，盘江化工的搬迁，是一场具有历史意义的变革，不仅使企业走出了深居的大山，更使企业获得了新生，走向了更加广阔的天地。

在完成搬迁后，有关部门于1995年4月组织了预验收。煤炭部委托中国煤炭物资总公司于5月主持了投产验收和乳化炸药设计暨生产定型验收、鉴定会，煤炭部规划发展司火工处、贵州煤管局及全国煤炭同行厂家、民爆科研机构等有关单位领导40余人出席会议。至此，贵州盘江化工厂乳化炸药生产线、粉状铵梯炸药生产线及瞬发电雷管生产线、毫秒延期电雷管生产线正式投入生产。

2000年11月14日，国防科工委向工厂颁发《民用爆破器材生产企业凭照》，准许年产铵梯炸药6000吨，乳化炸药5000吨，火雷管700万发，瞬发电雷管300万发，延期电雷管1800万发，导爆管雷管200万发。

搬迁到清镇后的盘江化工厂，距离省会贵阳近在咫尺，企业能够及时掌握国家的相关政策，更快了解相关的信息，视野和思路更加开阔，焕发了生机和活力。再加上地理位置优越，缩短了运输距离，降低了企业的综合成本，企业走向了良性发展快车道。

有专家称，产品的调整是三线建设调整的灵魂。671厂在企业发展过程中，更新和淘汰最早从抚顺11厂带来的老生产设备，不断地进行技术改造，逐渐发展成为完全自动化、技术化、智能化制造的现代化企业，从企业规模、技术水平、产品质量和产量都得到了综合发展，逐渐发展壮大为知名的企业集团，在保持主业发展的同时，开始走向多种经营、多元化发展之路，逐渐发展成为企业集团。

公司先后成立了多种经营公司——贵州盘化实业有限公司，组建了贵州开源爆破工程有限公司，组建贵州镇东护运有限公司，等等。2012年6月，贵州盘江化工厂改制为贵州盘江化工有限公司。同年7月12日，以贵州盘江化工有限公司为母体，以贵州盘江民爆有限公司、贵州威振护运有限公司、贵州镇东护运有限公司、贵州开源爆破工程有限公司、盘化实业公司为子公司，组建贵州盘江化工（集团）有限公司。2015年11月，为落实国家产业政策和重点产业布局总体调整要求，支持国有企业强强联合、优势互补，经省国资委批准，贵州盘江化工（集团）有限公司与保利久联集团进行联合重组，成为保利久联集团一级全资子公司。

如今的贵州盘江化工（集团）有限公司有二级独资公司4家、控股公司3家、参股公司4家，持有贵阳银行1500万股；有三级控股公司8家、参股公司13家，主要涉及民爆物品生产经营、工程爆破服务、金融武装守押、煤炭经营等，现共有在职职工3619人，资产总额22亿元，所有者权益11.1亿元，炸药产能从600吨增加至12.55万吨，雷管产能从3000万发增加至8000万发。炸药、雷管产量分别位居全国前10名，武装守押业务占全省业务的70%：爆破业务持有一级作业资质，矿山工程施工总承包资质；其他多种经营业务涵盖酒店经营、安全培训等。

从20世纪60年代的671厂，到80年代的贵州盘江化工厂，再到如今的贵州盘江化工（集团）有限公司，从年产值2100万元发展到年产值11亿元，经过几代人的奋力拼搏，盘江化工集团有限公司，以更加丰满的姿态，呈现在世人面前，成为全国众多三线企业中转型最成功的优秀企业代表。

从1983年到2003年，国家共规划安排三线建设调整项目201项，经过20年的努力，三线建设调整改造的历史任务基本完成。

在国家的支持下，许多三线企业逐渐摆脱困境和灾害威胁，改善其生产经营、科研、生活条件，三线职工得到极大鼓舞，调动了三线单位和职工的积极性，对于吸引、稳定科技队伍起到一定的作用，也使企业焕发了生机和活力，一些三线调迁项目经过调整搬迁，三线建设在布局上存在的遗留问题和突出矛盾已得到不同程度的缓解。

三线调整改造的实践证明，国家下决心对三线建设进行调整改造的决策非常正确。这一跨越时空的重大举措，给广大企业带来了勃勃生机，也使盘化人由寂寞的大山迈进了繁华都市。

回想当年，我们顶着各方压力，带领全厂职工齐心协力搬迁至清镇时的情景，刘希辉非常自豪地说，我们当年的选择是正确的。如果没有当年的选择，就没有今天的盘化集团。我对得起国家，对得起全厂所有的职工。

曾经一度怕赶不上末班车的惊慌，终于换成了永远的骄傲和自豪。

三线家属第一次大规模内迁

在盘州三线文化产业园也就是671厂老家属区的中心区，有一所学校格外醒目，这里曾经是671厂子弟学校。

1971年，6岁的徐东风和刚上小学一年级的哥哥一起，跟着父母来到了当时的盘县，哥哥成为671厂子弟学校的学生。当时的学校非常简陋，徐东风称之为帐篷小学，从小学到初中，他都在这所学校上学。由于师资和生源等原因，当时这所学校称之为戴帽中学。

在三线建设初期，671厂和许多三线企业一样，都是强调先生产后生活，工厂所有的任务都围绕着生产展开，先期的目标是先把生产厂房建好，先出产品，先不考虑生活。

三线建设开始后，许多年里，徐东风每年只能在父亲休探亲假时，才能与父亲见面。当得知可以去盘县与父亲团聚时，徐东风喜出望外。徐东风当时并不知道，他们全家之所以可以搬到盘县，得益于国家的第一次关于家属内迁的相关政策。

自1964年起，全国参加三线建设的相关省市、部门的内迁单位和干部职工，响应党中央的号召，从国家利益出发，积极行动，不讲条件，不讲代价，将企业从沿海等发达地区迁往三线，使迁建工作得以顺利实施，为迁建做出了贡献。截止到1971年3月，有380个项目、145006名职工、38000多台设备从沿海迁往内地。这些三线建设项目的成功迁建，对于改善国家工业布局，加快三线战略后方基地建设，加强战备，起了重大作用。同时，也促进了沿海工业的技术改造和生产的发展。

但同时，新的问题和矛盾出现，在迁建计划的执行及内迁职工的家属安置等方面存在一些问题，亟须解决。生产和生活的矛盾也越来越突出，不得不考虑的生活问题日益突出。

1971年7月14日，国务院、中央军委批复同意国家计委、国家建委提出的《关于内迁工作中几个问题的报告》，除了强调要严格执行国家计划，继续把国家已确定的一线地区迁建项目中未完成的140多个项目，认真按原计划执行，在保证本地区增产需要的同时，做到迁建、生产两不误，按时搬迁到三线战略后方，同时，还有一项重要的批复，就是关于内迁职工家属的安置工作。

据刘希辉介绍，三线建设初期，正是国家刚刚度过困难危机的时期，国家缺少资金，要把有限的钱用在刀刃上，所有的三线企业，要以最短的时间最快的速度加快建设，至于说你住在哪，生活怎么安排，这些先都不考虑，就是集中人力精力财力全力建厂工作。迁往三线地区的干部职工，响应祖国的召唤，以支援三线建设为荣，艰苦奋斗，以火一般的热情投入三线建设中。

经过一段时间的建设，在一些矿山和企业初具规模时，一些问题开始出现，三线职工夫妻长期处于两地分居生活状态，每年一次探亲假，路途远，火车慢，那时候都是蒸汽机车，以东北地区来的职工为例，探亲一来一去用在路上的时间大约半个月，一个月的探亲假有一半要奔波在路上。而三线职工家属，随迁的人数不到30%，大部分三线职工夫妻长期处于两地分居的状态，不仅给生活带来许多困难，而且每年探亲假，既增加国家开支，又耽误生产，不利于三线建设。为了安排好内迁职工生活，使他们真正在三线扎根，更好地促进三线建设，国家计委和建委出台方案，解决三线职工夫妻两地分居问题，指出：迁入地区要主动与迁出地区协商，对家属内迁做出规划，并且根据艰苦奋斗、勤俭建国的原则，自己动手解决房子问题，分期分批内迁。要杜绝那种怕麻烦、怕增加负担，不允许职工家属随同内迁的做法。

文件规定：对于居住城镇吃商品粮的家属，不论迁出地区的城镇大小，应准予随职工内迁，并在内迁企业所在地落户口；家属户口在农村的，原则上也应当准予随同职工内迁，内迁后，可落农村户口，但个别确有困难的直系亲属，根据企业安置工作的条件，也可以落城镇户口。对内迁职工家属的工作，也做出了安排。原在全民所有制单位工作的固定工，内迁后，应就近安排在全民所有制单位工作。工种不对口，可以改变工种予以安排；原在全民所有制单位担任常年性工作的临时工、合同工，如生产需要，本人符合条件，可由迁出地区转为固定工后内迁。已经迁去的由内地按此原则办理；原在集体所有制单位工作或从事临时性工作的家属，内迁后应就近安排在集体所有制单位工作；如果全民所有制企业有招工指标，本人符合条件，可以吸收为固定工；原来没有参加工作和家居农村的家属，凡有劳动能力的，由迁入地区或企业，组织起来，办集体所有制的小工厂，或者从事农、副业生产，或者参加服务行业的劳动。附近农村人民公社有条件的，可以安置农村户口的家属插队落户；内迁职工的子女，已经上山下乡的知识青年，原则上不随职工内迁，需要照顾的（如独生子女），经迁入地区同意后亦可迁去。迁入地区可以招收为新工人，也可以和当地的知识青年一起，服从统一安排。

这是三线建设以来，第一次开始正视职工的生活。经过艰苦日子的奋斗，三线建设已经初具规模，如何让三线建设的干部职工安心工作，做好安心工作非常重要，国务院出台的关于家属随迁的文件，恰逢其时，既解决了长期两地分居的问题，也使干部职工安心工作。

在六盘水，我认识了许多三线建设时期过来的职工家属和子女，如今在水城文化馆工作的舞蹈老师王恒、来自大连普兰店的刘敏、来自河南的王晓玲等众多三线子弟，他们都是以随迁家属身份来到六盘水。

徐东风告诉我，他的父亲曾经是671厂的技术工人，是最早一批建设者，当年，父亲他们都是单枪匹马来的。父亲到贵州工作了多年，才把他们兄弟姐妹接过来。

经过了几年时间，工厂和家属陆续从东北搬迁过来，到1975年才全部搬完，整个671厂职工和家属人数最多时将近3000人。

徐东风一直在671厂的子弟学校读书，后来考出去继续读书，参加工作后，调回到671厂，也就是后来的盘化集团工作，现在集团党群工作部工作。

如今的671厂原址已经改造成盘州三线文化产业园，从东北搬来的671厂，给盘州留下了一个完整的“小社会”，时光倒流，所见到的一切似乎都凝固了，满山异常繁茂的植被郁郁葱葱，厂区内的羊肠小道与厂区外宽阔的马路，展示着时代的变迁。数十幢厂房，数十栋楼房，生活区里的幼儿园、学校、医院等都进行了现代化的改造，那些当年建设的土得掉渣的老房子，现在都成了工业遗产的一部分。

671厂的家属区都是按照东北民居特点修建的，大院小宅，南窗大北窗小。在徐东风的记忆里，小时候的家属区虽然不大，但却很紧凑，功能挺全，幼儿园、商店、医院、学校、银行等应有尽有。徐东风说，我们671厂真的“很东北”。在671厂家属区，仍有保持完好的一排排干打垒住宅，一家挨着一家，每家都有个小院，屋子里还有火炕、火墙。火炕是东北人的标配。这些火炕都是671厂工人们自己砌的。厨房灶台里的烟道穿过土炕，烟火通过火炕的烟道，从炕头穿过，再从靠近炕尾墙外的烟囱里出来，做饭时，烟火穿过烟道时把火炕烘得滚烫，冬天，睡在火炕上面，被窝里热乎乎的，在六盘水潮湿的冬天，火炕真是解决了大问题。

每到傍晚，走出大山里的工厂，回到生活区的671厂的职工，远远地就能看到家家户户烟囱里冒出袅袅炊烟，一天的劳累似乎都烟消云散了，那里是他们最温暖的归处，日子虽苦心里却甜，一家人围桌而坐的幸福日子里，吃了什么、说了什么，也许早已不记得了，但那份暖暖的感觉却一直留在心里，那是徐东风儿时最美好的记忆。

留在大山里的三线血脉

许多城市的旧厂房改造最后都成了某些开发商逐利的后花园，打着文化的旗号搞开发的城市也不少，与此不同的是，六盘水的城市建设在建设与保留，继承与发展，过去与未来之间找到了平衡，使城市的内在需求与历史的协调发展达到了高度契合。六枝、盘州、水城的一些三线建设时期的老厂区、旧厂房以及原有工业设施，是不可复制的宝贵历史文化遗产，六盘水市将现代文化需求与三线精神，很好地融合在一起，许多已经列入工业遗产项目保留了下来，开始了文化创意园区的建设，那些渐行渐远的三线岁月，被赋予了新的使命，使城市在走向未来的征途中，镶嵌着城市发展的原始文脉，将三线历史的红色基因融入了城市肌理，使城市发展有了健康土壤。

以671厂原址改造的三线文化产业园，基本延续了老厂区的原貌，修旧如旧，连干打垒的房子都在外面加盖了又高又大的套子，把房子保护起来，盖上了盖子，防止风吹雨淋，而内部也进行了改造，把小小的低矮的干打垒赋予了新意，星级酒店的内饰，尽可能地保留原有风格的装修。

园区里的酒店更像是艺术馆，内部的装饰品，摆放的纪念品，装饰用品，墙上的壁画，博物馆里的展品，都是和三线紧密相关的东西。园区内的摄影展，长年展出的都是三线建设者的老照片，宣传画和海报也是60年代的记忆。

我到的当天，园区正在准备接待一个五百人的团队，三线建设已经成为西南地区红色之旅的主要内容。馆里年轻人三三两两有说有笑，而年长者大多安静，他们在每一个厂房前慢慢地看着，在每一幅老照片前驻足，俱乐部里的墙上都是三线建设时期的标语口号：好人好马上三线，备战备荒为人民。一条条读下去，声音不大，但我知道，那声音在他们的胸口震荡，在他们的胸中膨胀。

陈诚告诉我，2018年夏天“671”厂庆日那天，刘希辉和当年一起从抚顺到贵州的老战友们一起，专程来到三线文化产业园。那天，刘希辉带着他的老战友们，和园区的员工们一起，在671厂俱乐部里进行了联欢。在没有电视、没有娱乐生活的年代，俱乐部曾经是工厂职工唯一的文化生活娱乐场所，那里放过电影，开过表彰大会，举办过文艺演出，召开过重要会议。

重回671厂，重新忆起当年在那里度过的美好时光，大家仿佛重回到了那段激情燃烧的岁月，重新燃起了激情，在舞台上尽情欢唱，尽情舞蹈。

刘希辉说，671厂是我们曾经的家，是我们留在大山里的牵挂。这里有我们三线人的根，这个根永远不能丢。

曾经，在盘县，在火烧铺，没有哪个企业像671厂那样深入人心，也没有哪个企业像671厂那样令人向往。

当年的671厂属于半军品企业，厂区戒备森严，墙上拉着电网，大门还有战士站岗，远远看去，让人有种肃然起敬的感觉。再加上671厂是保密单位，当地人知道671厂生产的是国家的保密物资，对671厂充满了好奇，看着进出671工厂的人，都非常羡慕。671建厂后，由于生产需要，在当地招收了500多名工人，当时，在火烧铺镇谁家有人在671厂上班，都感觉非常自豪。

在盘县生活时间较长的当地人，大多知道671厂，他们仍然习惯于把火烧铺镇的镇政府所在地周围统称为“671”，好像671厂是火烧铺镇的坐标。据说，外地人打听路，当地人总是习惯性地把手一挥，指向671厂的方向，“往671上面走就是”，似乎671厂才是火烧铺镇的中心。

由于671厂生产炸药等产品多是危险品，生产区选址距离生活区很远，要走20多分钟的路，当年建厂时，按照靠山分散隐蔽的要求，厂区选址在大山里。厂区占地面积很大，生产车间与生产车间的距离都很远，具体的生产都是在20多米深的山洞里进行。

671厂实行三班倒制，工人们都在单位食堂就餐。据曾经在671厂工作的一位老人介绍，每到晚上开饭时，671厂的餐厅里灯火通明，最多时有上千名职工就餐。鼓风机、排烟机和喧闹声响个不停，那时候，即使10多个窗口同时打饭，也要用一个多小时的时间才能打完。671厂建设期间，除了本厂职工用餐，还有参加建设施工人员，以及从云南、攀枝花、水矿、盘江各矿来采购火工物品的运输人员，每到开饭时，餐厅里南腔北调各种口音混杂一起，人声鼎沸，好不热闹。

据刘希辉介绍，671厂搬迁后，留下了一个完整的老厂区和生活区，那些老厂房和老建筑都保存完好，还留下了大量不便于拆除带走的附属物以及一些生产、生活设施，还有各种各样的老设备、老机器等都原封不动地保留了下来。厂区旧址的生活区总共加起来有1800亩地，建筑面积4万多平方米，全部移交给了当时的盘县特区政府。

从过去的盘县到当下的盘州，其经济发展离不开三线建设。当年，十万建设大军告别故土和亲人，来到荒山野岭，住的是油毛毡干打垒，吃的是苞谷饭窝窝头，用血肉之躯肩挑手扛，修铁路、打钻井、开煤矿、架电线、建高炉、办工厂。贵州最大的钢铁企业、最大的煤炭企业、最大装机容量的火力发电厂、最大的水泥企业都落户盘州。众多三线工厂倒闭或搬迁后，留下了面积庞大的厂区。为继承和弘扬三线精神，丰富旅游业态，盘州市将671厂旧址按照“修旧如旧”的手法，采取老建筑修复和局部新建的方式，改造建设成三线文化产业主题园区。

三线文化产业园有着浓郁的三线历史文化气息，漫步在671旧址，仿佛回到了那段峥嵘岁月。671厂旧址被改造后，仍然保留了原先的老厂房和老建筑，这里曾经的粮站、职工医院、保卫科、招待所、职工俱乐部等，还有那些各种用途的建筑，都重新进行了整修，既保持原貌，又进行了修旧如旧的内部改造。走在671厂文化产业园区，广播里是20世纪六七十年代的红色经典曲目，俱乐部墙上是那个时代鼓舞人心的口号，在园区广场正中央的是由齿轮铸造的三线精神堡垒。园区内的老建筑外墙上，都是斑驳的痕迹，特殊年代里的红砖墙，上面留着当年让人奋进的口号，袖珍的老火车站里，蒸汽机火车头停靠在火车站台上，站台上写着“火铺站”。在园区的半山坡处，有一条特殊的生产线，那是一条仿建671雷管、炸药等火工产品的生产线，一台台老设备、老机器，按照当年的生产程序和流水线、生产线的样式，有序地排列着，一道工序接着一道工序，看着那些老机器设备，抚摸着有着岁月痕迹和光泽的老车床、把手、摇把、标牌，仿佛置身于当年的车间、厂房，仿佛回到了那个特殊的年代里，回到了过去的时光里。

老厂区的功能齐全，当年他们在老厂区生活和娱乐的建筑，如今都修旧如旧，重新利用，部分老旧宿舍楼，改造成各种主题的小型博物馆和展览馆，有展现当年三线人生活场景的家庭生活馆，里面有老式收音机、缝纫机、照相机等高档用品，也有表现当时文化娱乐生活的俱乐部，有展示当年建设情况的老照片展馆，那些老物件大多是老三线人的捐赠，也有园区人四处收集和征集来的物品，这里经常成为影视拍摄地，那些老照片和老物件，有着三线人的温度，烙下了时代的印痕。

园区内绿树成荫，青草葱郁，到处生机勃勃，山坡上是一排排低矮的红砖瓦房，这些房子大多建在20世纪60年代中期，大多都有50多年的历史了。为了留住三线建设的历史，保护三线建设的历史，让这些三线建设的老建筑在岁月的更迭中不被遗忘，让三线人的精神传承下去，盘州政府真是下足了功夫，用足了心思。在园区里，老建筑有着特殊的地位，比方用玻璃房把老旧锅炉房罩起来，保护起来，改造成“房中房”；在一些干打垒的老房子的屋顶上，又盖起了一层高高的屋顶，就像是给老房子撑起一把大雨伞，把房子完全罩在里面，房套房，这是为了保护这些老建筑，在大屋顶保护下，这些老房子再也不会受到风吹雨打，再也不会被风雨侵蚀。这些老房子的外墙和内部结构都保留着油毛毡房和干打垒的原始风貌，屋内进行了加固和简单修缮，增加了现代化的使用功能，改造成客房，里面摆放的都是仿制三线建设时期的老物

三线建设时期使用的通信工具、放映设备

由干打垒改造成的客房

件。走进老房子，让人既能感受到三线建设时期的怀旧情怀，又可以享受现代文明带来的便捷和舒适，使三线旧址得到了很好的开发和利用。

陈诚介绍，三线文化主题园自2018年11月开园运营以来，大量的游客慕名前来，一些主题教育活动等也在此开展。特别是老三线人，三线的二代、三代人，他们经常到产业园参观，在三线人的眼里，这里有他们成长的时光，有他们奋斗的足迹，这里有他们最亲切的回忆。他们在这里，仿佛在追寻着三线人曾经的脚印，追寻着三线人的艰苦奋斗的美好时光，感叹时光飞逝，感念岁月更迭。

在盘县文化产业园大门对面的一个山坡上，还有一片671厂的家属区，那里已经列入产业园的二期规划之中，未来也将进行改造。在陈诚的带领下，我们过马路，爬上山坡，是一个个围墙围着的院子，院子里面是一座座老房子，紧挨围墙边是一条又窄又弯曲的小路，小路边上就是陡峭的山崖，这里其实是山顶的一块很小的平地，在火铺镇，很难找到大块平整的地方，许多房子都是建在山上或者半山上。沿着弯曲的小路，绕过老房子的后面，是一片山林，山林中，又是一排排老房子。这片老房子是20世纪60年代的建筑，是671厂人用石头建的干打垒住房，至今仍然完好地保持着原貌。老房子大多低矮，进屋时会不由自主地低下头，有的人家的屋内墙上还贴着旧时的年画和宣传画，还有电影明星的画报，有的人家的灶台还像模像样完整地保留着，仿佛随时会生火做饭。每户人家都有一个小院，院子袖珍，却也别致，一家挨着一家，小院里杂草丛生，有的人家的院门上还留着旧时贴过的春联，大多残缺不全，经风见雨，早已斑驳不堪，辨别不清上面的字迹，这里曾经的烟火味，都留在了时光与记忆深处。

671厂老一代三线建设者，当年从大东北千里转战来到贵州，在盘县火烧铺的荒山野岭，在乌蒙山下，挖出他们参加三线建设的人生的第一锹土，开启他们三线建设的人生之路，那些大山里开天辟地的伐木声，齐心协力的号子声，机器转动的轰鸣声，震荡着山谷，激荡着人心。仿佛就在眼前，他们见证了工厂从无到有的全过程，见证了671厂在大山深处创造的奇迹。

如今，刘希辉已经是73岁的老人了，从19岁到73岁，从东北到盘县，再从盘县出发，到贵阳清镇，刘希辉到贵州已经整整54年了，从亲手参与建设的671厂，到后来搬迁到清镇的盘化集团，他亲历了三线企业从无到有，从弱到强，到发展壮大的全过程，见证了671厂创造的非凡奇迹，他说，我把一生都献给了三线建设，献给了大西南，献给了六盘水，献给了671厂，献给了盘化集团，我们这一代人，就是这样，讲奉献，不求索取，听党话，一心一意跟党走。

刘希辉说，每当回忆起三线建设这段历史，心中就会升起自豪感，为国家，也为自己。三线建设，是我们盘化人的精神高地，也是我们一生的骄傲。

三线建设留下的宝贵精神财富，将在历史的星空中，永远熠熠生辉。

第十六章　从历史走向未来

共和国版图上的新城市

1978年12月18日，党的十一届三中全会在北京召开，从此开启了改革开放的新篇章。同一天，中共中央、国务院下发文件，把贵州省的六枝、盘县、水城三个矿区合并在一起，取其头一个字，建立六盘水市。

从这一天起，共和国的版图上有了一个崭新而神奇的名字——六盘水市。

六盘水成为贵州继贵阳之后的第二个省辖市。

六盘水市的行政区域面积近1万平方千米，相当于当时近两个上海市的面积，成为当时全国面积最大的地级市，也是当时世界上面积最大的市。

原先分属不同地区边远落后的三个农业县，经过以三线建设为契机的整合，从三个矿区到三个特区，从西南煤矿建设指挥部到六盘水地区，再到六盘水市，前后历时14年。

1964年，根据中共中央工作会议精神，国家计委和煤炭工业部经过调查对比，决定在贵州西部煤藏丰富的六枝、盘县、水城三县境内建立煤炭基地，六盘水这个组合性的专名由此而得。接着六枝、盘县、水城三个矿区（后改特区）作为煤炭基地相继成立。

1966年，中央批准成立六盘水地区工业建设指挥部。

1967年10月，六盘水地区革命委员会筹备小组成立，六盘水开始成为一个政区，下辖三个特区。

1970年12月隶属安顺地区、兴义地区、毕节地区的郎岱县、盘县、水城县分别与六枝、盘县、水城三个特区合并，合并后仍称特区，隶属六盘水地区。

当年从战备需要出发的六盘水矿区，随着时代的前进，历经风雨的洗礼，发生了翻天覆地的变化。

“没有三线建设就没有六盘水市。三线历史是六盘水的根，三线精神是六盘水的魂，三线企业是六盘水的本。”这是六盘水市委副书记、市长李刚经常说的一句话，这句话也代表了320万六盘水人的真实心声。

三线建设，凝聚了六盘水人在历史巷道中掘进的底气和骨气；三线建设，激发了六盘水人在时代大潮中挺进的锐气和勇气；三线建设，鼓舞着六盘水人在向未来征程中的志气和豪气。

大西南注入新鲜血液

三线建设是中国西部开发史上一部气吞山河、波澜壮阔的史诗；是一部改天换地、慷慨激昂的人间话剧。

《中国共产党的九十年》中指出：“从总体上看，三线建设的实施，是推进我国现代化的重要步骤，对于提高国家的国防能力，对于改善我国国民经济布局、推进中西部落后地区的经济社会发展，具有重要意义。”

著名社会学家费孝通评价三线建设，三线建设使西南荒塞地区整整进步了50年。

三线建设是新中国诞生后的第一次“西部大开发”，是中国经济史上一次大规模的工业迁徙，是一场感天动地的国家安全和民族利益的大决战。三线建设给原本工业十分薄弱的整个大西南地区进行了一次有力输血，是我国改革开放前建立的独立完整的工业体系和国民经济体系的重要组成部分，为西部经济的大发展战略奠定了坚实的基础。其对中国西部，甚至对整个中国社会都产生了极其深刻而久远的影响。

整个三线建设横贯了3个五年计划，从1964年到1978年共14年，如果将从开始地质勘探的1958年到1964年的前期6年计入，则历时整整20年。其核心时间段的1964年至1972年8年时间里，国家在大三线的主要13个省和自治区的中西部地区投入了2052.68亿元巨资，约占同期全国基本建设投资的40%；涉及600多家企、事业单位的重建、搬迁、合并，整个工程规模史无前例。有400多万工人、干部、知识分子、解放军官兵和成千万人次民工的建设者，打起背包，跋山涉水，来到祖国大西南、大西北的深山峡谷、大漠荒野。他们风餐露宿，肩扛人挑，用十几年的艰辛、血汗和生命，建起了星罗棋布的1100多个大中型工矿企业、科研单位和大专院校。在中国西部内地13个省（市）区构筑了具有相当规模的门类齐全的科研与生产相结合的现代工业，先后建成了10条总长8046千米的铁路干线，形成了完备的交通体系。

三线建设初步改变了中国东西部经济发展不平衡的布局，形成了门类齐全的较为完备的国防科技工业体系，建成重大科研基地数十个，并安排了配套项目。三线建设地区国防军工生产能力占全国一半以上。在我国不发达的西部地区崛起了一批新兴城市，如贵州六盘水、安顺、凯里，在四川因钢铁工业基地的建设而兴起的攀枝花市、因长虹电子产业的建设而兴起的绵阳市、因重型机械工业建设而兴起的德阳市等。连通成昆、湘黔等10条干线铁路，形成一个规模庞大、门类齐全的后方工业基地。基于当时保密要求，三线建设长期笼罩着神秘的面纱，后来我们国家的原子弹、氢弹爆炸，战机、火箭、卫星、飞船上天，战舰、核潜艇下海，这些都与三线建设有直接关系。

三线建设在带动了中国内地和边疆地区的社会进步的同时，也给这些地区培养了千千万万无私奉献的高素质人才，形成了“奉献祖国、艰苦创业、团结协作、开拓创新”的三线精神，整个工程规模史无前例，在共和国建设发展史上具有伟大的战略意义、深远的历史意义和重要的现实意义。

如今，这批新兴城市和工业企业在党中央提出的西部大开发中，无疑成了经济增长的重要支撑点，为推动社会的前进和地方经济的发展发挥着重要作用。

大贵州绝地重生

三线建设不仅是六盘水，而且是贵州开发史上的一个重要里程碑，它改变了贵州的生产力布局和社会经济结构，使贵州的社会面貌发生了历史性的深刻变化，为今天贵州省的开发奠定了坚实的基础。

据史料记载，1911年，贵州省只有工厂120家，雇工1578人，平均每厂13人，只能算是一些小作坊。抗战时，国民党政府和工业内迁，使贵州工业小有红火。随着胜利后的东迁和解放前夕国民党军队溃退，官僚资产阶级携资外逃，贵州经济重陷混乱和落后，全省没有一条能通往外界的铁路线，基本没有真正意义上的现代工业。1949年全省工农总产值仅11.25亿元，人均79元，是中国最贫穷落后的省份之一。

党和国家高度重视贵州的三线建设，通过高强度的资金投入，在全国各地各部门的大力支持下，采取集中优势力量打歼灭战等方式，广大三线建设者们扎根山区，艰苦创业，经过各族人民的巨大努力，取得了令人瞩目的成就。三线建设推动资金、技术、人才、劳动力和机器设备等生产要素迅速集聚，迫切需要城市这个载体来集聚各种生产要素，优化资源配置。

三线建设打破了贵州长期封闭落后的状况，奠定了贵州现代工业的基础，经济实力大为增强。从1964年至1976年，全省累计完成基本建设投资98.93亿元，新增固定资产54.24亿元，相当于新中国成立以来至三线建设前新增固定资产的3.49倍。

百亿投资，为贵州带来了前所未有的发展动力，使贵州崛起了一大批现代化工业企业，奠定了以国防工业为主体，包括煤炭、冶金、机械、磨料、化工、建材等行业在内的具有一定规模的工业基础。到三线建设基本结束的1978年，贵州的国民生产总值比三线建设前增加了一倍，第二产业的比重也增加到40%左右，贵州工业基础薄弱的局面得到了极大改变。

三线建设对于贵州的影响除了工业，还涉及方方面面——通过三线建设，川黔、贵昆、湘黔三条铁路干线，湖林、开阳、水大等支线和100多条厂矿专用线相继建成通车，加上之前建成的黔桂铁路，贵州铁路运输网络基本形成，到1978年，贵州境内铁路干线总长1389.1千米，从根本上改变了贵州交通闭塞的落后状况，提高了贵州在西南及全国的战略地位。

通过三线建设，贵州的城镇化进程加快、综合经济实力提升。铁路沿线和工厂、矿山附近的地区，生产生活水平迅速提高，路、电、水、通信全通，已有了城镇的雏形。六盘水市、贵阳原小河区、清镇市等均兴起于三线建设。贵阳、安顺、遵义、都匀、凯里等三线企业集中迁入的城市也在那段时间里迅速扩大，城市化步伐提速。

通过三线建设，数万名科研人员、工程技术人员在贵州扎根。中央各部属研究院所、中国科学院所属研究院、国防科技工业部门科研单位、地方科研单位和高等院校组成的“五路大军”，至今仍是开创贵州经济建设新局面的一支重要力量。

初步形成了以资源为依托，以煤炭电力、冶金、机械、电子、化工、建材、食品、轻纺工业为主体的工业体系。在三线建设中形成的贵州工业体系，尤其是技术力量雄厚、设备精良、自动化程度较高的国防科技工业的发展，在贵州的西部大开发以及贵州高科技发展中，发挥了极其重要的作用。

三线建设中，由于一大批现代化企业、科研和教学单位内迁，给贵州带来了大批学者、专家、教授、工程技术人员和大量先进的科技设备，成为开创贵州经济建设新局面、促进社会进步的一支重要力量。三线建设中聚集的一大批管理和科研方面的高素质人才，在三线建设后，有许多人转到贵州省六盘水、遵义、盘州等市、区的地方行政部门工作，使三线建设会聚的精英与本地区土生土长的干部相结合，带来了政权的稳定和地区干部素质的总体提升，对贵州省良好政治生态的养成，对推动经济社会的良性循环，起到了至关重要的作用。

三线有力地促进了内地和少数民族地区经济、文化与社会的发展，人民生活得到一定改善，内地与沿海的差距逐步缩小。带动了民族地区工农、交通、文教卫生、科技等事业的发展，增强了贵州民族地区的经济实力，对巩固民族团结、发展社会主义民族关系具有重要意义。

三线建设造就了广大建设者们不畏艰险、艰苦创业、无私奉献的精神，为贵州三线建设做出了巨大贡献。时至今日，扎根贵州的三线人为国家建设事业无私奉献的精神，成为激励贵州广大干部群众振兴贵州，从根本上改变贫穷落后面貌的精神财富。

据最新数据显示，贵州现已探明的煤炭资源远景储量约2588亿吨，保有资源储量733.58亿吨，居全国第五位。作为一个内陆省份，煤炭资源储量如此丰富，无疑成为贵州经济腾飞的内生动力。

截止到2019年，贵州省煤炭产量达1.42亿吨，居全国第五位，是1949年的473倍；发电总装机容量6078万千瓦，是1949年的2万倍；发电量2117亿千瓦时，是1949年的3万倍。作为贵州支柱产业之一的煤炭，在时代变迁中越发显得耀眼夺目。

历史是一条见证奇迹的长河

历史经验证明，要想在纷繁复杂的国际风云中不受制于人，必须拥有遏制战争的震慑手段，具备打赢战争的实力。正如邓小平所说："如果六十年代以来中国没有原子弹、氢弹，没有发射卫星，中国就不能叫有重要影响的大国，就没有现在这样的国际地位。"

贵州的三线建设，自始至终得到了中央最高决策层的高度关注和殷切关怀。党的十一届三中全会以来，江泽民、胡锦涛、习近平等党和国家领导人都曾来到贵州视察过三线企业及国防工业科技项目。

三线建设形成的“三线精神”，与“延安精神”、“大庆精神”、“农垦精神”和“两弹一星精神”、“抗洪精神”、“载人航天精神”一脉相承，成为我们实现伟大中国梦永不枯竭的精神食粮。

20世纪60年代，何民权跟随在大连造船厂工作的父母，从海滨城市大连，来到大西南，从此，在大西南扎下了根。何民权现为中国国史学会三线研究会副秘书长，有着深深的三线情结。他自费在重庆建设了一座三线建设博物馆，免费对公众开放。

何民权说，三线建设是一次中国工业大转移，是新中国成立以来的第一次西部大开发，让西部地区至少向前推进了50年。何民权说，在共和国的历史进程中，形成了许多独特的历史，有红军史、抗战史、解放史、抗美援朝史。但这些都是相对单一的历史。而三线建设，形成了共和国独特而厚重的综合历史，可以说，三线建设是中华人民共和国史，是中国共产党史，是新中国的工业发展史，是相关联的13个省、区、市的地方发展史，是新中国大规模的移民史，是新中国的城市建设和发展史，更是一段共和国的奋斗史。

三线建设对相关地区的发展有着深远影响，小到街道、乡镇的产生，如东方红大街、下滑镇、双桥等；大到城市的诞生，如攀枝花、十堰、六盘水等城市，从无到有，从小到大，从弱到强。

由于历史的原因，三线建设曾经是个带有神秘色彩的字眼，一直在保密状态下进行，因此鲜为人知。直到20世纪80年代，三线建设结束，相关报道才陆续公开见诸报端，三线建设逐渐揭开了神秘的面纱，许多三线建设项目陆续解密，被更多人知晓。

然而，随着三线建设的解密，社会上也出现了一些杂音。有人说，三线建设是“政治运动的产物”，“计划经济的运作模式造成资源配置效率低下”，也有人用“积累率过高，投资结构不合理”等论调否定三线建设，这不仅是对共和国光辉历史的抹黑，也让为了祖国和人民奉献了青春乃至生命的广大三线建设者寒心。

据有关资料显示，自1973年以后，中美关系的坚冰被打破，两国开始接近，世界政治“大三角”相互制衡的格局基本形成。在此情况下，三线建设已经初具规模，确实达到了建立稳固的战略后方基地的目的。从当时世界军事格局和技术水平来看，如果中国受到外来侵略，中国已经具备了打不垮、炸不烂并能长期支持战争的牢固后方基地。同时，也达到了使国家经济布局大体合理的目的，使工业片面集中于沿海城市的状况得到了改变，并且形成了地方工业的完整、配套的体系。

一位三线建设研究专家指出，回望三线建设，可以断言的是，历史造就了一个不可复制的中国，同步回望整个世界工业化信息化的发展历程，同样可以断言，没有大三线，就没有今天中国令全世界都无法模仿的工业布局。

大三线形成了沿海、内地两个工业地带。庞大的人口与庞大的国土，使得中国由此拥有了世界上最大的工业纵深空间，使得中国可以独自进行交替轮换的工业升级过程。在当下中国工业升级的过程中，大三线所起到的作用将至关重要。

当初大三线决策的考虑因素就是工业备份，以应对可能的战争，事实上促进了全国的工业布局平衡。在今天看来，这个平衡作用，无论在经济、军事还是政治上，都是至关重要的。

三线建设虽然是以战备为中心，但它客观上初步改变了我国工业东西部布局的不合理状况。在贫困落后地区投资三线建设，对于当地经济发展、产业转型和城镇化水平都有推进作用，且这一作用在这之后仍然持续。三线建设将工业投资从条件适宜的沿海地区转向内地，以社会总福利下降为代价，但是却削弱了中国经济发展空间的不平等，对于贫穷落后地区的政治、经济、文化等方面产生了巨大影响，发挥了巨大作用。有专家指出，如果没有当年的大规模内地建设改善了内地的工业、交通和科技状况，国家在改革开放时期建设内地的任务将更加繁重，内地与沿海地区的经济差别将悬殊，甚至会影响整个国家的发展。著名社会学家、人类学家费孝通先生说：“三线建设使西南荒塞地区整整进步了50年。没有当初三线建设，就没有现在西南、西北的工业基础。”

在当时困难的政治、经济和自然条件下，干部、工人、知识分子、军人在三线建设中表现出来的艰苦奋斗、无私奉献的精神，也是三线建设留下的弥足珍贵的财富。中国社科院当代中国研究所研究员陈东林认为，艰苦创业、无私奉献是三线精神的内核，在信仰方面树立了一面旗帜。

回望历史，我们不得不说，如果历史不赋予中国那样的机会，今天这个局面是断然不可能形成的。因为只有那个特殊的历史年代，特殊的历史人物，才有那样特殊的历史能量，撬动历史的杠杆，改变历史的走向，重写一个民族与一个文明的未来。

江泽民总书记在20世纪90年代初多次视察西部地区，对三线建设时期建成的大型企业倍加关注。他当时就指出，从国际形势来看，我们对三线建设的重要性，应当有进一步的认识。1993年4月，他还在为一部书的题词中写道：“让三线建设者的历史功绩和艰苦创业精神在新时期发扬光大。”他对三线建设的壮举给予了高度肯定。1996年10月，江泽民总书记视察六盘水时指出：“三线大企业，为我国的经济和国防建设做出了重要贡献，表现了可贵的奉献精神。”宋平、邹家华、谷牧在视察六盘水时挥毫留下“江南煤都”“金三角下的一颗明珠”“远谋近施”“开发六盘水，振兴大西南”等题词，对三线建设给予充分肯定，对三线建设者给予了高度评价。

正是在总结历史经验特别是我国三线建设历史经验的基础上，结合我国当前经济建设的实际需要，党中央于1999年做出了西部大开发的战略决策。

时间砥砺信仰

习近平总书记指出，“历史是最好的教科书，也是最好的清醒剂。唯有不忘初心，方可告慰历史、告慰先辈，方可赢得民心、赢得时代，方可善作善成、一往无前”。一个民族的历史是一个民族安身立命的基础。他多次强调：“我们不是历史虚无主义者，也不是文化虚无主义者，不能数典忘祖、妄自菲薄。”

“无论如何，三线建设对六盘水的影响是巨大的。”原国家建材工业部办公厅主任单兰山是名老三线建设者，先后五次来到六盘水。他见证了六盘水的变化，“48年前，我第一次来六盘水。当时的六盘水是大西南最穷的地方，到处都是荒山野林，看不到老百姓，就算看到几个也都是从山上下来的少数民族，老百姓大都没吃没穿，男人穿的是稻草编制的衣服，女人没有衣服穿，不敢出门。”

2017年国庆节期间，中央电视台《国家记忆》栏目播出10集大型纪录片《大三线》，首次对大三线建设进行了全面的介绍，用翔实的数据和不容置疑的事实告诉人们，三线建设取得了无比辉煌的成就。央视对三线建设进行了精准的总结：“三线建设，它极大地促进了中西部地区的发展，确保国家有了安全可靠的战略大后方，对于提高国家的国防能力做出了重要贡献，为中国事后的改革开放与和平发展创造了条件。”无论在多么艰难的条件下，三线人始终对祖国、对人民、对社会主义事业无比忠诚，他们的无私奋斗的精神，是一簇点燃民族灵魂的圣火。

水钢党委宣传部原部长张绍然说：“随着地方政府对三线建设的宣传和志愿者们的不断努力，人们对三线建设的认识也在逐步提升。尽管有些人对三线建设不尽认同，但作为一段历史，一段为共和国奠定了国防、经济发展基础的历史，今天怎么评价都不过分。那么多人的付出为今天改革开放打下了坚实的基础，特别是艰苦奋斗和无私奉献的精神永远值得弘扬和传承。六盘水如果没有三线建设就没有今天，三线建设带动了整个地方的文明，促进了地方物质文明和精神文明发展。”张绍然回忆当年三线建设初期，当地老百姓没有见过火车，直到有一天通车了，老百姓惊奇地说，哇！这个家伙趴在地上跑都这么快，要是站起来的话那还得了啊？那时候当地的落后和贫穷可见一斑。我们今天有义务更有必要把这段历史传承好，强化六盘水三线城市文化资源的再利用和三线精神的二次传承。

从江南煤都到中国凉都

作为贵州工业化先驱的六盘水市，是一座因煤而建、因煤而兴的英雄城市。55年来，三线建设者们用“不想爹不想妈，不出煤不回家”的英雄气概，用“献了青春献终身，献了终身献子孙”的精神，累计为共和国贡献了13亿吨煤、4600亿度电、5900万吨钢材和近亿吨水泥。

在这里，诞生了贵州省第一个现代化煤矿和第一个百万吨级煤矿，第一个现代化火电机组，第一个百万千瓦级火电厂，以及全省最大装机火电厂；诞生了贵州省第一个钢铁厂，第一个水泥厂，第一个化工厂，第一个煤机厂，第一个瓦斯抽放站，第一条跨县公路……

然而，随着时代的进步，六盘水与其他大多数老工业城市一样，产业结构一直存在重工业偏重，轻型产业偏轻的问题，城乡和工农二元结构矛盾突出，生态环保压力巨大，成为发展的瓶颈。六盘水现有的这四大支柱产业，都是国家限制发展的产业，离开四大产业，六盘水会失去稳定发展的根基，但仅仅依靠四大产业，会缺少持续增长的动力。

作为一座老工业城市，长期以来，六盘水对转型发展的探索从未停歇。

2019年8月16日，“壮丽70年·奋斗新时代”庆祝新中国成立70周年系列新闻发布会第十场——“六盘水：一座‘三线’城市的转型发展之路”在贵阳举行。

发布会上，六盘水市委副书记、市长李刚回顾了六盘水半个多世纪的创业之路、改革创新之路，展望了脚下的转型发展之路。

李刚介绍，特别是党的十八大以来，六盘水加快转变发展方式、调整产业结构、推进绿色发展，走出了一条成长型资源城市的转型发展之路。

2016年，六盘水市在“老工业基地调整改造，传统产业改造、新产业新业态新模式培育、产业转移承接和产业合作”等方面真抓实干成效明显，获得国务院办公厅通报表扬。

自1978年六盘水建市以来，六盘水市一手抓传统产业升级改造，一手抓新兴产业培育壮大，促进生态环境持续改善和贫困群众持续增收，走向了转型发展之路。

六盘水市以解决传统产业低端、粗放、低效突出问题为重点，坚定不移淘汰落后产能。“十三五”以来累计淘汰煤炭落后产能1045万吨/年，关停落后钢铁产能150万吨、焦化产能100万吨、火电装机60万千瓦时。同时，大力改造提升现有产能。通过实施技术改造，建成全省第一个煤矿智能化辅助系统、西南地区第一个智能化采煤工作面，2019年上半年全市煤矿智能机械化率达83.65%，位居全省第一。

首钢水钢集团将机器人用于钢铁生产，这在全省是第一家；2019年全面完成现有燃煤机组超低排放改造，完成工业废气达标排放以后，开始积极投入建设花园工厂。曾经是一片“锈带”的水钢集团，成为绿色化、智能化的代表性企业。

通过资源循环利用，已形成“煤—电—焦—气—化—材”完整的循环经济产业链条，2016年六盘水市获批创建国家循环经济示范城市。

再造和培育新兴产业打造新经济增长点。按照省委、省政府发展十大千亿级工业产业的部署，因地制宜大力发展新兴产业；在产业选择上，明确重点推进新材料、新型能源化工、旅游装备制造、农产品加工、纺织、物联网、现代物流七大产业板块全链条发展，力争通过10年左右时间，再造一个六盘水的工业体系。

农业、旅游异军突起。围绕2012年国发2号文件明确的建设“六盘水喀斯特山区特色农业示范区”这一目标，六盘水加快发展山地特色农业，大力推进农村产业结构调整，来一场振兴农村经济的深刻的产业革命。全市农业特色产业达397万亩，六盘水市水城县现代农业产业园区成为全国第一批20个国家现代农业产业园之一，农业已成为六盘水异军突起的产业。

今日六盘水

初步形成一批具有区域特色的主打农产品，尤其是“凉都三宝”逐步风行天下，“水城春”早春茶以出茶时间早独步天下，“弥你红”红心猕猴桃远销海外，刺梨种植面积、产量和加工能力位居全国第一。

党的十九大期间，中央领导关心过问的“人民小酒”和“盘县火腿”借势而为，快速发展成为全市农产品加工的标杆。

旅游业从无到有、有中变优，持续发力，打响“中国凉都”品牌。接待旅游总人数、旅游总收入两项增速连续6年位居全省前列。

修复生态环境，协同推进产业转型升级与生态环境保护，促进人与自然和谐共生。六盘水市生态环境曾处于崩溃的边缘，最严重的时候，森林覆盖率仅7.55%；市中心城区酸雨率达55%；空气总悬浮微粒超过当时国家标准的4.4倍；全市地表水水质达标率不到30%。

面对空前的环境压力，坚持人与自然和谐共生，坚持走生态文明建设之路，坚持生态产业化、产业生态化，全面加强生态修复，生态环境实现根本好转。

2018年，全市森林覆盖率超过59%，高于全省平均水平；千人以上集中式饮用水水源地水质监测达标率保持100%，4个国控断面水质全部达到或优于功能区要求；六盘水获批创建国家森林城市，获得国家卫生城市、省级园林城市等称号。

以脱贫攻坚统揽发展全局。探索推进了农村“三变”改革，通过股份把贫困群众联结到产业发展中来，全市贫困人口从2014年建档立卡时的60.37万人减少到现在的9.5万人，贫困发生率由23.3%下降到3.74%。

经过三线建设和改革开放的两次飞跃发展，今天，一座高颜值、高气质、高品质的现代化工业城市，已经在乌蒙深处崛起。

在这里，六盘水乘着改革开放的春风，以三线精神为动力，用40年的时间，使地区生产总值从4亿元提高到1526亿元，增长了380倍；用40

年的时间，使一般公共预算收入从不到4000万元，提高到142亿元，增长了359倍。用排名全省第七位的国土面积和常住人口，创造了排名全省第四的经济总量和排名全省第二的人均GDP、人均财政收入。

如今的六盘水已经成为享誉大西南的现代化国际性城市，地处川滇黔桂接合部，与成都、重庆、昆明、贵阳、南宁五个省会城市的直线距离均在500千米以内，素有“四省立交桥”之称，交通区位优越。在国家“一带一路”建设和长江经济带规划中，六盘水是66个区域流通节点城市和196个公路交通枢纽城市之一。贵昆、南昆、内昆、水红铁路在此交会，沪昆高速铁路和沪昆、杭瑞、都香、水盘、盘兴等高速公路穿境而过，六盘水月照机场开通了直达北京、上海、广州等10多个城市的航线。

2018年，全市地区生产总值1525.69亿元，比上年增长8.8%。按产业分，第一产业增加值147.95亿元，增长6.9%；第二产业增加值741.97亿元，增长8.1%，其中工业增加值621.09亿元，增长7.6%；第三产业增加值635.77亿元，增长10.0%。人均地区生产总值52059元，比上年增加1923元，增长8.2%。

六盘水由“江南煤都”向“中国凉都”成功转型，成为一座名副其实的旅游城市。

“三池三湖六盘水，千岩万壑一凉都。”

千年、百年的苦苦挣扎，无法摆脱的穷困面貌，经过十几年高密度的三线建设，四十年风雨洗礼，乘着改革开放春风诞生而来的六盘水，正在转型发展中凤凰涅槃，正在新时代中书写新篇章，铸就新辉煌。

尾声 记住来时的路

——代后记

在电脑上输入“大三线”三个字后，一种庄重感由心底而生。

如果不是那一座座滚烫高炉里的焰火在大山里燃烧过，如果不是西电东输那高高的冷却塔在大山里蒸腾着，如果不是那一辆辆穿山甲一样自由奔跑的火车在高原里穿梭着，如果不是那一条条跨越江河飞越高原的高速公路在大山里蜿蜒起伏，如果不是深藏于乌蒙山脉连绵无尽的乌黑油亮金子般的煤炭进入国家视野……

如果没有这一切，就不会有大三线这本书。

六盘水，这座共和国最年轻的城市，曾经中国大三线建设的主战场，当年，从他乡走来的成千上万建设者，用青春和热血，在六盘水开启了改天换地的奋斗模式，他们把一生都交给了这座城市，交给了三线建设……

正是三线建设，才带来了大西南的繁华；正是三线建设，创造了年轻而充满活力的六盘水市；正是三线建设才使云贵高原、乌蒙山脉，繁花似锦、壮美如画。

扶贫经历催生写大三线故事

促使我创作关于三线建设的长篇报告文学的契机，源于我到贵州六盘水贫困县水城县的一次扶贫经历。

记得那是2018年秋天，有一天，我接到大连中山区区委宣传部刘辉副部长的电话，中山区要组织几位文艺家到贵州六盘水水城县进行文艺扶贫，时间一个月，区里决定派我前往并担任领队。她特别强调，六盘水水城县是贵州的贫困县，至今还未脱贫，那里的工作和生活条件都比较艰苦，让我考虑好了再决定。

不用考虑！我毫不犹豫地答应了。

大连与六盘水的历史渊源可以追溯到20世纪60年代的三线建设，尤其是近20多年来，大连对六盘水从最初的扶贫帮困，到当前的东西部协作，与六盘水结下了深厚的友谊。在六盘水全面奔小康的道路上，一直有着大连人的身影。大连有上百位干部在六盘水城乡挂职，最长挂职的已有3年多的时间，其中许多干部是在贫困县水城县挂职。我想，六盘水一定有许多感人的故事可写。而且，我本身就是一名文艺志愿者，又是民进会员，我在工作和写作之余，喜欢做公益，我担任辽宁省禁毒公益形象大使，在多所高校担任业余文学辅导老师，还主持过多种公益性的文学讲座、文化讲堂、文艺沙龙等活动。如果能为六盘水脱贫攻坚出一份力，吃点苦受点累又算得了什么？

2018年11月19日，大连北风呼啸，我在寒风中出发，前往六盘水，开始了为期一个月的文艺帮扶。这之前，我对六盘水知之甚少，更不知道水城在哪里，想象中六盘水水城县穷得不成样子，那里的孩子们上不起学，农民们吃不饱饭。然而，当我踏上六盘水的土地时，我被眼前这座城市震撼了，六盘水是一座现代化的大都市，而水城县虽然是国家级贫困县，也没有我想象中那样贫穷落后。

在六盘水的一个月时间里，我在开展扶贫工作的同时，深入六盘水城乡调研，到杨梅乡、阿嘎乡等乡镇采访，到苗族山寨、彝族山寨等少数民族地区采风，到陡箐等地参观学习，让我没想到的是，这一个月的扶贫经历，不仅使我对六盘水有了初步的了解，更使我有了意外的收获。

有人说，要了解一个城市的历史，就去当地的博物馆。

我先后参观了贵州三线建设博物馆、六盘水规划展示馆、六盘水马拉松博物馆、六盘水三变改革博物馆、重庆1964三线建设博物馆等场馆，我第一次接触到共和国大三线建设的历史，第一次知道六盘水是因三线建设而兴的城市，第一次知道六盘水是共和国版图上最年轻的城市……

六盘水的开发史，就是三线建设的历史。

三线建设的历史，就是六盘水的诞生史。

六盘水的冬天阴雨绵绵，空气潮湿，天气阴冷，但是，六盘水人给我的印象，永远都是如沐春风般的温暖。在六盘水一个月，我亲身感受到了六盘水人纯朴、善良、厚道的一面，我所到之处，所遇之人，所经之事，都给了我许多感动。我住在水城县委党校，即便党校里的普通工作人员，也都有着很高的综合素质和涵养，他们对客人的关心是发自内心的真诚。水城多雨，每到出门的时候，服务人员都会提醒我别忘了带雨具；用餐时间到了，总会有人提醒；外出的时候，会有人帮你代收快递；在街上打听路，总会有人热心地指点，还会送你一程；遇到任何事，他们都会不厌其烦地协调解决；在旅游景点里，从没遇到过任何不快……

水城县委党校与县委、县政府在一个大院里，党校宿舍位于半山腰的高处，可以一览县委、县政府办公大楼全貌。经常，我看到县委、县政府办公室的灯光彻夜通明，由于脱贫任务繁重，许多干部下到乡镇一线蹲点，开展扶贫工作，留在机关的干部一个人要干几个人的工作，加班加点挑灯夜战已是机关干部工作的常态。县委、县政府的会议经常开到半夜，有一次，我在县政府食堂吃饭时，听一个工作人员说，脱贫工作任务繁重，他们的县长已经20多天没有回家了……

县委宣传部的一位工作人员跟我说，六盘水是三线建设而来，他们机关干部许多人都是三线人的后代。“我们干不好工作，就是对不起三线人。”他说。

我在阿嘎乡调研时，看到在那里驻村的干部、水城县文旅局局长杜昌丽和办公室主任何文涛，两个人就住在乡政府一间办公室里，办公室也兼卧室，地方太小，两个人只能睡上下铺，她们的床上和办公桌上铺满了各种文件、相关材料等，她们的工作都是连轴转，一边要处理好本单位和本行业相关工作，一边还要全身心地投入脱贫攻坚工作中。

杜昌丽告诉我，她曾经在水钢工作过，水钢有许多三线人的后代。何文涛也说，她的婆婆一家人都是参加三线建设而来的。

我遇到的许多六盘水人，几乎是见面三句话就会说到三线，他们告诉我，六盘水是三线建设而生的城市，没有三线建设就没有六盘水。

六盘水是个懂得感恩的城市，我遇到的六盘水人都对这个城市充满了热爱。在六盘水扶贫期间的亲身经历，使我对这个城市充满了感动。

扶贫工作快结束的时候，有一天，朋友开车带我们去市委附近的特产店，由于导航不准确，我们的车转来转去就转到了市委的北门一带，找了半天也没有找到特产店的门。这时，我发现从市委大院里走出来一个年轻人，就上前向他打听，他告诉我特产店就在市委的南门，又听说我们是大连来扶贫的，他让我们稍等，他说开车转到前面需要绕很远的路，他让市委的门卫把门打开，让我们把车开进市委大院，引导我们停到离特产店近的地方，让我们放心停车就好，然后又把我们送到市委旁边的特产店。然后，他去办事了。没想到，他办完事后，又回到了特产店，帮我们提些参考建议。他一直等着我们买完东西，然后又把我们送出了政府大院，远远地向我们挥手再见。

临走时我主动加他微信，才得知他叫付昆，是六盘水市委办的秘书。一个与我们素不相识的市委办秘书，只因为我们是大连来的客人，就真诚热情地帮助我们，真是让我们感动。

付昆说，大连与六盘水山水相连，他感谢大连对六盘水的帮助。付昆说他也不是六盘水本地人，他和那些当年的三线建设者一样，是从外地来到六盘水的。他和许许多多三线人一样，热爱六盘水，早把这里当成自己的故乡。

扶贫结束后回到大连，我和很多朋友讲起六盘水。每当我问他们知道六盘水怎么来的吗，了解大三线的历史吗，大家几乎都是一头雾水。即使大连与六盘水有着长达20多年的帮扶和东西部协作，但大连人对六盘水和大三线还是知之甚少，就是偶尔遇到知道的，也只知道一星半点，少有人知，当年大连上万人离开家乡到贵州参加三线建设，更少有人知道大连医学院曾经整体搬迁到了贵州遵义。甚至有人说，三线？你是说三线城市还是三线明星？

很长一段时间里，我的脑海里一直想着三线建设，想着六盘水，想着那些三线人。三线建设者，他们把青春和热血都洒在了云贵高原、乌蒙山脉，他们为共和国大三线建设立下了汗马功劳，为六盘水的今天做出了重要贡献，他们的事迹应当让更多的人知道，他们的故事应当传播得更远。渐渐地，我萌发了要写一本关于三线建设的书的念头。我开始收集相关资料，补充相关知识，在心里浇灌着思想的土壤，期望那朦胧的种子一点点地孕育，破土，发芽，成长……

“大三线”入选中国作协重点深入生活项目

我知道，要写好大三线，必须全面地了解大三线建设的历史，而要了解这段历史，必须深入采访三线建设者。

我要重返六盘水，亲临大三线建设曾经的主战场。

我申报了中国作协重点深入生活作品选题，我把深入生活的地址选择在六盘水水城县、中寨乡和钟山区。同时，我又申请了第二次到水城县扶贫。这样如果中国作协的项目没有入选，至少我还有一个月的时间边扶贫边采访。

2019年5月，是毛泽东做出三线建设重要决策55周年，中国作协重点深入生活项目公示，我的大三线建设的长篇报告文学选题荣幸入选。同时，我的一个月水城贫困县扶贫也批下来了。对于工作繁忙而只能业余写作的我，有了半年可以“挥霍”的黄金时间啊，真是弥足珍贵。

我进一步了解到，到目前为止，还没有一本系统全面地描写六盘水大三线建设的长篇报告文学作品。我想，也许是因为这段历史太繁杂了，需要下太多的功夫；也许是因为年代太久远了，采访起来难度较大……

有难度的写作才有挑战性，有挑战性的写作，才会有意外的收获与惊喜。

我既兴奋，又深感压力。而压力，往往会生发出无穷的动力，更会赋予我灵感的火花和创作的激情。

中国作协深入生活项目公示后，朋友们得知我要写大三线报告文学，许多人劝我放弃。有人说，大三线已经是半个多世纪前的陈年往事，年代太久远，题材太老了，不合时宜，写出来也没有多少人感兴趣，既出力又不“讨巧”；还有人说，许多三线亲历者，他们用其一生为建设三线付出了全部心血，然而大三线之后，在时代的巨变中，他们又经历过痛苦的挣扎，有说不出来的辛酸和遗憾，虽然永远不会忘记，但许多人又不愿意提起；更有人说，三线时代的那种精神，现在没有人提倡了，这段历史解密之时，更多的人已经把目光投到他处。现在是市场经济为主的时代，挣钱就是硬道理，谁还会讲精神？

有一个三线后代给我留言：现在能记住三线的人，大约只剩下我们这一代三线子弟了吧，让现在的年轻人再去了解三线建设，仿佛捧着泛着霉味的书本，枯燥又沉重。

他们的话让我深思。

自从我第一次在三线建设博物馆看到那幅吊在悬崖峭壁上作业的建设者的照片，看到他们刻在悬崖峭壁上的那句“身居山洞观世界，脚踏群山争先锋”豪情满怀的诗句时，当我看到矿井入口处刻着“不想爹不想妈，不出煤不回家”的豪言壮语时，当我得知美丽的六盘水曾经是一片片荒山野岭时，当我了解到三线建设者的许多感人故事时，我就被深深震撼了，我的内心再也无法平静。

由于三线企业大多涉及军工，属于国家机密，所有的建设项目都处于保密状态，三线人一度是在保密状态下工作，所以他们的事迹和故事极少被宣传，少为人知。随着时光的流逝，三线建设又渐渐被遗忘，但当年十几万建设大军踏歌而来，在六盘水这片土地上奉献过青春，挥洒过热血，成就了今天的六盘水。

忘记了过去，就意味着背叛。

那些为共和国无私奉献的人，不能被时代冷落。

三线精神没有过时，更应当成为我们时代的精神坐标，成为我们奋进的精神动能。我有责任用手中的笔，去描写三线，告诉后人，特别是年轻一代，他们今天的幸福生活，正是无数无私奉献、爱党爱国的三线人努力拼搏的结果。

接到了中国作协的通知后，我向大连市文联党组请假，文联党组书记王家胜全力支持我的创作，记得当年3月，我的报告文学《致敬，“8·20”抗灾抢险的英雄们》在《求是》杂志社发表后，在省委党校学习的王家胜书记，第一时间向我表示祝贺。他全力支持我到六盘水深入生活，并希望我潜心创作，写出有分量的作品。市文联党组成员、副主席陆忠杰非常关心我，让我注意安全，安心采访创作；还有我的同事们，主动分担了我分管的许多工作。他们的全力支持，给了我掘进的底气和勇气，使我对写好大三线充满信心。

重走三线“长征”路

茨威格说，勇气是逆境中绽放的光芒。

这次远行采访，我不知道会不会顺利。我做了充分准备，为了在六盘水采访方便，也为了不给当地的相关部门添麻烦，我决定从大连自带车前往六盘水。

高德地图显示，从大连到六盘水的直线距离是3200千米。

我先生要亲自驾车送我去贵州，支持我完成这样一次激动人心的写作。

我们沿着三线建设者的足迹，重走三线“长征”路，义无反顾地踏上了三线寻访的征程。

2019年7月1日，党的生日，早晨8点，我们准时出发。

一大早，朋友发来了中国作家网的消息，当天的《文艺报》发表了评论家赵宪臣的评论《写魂铸魂的英雄赞歌》，对我发表在《求是》杂志第6期的报告文学进行评介。这是特殊日子里的一个喜讯，为我六盘水之行注入了一丝喜气和动力。

出行并不顺利，中午12点，我们经过凌原高速路段时遭遇堵车，高速路像一个巨大的停车场，延绵无边，看不到尽头，前后左右都是发动机的轰鸣声，车窗外高温已经达到37摄氏度，热浪滚滚。

我们在高速上堵了两个多小时，这两个多小时里，我坐在车里汗如雨下，可是，我一点也没有感觉到烦躁，也没有着急。我想，50多年前，从大连出发的那些三线建设者，当时的交通状况和生活条件非常艰苦，没有高速路，没有空调车，没有休息站，什么也没有，他们面临怎样的困难啊。而此时，虽然我也走在前往大西南的路上，但与当年三线建设者们相比，不知道要幸福多少倍。我知道，写大三线，注定不是一次平凡的写作，我要重温三线建设者曾经的心灵之旅，用心去体会他们曾经的万丈豪情，用行动去感受他们的初心和壮举。

由于路上耽误的时间，影响了原计划的行程，晚上只好临时改住唐山，到酒店时已经晚上9点多了。

第二天，先生计划当天行驶1000千米。

正值全国各地酷暑高温，先生想趁早晨凉快，早点出发，尽量多赶路。我们很早就出发了，车过衡水时，车载温度计显示室外温度40摄氏度，我们迎着热流，顶着酷暑，一路马不停蹄地向大西南挺进。为了节省时间，一路上，所有的午餐都在车上解决，面包、火腿、罐头、水果等都在出发前就准备好，早晨在酒店烧好了开水，泡好了茶，大小三个暖瓶、两个水杯都灌得满满的。

一天奔波，晚饭后回到酒店，看到有介绍许昌市情的画册，才知道许昌有那么多好玩的地方，心想，要不在许昌玩几天？反正也没有谁督促我。但心里另一个声音立即叫停：不行，时间紧迫，不能有半点耽误。出发时我就已经对自己约定好了，一路上不去景点，计划用4天时间到达六盘水，尽早开始工作。

又是新的一天，趁着太阳还没出来，我们又出发了。路过隆中，路过潜江，路过襄阳，路过南阳，路过常德……随着太阳高升，窗外的温度一路飙红，从早晨的30多摄氏度，直蹿到中午的42摄氏度，车里的空调开到最大，仍然汗如雨下，先生胳膊上的湿毛巾一会儿工夫就被蒸干了，然而，当我看着一座一座城市被我们甩在身后，想着越来越近的目的地，真是太有成就感了。

第三天晚上，我们住到了吉首。

一路奔波，唯一奖励自己的就是每天晚上的美食，我们选择入住的城市都是有万达广场的城市，万达是我们家乡大连走出去的企业，万达广场是我们在异乡最亲切的地方，那里的美食，真是大快人心。

第四天清晨，先生终于把导航的目的地设在了六盘水。

最后一天的路程不长，时间比较从容，早晨8点出发时，天气阴，出来这么多天，第一次遇到阴天，真是太好了，这些天几乎要被大太阳烤化了。

终于在上午9点钟，进入贵州界内，车窗外的温度是24摄氏度。

这一路经过的省份都是持续的高温，从蒸笼里冲出来，进入24摄氏度的贵州，从贵阳绕城、都香、水黄高速，一路向六盘水开去，时而还会有大雨小雨的偷袭，真是幸福的喜雨，想象着凉都六盘水的清凉，真是无比向往。

下午4点，终于在高速公路出口处看到了“六盘水东”几个大字，离开六盘水半年多，重新回来，不仅是故地重游，更有一种使命感由心底而生。那一瞬间，我的眼眶有些潮润。我想起当年，三线建设之初，毛主席对三线建设非常着急，他说过，没有火车我坐汽车，没有汽车我骑毛驴去……

当年的三线建设者，一路上坐火车，换汽车，翻山越岭，最多的要走20多天，最少也要走七八天，才能到达六盘水，而我一路虽然辛苦，和三线前辈们相比，真是天壤之别。

感谢我的先生，一路上全是他一个人开车，没让我开一公里。他把我和车送到六盘水后，又陪我去六枝、盘县、贵阳、清镇等地采访，然后回去处理公务，当我在六盘水深入生活以及采访快结束时，先生又从大连飞过来，再把我和车从贵州带回大连。回去的路上又陪着我到南阳、长德、武汉等地补充采访，用实际行动支持我的创作。

走进三线人的世界

到六盘水的第二天，我马不停蹄地进入工作状态。我跟着水城县委宣传部部长龙挺下乡到杨梅乡，参加当天下午召开的六盘水市扶贫攻坚动员大会，那天的会议从下午3点一直开到晚上7点，杨梅乡书记谭有燕告诉我，她已经有一个多月时间没有回家了，扶贫攻坚任务非常重，家里十三个月大的孩子交给了孩子的姑姑帮着带。

谭有燕告诉我，她的婆婆一家人都是三线人，她的同事、朋友中也有许多是三线人，还有许多是六盘水市的新移民，有的是大学毕业分来的，他们都有一个共同的特征——都热爱这座城市。

一开始，我的采访进展缓慢，之前帮我联系采访的部门迟迟没有回音，又由于各种原因，我一时联系不到想要采访的三线老人，一时不知道从哪里入手。

那就先从历史资料查起吧。

我先到了水城档案馆、文化馆和六盘水市档案馆、图书馆等单位查阅资料，由于当时三线建设保密，并没有留下多少公开的报道和资料，但是，还是查到了一些当年的会议纪要、表彰、总结等历史资料。大约一个星期的时间里，我天天都到档案馆，坐在档案室里，埋头在泛黄的纸堆里，在一盒又一盒尘封的档案里，寻找三线建设的历史痕迹。当历史的画卷在我的面前一点点打开时，越走近，我越感觉这个题材写作的难度。三线建设已经过去50多年，涉及的13个省和自治区，影响了几代人，改变了千万人的命运，如果对三线建设进行全景式的书写，必将是一项浩大的工程。

我把目光聚集在六盘水的三线建设。

六盘水是因三线建设而兴的城市，是西南地区三线城市的优秀代表，在三线建设的历史上有着举足轻重的地位。虽然六盘水无法涵盖整个大三线建设的历史，但六盘水无疑是中国大三线建设的一个缩影。

然而，写六盘水三线故事，就是写六盘水城市的历史。为一个城市写史，我能完成这样的任务吗？

再难也要完成。三线建设这段共和国历史，至今仍然有许多人不知，而三线建设的老人正在一个个老去，三线故事将随着他们一起成为尘封的往事，我有责任，去完成这样一个使命。

三线建设时代久远，历史漫长，要完成三线建设这一宏大题材，既需要深入研究这段历史，深入挖掘，做足功课；又要采访三线建设者、亲历者以及相关人员，积累素材，待粮草备足，再集中发力，才能成功。

就这样，在开展文艺扶贫工作的同时，我开始了在六盘水的深入生活和采访。我行走在乌蒙山重重的大山之中，从水城到盘州，从六枝到遵义，从贵阳到清镇，从一个矿区到另一个矿区，从钢厂到老电厂，从一户人家到另一户人家，从一位三线老人到另一位三线老人，在六盘水两个月的时间里，我采访了近百名参加三线建设的老人和他们的亲人，以及与三线建设有关的单位和领导，还采访了老六盘水人和新一代“移民”。从水城古镇的三线博物馆，到盘州三线文化产业园；从遵义1964三线文化园，到六枝矿区的三线博物馆……就这样，怀着对三线建设者的敬仰之情，怀着一个作家的使命感，我不恋山水风情，无暇凉都美景，一路走来，一路采访，做三线人的倾听者，做城市历史的记录者。

遭遇7·23惊险之夜

我开车走遍了六盘水的大街小巷，我熟悉六盘水的每一个地方，我知道哪里有加油站，哪里有农贸市场，哪里有公园，哪里有特产店，哪里的羊肉粉好吃，哪里的烙锅正宗。

我住在百车河。百车河，据说是沿河两岸有几百个风车而得名，我没有考究是否有百个风车，但是那里的美，和沉寂而又深厚的大山一起，在我的心里占据了巨大的空间。

每天，我从百车河开车到六盘水市和矿区等处去采访。朋友们说，你敢在贵州大山里开车到处跑，那里山高路险，你可真是孙大胆。还有的三线老人开玩笑地说，这要是遇到土匪时代，你早就被人抢跑了。

人一旦惧怕什么，就会容易屈服。没有人天生勇敢，勇敢需要精神的给养和烘焙。

2019年7月23日，我在六盘水市内采访到很晚才结束，由于六盘水市要举办彝族火把节，还要在28日举办马拉松大赛，市内的酒店全都满了，我从野玉海搬到水城百车河的江南别院。从市中心到百车河有20多千米路，朋友要留我吃饭，因天气不好，我婉谢朋友的好意，趁着雨不是太大，急忙驾车往回赶。没想到一路上雨越下越大，国道又没有路灯，我小心翼翼地驾驶着，当开车经过天生桥附近时，暴雨倾盆从天上泼下来，挡风玻璃上什么也看不到，我把雨刮开到最快挡也没有用，风大雨急，感觉车就像船一样漂浮在水面上，我既紧张又害怕，没想到雨会下得这么大，真后悔没有听朋友们的劝阻留在六盘水，说什么都晚了，只有硬着头皮往前开。这条路不是高速路，只是一条国道，路很窄，旁边就是几百米深的山崖，道路依山而修，环绕着大山的是一个又一个急拐弯和一个又一个隧道。我的心揪到了嗓子眼，近视眼在雨夜里像是什么也看不到，我感觉手上的方向盘有点握不住，我的右侧就是万丈悬崖，稍有不慎就会万劫不复。我握住方向盘，紧紧地盯着前面的一辆车尾灯，借着模糊的灯光，在水中艰难行进着。终于过了天生桥，又过了最后一个隧道，远远地看到了百车河两岸的灯光，一颗心还在怦怦地跳个不停。

20千米的路，我开车走了一个多小时，想想真是后怕。

我回到房间，窗外的雨还在下着，先生从大连打电话来，问我是否平安到“家”，不知为什么，我的眼泪忍不住流下来。窗外大雨如注，山涧的清泉也在秘密地流向百车河，百车河湍急汹涌，像我的眼泪。

六盘水的朋友们担心我，一个个地发来问候，我赶紧回复，告诉他们我已经平安到达。

回完微信，才觉得有些饿了，连忙烧水泡面，这时，一个电话打进来，是水城文旅局的一个朋友，他听朋友说我冒雨往回走，有些担心，焦急地问我现在在什么位置，当听说我已回到百车河时，他才松了口气。然后，他告诉我，就在刚刚，21时20分，距百车河仅10千米距离的水城县鸡场镇坪地村岔沟组，发生了一起特大山体滑坡灾害，造成21栋房屋被埋，几十人下落不明。

这真是令人震惊的噩耗，就在几天前，我还和文旅局的人一起去过鸡场镇采访。很快，水城有人发来了现场照片，黑暗中的鸡场镇的山脚下，许多栋房子被从山顶滑下的泥石流掩埋，后来才知道，那个地方的居住史，已经有上百年。

持续不断的暴雨，打破了鸡场镇百多年的和谐和宁静，百年不遇的灾害，使多少人的命运在这里重创、终结。我站在窗前，雨水不间断地袭击，山洪倾泻而奔，涌进百车河，使平日里温和柔顺的百车河坏了脾气，河水开始暴涨，似乎要淹没周围的一切，那轰隆而过的河水，震动着山河大地，似乎装载着人们的悲伤。

第二天，我在新闻中得知，鸡场镇坪地村岔沟组山体滑坡后，大连市委、市政府第一时间就开始部署支援救灾工作，灾害发生的第二天，大连慰问工作小组就开始开展工作，连夜出发，凌晨赶到六盘水市，马不停蹄地抵达受灾现场。

就在大连市领导前往六盘水的同时，远在百车河的我，收到了单位同事从大连发来的微信，告知市直机关工委发动全市机关干部要给六盘水鸡场镇捐款。灾害发生后，大连市机关工委、市慈善总会、市红十字会以及广大市民、企业家等社会各界都在第一时间里行动起来，给六盘水鸡场镇捐款，捐物，全力以赴帮助灾区群众。

在受灾现场，当六盘水人感慨大连市行动如此之快时，大连市领导靳国卫脱口而出："家里人受灾了，早点过来看看，帮衬帮衬。"

"家里人"，还有什么称呼比这更亲切、更暖心？"家里人"几个字，是大连人与六盘水人血浓于水的山海情缘，是面对困难时的合力攻坚，是奔向美好未来的携手同行。

"家里人"有困难，我们必须帮，我在第一时间用微信转账捐款。而我在六盘水深入生活的日子里，也体会到了六盘水"家里人"对我的关心支持。

离开六盘水已经好久了，我时常会翻看在百车河时拍下的照片，眼前时不时就会浮现出百车河两岸美丽的景致，高原之上，蓝天上的朵朵白云紧紧地缠绕大山，宁静的远方天际，给人无尽的想象。在写作的过程中，不停地传来三线老人去世的消息，每想到那些长眠于六盘水大山深处无数的三线建设者，想着他们在这大山的深处孤寂长眠的灵魂，我的心里就有一种痛。

时不我待！不用扬鞭自奋蹄。

为平凡英雄立传

20世纪60年代，有这样一群不怕死、不要命的共产党人，他们缺吃少喝，无房无钱，他们怀着坚定的信仰，必胜的信心，怀着对党的无缘忠诚和对人民无比的热爱，往高山峡谷中挺进，在荒山野岭里扎根，向着未来掘进。

每当我们打开历史的画册时，无法找到那些普通人的名字。与那些叱咤风云、在历史上留下浓墨重彩的重要人物、英雄人物相比，大多数三线人是普通人，他们没有什么惊天动地的事迹，做着平凡的工作，无法写入方志等历史中。然而，正是无数的普通人，才成就了共和国的千秋伟业。

没有将军的战役无法打赢，而没有千千万万个士兵冲锋陷阵，战役也不可能胜利。在三线建设这个没有硝烟的战场上，成千上万个普普通通的三线建设者，一生默默无闻，爱国爱党，不求索取，做好自己。他们不是从天而降的英雄，但他们是挺身而出的平凡英雄。

三线建设的开始阶段，来自北京、上海、山东、河南等省份，哈尔滨、大连等市的几百万建设者奔赴三线地区。之后，国家相关政策又为广大建设者解决了家属到当地落户、安排工作、入学等问题，据估算，与三线建设相关的人口达到了上千万，几十年后，当年的三线家庭繁衍生息，保守估计也近一亿人。

深入采访中我接触到许多三线建设者、三线后代，他们对三线建设有说不完的话。他们曾经为国家为民族无私奉献，有过骄傲和光荣的历史。以现在的眼光，三线建设让他们吃了好多苦，改革开放后，三线建设已经退出历史舞台，许多三线企业一夜之间似乎成了“累赘”，但我接触到的三线人，没有一个人跟我说，他们吃亏了。他们没有抱怨，没有后悔，他们说得最多的是我们无怨无悔。

无怨无悔，这句话，重达千钧。

无数先辈为共和国的建立和建设无私奉献、浴血奋战，如同时代的精神路标，提醒着我们从哪里来，指引着我们该往哪里去。传承三线精神既是对历史的铭记，也是我们面向未来，永往直前的精神动力之源。

记住来时的路

习近平总书记指出："历史是最好的教科书。对我们共产党人来说，中国革命历史是最好的营养剂。"

三线建设史，是一部共和国开天辟地的奋斗史；三线建设史，是共和国英雄赤胆忠心的承载地；三线建设蕴含着中华民族生生不息的红色基因，包含着中国共产党人特有的精神气质，是我们时代前进历程中取之不尽的精神动能，留下的是永生难忘的记忆和宝贵的精神财富。它淬炼于艰苦创业的历程之中，书写着一代代三线人努力拼搏、砥砺奋进的壮志豪情。

不管走了多远，我们永远不要忘记，当初为什么出发。

从六盘水回到大连的那天，正赶上台风登陆，一路上我们顶着大雨，行驶了10多个小时，终于赶在台风来到前的上午，赶回了大连。回程的路，整整走了10天。

我站在窗前，看到码头的泊位上停满了避风的大船，看到海面涌动的巨浪，看着风把树疯狂地摇动，我的内心无法平静。这次深入生活采访，使我重温三线人精神世界的同时，也被深深地感动。三线建设对我而言，又何尝不是一次精神和情感的洗礼？

从来没有任何一个城市，像六盘水这样引人注目，这个共和国最年轻的城市，曾经吸引了全中国的目光。这个城市，是党中央亲自谋划规划，邓小平亲自勘探，彭德怀亲自指挥；从来没有哪个城市像六盘水这样值得骄傲，水城钢厂，关家寨车站，六枝、盘县、老鹰山、矿山指挥部，这些亲切的名字里，都写着奋斗者的故事，留下了拓荒者的传奇。

曾经大山深处的席棚子、干打垒、油毛毡房，都被一幢幢现代的大厦取而代之；那些山间泥泞的小毛道，都被一条条高速公路所覆盖。他们为这座城市留下了无尽的财富，精神上的和物质上的同样丰盈。

“今天，距离中华民族伟大复兴目标从未如此之近，这个国家和这片土地上的人民，比任何时候都更需要信仰的光芒和力量。”我知道，一切才刚刚开始，漫长而艰涩的创作才刚刚起步，我有千万字的文史资料需要研读，我有几大本的采访记录需要整理，我有一个又一个录音需要收听整理，但我从不担心，我心里有了坐标，有了目标，有了学习的榜样。再苦再累再难也无法与三线人的苦累和痛相比。我给自己制订了详细的写作计划，每天晚上一定要写到零点结束。

我知道，六盘水不是三线建设的全部，但六盘水却是共和国三线建设的典型代表，整个三线建设的精华。我只想通过亲眼所见、所听、所想，告诉人们，在那个热血沸腾的年代里，有这样一群人，他们响应党中央毛主席的号召，抛家舍业，来到三线，来到六盘水，用他们拉来的设备，用他们燃烧的激情，用他们的智慧和汗水，把六盘水从一个不毛之地，建设成为祖国大西南最现代化的城市。

六盘水，这个火车拉来的城市，你的城市基因里，有了三线人的血脉，有了三线人的灵魂，有了三线人的精气神，有了三线人的喜怒哀乐。

没有什么可以撼动大山的威严，就像不可撼动三线人的执着信念。

三线建设者们凭借对祖国的爱，对伟大领袖毛主席的忠诚，他们风梳头、汗洗脸、天当被、地当床，在这荒山野岭，在这天无三日晴、地无三尺平的六盘水，用他们的赤诚、心血和汗水，用他们坚挺的身躯和坚韧不拔的精神，甚至用鲜活的生命谱写了一部催人泪下的交响曲。

50多年过去了，三线人已经越来越少。再过50年，三线历史将会更加遥远，那时候，当年三线人的选择，或许会成为历史研究的一个课题，但是我知道，他们在人生的关键时候，做出了勇敢的选择，他们在寻找一条属于自己的人生之路，他们在用小我的行动，把小我的命运，融入大国的情怀之中，哪怕那条路上遍布荆棘，哪怕那条路通往险境，没有人能阻挡三线人的无悔追求。

三线建设是一曲热血燃烧的壮歌，是一曲荡涤心灵的英雄史诗，是几代人的生命之火燃烧起的炽烈火焰，映照在共和国的历史的天空，这浓墨重彩的一页将不可磨灭地留在国家的记忆里！

如今，越来越多的游客来到西南，来到六盘水，来到中国凉都。在举国火热的夏天，这里有19摄氏度的清凉；这里有44个少数民族的风景；一年一度的六盘水马拉松在这里鸣枪，那奔跑的六马爱好者，将墨绿色的大山染得五彩缤纷；一年一度的彝族火把节，将野玉海的夜空点燃，那熊熊燃烧的火把照亮了大山里的夜空，点燃了大山的激情。

今天的六盘水的腾飞和发展，今天的中国的腾飞和发展，离不开一代代奋斗者的足迹。

这本书的写作，得到了许多朋友们的关心和支持，他们无私地帮助我，给我提供线索，帮我联系采访对象，为我协调采访等相关事宜。同时，大家给了我太多的鼓励，这些让我既感动，又倍感压力，更是我前进的动力，我有太多感谢的话要说。借此机会，我向为我的创作同样付出辛劳的各位朋友表示诚挚的敬意和深深的谢意。向对我的创作关心、支持的各级领导、相关单位和各界人士表示衷心感谢！

经历了三线建设洗礼的六盘水，正在转型发展中凤凰涅槃；乘着改革开放春风而来的六盘水，正在新时代中书写新篇章；一个宜居宜业宜游的六盘水正以昂扬向上的姿态阔步挺进。

仅以此书，纪念三线建设，纪念共和国的那一段峥嵘岁月。让那些激情燃烧的岁月，那些热血沸腾的时代，永远铭记在共和国的史册上。

仅以此书，献给那些为共和国大三线建设英勇牺牲的英雄们，献给那些为大三线建设献出青春献终身，献出终身献子孙的三线建设者，献给那些默默无闻的普通三线人，献给三线的后代们，献给美丽的六盘水。

六盘水，愿你初心永在，勇往直前！

六盘水，愿你不惧荆棘，一路向前，向未来！

参考书目及部分参考资料

陈夕总主编：《中国共产党与三线建设》，中共党史出版社2014年版。

中国三线研究会选编，余朝林主编：《三线风云·贵州六盘水专辑》，当代中国出版社2013年版。

倪同正主编：《三线风云·中国三线建设文选》，四川人民出版社2013年版。

贵州省六盘水市地方志编纂委员会编纂：《六盘水三线建设志》，当代中国出版社2013年版。

《六七一厂志》编纂委员会编纂：《六七一厂志》，1988年版。

《盘化发展》编纂委员会编纂：《盘化发展史》，2017年版。

卢相福：《三线人·三线情》，现代出版社2018年版。

水钢党委编：《山在生长》，贵州人民出版社1994年版。

六盘水地方志办公室编：《六盘水市地方志》。

余朝林主编：《乌蒙山下军旗红》，南方出版社2017年版。

纪录片《三线建设·黔南篇》。

微信公众号《三线·记忆》。

贵州三线建设博物馆。

六盘水市政府网。

六盘水市档案馆。

水城档案馆。

水城文化馆。

水城图书馆。

书中部分图片由贵州三线建设博物馆提供，部分照片由受访者提供，部分资料来自网络、报刊等，在此一并致谢！